이미지의 영토

이미지의 영토

김창수

The Territorial of Image

푸른사상
PRUNSASANG

 이 책은 1987년에 등단한 이래 이십여 년 동안 우리 문학을 읽으면
서 쓴 글을 추려 모은 책입니다. 수록된 평론이나 연구논문의 범위가
우리 문학 전반을 넘나들고 있는데다 문제의식이나 문체도 세월의 두
께에 값하지 못해 걱정이 앞섭니다. 몇 년 전에 이 책의 일부를 가출판
하여 강의교재로 삼은 적이 있으나 정식으로 출판할 엄두를 내지 못한
것도 그런 부끄러움 때문입니다. 그러나 대부분의 글들은 이미 여러
간행물에 실려 세상을 떠돌아다니고 있어 오류는 바로 잡는 것이 독자
들에 대한 도리라고 여기고 있었던 터에, 새출발을 위해서라도 유산
정리가 필요하지 않느냐는 주위의 충고에 용기를 내어 책을 묶기로 작
심하였습니다. 간행에 앞서 상당수의 글은 추려내서 수록을 보류하고,
시간에 쫓겨 쓰느라 성근 글들은 더러 기워도 보았으나 애초의 부실을
가릴 수는 없었습니다. 문학연구에 뜻을 세우고 공부하다가 한동안 사
회운동에 참여했던 기간이 문학연구의 단절이 된 개인사정이 있었으
나 그것으로 문학에 대한 '불충'과 문장의 부실을 변명할 수 없다는 것
도 잘 알고 있습니다. 그래서 저에 대한 기대와 격려를 아끼지 않았던
선배들과 동학들, 독자들께 앞으로 더 좋은 글을 약속함으로써 해묵은
채무를 다시 미래로 연기하려 합니다.
 책의 제목, 『이미지의 영토』는 제 평론의 심의경향입니다. 문학작품

과 우리가 살고 있는 대지, 역사와 삶의 현장과의 관계를 캐묻는 일은 비평이 맡아야 할 임무 중의 하나라고 여겨 왔기 때문입니다. 제1부는 이상화·이육사·정지용·이용악·박목월과 같은 시인들의 시 세계에서 나타나는 중심 이미지를 살펴본 글로, 한국 현대시의 주제의식과 시적 방법론을 주로 논의한 것입니다. 제2부는 동시대 시인들의 신작 시집에 대한 서평형식의 글을 모은 것입니다. 제3부는 서사시에 관한 세 편의 글입니다. 김동환의 서사시를 중점적으로 다룬 「전환기의 문학양식」은 빛이 바랜 글이지만 평론으로는 '처녀작'인지라 버리지 못하고 수록했습니다. 여기에 향가작품론을 포함한 것은 논의의 여지가 많겠으나, 향가는 배경설화와 노랫말이 유기적 연관을 이루고 있어 서사시의 성격이 강하다는 입장을 가지고 있기 때문입니다. 제4부는 일곱 편의 소설론으로 구성되어 있습니다. 전체적으로 보면 제1부에서 제2부까지는 이미지나 심상을 주된 표현 수단으로 삼은 서정시, 제3부는 역사적 사건을 시로 표현한 서사시, 제4부는 현실성이 강한 소설로 구성하였습니다. 이런 구성은 마치 문학의 갈래를 '형상과 현실의 거리'를 기준으로 분광한 결과를 차례로 나열한 것으로 보아 주시기 바랍니다.

수록된 현대시 작품론의 상당수는 「동굴과 침실 이미지의 계보학」과 같이 '집' 이미지의 변주 양상을 다룬 것입니다. 한국 현대시에 나타난 집 이미지가 작품 속에서 어떤 의미로 형상화되는가를 살피면서 그 이미지의 생성 배경과 변화양상을 검토한 것입니다. 그런 주제의식은 우리 현대시를 일별한 결과 집 이미지의 뚜렷한 증가 현상을 발견했기 때문입니다. 저는 이 현상이 근현대를 통해 급격하게 변화한 공간과 주거환경, 가족 제도와 로망스에 대한 미적 대응 양식일 거라는 믿음을 가지고 있어서 앞으로도 그런 작품들에 대해 관심을 기울일 작정입니다.

이 책을 김재홍 교수님, 최원식 교수님, 그리고 최동호 교수님께 헌정하겠습니다. 세 분의 은사님들은 필자를 문학연구자로 이끌어 주셨을 뿐 아니라 제 삶의 고비마다 용기를 낼 수 있도록 격려해주셨고 민첩하지 못한 자질을 아랑곳하지 않고 분에 넘친 사랑을 베풀어 주셨습니다. 그리고 필자의 해묵은 글들을 묶는 과정에서 격려와 조언을 해주신 '푸른사상'의 편집주간 맹문재 형과 편집부의 여러분들께도 깊은 감사를 드립니다. 이제 이 책을 세상 속으로 되돌려 보내면서, 저도 한결 가벼워진 발걸음으로 새로운 '이미지의 영토', 문학과 문화의 현장을 살피러 떠나겠습니다.

2012년 3월
심곡동 연구실에서
김 창 수

이
미
지
의
영
토

—

8

제3부 시와 역사

제4부 기억과 서사

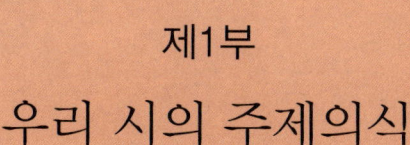

제1부

우리 시의 주제의식

동굴과 침실 이미지의 계보학

　— 이상화의 「나의 침실로」

1. '낭만적 사랑'의 탄생

　1920년대는 한국 현대시의 출발기이다. 20년대 초에 이르면 과도적 형태의 신체시가 자유시로 확립된다. 당시 한국의 서정시를 살펴보면 형식의 변화뿐 아니라 내용의 변화도 뚜렷해진다. 이 시기의 지배적 정서는 대체로 3·1운동 실패로 인한 비탄과 좌절감이었다. 그런데 이 무렵에 격정적인 사랑의 시가 본격적으로 등장하기 시작한다는 사실도 주목할 필요가 있다. 새로운 사랑의 대상과 은밀한 공간에 대한 강렬한 욕망이 동시에 나타나고 있기 때문이다. '사랑'은 시간과 공간을 초월한 보편적인 현상이라고 생각하기 쉽지만 삶의 방식이 변화하면서 남녀 간의 '사랑'의 양식 혹은 애정관 역시 바뀌어 왔다. 인간의 본능이라고 간주되는 육친애나 성애의 표현방식도 사회의 변화를 반영한다.

　이상화(1901~1943)의 대표시 중의 하나인 「나의 침실로」는 새로운 사랑법, 낭만적 사랑의 출현을 예고하는 작품이다. '마돈나'라는 상상

속의 연인을 간절하게 부르는 대목으로 시작되는 이 작품은 상화의 나이 23세 때인 1923년 9월 『백조(白潮)』 3호에 발표된 것이다. 이 작품에 깔려 있는 관능적 특징은 오늘의 독자들에게는 대수롭지 않게 여겨질지 모르나, 지금으로부터 80여 년 전, 한국인들의 일상생활을 상상해본다면 파격적이다. 1920년대는 '모던 걸'이나 '모던 보이'로 지칭되던 당시의 일부의 '신세대'를 제외한 대부분 한국인들은 여전히 부모가 맺어준 배우자들과 결혼하던 시절이다.

자유연애는 담론의 차원에서 현실화되기 시작하는 무렵이었다. 유교 문화의 영향으로 남녀 간 혹은 부부 간의 애정표현마저 최대한 절제되어야 하는 것으로 여겼고, 공공연한 애정표현은 오히려 은근한 조롱의 대상이 되기도 던 시절이었다.

> '마돈나' 지금은 밤도 모든 목거지에 다니노라 피곤하여 돌아가려는도다.
> 아, 너도 먼동이 트기 전으로 수밀도(水蜜挑)의 네 가슴에 이슬이 맺도록 달려 오너라.
> '마돈나' 오려무나. 네 집에서 눈으로 유전(遺傳)하던 진주(眞珠)는 다 두고 몸만 오너라.
>
> ─「나의 침실로」 부분

시의 주인공은 동굴 입구에서 서성거리며 '마돈나'라는 연인이 달려오기를 초조하게 기다리고 있다. 전통적으로 '기다림'은 여성의 정서인데, 여기서는 남성으로 설정되어 있다는 점도 특이하다. '수밀도의 네 가슴'과 같은 구절에서 드러나는 관능적 표현, 그리고 '달려 오너라', '오려무나', '몸만 오너라'가 반복적인 청유에서 나타나는 정서의 분출은 전통적 시가에서 찾아보기 힘든 것이다.

근대 이전 한국인의 삶이나 가족관계 속에서 오늘날 우리가 생각하는 '사랑'은 존재하지 않았다. 현대의 부부나 가족은 사랑의 결과로 구성되며, 부부 어느 쪽의 사랑이 식으면 헤어져야 한다고 생각하지만, 대부분의 당대인들은 사랑을 부부나 가족관계의 전제조건으로 여기지 않았다. 전근대 가족은 경제적 공동체로, 혹은 정치적 결합의 기능이 다분했다.

가족 내부에 현대적 가족이념인 낭만적 '사랑'이 부재했다는 사실은 한국인의 시선보다는 이방인의 시선에 의지할 때 오히려 생생하게 드러난다. 19세기 후반 조선인의 삶을 관찰한 알렌이나 비숍의 글은 가족 내 '사랑'의 부재를 증언하고 있다.

> 결혼한 부부 또는 방금 결혼하려는 남녀가 서로 상대방을 향해 품는 감정에 있어서 미국인들이 인정하고 이해하는 것과 같은 사랑의 감정을 정답게 표현하는 것을 아시아인들은 상스럽게 여긴다. 우리가 이해하고 있는 것과 같은 사랑은 분명히 존재하지 않는 것이라고 그들은 생각하고 있으며 설령 그러한 사랑이 존재한다 할지라도 그것을 내색하지 않는 것으로 생각한다. 결혼은 많이 하지만 남자측에서는 실제로 처녀의 신원을 모르며 여자들은 총각을 좀처럼 만날 수 없기 때문에 결혼은 집안 어른과 중매쟁이에 의해 주선된다. (…중략…) 서양에서처럼 결혼의 즐거운 전주곡을 이루는 구애가 조선에는 없다. 모든 결혼의 주선은 집안 어른과 중매쟁이가 한다. 신랑과 신부는 모든 절차가 끝난 뒤에야 비로소 서로 보게 된다.
>
> — 알렌(H.N. Allen)[1]

서양인들은 한국의 가족 내부에 '사랑'이 없다는 사실을 기이하게 느꼈다. "집(house)은 있어도 가정(home)은 없다"는 지적과 함께 한국의 남자들이 집 밖에서 애정의 대상을 구하고 있다는 비숍의 기록은 전근대 한국 가족의 단면을 인상적으로 보여주고 있다.

근대 가족의 심성인 '사랑'이 도입되는 것은 근대 계몽기의 가족 담

---

1) N. H. 알렌, 신복룡 역주, 『조선견문기』, 집문당, 1999, 126~127쪽.

론이나 자유연애론, 성해방론 등에 의해 본격화되지만 초기과정에는 기독교의 선교활동이 오히려 더 중요한 역할을 한 것으로 보인다.

> 내가 아는 한 한국 여성은 다음과 같이 말했다. '내가 예수를 믿기 전까지만 해도 남편과 같은 방에서 밥을 먹는다는 것은 알지도 못했지요. 남편은 사랑채에서 식사를 했고 나는 부엌바닥에서 먹었으니까요. 화가 나거나 술이 취하면 두들겨 패는 것이 일쑤여서 그리스도를 믿지 않는 여염집 아낙네와 마찬가지로 비참한 것이었습니다. 그러나 그리스도를 내 마음속에 받아들인 후 모든 것이 바뀌었습니다. 남편이 예수를 믿은 후에는 저를 때리는 일도 없어요. 우리는 사랑채에서 함께 식사하고 함께 기도하며, 내게 대한 말씨도 친절해졌고, 서로 대등한 위치에서 대화를 나눕니다. 지난날은 참으로 악몽 같았습니다. 오늘날에는 하늘나라에서 사는 맛이에요. 그리스도가 우리 집에 와서 우리를 가르쳐 주기 이전까지만 해도 우리는 사랑이 무엇인지를 몰랐습니다.'
>
> — 존스(G.H. Jones)[2]

현재 우리가 가지고 있는 가족이나 가정의 개념은 근대적 의미의 '사랑'인 바, 그 이념적 토대를 찾기 위해서는 칸트나 헤겔의 연애관을 참조해야 한다. 칸트의 경우 가족과 혼인이 '양성의 시민적 계약'이며, 그 본질은 '사랑'이라고 보았다. 이는 낭만주의적 자유연애의 사상적 기초가 된다. 이에 비해 헤겔은 혼인의 본질이 '법적이고 인륜적인 사랑'이라고 규정하여 인륜적, 인격적 측면을 강조한다. 여기서 사랑은 자기와 타자(他者)가 하나라는 의식을 의미한다. 따라서 사랑하는 상태에서 나는 나만으로 고립되어 있지 않으며 타자와 통일을 이룬다. 그리고 이 양성통일을 통해 자기 제약으로부터 '해방'을, 곧 '공동(Gemeinde)'을 통한 '자유(Freicheit)'의 획득을 이룬다는 관점이다. 인격과 인격의

---

2) J. S. Gale, 신복룡 역주, 『전환기의 조선』, 집문당, 1999, 79쪽에서 재인용.

자유의지에 의한 결합을 강조하고 있다는 점에서 근대적 성격을 지니는 것이다. 이러한 사랑이 보편적으로 되기 위해서는 가문이나 가족으로부터 분리되고, 전통과 풍속의 압력을 거부할 수 있는 자유의지의 인격체, 즉 '개인'이 출현해야 한다. 「나의 침실로」의 '밝음이 오면 어덴지 모르게 숨는 두 별'이라는 구절은 '마돈나'와의 사랑이 당시의 풍속과 화해하기 어렵다는 것을 보여주는 대목이다.

> 빨리 가자, 우리는 밝음이 오면 어덴지 모르게 숨는 두 별이어라.
> '마돈나' 구석지고도 어둔 마음의 거리에서 나는 두려워 떨며 기다리노라.
> 아, 어느덧 첫닭이 울고 — 뭇 개가 짖도다. 나의 아씨여! 너도 듣느냐.
>
> — 「나의 침실로」부분

그런 의미에서 이 작품은 1920년대 초반 근대적 교육과 계몽의 세례를 받은 주체들의 심성, 즉 옛 가족에 대한 환멸과 새로운 가족이 탄생하는 과도기에 나타나는 풍속과의 불화라든가 자기동일시 대상의 부재 현상을 가장 명료하게 나타내고 있다.

「나의 침실로」에 대해 김재홍 교수는 "가상적인 성행위를 통해 성충동을 해소하면서 사랑의 의미를 새롭게 발견하고 그 속에서 삶의 근거를 확인하여 정신의 부활을 성취하려는 노력에 바탕을 두고 있는 작품"이라고 해석했다. 그리고 작품 속에 나타난 화자의 몸부림은 당대의 절망적 상황, 즉 일제하라는 현실의 질곡 속에서 해방을 갈망하는 열린 의식과 함께 억압된 윤리의식 속에서 시련을 겪을 수밖에 없었던 낭만파들의 강박관념과 불안 심리, 그리고 성애가 수반하는 원죄의식이 서로 복합되어 나타난 일종의 카타르시스, 혹은 자기극복의 상징적 표출이라고 평가하였다. 이러한 해석과 평가가 일반적으로 수용되고 있으며, 여러 논자들의 추가적 검토가 이루어졌지만, 화자가 기다리는 연인인 '마돈나'의 의미나 작품의 배경으로 설정된 동굴의 의미가 무엇인지는 제대로 밝혀지지 않았다.

작품의 시간은 밤에서 새벽으로 설정되어 있다. 여기서 새벽은 일반적 의미와는 다른 파국을 의미하기 때문에 초조한 정서가 바탕에 깔리게 된다. 공간은 사원 근처의 동굴 앞이다. 화자는 지금 '나의 아씨'라고 부르는 마돈나와 함께 그 동굴의 침실로 들어가서 서로 '얽고' '안고 궁글기'를 갈망하고 있다. 이 만남이 이루어지기 위해서는 날이 새기 전에 '뉘우침과 두려움의 외나무 다리'를 건너야 하고 '사원의 쇠북'이 울기 전에 마돈나가 나타나야만 하는데 아직 마돈나는 나타나지 않고 있어 화자는 안타깝게 그를 부르고 있는 것이다. 마돈나와의 결합행위는 성애적인 요소가 있지만 그것은 부활의 꿈을 실현하는 계기로 설정되어 있다. 이들의 결합은 성애이면서 '의식적 몸짓(ritual gesture)'이다. 동굴 역시 침실인 동시에 침실 이상의 목적을 이루는 '의식적 공간(ritual space)'으로 설정되어 있다. 화자는 그러한 공간 속에서 '가장 아름답고 오랜 것'을 이루려고 하는 것이다. 그런데 화자가 갈구하는 '마돈나'도 '부활의 동굴'도 현실에는 없다는 것, 오로지 '꿈속에서만' 가능한 환상임을 이미 부제에다 분명히 밝혀 두었다. 따라서 이 작품을 온전히 이해하기 위해서는 우선 '마돈나'로 표현된 욕망의 대상, '동굴'이라는 공간에 투사된 욕망의 의미가 무엇인지, 나아가 그 욕망의 배경과 동기가 무엇인지를 해명해야 한다.

1) 마돈나 ― 숭고하면서 열정적인 사랑의 화신

화자가 안타깝게 부르고 있는 대상인 '나의 아씨', '마돈나'는 성모 마리아로 설정되어 있다. 그동안 이 작품을 논하는 평자들은 일견 '신성모독'적인 이 판타지를 가급적 성모 마리아와 연관시키지 않고 해석해 보려고 애써왔다. 김학동 교수가 '마리아'는 이상화의 애인이었던 유보화(폐결핵으로 사망)를 모델로 하였다고 추측한 바 있다. 정진규가 『마돈나 언젠들 안 갈 수 있으랴』(문학세계사, 1981)에서 '마돈나'의 원관념이 '조국'이거나 '구원의 힘을 지닌 절대적 존재'로 본 것이 그 예이다. 정현기 교수는 『한국문학의 해석과 평가』(문학과 지성사, 1994)에서 기존의 해석을 전면적으로 비판하면서 이 작품의 배경인 '동굴'은 예수의 무덤과, 마돈나는 예수의 부활을 목격한 막달라 마리아와 관련될 것이라는 흥미로운 해석을 한 바 있다. 이 작품의 중심적 갈등을 개인과 그 개인이 속한 시대와의 불화, 특히 윤리적 규범으로 나타나는 풍속과의 불화로 해석한 것이다. 당시의 윤리, 도덕, 법률 등의 풍속적 제약 앞에서 한 개인의 사랑이 겪는 좌절과 고통을 적나라하게 보여준다는 것이다. 남성 화자가 여성에게 밀회를 간절히 요구하면서, 육체에 대한 욕망까지 드러내어 표현하는 사례는 전통적인 시가는 물론 당시의 시에서도 그 유례를 찾아보기 힘든 파격임이 분명하다. 그렇다고 해서 이 표현을 윤리적으로 각색하거나 지나치게 상징화시키는 것은 어느 경우도 바람직한 일이 아니다.

우선 상화가 그린 여성의 초상화를 보면, 그 여성은 관능성과 신비로움을 구비한 여성이다. 그리고 '눈으로 유전하는 珍珠' 따위의 세속적 가치에 연연하지 않는 여성이며, '뉘우침과 두려움의 외나무다리 건너'로 올 수 있는 윤리나 풍속에 의연한 여성이다. 이처럼 완벽한 여성상을 우리 근대 시인들은 그려낸 적이 없다. 마리아를 성적 대상으로 보는 생각도 서양에서는 그저 모성과 결부된 에로티시즘으로 여길 뿐이며, 비난의 대상이 아니었다는 사실을 염두에 둘 필요가 있다.

'수밀도의 가슴에 이슬이 맺도록' 달려오라는 표현은 어떤가? 단순히 숨 가쁘게 달려오라는 표현으로만 보기는 어렵다. 이상적인 여인의 가슴이 껍질이 얇고 과즙이 많은 복숭아와 같다는 비유가 한층 두드러져 보인다. 르네상스기의 많은 서양화가들도 '젖을 주는 마리아'의 모티프를 거듭해서 그려왔다고 한다. 반데르 바이덴(Weyden, 1399~1464)의 「성모를 그리는 성(聖) 루가」나 기암페르디니(Giamperdini)의 「아기예수와 마돈나」와 같은 작품들이 그 예이다. 이러한 경향에 대하여 푹스는 "르네상스기의 사람들이 여윈 소녀나 순진한 처녀들보다는 어머니의 성숙한 아름다움 쪽에 훨씬 성적 유혹을 느꼈고 그러한 심성이 풍만한 유방을 가진 여성을 그림의 주인공으로 삼는 이유"라고 설명한다. 또한 기독교에서 '성모 마리아의 젖가슴과 어린이의 관계'는 '신과 인간의 관계'를 설명하는 비유로 인용하기도 한다는 사실은 작품을 해석하는 단서가 될 수 있다. 그리고 남녀 간 사랑의 대상에 종교적 이미지가 결부되는 것은, 우리나라의 경우 근대 가족과 '사랑'의 심성이 형성되는 과정에 기독교와 선교사들의 역할이 컸다는 사실과 연관하여 이해할 수 있다.

이 작품은 20대 초반의 계몽기 세대가 집과 가족 심성의 혼란상황에서 새로운 사랑의 대상을 모색하는 심성을 보여주고 있다. 전근대의 윤리로부터 일정하게 해방되었지만 사랑의 대상을 현실에서 찾기 어려운 상황에서 숭고하면서 관능적인 여성으로 마리아의 판타지가 생성되었던 것이다. 마돈나는 순결한 모성의 상징으로 연옥을 거치지 않고 승천하여 영원한 생명은 존재한다. 마리아와의 결합은 영원한 생명의 획득이기도 하다. 이러한 상상은 불경스러운 것일까? 들뢰즈와 가타리는 프로이트의 중심 개념인 '오이디푸스'를 비판하면서 네르발(Nerval)의 작품 속에 나타난 사랑을 소개한 바 있다. 네르발의 소설에 나오는 주인공은 자신의 연인 오렐리를 보면서 어린 시절의 소녀 아드리엔느를 떠올리고 그 둘을 어머니와 동일시한다. 들뢰즈는 그러한 연상을 병리현상으로 볼 필요가 없다고 주장한다. '현재'의 여성인 오렐리, 소년기의 여성인 아드리엔느는 유아기의 연인인 어머니로 종합되고, 오렐리, 아드리엔느, 그리고 어머니, 이 셋을 '미래'의 여인이자 더 큰 여성인 성모 마리아와 동일시하는 상상은 지극히 자연스럽다고 보았다. 과거를 통해 현재를 보고 현재를 통해 미래를 보는 것을 비정상적 사랑으로 간주하는 정신분석학에 대한 저자들의 문제 제기는 신선하다.

근대인의 사랑은 근대적 여성의 출현을 전제로 하는데, 1920년대 초에 근대적 여성은 희소할 수밖에 없었을 것이다. 부재하는 대상에 대한 욕망은 이미지로 창조된다. 상화가 창조한 마돈나가 바로 그 이상적 근대여성이다. 그래서 '마돈나'는 한국 근대시에 나타난 가장 아름다운 여성 가운데 하나다.

2) 동굴의 의미와 그 이미지의 기원

이 작품에 나타나는 공간환상과 화자의 욕망은 매우 특이하다. 애정교환장소로서 '동굴'이 설정되고 있다. 그곳은 '아무도 열 사람' 없는 '내 침실'이다. 이는 백조파의 상상공간인 '검은 방(房)'이나 밀실과 관련지어 설명할 수 있으며, 근대 가족의 탄생과 관련된 내밀한 공간에 대한 욕망으로 해석할 수도 있다. 그렇다고 해도 동굴을 침실로 상상하는 것은 결코 평범한 것은 아니다.

그런데 우리의 전통주거에는 침실이 없으며, 상화 역시 침실문화에서 성장하거나 그러한 방에서 실제로 생활하지도 않은 것 같다. 침실은 잠과 성교를 위한 분리된 방이고 개인의 은밀한 방으로 서구 중산층의 방이다. 이러한 방이 한국인들의 주거문화에 도입되는 것은 훨씬 뒤의 일이다. 이는 공간에 대한 욕망을 반영하고 있는 것으로 보인다. 다시 말해 가족이나 가문에서 분리되어 새로이 탄생하고 있는 근대인, 즉 '개인'이 '내밀한' 공간에 대한 심성과 욕망을 보여주고 있는 것이다. 화자가 마돈나를 기다리는 장소는 동굴이자 침실이고, 또 부활의 공간이기도 하다.

'침실'은 근대 가족에서 강조되는 성애의 구현 공간이다. 한국인들의 경우 조선시대 내내 유지해 왔던 안방과 사랑방이라는 공간적 별거 문화에서 '침실'은 명실상부한 동거로 바뀌게 된다. 침실은 과거의 안방 못지 않게 내밀한 공간으로 설정되며 가족 내의 아동들과도 분리되는 공간이다. 물론 주거문화로서 침실이 일반화되는 것은 본격적인 산업화시기를 기다려야 한다. 1920년대 시에 나타나는 '침실'은 사회적 현실을 반영한다기보다는, '근대 가족'과 낭만적 '사랑'의 심성이 형성되면서 생겨난 욕망의 반영이라고 보는 것이 옳을 것이다.

이러한 공간의 설정은, 천주교회에서 일대 사건으로 여기고 있는 루르드 동굴 성모 출현 사건, 그리고 성모 출현의 현장인 루르드 동굴을 재모방한 '성모의 집'이 1918년 대구에 건립되었다는 사실과 관련될 듯하다. 대구 천주교회 초대 교구장이었던 안세화(Demange) 주교에 의해 추진된 이 성모당은 대구시 남산동에 위치하고 있는데 여기서 상화의 생가가 있는 서문로2가까지 직선거리는 1km밖에 되지 않는다. 상화가 거대하고 낯선 동굴의 집과 그 건립배경을 보거나 들었다는 사실을 현재로선 확인하지 못했다. 그러나 그가 성모당의 건립배경을 몰랐다거나 성모당 건물을 보지 않았을 가능성은 거의 없어 보인다. 상화가 직접 가톨릭과 관련된 사실은 밝혀지지 않았지만, 그의 부인이었던 서온순 여사가 가톨릭신자였으며(영세명 베로니카), 친구와 지인들 가운데 가톨릭계 학교인 계산학교 교사가 여럿 있다는 점을 고려하면 더욱 그렇다. 또 이 당시 대구의 인구는 44,000명 정도로 지금의 읍 인구에 지나지 않았기 때문에 가족이나 친지들이 가톨릭과 관련되지 않았다 해도 최소한 성모당 건립과 그 배경은 접할 수 있었을 것이다.

여기서 성모당 건물과 관련된 이야기란 무엇인가? 바티칸 공의회 문헌전문가 로랑텡이 기술한 「벨라데따 성녀 수기」의 줄거리를 요약하면 다음과 같다.

프랑스의 루르드 지방에 사는 소녀 벨라데따는 감옥으로 사용되던 폐허에 살고 있었다. 그녀는 너무 가난하여 친척에게조차 천대와 멸시를 받는다. 이 소녀가 어느 날 나무하러 개울물을 건너 어두운 동굴 앞에 다가갔을 때, 한차례의 질풍이 불고 난 뒤 동굴이 밝아지며 젊고 아름다운 부인이 동굴 앞에 나타난 것을 보게 되었다. 그 뒤 가족의 금지에도 불구하고 벨라데따는 동굴에서 성모의 발현을 몇 차례 더 본다. 이 귀부인은 자신이 성모 마리아임을 밝힌다. 이 이야기를 전해들은 경찰과 성직자들은 성모 발현 소동이 거짓이라고 보고 벨라데따를 추궁하고 감금한다. 이로 인해 벨라데따는 경찰과 주교의 심문을 받고, 정신병자 취급을 당하는 등 고난을 당하지만 결국 여러 가지 증거에 의해 마침내 성모 발현은 사실로 인정된다. 성모 출현을 목격한 벨라데따는 뒤에 성인의 반열에 오르고 그의 유해는 프랑스 느베르 성당에 영구 안치하였다.

성모 출현과 은총을 간절하게 기다리는 천주교도들의 소망과 새로운 연인을 갈구하는 낭만적 심성이 유비관계를 형성하여 침실이자 동굴이며, 환희의 장소이면서 죽음의 공간인, 숨김없는 성애를 드러내는 공간이자 영원한 삶을 얻는 신성한 공간인 이상화의 '침실'을 낳은 것이라는 추리가 가능하다.

대구의 성모당은 남 프랑스에 있는 루르드 성모 동굴(자연동굴)이나 그것을 모방하여 재현한 느베르 본당의 성모 동굴과 달리 별도의 건물을 짓고 그 속에 동굴을 복원하였으니, 이는 집이자 동굴인 셈이다. 커다란 궁륭형으로 된 건물의 외관과 동굴의 입구는 전체적으로 커튼을 드리운 침실을 연상시킨다. 이것이 개인적 공간의 욕망과 결합되어 작품 속에 나타난 것처럼 동굴이자 침실인 배경이 이루어졌으리라고 짐작된다. 대구 성모당을 본래 루르드 동굴을 재현한 두 번째 이미지로 보면, 상화의 「나의 침실로」는 '이미지의 이미지'를 다시 재현한 이미지에 해당한다.

3) 낭만주의의 꿈과 현실

「나의 침실로」에 나타나 있는 화자의 정서는 전근대인의 심성으로는 표현하기 힘든 솔직한 에로티시즘과 사랑의 과감한 표현, 윤리와 관습적 금기로부터 해방된 심성 등을 적절한 리듬에 실어 분출하고 있어 '혁명적'이라고 불러도 무방할 것이다. 여기에서 우리는 '해방으로서의 근대'가 펼치는 한 풍경을 본다. 부활을 꿈꾸는 이상화의 낙관적 정서가 20년대 후반으로 가면서 점차 사회적 관심과 결부되면서 확장된 것으로 이해해야 한다. 이상화의 '침실'은 간절한 기다림의 대상이 출현하는 장소이자 그 대상과 사랑을 성취하는 공간이다. 「나의 침실로」는 시간적으로 볼 때 현재는 심각히 결여되어 있고, 그래서 '미래로의 도주'가 우려되긴 하지만, 기독교적 부활(소생) 이미지에 기댄 낙관적 역사관의 맹아가 있음을 확인할 수 있다. 이러한 심성이 「빼앗긴 들에도 봄은 오는가」에서 보이는 소생하는 봄과 대지의 생명력에 대한 믿음으로 나아갔는데, 이는 진보를 향해 열려 있는 데카당스 심성의 한 측면으로 이해된다.

가족의 기상도

— 박목월의 『청담(晴曇)』

1

정지용 시인은 "북에는 소월이 있거니 남에는 박목월이가 날 만하다"고 했다. 이는 목월의 시적 가능성에 대한 지용의 기대를 단적으로 드러낸 평가라 하겠다. 일반적인 독자들에게 박목월(1916~1978)은 '청록파'의 시인으로 알려져 있다. 이러한 사실은 박목월의 시적 특징을 단적으로 이해하는 데 도움을 주기도 하지만 한편으로는 장애물이 되기도 한다. 조지훈과 박두진, 박목월을 청록파라고 부르게 되는 직접적인 배경은 해방 직후에 3인의 공동시집 『청록집』(1946)의 간행이다. 이 시집에 실린 작품은 『문장』지에 추천된 작품들로 대부분 자연을 소재로 한 서정시들이라는 점이다. 자연의 재발견을 통한 정신적 가치의 추구가 청록집에 나타난 시적 특징이라고 할 수 있다. 그러나 이러한 공통점으로 세 시인들의 시 세계를 개괄하기에는 각자의 개성이 확연히 다르다.

조지훈은 사라져가는 전통적 정신에 대한 애착과 불교적 선적 경지를 추구하는 태도를 견지했다. 그의 시의 바탕에는 전통 지향성과 지사적 기풍이 깔려 있으며, 1960년대 이후에 보여준 사회 참여는 그의 유가적 처세관과 관련된다. 박두진은 기독교적 세계관에서 출발하였으나 자연친화의식과 강렬한 사회의식을 결합한 독특한 시 세계를 형성하였다. 목월의 초기시는 전통적 율조와 회화적인 감각을 바탕으로 향토성이 강한 소재를 형상화시키고 사회의식은 거의 드러나지 않는다.

박목월의 네 번째 시집 『청담』은 목월시의 한 분수령을 이룬다. 이 시집은 불혹을 넘긴 목월이 자신의 생활을 관찰하고 거기에서 발견된 정서와 감각을 표백한 작품들로 이루어져 있다. 마치 기상예보관이 구름의 양과 풍향을 근거로 일기를 판정하고 예보하듯이 그도 소소한 일상사에다 감각의 촉수를 드리워 놓고 삶의 의미를 확인하려 한다. 그러한 일상에 대해 집중적으로 탐구하는 경향은 『蘭 · 其他』의 연장선에 놓이는 동시에 그의 초기시를 대표하는 『산도화』의 시 세계와는 확연하게 구분된다.

'일상'이란 한 인간이 큰 변화 없이 지속하는 나날의 테두리 속에서 조직하는 것이다. 곧 일상은 나날이 반복되는 동시에 하루하루의 일과 속에서 일정하게 고정되어 있는 것, 그래서 개인의 생활과 역사를 지배하는 시간의 조직이며 리듬이다. 이러한 일상성은 친숙한 것이기에 그만큼 무관심하게 지나쳐 버리는 영역이다. 규칙적으로 반복되는 하루하루의 일과라든가 시간의 흐름, 즉 잠과 식사, 가족생활 따위는 실제의 삶에서는 대부분을 차지한다. 일상사는 사실 그 양만큼이나 소중한 것임에도 불구하고, 하찮은 것으로 간주해 왔기에 몇몇 모더니즘 시인을 제외하고는 이를 시적 탐구의 대상으로 삼지 않았다.

우리 현대 문학이 역사나 정치철학 혹은 민족과 같은 영역의 사고에 대한 과도한 경사와 그에 대한 반작용으로 자연으로의 귀환, 이 둘 사이를 왕복하면서 정작 삶 자체를 다루는 것은 비시적인 것으로 여기는 경향이 생겨난 것인지도 모르겠다. 물론 시적 소재를 일상과 먼 곳에서 찾으려는 태도는 뿌리 깊은 것이다. 음풍농월(吟風弄月)하는 한시나 시조의 세계가 그렇고, 현대시인들과 독자들 또한 시적 소재를 비일상적인 영역에서 구하려 하는 낭만주의적 경향에 일정한 묵시적 동의를 해온 것인지도 모른다. 목월의 초기시에 나타나는 자연은 현실보다는 이상에 가까운 것이었다. 그는 이상적인 세계를 자연에 의탁하여 형상화하면서 고통스러운 현실에서 벗어나려 했는지도 모른다. 물론 그러한 자세를 현실도피로 단순화하는 것은 곤란하다. 거기에는 잃어버린 '고향'이나 평화로운 세계를 회복하려는 의지가 담겨 있기 때문이다. 50년대에 이르러 목월은 드디어 「청노루」의 '자하산'이나 「산도화」의 '구강산'과 같은 가공적 선경(仙境)의 세계에서 '비루한' 생활의 현장으로 환속한다.

2

　시집 『청담』에 수록된 「가정」, 「밥상 앞에서」 등의 작품은 모두 일상을 다루고 있다. 이들 작품에서 반복되는 일상에 대한 새로운 인식을 볼 수 있다. '귀가'는 모든 사람들에게 늘 반복되는 행위이므로 거기에는 의문이 있을 수 없다. 그런데 문득 시인은 우리가 왜 집으로 되돌아가야 하는지를 묻는다. 바로 시의 화자가 '집'을 낯설게 느끼고 있다는 징표이다.

> 어딜 가나,
> 나는 원효로행 버스를 기다린다.
> 어디서나 나는
> 원효로행 버스를 타고
> 돌아온다.

(…중략…)

나는 호구책을 마련하기 위하여
하루종일 거리를 서성거렸고
때로는 사람을 방문하고
외로운 친구와 더불어
잔을 나누고
밤이 되면
어디서나 나는
원효로행 버스를 기다린다.

— 「회귀심」 부분

대부분의 한국인에게 50년대는 궁핍한 시대였다. 이 작품 속에서도 '호구'를 위해 거리를 서성일 수밖에 없는 모습이 드러난다. 이 작품에서 '가난'보다 더 중요한 의미를 지니는 것은 '가정'일 것이다. '어딜 가나', '어디서나' '원효로'(시인의 거주지)로 되돌아 와야 하는지를 되묻는 것은 '원효로'라는 지명이 함축하고 있는 '가정' 혹은 '가족'의 의미에 대한 반문에 해당한다.

일상생활은 시간을 단위로 구획되거나 반복되는 만큼 중요한 요소이다. 일상에서 '시간'은 중요한 요소이듯이 『청담』의 시 세계에서도 시간은 매우 민감하게 다루어지고 있으며, 그 가운데 '시간적 현재'는 유별나게 강조되어 있음을 볼 수 있다. 그것은 '수요일 오전 9시 55분'(「수요일의 사과」), 이라든가 '일요일 오전 11시/나는 집에서 시를 쓴다'(「이 시간을」)와 같은 시간 인식, 그리고 '지금은/하오 네시/나는 기침을 한다'(「용산역 부근」) 등의 구절에서 발견할 수 있다.

그중 「기후 유감」은 무의미하게 반복되는 일상성에 대한 목월의 인식을 보여 주는 작품이다.

웬일일까.
요즈음은 하루 하루의
미묘한 기후의 변화가
코에 어린다.
그날따라 달라지는 바람 냄새
흙 냄새.
벽돌 냄새.
충무로의 냄새와
세종로의 냄새.
마음이 비면
열리는 신비스런 후각.
그리고 친구들의 수인사 한마디에도
가슴이 흠뻑 젖는.
유감한 하루 하루를
거리에는 시간마다 높아지는
벽돌로 짜올리는 삘딩
층계마다 다른 공기가
코에 어린다.

— 「기후 유감」 부분

시적 자아는 기후의 미묘한 변화가 감지될 수 있는 이유가 무엇인지에 대해 스스로 묻고 있다. 여기서 말하는 '기후'란 단순히 날씨에만 국한되지 않는다. 그것은 소소한 개인사나 노동의 일과를 모두 아우르는 말일 것이다. 일체의 생활을 '코'로 감지할 수 있다는 생각은 자못 흥미롭다. '바람'은 물론 촉각의 소관이려니와, '벽돌'(빌딩의 기초 건자재), 충무로나 세종로(도회의 풍경) 같은 도시의 풍경은 후각의 소관이 아님에도 불구하고 '코'로 감지해 보려는 것이다. 근대문명에서 시각을 특화하고 후각은 추방하려는 경향이 뚜렷하다. 그러나 이미지나 빛에 의거한 시각보다 물질에 기초한 후각이야말로 가장 구체적인 감각이다. 대부분의 동물들은 후각에 의존하여 활동한다는 사실을 염두에 둔다면 일상을 감지하는 감각으로 후각을 복원시킨 목월의 판단을 수긍할 수 있다.

그렇다면, 작품의 첫 행은 일상생활이 가져오는 새로운 느낌의 정체에 대한 질문이 된다. 달라진 '바람 냄새'는 화자가 인식하고 감지한 새로운 풍경이다. 반복되는 일과 속에서 '흙 냄새'와 '벽돌 냄새'를, 번잡한 도심의 냄새와 풍경을 새롭게 감지할 수 있는 동기는 무엇일까? 이것은 화자의 감각이 모더니스트 이상(李箱)의 「권태」와는 대조적으로 작동되고 있음을 말하는 것이다.

> 어서 — 차라리 — 어둬 버리기나 했으면 좋겠는데 — 벽촌의 여름 — 날은 지리해서 죽겠을 만치 길다.
> 동에 팔봉산, 곡선은 왜 저리도 굴곡이 없이 단조로운고? 서를 보아도 벌판, 남을 보아도 벌판, 북을 보아도 벌판, 아 — 이 벌판은 어쩌자고 저렇게까지 똑같이 초록색 하나로 되어 먹었노?
>
> — 이상, 「권태」에서

공포에 가까운 권태감과 일상 속에서 새로움을 찾는 감각의 차이는 '현실'에 대한 심성의 상이함에서 온다. 공포는 현실에 대한 부정에서, 권태는 현실을 용납하는 데서 비롯된다. 현실의 용납을 화자는 '마음을 비면'이라고 넌지시 말한다. 그것은 일체의 욕망들, 즉 일과 돈과 시간 그리고 인간에 대한 욕망의 일정한 절제일 것이다. 그런데 역설적으로 절제는 또 다른 충만감을 낳는다. 그러할 때 '친구들의 수인사 한마디에도' '가슴이 흠뻑 젖'을 수 있으며, 풍경의 변화, 시간의 변화가 유쾌하게 감지될 수 있는 것이다. 이러한 감각의 예민함은 정신의 가벼움에서 나아가 '현재'—현실의 '일정한' 수락에서 기인하는 것으로 판단된다.

그의 연작시 「一泊」에서도 '하루(지속되고 반복되는 일상의 단위인)'의 의미가 무엇인지를, 그리고 가족의 중요한 구성원인 자식들에 대한 상념을 잠자리에 들면서 확인하고 있다.

내일은
내일. 내일의 아침은
신의 영역.
봉해진 세계.
내일 근심은 내일의 근심. 오늘은 오늘로서 족한.
다만 지금은
어린 것들 옆에
잠자리를 펴고. 찬란한 성진(星辰)의
허허로운 공간에.
어린 것들 옆에 바람과 구름의
허허로운 공간에.
다만 지금은
어린 것들 옆에 흐르는 강물……
귀를 잠그고
어린 것들 옆에
잠자리를 펴고. 찌걱거리는 뗏목 위에
다만 지금은
찌걱거리는 뗏목 위에
잠자리를 펴고
이부자리 자락으로 귀를 덮는다.

—「一泊 2」전문

우리 현대시에서 '가족'의 모습이 사회의 최소 단위이자 혈연공동체인 '가족' 단위 그 자체로 온전히 형상화된 것은 목월의 시에서 비롯된다. 백석과 이용악의 시에서 '가족' 혹은 '집'은 해체되는 농촌 사회의 '형상', 즉 사회의 축도로서의 가족에 대응하고 있어 환유적 성격이 강하다. 목월의 '집'은 따스함과 휴식 그리고 위안이 있는 공간으로 그려져 있다.

목월의 시에 나타난 집은 가부장적 권위가 지배하는 전통적 가정도 아니고, 소득수준이 향상되면서 나타난 소비주의적 가족공간도 아니다. 목월시에 나타나는 가족공간은 '도구적 가족'에서 '낭만적 가족'으로 이동하는 중간쯤에 위치하고 있다. 전자의 경우 생존의 도구적 기능이 강하다면, 후자는 비정한 세상의 정서적 피난처로서의 기능이 강조된다. 현대인들은 가족을 개인화된 도시공간과, 비정한 생존경쟁의 공간인 사회의 피난처로 여기는 것이다. '낭만적 가족'의 출현은 근대의 한 징표이다. 도시 서민들의 가정은 정서적 피난처로서, 가족구성원 중 가장은 생계를 책임지고 주부는 가사를 전담하는 형태를 띤다. 남성은 일에 긴박되어야 하고 여성은 보수 없는 가사노동에 긴박되어야 한다. 그런 의미에서 집과 가족은 여전히 하나의 '숙명'인 셈이다. '내일은 내일'이라고 단정하는 데에서 화자가 느끼는 삶의 무게가 결코 만만치 않음을 알 수 있다. 미래에 대해 조바심하지 않는 자세, '이상'이나 '꿈'을 괄호 치는 태도는 목월시의 중요한 단면이다. 목월은 본래 '꿈'과 '이상'을 자연에서 구했다. 그는 항상 자연과 인간이 친화하고 교감을 이루는 가운데 인간적 그리움을 표출했다. 「윤사월」과 같은 초기시와 비교하면 이 작품의 특징이 더욱 분명히 드러난다. 거기에는 서정적 자연을 배경으로 삼아 삶의 근원적 고독으로부터 벗어나려는 기원이 표출되어 있다.

> 송화가루 날리는/외딴 봉우리
> 윤사월 해길다/꾀꼬리 울면
> 산지기 외딴집/눈먼 처녀사
> 문설주에 귀 대이고/엿듣고 있다.
>
> —「윤사월」 전문

시집 『청담』에서 가족은 자연보다 중요한 시적 대상으로 나타난다. '어린 것들'을 바라보면서 '찬란한 별자리의 모습'과 '바람과 구름의 모습' 그리고 '흐르는 강물의 모습'을 연상하고 있는 것이다. '찌걱거리는 뗏목'의 모습은 유유히 인생의 강물 위를 흐르고 있다. 뗏목이 강물을 거슬러 오르지 않듯이 이 시의 화자도 현실을 부정하거나 거부하지 않는 자이다. 그렇다고 현실의 모든 것이 충족된 공간은 아니다. '가족'이 그의 결핍을 온전하게 충족시켜 주지도 못한다. 그래서 그는 그 공간은 '일박'의 공간이라 했다.

가족은 지금 '찌걱거리는 뗏목' 위에서 살아가고 있다. '찌걱거리는 뗏목'은 시인과 시인의 가족이 살고 있는 낡은 적산가옥의 삐걱거리는 다다미방 마루를 말한다. 해방 직후 한국의 각 도시, 특히 서울의 주택난은 심각했다. 일제 말 전시동원체제 아래 해외로 나가야 했던 동포들이 귀환하기 시작했으며, 북한 지역에서 월남한 동포들로 인해 많은 사람들은 움막을 지어 생활할 수밖에 없었다. 일본인들이 남긴 8만 호의 적산가옥이 주택난을 해소하는 유일한 방법이었다. 여기에는 삶의 불안감이나 위태로움이 암암리에 드러나 있다. 집(혹은 가족)이 일종의 표류하는 공간이라는 인식은 '허허로운'이라는 표현 속에 함축되어 있다. '램프'를 소재로 한 「枕上」은 '현실 수락'이라는 목월의 정신이 인간 '관계'에도 이르고 있음을 보여주는 작품이다.

> 그를 두고 옛날에는
> 詩를 써 보려고 무척 애를 썼다.
> 머리맡에 조는 한 밤의 램프여.
> 당시에 나는
> 그를 외로운 신부라고 생각했다.
> 쓸쓸한 나의 자는 얼굴을
> 지켜 주며 밤을 새우는.

그러나
이제 나는 단념했다.
나의 자는 얼굴을 지켜 줄
측은하게 어진 신부가
이 세상에 없음을 알았기 때문이다.
그렇다.
그의 고독은 그의 것.
나는 외로운 얼굴을 하고
자다 깨다 혼자서
지낼만큼 지내다 가는 것이다.
나의 침상의 허전한 자리는
태어나는 그날부터 나의 것.
램프여,
누구로 말미암은 것은 아니다.

— 「枕上」 전문

램프(남포)는 지금은 이국적 소재처럼 여겨지지만 전기가 부족했던 해방이전은 말할 나위도 없고, 정전이 잦았던 50~60년대의 가정생활에서는 생필품 중의 하나였을 것이다. 어두운 밤의 동반자인 램프를 바라보며 이제 외로운 삶의 동반자가 된 '아내'라는 존재를 생각해보는 것은 자연스럽게 느껴진다. 화자는 한때 램프를 '외로운 신부'로 여겼다. 시인의 쓸쓸한 얼굴을 지켜주면서 밤을 새우는 신부와 같다고 생각했기 때문이다. 그러나 잠든 '나'를 지켜줄 '어진 신부'는 세상에 없으며 나는 홀로 밤을 지새야한다는 사실을 새삼스럽게 확인한다. 시인이 '외로운 신부'라고 생각한 '램프'는 연인인 동시에 아내인 존재이다. 그런데 시의 화자가 늦은 밤에 대면하고 있는 존재는 연인이면서 아내인 '외로운 신부'가 아니라 고단한 일과를 마치고 혼곤히 잠들어 있는 아내이다. 시인이 사는 곳은 낭만적 사랑의 세계가 아니라 궁핍한 전후(戰後)의 서울 거리임을 새삼스럽게 깨달으면서 그는 고독해진다.

3

　나의 쓸쓸함과 외로움은 나의 몫으로, 그의 고독은 그의 몫임을 깨
닫는다는 것이다. 아내를 자신의 동반자, 혹은 위안자로 파악하는 것
은 이기적 욕망의 다른 표현일 수 있다. 이 작품에서 화자는 가족관계
에 내포되어 있는 소유 관계의 극복을 내비치고 있는 것일까? 인생과
삶이 '허허로운 것', '외로운 것'이라는 체념적인 현실 수락은 가정이
라는 '공간'이나 가족이라는 '관계'에서도 동일한 양상으로 나타난다.
　이러한 세계인식과 정서는 산문시 「나무」에서 좀 더 명료한 형상을
내보인 바 있다.

　　유성에서 조치원으로 가는 어느 들판에 우두커니 서 있는 한 그루 늙은 나
　무를 만났다. 수도승일까. 묵중하게 서 있었다.
　　다음날은 조치원에서 공주로 가는 어느 가난한 마을 어귀에 그들은 떼를
　져 몰려 있었다. 멍청하게 몰려 있는 그들은 어설픈 과객일까, 몹시 추워 보
　였다.
　　공주에서 온양으로 우회하는 뒷길 어느 산마루에 그들은 멀리 서 있었다.
　하늘 문을 지키는 파수병일까. 외로와 보였다.
　　온양에서 서울로 돌아오자, 놀랍게도 그들은 이미 내 안에 뿌리를 펴고 있
　었다. 아아 고독한 모습. 그 후로 나는 뽑아낼 수 없는 몇 그루의 나무를 기르
　게 되었다.

　　　　　　　　　　　　　　　　　　　　　　　　　　　― 「나무」 전문

　목월의 시에 나타난 나무는 사람과 인생을 대신한다. 이 작품 역시
나무의 모습을 통해 자신의 인생을 반추하고 있다. 이 시는 유성에서
조치원, 조치원에서 공주로, 공주에서 온양으로, 다시 온양에서 서울
로 되돌아오는 여로의 구성을 취하고 있다. 출발지는 아마도 서울이었
을 것이니 시 전체는 하나의 순환적 여정이 될 것이다. 이 순환적 여로

는 목월이 생각하는 인생의 축도이다. 유성에서 조치원으로 가는 길가에서 만난 한 그루 노목은 '삶의 무게'를 견디기 힘겨운 듯한 표정을 하고 서 있다. 비바람과 염량(炎凉)을 견디며 얻은 침묵의 미덕을 간직한 채 묵묵히 버티고 서 있다. 노목은 수도승처럼 보인다. 인생이란 삶 자체를 화두로 하는 수도의 과정이기도 하니까. 공주로 가는 길에서 만난 나무들은 초라한 나그네의 형상을 하고 있다. 노목의 또 다른 모습은 파수병이다. 나무는 대체로 처음 뿌리를 내린 그 '자리'에서 살아가고 그 '자리'에서 생애를 마감하기 때문이다. 조치원에서 공주로 향하는 길에서 본 '나무'의 군상은 척박한 대지 때문인지, 아니면 가난한 마을의 풍경 때문인지 한층 을씨년스런 모습을 하고 있다. 어쩌면 목월이 경험한 궁핍하고, 신산한 시대와 역사를 산수화로 바꿔 놓은 모습인지도 모른다.

　공주에서 온양으로 우회하는 뒷길 산마루에 서 있는 나무들은 '외로와' 보인다고 했다. '우회'라는 시어는 목월의 여러 시편에서 발견되는데 그것은 지름길이 아니라는 의미를 넘어, 삶의 여정에 대한 목월 나름의 사유가 담겨 있다. 그것은 '우여곡절(迂餘曲折)'과 같은 말을 염두에 둔 표현으로 추측된다. 긴 여정의 끝에는 이윽고 죽음의 세계가 기다리고 있다는 것을 암시하듯 노경의 나무는 '하늘 문'을 지키는 파수병의 모습을 하고 있는 것이다. 우회로에서 본 나무에서 느끼는 외로움의 정서는, 그 노경의 세계를 수락하면서도 쓸쓸함을 감내해야 한다는 착종된 감정에서 비롯된 것이리라. 시인이 발견한 나무의 심상은 묵중한 수도승, 추위에 떨고 있는 나그네, 그리고 외로운 파수병이다. 홀로 서 있거나 무리를 지어 서 있거나 나무는 외로운 존재들이라는 사실을 시인은 수긍하기 시작하고 있다.

4

　박목월의 제4시집 『청담』은 일상의 보고서이다. 거기에는 50년대를 살았던 시인의 흐리거나 맑은 나날들이 담담하게 그려져 있다. 문학 속에서 끊임없이 민족의 현실이나 운명을 발견하고자 하는 한국인의 일반적 비평적 심의경향에서 볼 때 어디에서나 목격할 수 있는 범속한 나날을 담은 목월의 50년대 시는 새로운 영토에 뿌리를 내리고 있는 것이다. 목월의 시가 자연시에서 인생시로 변모하는 데에는 해방과 6·25로 이어지는 역사적 사건, 가정적으로는 동생의 갑작스런 죽음 등이 영향을 미쳤을 것이다. 이 무렵의 시에는 의식주 등 개인의 생존에 해당하는 문제뿐 아니라 가족구성원의 삶과 죽음, 연인과의 사랑과 이별 등 인간이 생활하면서 부딪게 되는 여러 문제들이 다채롭게 나타난다. 이러한 경향은 시집 『경상도 가랑잎』으로 이어진다.

　　지상에는
　　아홉 켤레의 신발.
　　아니 현관에는 아니 들깐에는
　　아니 어느 시인의 가정에는
　　알전등이 켜질 무렵을
　　문수(文數)가 다른 아홉 켤레의 신발을.

　　(…중략…)

　　아랫목에 모인
　　아홉 마리의 강아지야.
　　강아지 같은 것들아.
　　굴욕과 굶주림과 추운 길을 걸어
　　내가 왔다.

아버지가 왔다.

아니 십구 문 반의 신발이 왔다.

— 「가정(家庭)」 부분

　이 시는 일터에서 귀가하는 가장의 심정을 소재로 삼았다. 피곤한
육신을 이끌고 집에 돌아온 화자는 현관에 가지런히 놓인, 문수가 서
로 다른 아홉 켤레의 신발을 바라본다. 아홉 명은 대가족이다. '십구문
반'이라는 아버지의 신발은 결국 아홉 명의 생활을 담고 있는 것이다.
가장이 느껴야 하는 책무를 아홉이라는 숫자를 통해 표현한 것이다.
이 작품 속에는 궁핍한 시대의 가족생활사와 가족을 바라보는 시인의
내면풍경이 스산하게 담겨 있다.

인동(忍冬) 모티브의 변주

— 이육사와 정지용의 경우

1. '겨울나기'와 현실의식

한국의 현대시를 살펴보면 겨울이미지 혹은 '겨울나기(忍冬)'모티브[1]를 작품의 뼈대로 삼은 경우가 많다. 일제강점기의 시에 겨울이미지는 유난히 두드러지게 나타나는데, 이때 겨울이미지는 당대 현실과 역사의 은유에 해당한다. 이육사의 시에 나타난 '겨울' 심상이 대표적인 예이다.

이육사(1904~1944)는 시인이기에 앞서 혹독한 일본 제국주의에 맞서 투쟁한 독립운동가였다. 육사는 1943년에 체포되어 이듬해인 1944년 1월 차디찬 북경 감옥에서 옥사하기까지 40 평생동안 무려 17차례나 검거되고 투옥될 정도로 준열하게 일제에 항거했다. 이러한 육사의 시를 저항시로 읽고자 하는 독자의 심리는 당연한 것인지도 모른다.

---

1) 모티프(motif)란 러시아 형식주의자들의 용어로, 본래 소설이나 민담 등의 이야기 전개에서 그 구조 분석의 단위 가운데 하나이다. 일반적으로 이 용어는 단일한 작품 속에서 빈번히 반복되는 어구나 고정된 묘사, 이미지의 복합 등을 가리키는 데 사용된다.

일제강점기에 활동했던 대부분의 한국 시인들이 친일 훼절이라는 전력을 갖고 있는 데 비해, 옥사하면서까지 저항했던 그를 비롯한 불과 소수의 지식인만이 친일이라는 원죄로부터 비켜날 수 있기 때문이다. 시를 '정신을 담는 그릇(載道之器)'으로 보면서 시와 시인의 삶을 분리하지 않는 한국인 특유의 문학관(비평적 심의경향)이 그러한 평가를 내리는 근거가 되고 있다. 특히 그의 지사적 삶은 전통적 선비정신의 구현처럼 여겨진다. 작품 속에서 그의 정신은 '겨울'과 자아의 대결로 형상화된다. 이육사의 현실인식은 바로 '겨울' 이미지와 차가운 감각 이미지로 표상되고 있는데, 그러한 이미지의 의미를 캐묻는 작업이야말로 육사 시에 접근하는 지름길이다.

2. 「세한도」와 겨울이미지

겨울의 이미지는 시조나 문인화에 자주 사용되었다. 조선 문인들에게 눈을 맞고 있는 소나무나 대나무는 유배자나 은둔지사의 지조를 표현하는 상징이었던 것이다. 이러한 그림에는 하얀 눈과 먹빛의 선명한 대비가 나타난다. 모든 생명을 얼어붙게 하는 냉기를 나무나 꽃과 대비시키면서 비장한 아름다움을 보여준다. 추위가 혹독할수록 이를 견뎌 내고자 하는 생명의 의지도 더욱 강렬하게 빛난다.

완당 김정희가 제주도 유배생활 중에 그린 「세한도」는 설죽도나 설송도 가운데 가장 빼어난 작품이다. 「세한도」는 완당이 그의 제자 이상적(李尙迪)이 지킨 사제간의 의리를 추운 겨울의 소나무와 잣나무에 비유하여 그에게 그려 준 그림이다. 이 그림은 제자의 변함없는 정성에 대한 답례로 출발했지만, 그림 속에는 염량세태에 대한 비판과 고적한 유배생활 속에서도 지조를 잃지 않겠다는 완당의 정신이 동시에 함축되어 있다. 화폭에는 눈 덮인 토방을 중심으로 앞뒤에 각각 두 그루씩의 소나무와 잣나무가 쓸쓸하게 서 있다. 세 그루의 나무는 가지를 펼친 채 꼿꼿이 하늘을 향하고 있고, 한 그루의 등걸이 휘어진 노송은 구불거리는 가지마저 지탱하기 어려운 형세를 하고서도 한 가지는 하늘을 향해 솟아 있으며 다른 한 가지는 땅을 그윽이 굽어보고 있다. 사람처럼 하늘을 우러르고 땅을 굽어보고 있는 이 노송은 필시 토방 주인인 완당 자신의 모습일 것이다. 노송 곁에서 부축하듯 서 있는 한 그루의 정정한 소나무는 완당의 제자인 듯하다. 긴 유배생활에서 오는 고적감이 화폭에 가득 흐르고 있지만 결코 패배주의나 음울한 상념으로 기울지는 않는다. 세 그루 송백의 늠름한 자태, 고통스런 세월의 무게와 비바람을 견디면서도 기품을 잃지 않고 있는 한 그루의 노송, 그 가운데에 자리잡은 한 채의 낡은 초가집은 고적한 분위기를 자아내지만 그 속에는 범접키 어려운 고상한 기품이 흐르고 있다. 이 풍경은 "곤궁해야 선비의 절개가 드러나며, 세상이 어지러워야 충신을 안다(士窮見節義 世亂識忠臣)"거나 "세찬 바람이 불어야 억센 풀을 알 수 있고, 매서운 서릿발이 내려야 상록수를 구별할 수 있다(疾風知勁草 嚴霜識貞木)"는 유가적 처세론을 형상화한 것이다.

이육사의 시 「교목」이나 「절정」에 나타난 정서를 「세한도」의 풍경과 비교해 보면 여러모로 흡사하다.

　　　　푸른 하늘에 닿을 듯이
　　　　세월에 불타고 우뚝 남아 서서
　　　　차라리 봄도 꽃피진 말아라.

　　　　낡은 거미집 휘두르고
　　　　끝없는 꿈길에 혼자 설래이는
　　　　마음은 아예 뉘우침 안이리

검은 그림자 쓸쓸하면
마침내 호수 속 깊이 거꾸러져
차마 바람도 흔들진 못해라.

—「교목」 전문

　「교목」을 이해하기 위해서는 우선 화자가 곧 교목이라는 사실에서
출발해야 한다. 제1연에서 교목은 높은 이상을 가진('푸른 하늘에 닿을
듯이') 존재로서 온갖 풍파와 시련을 겪고서도 의연히 직립해 있는 굳
센 의지의 소유자로 표현되어 있다. '차라리 봄도 꽃피진 말아라' 라는
구절에서 확인할 수 있는 것은 현실적 유혹이나 세속적 가치에 단호한
거부이다.

　제2연에서 교목은 아름다운 '꽃' 이 아닌 볼썽사나운 '거미집을 휘두
르고' 있는 모습이 제시된다. 자신의 꿈을 위해 살아오면서 얻은 상처
들이다. 그러나 어떤 일이 있어도 뉘우치지 않을 것임을 스스로 재확
인하고 있다. 마지막 연은 화자의 굳센 의지를 드러내고 있는 대목이
다. 지금까지 겪어온 고난보다 더 큰 위기가 다가온다고 해도('검은 그
림자 쓸쓸하면') 차라리 존재를 포기함으로써('호수 속 깊이 거꾸러
져') 자신의 순수한 의지를 지키겠다는 결의를 하게 된다.

　교목에서 '겨울' 이미지는 직접적으로 드러나 있지는 않다. 다만 '봄
도 꽃피진 말아라' 라든가 교목을 흔드는 바람, 나뭇잎이나 가지가 없
는 것 등으로 미루어볼 때 겨울을 배경으로 하고 있음을 짐작할 수 있
다. 이 작품의 이미지들은 선명한 이원 대립을 보이고 있다. '우뚝 섬'
과 '거꾸러짐', '꽃(평화)' 과 '거미집(고행)', '꿈길(희망)' 과 '바람(시
련)' 등이 그것이다. 이 대결에서 화자(교목)는 극한상황을 주저 없이
선택하고 그것을 감당해 나가겠노라고 선언한다. 이 시의 감동은 무갈
등의 명징성에서 비롯된다. 이미 정몽주의 '단심가' 에서 이와 같은 명
징성을 보아왔기에 친숙한 정서이다. 의와 불의, 충과 불충, 예와 비례

(非禮)의 선택에서 어떠한 절충이나 타협도 가능하지 않은 것이다. 바로 이러한 중세적 미덕과 그에 기초한 우리의 심성이야말로 저 고려말의 시조가 오늘날까지 살아남게 만든 힘이라고 판단된다.

한편 그의 시 「절정」은 극한상황이야말로 오히려 존재론적 근거를 확보해낼 수 있는 곳이라는 역설을 담고 있다. 「절정」은 그 형태에 있어 한시의 기승전결의 4단 구성을 취하고 있다. 그리고 시의 전반부는 상황을, 후반부는 화자의 정서를 집중적으로 제시하고 있다는 점에서 전통적 시가의 결구방식인 선경후정(先景後情)의 구조를 따르고 있다.

> 매운 계절의 채찍에 갈겨
> 마침내 북방으로 휩쓸려오다
>
> 하늘도 그만 지쳐 끝난 고원
> 서릿발 칼날진 그 위에 서다
>
> 어데다 무릎을 꿇어야 하나?
> 한발 재겨디딜 곳조차 없다
>
> 이러매 눈감아 생각해볼밖에
> 겨울은 강철로 된 무지갠가 보다.
>
> ―「절정」 전문

'매운 계절'은 혹한의 겨울이다. 겨울은 모든 생명을 죽음으로 내몬다. 자신의 대지로부터 내쫓긴 자아 앞에는 '서릿발 칼날진 북방' 즉 극한적 상황이 기다리고 있을 뿐이다. 이러한 정황은 시적 주인공으로 하여금 나아갈 수도 물러 설 수도 없는 상황과 대면하게 만든다. 마침내 새로운 결단이 필요한 위기의 순간을 맞이한 것이다. 얼마간의 침묵이 흐르고 마침내 자아는 '겨울은 강철로 된 무지개'라는 역설적 진실을 깨닫는다.

　이 역설의 의미를 파악하기 위해서는 상징적 이미지들을 검토해야 한다. '겨울'이 생명을 위협하는 불의의 힘이자, 그로 인해 겪어야 하는 시련을 의미한다면, '무지개'는 희망이나 이상의 실현을 의미한다고 하겠다. 그런데 그 희망은 '강철'로 된 희망이다. 강철이란 '질기고 단단한 금속'이며, 그 무거움으로 인해 존재의 하강이나 죽음과 관련되는 물질이므로 생동적이며 상승의 '무지개'와는 그 성격상 모순되는 이미지이다. 이 모순된 이미지의 결합이 의미하는 바는 바로 겨울로 표상된 위기상황을 겪는 과정에서 진정한 희망이 무엇인지를 깨닫게 되었다는 사실이다. 또한 거기에는 강철처럼 굳센 의지 없이는 희망은 결코 현실화할 수 없다는 깨달음도 나타나 있다. 화자는 위기 속에서 관조하는 여유를 통해 진실을 발견한 것이다. 절망 속에서 발견한 희망은 부정의 부정을 통해서 도달한 긍정이라 할 수 있다. 그런데 이러한 확신이 '~인가 보다'와 같은 미루어 짐작하는 어투로 되어 있다는 사실은 의외이지만, 그것은 의도적 절제로 실은 강한 확신을 담고 있는 표현이다. 그 깨달음은 온몸으로 절명의 순간을 겪으며 얻어낸 결과이기 때문이다.

3. 툰드라에 핀 꽃

　　동방은 하늘도 다 끝나고
　　비 한방울 내리지 않은 그 땅에도
　　오히려 꽃은 빨갛게 피지 않는가
　　내 목숨을 꾸며 쉬임 없는 날이여

　　북쪽 툰드라에도 찬 새벽은
　　눈 속 깊이 꽃 맹아리가 옴작거려

제비 떼 까맣게 날아오길 기다리나니
마침내 저버리지 못할 약속이여!

— 「꽃」 부분

지금 눈 나리고
매화향기 홀로 아득하니
내 여기 가난한 노래의 씨를 뿌려라

다시 천고의 뒤에
백마타고 오는 초인이 있어
이 광야에서 목놓아 부르게 하리라

— 「광야」 부분

「꽃」에 나타난 상황은 상징적이다. '하늘도 다 끝난' 곳은 세상의 기본적인 이치와 도리가 사라진 세계, 규범도 길도 없는 아수라장이거나 불의가 지배하는 막다른 세계일 것이다. '비 한 방울 내리지 않는' 불모의 땅, 툰드라는 그러한 세상이다. 그럼에도 불구하고 그 불모의 대지 위에 피어나는 '꽃'은 절망에 빠지려는 찰나의 자아에게 충격을 준다. '꽃'을 바라보며 자아는 목숨을 바쳐 치열하게 살아갈 것을 맹세한다. 여기서 중심적 대결은 '불모의 땅(죽음)'과 '꽃(생명)' 사이에서 벌어진다. 제2연 역시 유사한 이미지 대립을 변주하고 있다. 동토지대(툰드라)의 찬 새벽, 눈 속 깊숙한 곳에서 움트고 있는 '꽃 맹아리'가 봄을 기다리고 있는 것을 확인하면서 자아도 희망을 새로이 하고 의지를 다진다.

　「광야」의 제4연은 육사의 시 정신이 전통적 유가의 그것에 뿌리하고 있음을 선명하게 보여 준다. 사군자의 으뜸인 매화는 선비, 혹은 군자의 정신적 규범을 표방하고 있는 꽃이다. 여기서도 '눈'은 가혹한 시련과 수난을 견뎌야만 하는 현실을 나타낸다. 매화향기가 '홀로 아득하다' 는 것은 수난을 견디는 싸움이 외롭고 험난할 수밖에 없다는 현실 인식을 제시한 것이다. 여기에서 화자가 선구자를 자처하고 있다는 셈이다. 그러기에 그는 천고의 뒤에나 추수할 수 있는 '노래의 씨', 희망의 씨앗을 뿌리는 것이다. 여기서 '가난한' 이라는 말은 반어적 표현이므로 '위대한' 노래로 읽어야 할 것이다. 그리고 그 희망의 결실은 훗날 '백마 타고 오는 초인' 에 의해 반드시 거두어질 것이라고 확신한다.

이 작품에서 드러나는 '눈' 과 '매화' 의 대립 모티프 역시 한국인에게는 더없이 친숙한 것이다. "바람이 눈을 맞아 산창에 부딪히니/찬 기운 새어 들어 잠든 매화 침노한다/아무리 얼우려 한들 봄뜻이야 앗을소냐"고 노래한 안민영의 「매화사」가 단적인 예이다. 한편 김진섭의 수필을 통해서도 '눈 속의 매화(雪中梅)' 가 환기하는 이미지가 한국인의 심정에 어떻게 자리잡고 있는지를 가늠할 수 있다.

> 나는 매화를 볼 때마다 말할 수 없이 놀라운 감정에 붙들리고야 마는 것을 어찌 할 수 없으니, 왜냐하면 첫째로 그것도 추위를 타지 않고 구태여 한풍을 택하여 피기 때문이다. 둘째로 그럼으로써 초지상적, 비현세적인 인상을 내 가슴에 던져 주기 때문이다.//적설과 한풍을 배경으로 삼은 다음에야 고요히 피는 이 꽃의 한없이 장엄한 숭고한 기세에는 친화한 동감이라기보다는 일종의 굴복감을 품지 않을 수 없는 것이니 (…중략…) 초고(超高)하고 견개(狷介)한 꽃이 아니면 안될 꽃이다.
>
> ― 김진섭, 「매화찬」에서

적설과 한풍을 배경으로 피어난 매화처럼 육사의 시에 나타난 시적 주인공이나 자아 역시 겨울로 표상된 부조리한 현실과 대결하는 형상으로 선명하게 부각되어 있다. 겨울과 맞서는 자아의 비장한 모습이야말로 육사의 시가 지속적인 감동을 주는 원천의 하나이다.

4. 「장수산」과 견딤의 미학

정지용의 시에 겨울이미지 혹은 인동 모티프가 육사의 경우처럼 빈번하거나 중요한 것은 아니다. 또 그의 삶이나 문학적 경향도 한마디로 지적하기 어렵다. 그의 정신은 다다이즘으로 출발하여 고전주의로, 해방기에는 인민주의로 이동하는 궤적을 보여주었다. 그러한 변화 속에서도 카톨리시즘이나 고전주의와 관련되는 순수지향의 자세는 바탕을 이루고 있다. 지용이 장수산[2]에 은거하며 지은 산문시 「장수산 1」에는 그의 시 정신이 잘 나타나 있다.

> 벌목정정(伐木丁丁) 이랬거니 아람도리 큰솔이 베혀짐즉도 하이 골이 울어 메아리 소리 쩌르렁 돌아옴즉도 하이 다람쥐도 좇지 않고 뫼ㅅ새도 울지 않어 깊은산 고요가 차라리 뼈를 저리우는데 눈과 밤이 종이보다 희고녀! 달도 보름을 기다려 흰 뜻은 한밤 이골을 걸음이란다? 웃절 중이 여섯판에 여섯 번 지고 웃고 올라 간 뒤 조찰히 늙은 사나이의 남긴 내음새를 줍는다? 시름은 바람도 일지 않는 고요에 심히 흔들리우노니 오오 견디련다 차고 올연히 슬픔도 꿈도 없이 장수산 겨울 한밤내—

— 「장수산 1」 전문

「장수산 1」은 일제말기인 30년대 말에서 40년대 초까지의 지용이 견지했던 태도가 무엇이었던가를 내비치고 있는 대표적인 작품이다. 『시경』의 「벌목장」에 나오는 구절을 따서 작품의 분위기를 고풍스럽게 만들고 있다. 이 작품은 문장파 특유의 '동양 고전적 선비 기질 및 그 감각에 닿아 있다고 평가되고 있다. 화자는 눈 덮인 장수산의 깊은 골짜기를 걷고 있다. 아름드리나무가 울창한 숲은 베어내도 좋을 성싶다.

---

2) 장수산(長壽山): 황해남도 재령군과 신원군 경계에 있는 산. 높이 745m. 경치가 뛰어나 예로부터 '황해의 금강'이라고 했으며, 북한 명승지 제7호로 지정되어 있다.

나무가 쓰러지는 소리가 쩡쩡거리며 울려 퍼질 정도로 골짜기는 깊다. 울창한 숲은 적막하고 눈이 내리는 밤은 종이보다 하얀 세상이다. 화자는 보름달이 자신이 골짜기를 걷는 날에 때맞추어 밝은 것이 아니냐고 자문자답해본다. 바로 얼마 전 '여섯 판에 여섯 판을 진 웃절 중'이 웃으며 올라 간 산길을 밟아본다. 장수산은 그만큼 여유 있고 고요하며 신비로운 은둔의 장소이다. 마지막 단락에서는 이 고요 속에 화자가 시름에 흔들리고 있는 모습을 고백한다. 그러나 그 시름을 차갑게, 올연(兀然)히 견디겠다고 한다. 슬픔도 꿈도 이 장수산 속의 겨울 한밤의 고요 속에 묻어 버리겠다는 것이다. 이 길을 걷는 화자에게 뼈가 저리고 시름에 잠기게 하는 것은 육사의 경우와 같이 '겨울' 그 자체가 아니다. 그렇다고 윤동주처럼 「밤」도 아니다. 그것은 겨울밤과 고요이다. 겨울밤과 고요를 이겨내려는 안간힘과, 순수한 자신을 오직 '견딤'으로서 지켜내려는 심정일 터이다. 육사의 겨울나기가 비장한 아름다움을 자아내고 있다면 지용의 겨울나기는 고전적 균형미의 세계에 속한다.

> 흙냄새 훈훈히 김도 사리다가
> 바깥 풍설에 잠착하다.
>
> 산중에 책력도 없이
> 삼동이 하이얗다.

— 「인동차」 부분

「인동차」에서도 풍설은 '바깥'에 있을 뿐 화자는 세월을 잊고 겨울을 보내는 은둔지사로 나타난다. 이 같은 정서는 물러남으로써 현실의 고통을 견뎌내는 태도로, 송강 정철의 「성산별곡」과 같은 은일가사(隱逸歌辭)에서 그 전범들을 찾아볼 수 있다. 다만 은일가사류의 특징인 안빈낙도하는 전원생활의 즐거움이나 자연 합일의 태도와 신념을 주로 표백하고 있음에 비해 「장수산」의 경우는 침잠을 통해 현실의 좌절을 견뎌 나가는 자세를 보여준다.

5. 겨울이미지의 지속성

이육사나 정지용의 시에 나타난 겨울이미지는 일제강점기라는 역사적 상황을 가리키는 은유에 해당한다. 육사는 혹독한 추위에 맞서는 나무나 꽃과 같은 식물적 이미지를 시의 중심적 심상으로 설정하여 현실극복의지를 표현하였다. 정지용의 경우에는 적막한 겨울밤을 '올연히 견디'는 것으로 현실에 대응하였다. 이러한 역설적 상상력은 시가문학이나 문인화와 같은 전통적 예술에서 확인할 수 있듯이 한국인의 독특한 미적 사유방식으로 자리잡아 왔다. 현실의 모순이 존재하는 한 '겨울'은 문학작품 속에서 현실에 응전하는 시적 주체의 의지를 표상하는 이미지로 거듭해서 나타나게 될 것이다.

> 수돗물도 숨차 못 오르는 고지대의 전세방을
> 칠년씩이나 명아주 풀 몇 포기와 함께 흔들려온
> 풀내 나는 아내의 이야기를 나는 또 쓰고 싶다
> 방안까지 고드름이 쩌렁대는 경신년 혹한
> 가게의 덧눈에도 북풍에도 송이눈이 쌓이는데
> 고향에서 부쳐온 칡뿌리를 옹기다로에 끓이며
> 아내는 또 이 겨울의 남은 슬픔을
> 뜨개질하고 있을 것이다
> 은색으로 죽어 있는 서울의 모든 슬픔들을 위하여
> 예식조차 못 올린 반도의 많은 그리움을 위하여
> 밤늦게 등을 켜고
> 한 마리의 들사슴이나
> 고사리의 새순이라도 새길 것이다
>
> ― 곽재구, 「세한도」 부분

동시대의 시인인 곽재구의 시 「세한도」에도 이러한 전통은 의연히 살아 숨 쉬고 있다. 혹한이 닥쳐온 한겨울, 거리엔 북풍이 몰아온 눈이 쌓이고, 궁핍한 시인의 방안에는 고드름이 맺히고 있다. 시의 화자는 혹한 속에서 삶을 위협받고 있는 가난한 이웃들과 분단으로 고통 받고 있는 민족현실을 떠올린다. '서울의 모든 슬픔'과 '반도의 많은 그리움'이 그것이다. 시인이 '들사슴'이나 '고사리의 새순'이 아내의 뜨개질에서나마 수놓아지기를 바라고 있는 것은 바로 '서울의 슬픔'과 '반도의 그리움'으로 표상된 현실의 고통이 종식되기를 간절히 꿈꾸는 것이다.

민족현실과 앰비귀티

― 이용악의 「오랑캐꽃」

1. 이용악의 문학과 삶

이용악(1914~1971)은 우리나라의 대표적 리얼리즘 시인이다. 그의 작품은 우리 민족이 겪어야 했던 고난의 역사를 생생하게 환기하는 동시에 깊은 울림을 지니고 있다. 이러한 성취는 그가 토착적 정서를 바탕으로 한 낭만주의로 출발하였으나 거기에 머물지 않고 모더니즘의 장점인 절제된 언어와 예리한 감각을 수용하였기에 가능했을 것이다.

용악은 국경지대인 함경북도 경성에서 태어났다. 그의 가계는 두만강 건너 블라디보스토크 일대를 오가는 밀수꾼이었던 것으로 추측되는데 아버지인 이석준은 용악이 어릴 때 객사하였다. 그의 어머니는 홀로 가족의 생계는 물론 자식들의 학업을 끝까지 뒷바라지할 정도로 강인한 생활력을 지녔다. 시인은 자신의 가족사를 「우리의 거리」(1945)에 담담하게 그려 놓았다.

아버지도 어머니도
젊어서 한창땐
우라지오¹⁾로 다니는 밀수꾼
(…중략…)
어머니는 얼어붙은 우라지오의 바다를
채찍쳐 달리는 이즈보즈²⁾의 마차며 트로이카³⁾며
좋은 하늘 못보고
타향서 돌아가신 아버지의 이야길 하시고

— 「우리의 거리」 부분

　용악은 1928년 함경북도 부령에서 보통학교를 졸업하고 경성농업학교에 입학했지만 5년 과정을 마치지 못하고 1942년에 4학년으로 중퇴한다. 당시 경성농업학교에는 이효석이 영어교사로 재직하면서 '지방 문학청년들의 외경과 동경의 대상'이 되었다고 한다. 경성학교 학생이었던 용악도 그 영향을 받았을 것으로 짐작된다. 용악에게 더 큰 영향을 준 것은 경성 출신의 시인 김동환이었다. 김동환은 서사시 「국경의 밤」(1924)을 통해 북방과 국경지대의 정서를 우리 문학 속으로 끌어들였는데, 용악은 이 시집을 읽고 충격적인 감동을 받았다고 한다.⁴⁾ 1932년 일본 유학길에 오른 용악은 히로시마에서 중학을 마치고 니혼대학(日本大學) 예술과를 거쳐 조치대학(上智大學) 신문학과에 입학하여 1939년에 졸업하고 귀국하였다. 용악의 일본 유학은 품팔이를 하면서 학비를 조달하는 고통스런 고학과정이었다. 이러한 고난 속에서도 그는 민족해방운동에 참가하여 여덟 번이나 일본 경찰에 체포되고 무서운 고

---

1) 블라디보스토크.
2) 이즈보즈: 블라디보스토크 인근의 지명.
3) 트로이카: 세 필의 말이 끄는 러시아의 눈썰매.
4) 유정, 「암울한 시대를 비춘 외로운 시혼」, 윤영천 편, 『이용악시전집』, 창작과비평사, 1988.

문에 시달렸다.[5] 용악이 일본에 유학할 당시의 문학적 동료는 함북 명천 출신의 김종한(1916~1944)이었다. 김종한은 니혼대학 예술과에 수학하면서 모더니즘풍의 시를 쓰고 있었는데 나중에 두 사람은 『二人』이라는 동인지를 낼 정도로 깊은 교류를 하고 있었다. 이처럼 이용악의 시는 함경북도 경성의 분위기와 김동환, 그리고 김종한과의 교류를 통해 형성된 것으로 보인다.

2. 「오랑캐꽃」과 시적 모호성(ambiguity)

이용악은 그의 대표작이자 1930년대 리얼리즘 시의 전범이라고 평가되고 있는 「낡은 집」에서 식민지 조선의 현실을 선명하게 형상화한 바 있다. 「낡은 집」은 '털보네' 가족의 야반도주한 사건을 다룬 작품으로, 서사적 기법을 효과적으로 구사하여 당대 이농현상과 유이민의 삶을 입체적으로 드러냈다.

1939년에 발표된 「오랑캐꽃」 역시 그의 대표작으로 오랑캐꽃이라는 이미지를 통해 일제의 식민통치 아래서 신음하는 조선민중의 절망과 비애를 표현한 뛰어난 작품으로 평가되고 있다. 그러나 이 작품에서 이민족을 연상시키는 '오랑캐꽃'이 우리 민족의 상징으로 바뀌는 정서적 변화과정은 그리 단순하지 않다. 이 과정을 정밀하게 이해하기 위해서는 작품에서 구사된 시적 방법론이 무엇인지를 살펴볼 필요가 있다.

아낙도 우두머리도 돌볼 새 없이 갔단다.
도래샘[6]도 띠집[7]도 버리고 강 건너로 쫓겨갔단다.

---

5) 최원식, 「이용악 연보」, 『한국근대문학을 찾아서』, 인하대 출판부, 1999 참조.
6) 도래샘: 빙 돌아 흐르는 샘물.
7) 띠집: 띠로 지붕을 이은 허술한 집.

고려 장군님 무지무지 쳐들어와
오랑캐는 가랑잎처럼 굴러갔단다.

구름이 모여 골짝 골짝을 구름이 흘러
백 년이 몇백 년이 뒤를 이어 흘러갔나.

너는 오랑캐의 피 한 방울 받지 않았건만
오랑캐꽃
너는 돌가마[8]도 털메투리[9]도 모르는 오랑캐꽃
두 팔로 햇빛을 막아 줄게
울어 보렴 목놓아 울어나 보렴 오랑캐꽃.

— 「오랑캐꽃」 전문

  이 작품의 제목인 '오랑캐꽃'은 서로 이질적인 어휘가 결합된 말이다. 오랑캐꽃은 흔히 '제비꽃'으로 불리고 있는데 시인은 굳이 '오랑캐꽃'을 썼다. 한국인들에게 '오랑캐'는 몽고족을 비롯한 북방 이민족을 일컫는 말로 사용된다. 오랑캐는 무자비하고 야만적인 종족을 가리키는 말이며, 거기에는 혐오와 멸시의 뉘앙스가 다분히 내포되어 있다. 북방 이민족과의 투쟁이 잦았던 우리 민족의 역사적 경험을 환기시키기도 한다. 이 말이 여성적이고 아름다움의 표상인 '꽃'과 결합됨으로써 부자연스러우면서 한편으로 선명한 인상을 심어 준다. 낯설음이 가져온 효과일 것이다. 우선 '오랑캐꽃'과 관련된 전승설화를 요약한 이 작품의 머리말을 보도록 하자. 서정시에서 부제가 아닌 머리말역시 당시로선 퍽 낯선 형식이다.[10]

---

8) 돌가마: 오랑캐(여진족)가 사용했다는 돌로 만든 가마솥.
9) 털메투리: 털로 만든 신.
10) 유정(柳呈)은 서정주 시인이 『귀촉도』(1943)에서 꼬리말을 사용한 바 있는데, 이는 이용악의 「오랑캐꽃」의 머리말을 참신한 실험이라고 보았기 때문이라 한다. (유정, 앞의 글.)

— 긴 세월을 오랑캐와의 싸움에 살았다는 우리는 머언 조상들이 너를 불러 '오랑캐꽃'이라 했으니 어찌 보면 너의 뒷모양이 머리채를 드리운 오랑캐의 뒷머리와도 같은 까닭이라 전한다 —

시인은 이 머리말을 독자들이 시의 일부로 읽도록 배려해 두었다. 즉 오랑캐꽃에 대해 시인이 독자에게 직접 설명하려는 것이 아니라, 화자로 하여금 오랑캐꽃에게 꽃 이름과 관련된 유래담을 직접 말하고 있는 형식을 취하고 있기 때문이다. 독자들은 시적 화자가 오랑캐꽃에게 말을 건네는 모습을 지켜보게 된다. 이런 간접화법은 작품 전체에서 일관되고 있다.

이 머리말의 민담은 서정시로서 담기 어려운 역사적 사건과 시간을 담는 역할을 맡고 있다. 머리말에서 화자는 우리의 조상이 긴 세월동안 오랑캐와 싸우며 살아 왔다는 것, 오랑캐꽃이란 이름은 꽃의 모습이 오랑캐의 뒷머리 모양과 같은 데서 연유했다는 것을 제시한다.

제1연에서는 고려의 여진 정벌로 오랑캐들이 무참히 패주한 역사를 환기시키고 있다. 제2연에서는 구름이 모이고 흩어짐을 통해 긴 시간의 흐름을 제시한다. 오랜 시간의 흐름을 구름이 흘러가는 이미지에 빗대는 것은 오늘날의 영화에서도 곧잘 사용하는 기법이어서 흥미롭다. 마지막 연에서 화자는 오랑캐꽃은 오랑캐와 아무 상관이 없다는 것을 재확인하고, 오랑캐꽃에게 다가가 목놓아 울어나 보라고 말한다.

그렇다면 오랑캐꽃의 슬픔은 어디서 연유하는가. 단지 억울한 이름 때문일까? 만약 그렇다면 제1연에 나타난 화자의 태도나, 작품 전체에서 오랑캐꽃을 애써 위로하고 함께 슬퍼하는 정서는 과장된 것에 지나지 않은 것일까? 드러난 '이야기'만 가지고 작품의 의미를 해석할 경우에는 모호한 태도와 정서를 이해하기란 어렵다. 이럴 때는 이야기 전달자(화자)의 말투에서 그 실마리를 찾는 것이 더 효과적인 방법일 수 있다.

이 작품에서 드러나는 화자의 어조가 단순하지 않고 다중적이라는 점에 유의하며 시를 재독할 필요가 있다. 머리말에서 화자는 오랑캐꽃이라는 이름이 여진족과 같은 아시아 북방민족의 땋은 머리[辨髮]를 닮은 데서 유래하였다는 사실만 진술하고 있다. 그러나 이는 겉으로 드러난 이야기이고 정작 들려주고 싶은 이야기는 오히려 우리의 조상들이 '긴 세월을 오랑캐와 싸우며 살았다'는 내용일 것이다. 즉 과거를 이야기하며 오늘의 현실을 넌지시 환기하고 있는 셈이다.

제1연은 고려 장군에게 쫓겨가는 오랑캐의 모습인데, 그것을 들려주는 화자의 목소리는 표면적으로는 용맹스러웠던 조상들의 무훈담을 들려주는 듯 유쾌하다. 물론 오랑캐와의 싸움은 단순한 설화는 아니다. 고려 현종 때 강감찬이 거란군을 대파한 이래, 예종 때 윤관이 여진을 정벌했고 조선시대에 들어와서는 김종서, 신립의 여진 경영으로 이어졌는데, 이 설화는 그러한 역사적 사실의 구비 전승일 터이다. 그런데 화자의 의도는 오랑캐를 추격하는 승리자를 묘사하려는 것이 아니라 오히려 패주하는 '오랑캐'의 심정에 더 끌리고 있다는 사실이다. 사납게 진격하는 고려장군에게 쫓겨 '도래샘과 띠집'을 버리고 아내와 우두머리마저 버리고 쫓겨 가야만 하는 그들의 참상을 안타까운 어조로 이야기한다. 도래샘과 띠집, 아낙과 같은 시어를 주시하면 쫓겨가는 오랑캐가 전투 중인 군대가 아니라 그 땅에서 오래 거주했던 정착민임을 암시하는 것이다. 물러가는 오랑캐의 모습은 가랑잎처럼 가련한 존재로 비유되어 있을 뿐, 어떤 멸시나 적대감을 보이지 않고 있다. 그리고 고려장군님은 쳐들어 '간' 것이 아니라 쳐들어 '온' 것이라고 말하는 데서 은연중 화자는 '오랑캐'들과 동일시된다. 오랑캐는 타자이면서 동시에 자아이기도 한 모순된 존재로 그려지고 있는 것이다. 이는 함경도 지방이 '오랑캐'라고 불렸던 여진족의 후예들과 우리 민족이 오랫동안 공존한 지역이라는 사실을 환기한다면 수긍할 수 있다.[11] 이처럼 머리말과 제1연에서 화자의 어조는 이율배반적이며 모호한 성격을 지니고 있다.

이러한 어조의 모호성은 제3연에서도 나타난다. 화자는 오랑캐꽃이 오랑캐와 아무 인연이 없는데도 불구하고 '오랑캐꽃'이라고 불리우고 있기 때문에 '억울한 존재'라고 말한다("너는 오랑캐의 피 한 방울 받지 않았건만 오랑캐꽃"). 오랑캐꽃은 사나운 군사에게 쫓겨 달아나야만 했던 '가랑잎'과 같은 '나약한 존재'로 표현되어 있다.

약자에 대한 연민은 '두 팔로 햇빛을 막아 줄게'라고 하는 시구에 나타나 있다. 자연계에서는 햇빛은 더없이 소중한 것이겠으나 여기서는 나약한 존재인 오랑캐꽃을 억압하는 존재이다. 태양을 국가의 상징으로 하는 일본을 의미할 수 있겠으나, 개연성을 지적하는 선에서 그칠 수밖에 없다.

마지막으로 떠오르는 오랑캐꽃의 모습은 슬픔마저 마음껏 드러내지 못하는 '억압받는 존재'이다. 화자의 심정은 이 대목에서 꽃(대상)과 하나가 되어 절규하는 어조로 바뀐다. 목 놓아 우는 자는 결국 화자인 셈이다. 오랑캐꽃은 '억울한 존재이자 가련한 존재이며 억압받는 존재'로 나타난다. 이처럼 오랑캐꽃의 표상이 3중 노출되어 있다는 사실을 주목하면 이 시가 지닌 모호성을 일정하게 걷을 수 있을 것이다. 그렇다면 이 작품은 시적 의도를 표면에 드러내지 않고 모호하게 암시하는 모종의 '책략'이 구사되어 있다는 점에서 우의적 성격을 띤다.

제1연에 드러나 있듯이 삶의 근거를 송두리째 박탈당한 채 쫓기고 있는 오랑캐의 처지는 바로 우리 민족의 처지이며, 그것은 다시 오랑

---

11) 이와 관련하여 김동환의 「국경의 밤」에 등장하는 주인공 '순이'를 떠올릴 필요가 있다. '순이'는 오직 여진족의 후예라는 이유 때문에 사랑하는 청년과 결혼하지 못하고 비극적인 삶을 살아간다.

캐꽃의 억울한 처지이기도 하다. 여기에서 오랑캐, 오랑캐꽃은 일체가 되며, 화자와 일체가 됨을 볼 수 있다. 즉 '오랑캐꽃'은 제국주의 일본에게 무참히 짓밟히고 있는 현실을 제시할 뿐 아니라, 삶의 근거를 잃고 떠돌 수밖에 없는 민족현실과, 더욱이 마음 놓고 울지도 못하는 처지에 놓인 당대 우리 민족의 비통한 처지를 형상화한 것이다.

이용악이 다소 복잡한 기법, 다시 말해 은폐된 언어를 도입할 수밖에 없었던 사정은 무엇일까? 총독부의 검열이 그 중요한 원인일 수 있다. 이 작품은 1939년 10월 『인문평론』 창간호에 발표되었는데, 당시 『인문평론』에는 친일적인 시국 논설을 권두언으로 싣고 있었다. 이 시기에 들어 일제는 민족 예술에 대한 탄압을 한층 노골화하고 있었던 바, 총독부의 문화 브로커들이 친일파 문인들을 모아 어용적 문인 단체인 '조선문인보국회'를 조직한 것이 그 대표적 사례이다. '조선문인보국회'는 실천요강으로 '문단의 국어화(일본어 전용) 촉진, 문인의 일본적 단련, 작품의 국책 협력, 전지(戰地)로의 작가 동원' 등을 채택하고 이를 문인들에게 강요하였다. 이 같은 시기에 이른바 '고도의 시적 책략' 없이 민족현실이란 주제를 형상화하기란 불가능에 가깝다고 보아야 한다. 더구나 용악은 준(準)어용지인 『인문평론』의 편집기자였다. 이러한 사실들을 고려할 때 이 작품에 구사된 교묘한 수사법을 '기교를 위한 기교'라고 간주할 수는 없는 것이다.

또한 이 작품의 한계로 '시적 화자의 수동적인 태도와 감정적 해소'라고 지적하는 평자도 있다. 그러나 막연한 슬픔과 그 감정에 안주하는 것이 아닌, 현실에 근거한 슬픔 하나의 에너지라는 사실을 간과해서는 곤란하다. 비극적 상황에 대한 철저한 인식으로부터 타개책이나 전망은 마련될 수 있는 것이다.

이용악의 「오랑캐꽃」은 일제말기의 객관적 상황으로 인한 한계를 지니고 있음에도 불구하고 서사적 요소를 서정시와 조화시킨 빼어난 작품이다.

3. 「전라도 가시내」

민족의 운명을 다룬 또 다른 절창 「전라도 가시내」도 북간도의 술집으로 팔려온 가난한 동포의 삶을 그리고 있는 작품이다. 「오랑캐꽃」이 쫓겨난 민족의 모습을 식물적 이미지와 화자의 이중적 어조를 통해 드러낸 것이라면, 「전라도 가시내」는 한층 직접적이고 적극적인 방식으로 절망적 운명을 껴안는다. 이를테면 「전라도 가시내」와 「오랑캐꽃」은 하이퍼텍스트가 되어 다른 작품을 비추는 거울로서 기능하고 있는 것이다. 그의 시 「북쪽」이나 「제비같은 소녀야」는 물론 김동환의 「국경의 밤」까지 하이퍼텍스트의 범주에 넣는다면 작품은 더욱 풍부하게 해석될 수 있을 것이다.

　　　알룩조개에 입맞추며 자랐나
　　　눈이 바다처럼 푸를 뿐더러 까무스레한 네 얼굴
　　　가시내야
　　　나는 발을 얼구며
　　　무쇠다리를 건너온 함경도 사내

　　　바람소리도 호개도 인젠 무섭지 않다만
　　　어두운 등불 밑 안개처럼 자욱한 시름을 달게 마시련다만
　　　어디서 흉참한 기별이 뛰어들 것만 같애
　　　두터운 벽도 이웃도 못 미더운 북간도 술막

　　　온갖 방자의 말을 품고 왔다
　　　눈포래를 뚫고 왔다
　　　가시내야
　　　너의 가슴 그늘진 숲속을 기어간 오솔길을 나는 헤매이자

술을 부어 남실남실 술을 따르어
가난한 이야기에 고이 잠궈다오

네 두만강을 건너왔다는 석달 전이면
단풍이 물들어 천리 천리 또 천리 산마다 불탔을 겐데
그래두 외로워서 슬퍼서 치마폭으로 얼굴을 가렸더냐
두 낮 두 밤을 두루미처럼 울어 울어
불술기 구름 속을 달리는 양 유리창이 흐리더냐

차알삭 부서지는 파도소리에 취한 듯
때로 싸늘한 웃음이 소리 없이 새기는 보조개
가시내야
울 듯 울 듯 울지 않는 전라도 가시내야
두어 마디 너의 사투리로 때아닌 봄을 불러 줄께
손때 수줍은 분홍 댕기 휘 휘 날리며
잠깐 너의 나라로 돌아가거라

—「전라도 가시내」 부분

　　이용악은 「전라도 가시내」처럼 가난 때문에 팔려 가는 여성의 운명
을 그린 여러 편의 작품을 남겼다. 그의 시 「북쪽」(1937)을 통해 "북쪽
은 고향/여인이 팔려간 나라"임을 안타까워했다. 「제비같은 소녀야」는
이러한 정서가 서사적 형태로 발전한 것으로 볼 수 있다. 거기에는 북
간도 주막으로 팔려온 '소녀'의 구체적인 모습과 그가 겪었을 궁핍에
대한 연민이 드러나 있지만 소녀의 심리도 그의 삶도 막연한 추측에
머물러 있을 뿐이다. 「제비같은 소녀야」에서 화자는 시적 대상을 거리
를 두고 관찰하는 태도를 보였다면, 「전라도 가시내」에서 '여인'의 모
습은 한층 구체화되고 대상과 화자는 마침내 하나가 된다.
　　「전라도 가시내」의 제1연과 2연에서는 두 남녀가 북간도의 술막에서
만나 술잔을 주고받는 순간을 그리고 있다. 여자는 석 달 전까지 단풍

이 아름다운 조선의 남녘땅에 살던 농부의 딸이었지만, 지금은 낯선 북간도의 술집으로 팔려와 작부로 전락한 '전라도 가시내'이고, 남자는 매서운 추위에 언 발을 끌고 '무쇠다리를 건너온 함경도 사내'이다. 이들은 모두 정든 고향에서 살지 못하고 금방이라도 무시무시한 사건이 일어날 것만 같은 불안한 곳으로 쫓겨난 자들이다. 두 남녀가 그들의 땅으로부터 쫓겨났다는 것은 우리 민족의 삶터 전체가 유린되고 있음을 의미하는 것이다. 한반도의 최남단인 전라도에서 최북단인 함경도에 이르는 삼천리 강토 어느 곳도 일제의 수탈이 미치지 않은 곳은 없었던 것이다.

화자인 '함경도 사내'는 불행한 처지의 고국 여인의 품속에서 얼어붙은 자신의 몸과 마음을 녹인다. 두 사람은 술잔과 대화를 주고받으면서 상대방의 운명을 자신의 것으로 받아들이며 마침내 하나가 된다. 이들의 만남은 결코 값싼 정분이 아니다. 차라리 절망적 상황을 확인하고 이를 함께 극복하기 위해 굳게 껴안는 오누이들의 육친애에 가까운 것이다.

이윽고 얼음길이 밝으면
나는 눈포래 휘감아치는 벌판에 우줄우줄 나설 게다
노래도 없이 사라질 게다
자욱도 없이 사라질 게다

— 「전라도 가시내」부분

'날이 밝으면, 눈보라가 휘몰아치는 벌판을 노래도 흔적도 없이 사라질 것'이라는 '함경도 사내'의 마지막 독백에는 자신을 무화(無化)함으로써 현실과 맞서겠다는 역설적 의지가 엿보인다. 그것은 '전라도 가시내' 역시 비참한 운명에 굴복하지 말라는 뜨거운 호소이기도 하다. 이들의 사랑은 상투적 감상이나 연민을 넘어 현실과 맞서기 위한 '절망과 절망의 굳센 연대'로 승화된다. 이 작품에서 시인은 두 남녀의 삶을 통해 우리 민족이 처한 객관적 상황을 재확인하고, 이들의 사랑을 통해 극복의지를 제시하였다.

　이용악은 민족의 운명 특히 일제강점기에 대규모적으로 발생한 국내외 유이민의 삶을 깊이 통찰하고 이를 서정시에서 형상화하려는 노력을 지속적으로 보여준 시인이다. 그의 「오랑캐꽃」이나 「낡은 집」을 비롯한 「두만강, 너 우리의 강아」 등의 작품에 등장하는 시적 주인공들은 모두 유이민들이다. 최근의 한국사회도 이주노동자가 증가하고 있어 사회문제로 떠오르고 있다. 일제강점기나 해방기와는 그 양상이 다르지만 탈북자나 중국 동포, 재일교포는 이 시대의 한국 유이민이다. 이주노동자의 증가는 세계적 추세이긴 하나 우리 민족의 경우 가혹한 식민지 지배를 받고, 국토가 분단되는 역사의 소용돌이 속에서 무수한 유이민이 발생했으며, 최근의 이주노동자들 역시 우리 민족이 겪어야만 했던 험난한 역사의 결과인 것이다.

감각으로 복원한 고향집

현대인들의 무의식에는 실향의식이 자리하고 있다. 잃어버린 고향을 되찾으려는 시도는 상상을 통해 고향을 그려보는 것이다. 그런데 고향과 고향의 집에 대한 회귀의식이 현대에 들어서 더욱 두드러진 양상을 보이고 있으나 인간의 근원적인 욕망 중의 하나이다. 고향과 고향집을 향한 회귀의식이 집단적이며 인류 공통의 현상이라는 사실은 죽은 자들의 집이라 할 수 있는 무덤의 형태를 통해서도 확인할 수 있다. 무덤은 천 년 전 집의 모습을 하고 있다. 청동기시대의 무덤인 고인돌은 동굴주거의 흔적을, 둥근 흙무덤은 움집의 모습을 하고 있다. 무덤의 형태는 인간의 원초적 공간에 대한 질문과 답변이라 할 수 있다.

일제강점기 식민지 민중들은 공간 환경의 급격한 변화로 인해 생존의 고통과 함께 존재론적인 위기를 느끼지 않을 수 없었다. 이 위기감은 상상 속에서, 혹은 언어를 통해서 고향의 복원을 시도하게 하는 요인 중의 하나이다. 그 결과 1930년대 후반기에 비현실적이고 이상화된 과거를 향하는 향수나 감상적 망향가와는 다른 고향의 형상을 담은 작품들이 창작된다. 묘사의 핍진성(逼眞性), 언어의 현장성을 통해 황폐해진 고향의 산하와 파괴된 집들이 시적 이미지로 복원되었으며, 근대 초기에 스스로 혹은 강제적으로 추방되었던 일상적 심성과 감각들이 복원되는 모습을 보게 된다. 백석의 『사슴』은 그러한 복원의 현장이며 「여우난 곬族」과 「가즈랑집」은 대표적 작품이다. 바슐라르가 지적했듯이 시적 상상력에 의해 파악된 공간은 단지 '정서적 공간'으로만 표현되는 것이 아니며 관찰자의 측정과 평가에 따라 달라지는 무심한 공간으로 남아 있을 수 없고 그것은 존재의 안정성을 공간에 고착시키는 것이다. '공간은 압축된 시간을 담고 있기 때문이다.'[1] 그래서 가장 기억하기에 좋은 공간은 집이 되는 것이다. 우리는 그 공간에서 꿈꾸는 법과 상상하는 법을 배웠기 때문에 집이 없으면 꿈을 꿀 수 없다. 꿈이 소진되면 집으로 되돌아가야 한다. 1930년대 우리 민족의 내면풍경은 꿈꿀 집이 사라졌다는 위기감으로 가득했다. 집을 회복하는 일은 집이 가장 아늑한 상태로 자리잡고 있는 고향의 회복과 같은 일이다.

명절날 나는 엄매 아배 따라 우리집 개는 나를 따라 진할머니 진할아버지 있는 큰집으로 가면 얼굴에 별자국이 솜솜 난 말수와 같이 눈도 껌벅거리는 하로에 베 한 필을 짠다는 벌 하나 건너 집엔 복숭아나무가 많은 신리(新里) 고무, 고무의 딸 이녀(李女), 작은 이녀(李女)

열여섯에 사십(四十)이 넘은 홀아비의 후처(後妻)가 된, 포족족하니 성이 잘 나는, 살빛이 매감탕 같은 입술과 젖꼭지는 더 까만, 예수쟁이 마을 가까이 사는 토산(土山) 고무, 고무의 딸 승녀(承女), 아들 승(承)동이

육십리(六十里)라고 해서 파랗게 뵈이는 산을 넘어 있다는 해변에서 과부가 된 코끝이 빨간 언제나 흰 옷이 정하든, 말 끝에 설게 눈물을 짤 때가 많은 큰골 고무, 고무의 딸 홍녀(洪女), 아들 홍(洪)동이, 작은 홍(洪)동이

1) 마르틴 하이데거, 전양범 역, 『존재와 시간』, 시간과 공간사, 1992, 476쪽 참조.

배나무접을 잘하는 주정을 하면 토방돌을 뽑는, 오리치를 잘 놓는, 먼 섬에 반디젓 담그러 가기를 좋아하는 삼춘, 삼춘 엄매, 사춘 누이, 사춘 동생들이 그득히들 할머니 할아버지가 안간에들 모여서 방안에서는 새 옷의 내음새가 나고 또 인절미, 송구떡, 콩가루차떡의 내음새도 나고, 끼때의 두부와 콩나물과 뽁운 잔디와 고사리와 도야지비계는 모두 선득선득하니 찬 것들이다.

저녁술을 놓은 아이들은 오양간섶 밭마당에 달린 배나무 동산에서 쥐잡이를 하고, 숨굴막질을 하고, 꼬리잡이를 하고, 가마타고 시집가는 놀음, 말타고 장가가는 놀음을 하고, 이렇게 밤이 어둡도록 북적하니 논다

밤이 깊어 가는 집안엔 엄매는 엄매들끼리 아르간에서들 웃고 이야기하고, 아이들은 아이들끼리 웃간 한 방을 잡고 조아질하고 쌈방이 굴리고 바리 깨돌림하고 호박떼기하고 제비손이구손이하고, 이렇게 화디의 사기방 등에 심지를 몇 번이나 돋우고 홍게닭이 몇 번이나 울어서 졸음이 오면 아릇목싸움 자리싸움을 하며 히드득거리다 잠이 든다. 그래서는 문창에 텅납새의 그림자가 치는 아츰 시누이 동세들이 욱적하니 흥성거리는 부엌으론 샛문틈으로 장지문틈으로 무이징게 국을 끓이는 맛있는 내음새가 올라오도록 잔다

— 「여우난 곬族」 전문

설화와 샤머니즘은 그 자체로 꿈과 생활이 담겨 있는 민중 심성의 뿌리 가운데 하나이다. 그러나 이러한 뿌리들은 계몽기를 거치면서 합리주의와 '미신타파'의 명분으로 스스로 추방했고, 식민통치 기간에는 위생권력과 의료권력이 식민지 민중의 심성과 가족과 가옥에 대한 배치를 통한 규율권력 확보를 위해 하나씩 추방된 것이다. 조선인으로 하여금 총독부와 경찰과 학교의 '호명(interpellation)'에 응하도록 하게 하기 위해서는 식민지 민중들의 심성을 지배하고 있는 온갖 귀신들을 내쫓아야 했다. 그리고 그 귀신의 자리에 자신들이 들어앉아야 했다. 이러한 프로젝트는 근대 지식의 보급자와 의사, 종교인들은 물론 경찰들이 공조하고 호응하지 않고서는 불가능하다. 조선인들의 심성과 일

상문화를 파악하는 작업의 일환으로 민간신앙의 연구가 진행되었다. 조선총독부는 일제강점 이후 민간신앙에 지대한 관심을 가지고 조사해 왔으며,[2] 이 조사는 효과적 식민통치를 위한 문화조사의 일환으로 기획되었다. 일제는 조선인을 식민지 주체로 재생산하기 위한 작업을 입체적으로 벌였던 것이다. 물론 무속과 민간신앙에 대한 탄압은 조선시대에도 이루어졌고, 구한말의 계몽기에도 고조되었으나, 일제강점기에 이르러 그 정점에 이른다. 계몽기까지의 무속 및 민간신앙에 대한 탄압이 유교와 합리주의에 의한 내부적 이데올로기의 투쟁과정이었다면 일제는 미신타파의 이름으로 조선의 무속신앙을 철저히 거세하면서 대신 일종의 국가 이데올로기인 신도(新道)를 이식하였다.[3] 그런데 식민지 주체의 경우 근대적 계몽운동과 교육운동, 그리고 제국주의의 회유와 강압의 결과 새롭게 근대적 인간으로 탈바꿈하였지만, 식민통치가 점점 가혹해지면서, 무엇을 위한 변신이었는지를 되물을 수밖에 없게 된다. 심성 내부에 타자가 자리하게 되었다는 사실을 깨닫는 순간, 집과 공간의 재편으로 인한 상실감과는 질적으로 다른 자기소외의 현상을 느끼게 되는 것이다. 특수한 경우를 제외하고는 식민지 민중이 지배권력과 동일시 될 수 없음은 자명한 것이다. 계몽의 결과가 오히려 이민족의 지배하에서 물질적 정신적 예속 상태로 떨어진다는 것으로 귀착되었음을 깨닫는 순간이 온 것이다. 이 지점에서 원점으로 회귀하여 출발지점을 점검하고 잃은 것이 무엇이고 얻은 것이 무엇인지를 따지는 성찰을 하게 된다. 고향의 실제적 기반인 가족과 공동체, 그리고 고향의 물질적 토대가 붕괴되었다는 것, 그리고 고향을

---

2) 1912년에서 「관습조사보고서」가 작성되었는데, 그 종합적 보고는 무라야마 지준(村山智順)에 의해 1929년에 간행된 『조사자료 제25집』에 "朝鮮의 鬼神"이란 제목하에 실려 있다.
3) 최원식, 『황해에 부는 바람』, 다인아트, 2000, 161~162쪽.

바라보는 주체자신이 변화했다는 사실을 깨닫게 된다. 그런 점에서 식민지시대를 살았던 사람들은 그 누구도 자신의 고향으로 되돌아 갈 수 없는 사실상의 보헤미안이었던 것이다. 30년대 들어 시와 소설과 같은 문학작품이나 대중가요에서 '망향'의 모티프가 중심으로 떠오른 배경이기도 하다.

백석은 이러한 상황에서 '고향'과 '집'이라는 공간에서 사라진 것이 무엇인가를 주목했고 변화한 것이 무엇인지를 세밀한 감각으로 더듬었다. 그의 대부분의 작품은 이런 고향과 집에 대한 탐색이다. 그는 고향과 집이 근대 혹은 합리주의라는 세례를 받음으로써 추방된 것 중에 하나가 고향과 집 구석구석에 안거하고 있던 '귀신들'이었음을 깨달았다. 귀신이 추방된 고향은 헐벗은 산야에 초라한 가옥들만 남겨진 형국에 지나지 않았다고 느꼈으리라. 고향으로 돌아가기 위해서는 근대의 세계인들이 가진 합리주의적 감각에 의지해서는 가능하지 않고 고향의 대지를 어머니처럼 여기고 대지 곳곳에 숨어 살던 귀신들을 두려워할 줄 아는 심성으로 되돌아가야 함을 알아차린 것이다. 그가 '마을은 맨천 구신이 돼서'라고 하는 말은 불평이 아니라 귀신으로 가득한 고향집을 되찾은 데 대한 즐거운 탄성이며, 귀신투성이의 '이 마을에 태어나기가 잘못이다'라고 하는 말도 실은 순진함을 가장한 아이러니(naive irony)이다.

그가 유년의 시점을 시에 도입하고 있는 것은 그러한 사정과 연관된다. 또한 세상의 온갖 것을 다 '보아' 교활해진 눈은 고향의 모습을 되찾는 데는 도움이 되지 못한다. 그는 '멸시받은' 감각들을 복원하여 그 감각에 의지하여 고향과 옛집을 복원시켜 보는 것이다. 특히 고향의 복원에 사용된 후각은 코드화가 불가능하고 매개물 없이 지각되는 직접감각이다.

인간의 후각이나 후각과 결합된 미각이 사물을 직접적으로 환기한다는 믿음은 제문과 축문의 내용에서 그리고 제례의식에서도 확인할 수 있다. 전국시대 초(楚)나라의 문인인 송옥(宋玉)이 지은 「초혼(招魂)」이나 경차(景差)가 지은 「대초(大招)」와 같은 제문의 중요한 내용은 온갖 산해진미의 냄새와 맛을 열거하면서 죽은 영혼이 되돌아 올 것을 기원한다.[4]

쌀, 기장, 밀을 노란 조와 섞어 밥을 지었습니다. 두황 소금 식초 고추 생각 등 모든 조미료를 담아 놓은 접시가 있습니다. 살진 소의 힘줄을 물렁하게 삶아서 오(吳)나라식 국에다 초와 다섯 가지 향료를 넣은 간장을 섞었었습니다. 뭉근한 불에 끓인 자라, 불에 구운 양에다 또 사탕수수로 만든 장이 있습니다. 시게 요리한 고니, 찜을 한 물오리, 게다가 통째로 튀긴 기러기와 두루미도 있습니다. 기름에 볶아 불에 뭉근하게 끓인 닭, 푹 고은 거북요리는 맛이 향기로워 속되지 않습니다. 유밀과 굴 경단에다 엿도 있습니다. 비취색 술, 든 달콤한 술이 잔마다 채워져 있고, 술기운을 떨쳐버리도록 얼음에 채운 청주 맛은 청량하고도 상쾌합니다.

— 송옥, 「초혼」에서

우리의 전통적인 제례에서 제상을 진설(陳設)하는 것도 요리를 통해 조상신을 초대하는 것이기에 재료의 고유한 냄새를 풍길 수 있게 조리되며 제사에 사용되는 술은 향기가 좋은 것을 으뜸으로 한다.[5] 그런데, 실향의식에 사로잡힌 현대인들, 그리고 현대시에 초대되어야 할 대상은 귀신이 아니라 바로 감각과 공간을 상실한 근대인 자신이다. 근대인들은 감각적 몸(魄)과 몸의 연장 공간인 집과 땅으로부터 분리되

---

4) 許進雄, 홍희 옮김, 『중국고대사회』, 동문선, 1993, 236~237쪽에서 재인용.

5) 제축문의 마지막 주문은 대부분 '향(饗)'으로 끝나는데, 이는 맑은 술과 각종 맛있는 음식(淸酒庶羞)을 차려 놓았으니 신명(神明)이 나타나 음식의 기(氣: 향이나 냄새)를 마시라(歆)는 뜻이다.

었다는 점에서 '귀(鬼)'와 다를 바 없다. 이들이 자신의 몸(집)과 자신의 영토로 되돌아가기 위해서 먼저 회복되어야 할 것은 후각이나 미각과 같은 상실한 감각들이다. 백석의 시 「가즈랑집」 역시 후각과 미각과 같은 원초적 감각을 통해 잃어버린 고향을 상상 속에서 복원하고 있는 대표적 작품 중의 하나이다.

  승냥이가 새끼를 치는 전에는 쇠메 든 도적이 났다는 가즈랑고개

  가즈랑집은 고개 밑의
  산 너머 마을서 도야지를 잃는 밤 짐승을 쫓는 깽제미 소리가 무서웁게 들
려 오는 집
  닭 개 짐승을 못 놓는
  멧도야지와 이웃사촌을 지나는 집

  (…중략…)

  나는 돌나물김치에 백설기를 먹으며
  옛말의 구신집에 있는 듯이
  가즈랑집 할머니
  내가 날 때 죽은 누이도 날 때
  무명필에 이름을 써서 백지 달아서 구신간 시렁의 당즈깨에 넣어 대감님께
수영을 들였다는 가즈랑집 할머니

  (…중략…)

  토끼도 살이 오른다는 때 아르대즘퍼리에서 제비꼬리 마타리 쇠조지 가지
취 고비 고사리 두릅순 회순 산나물을 하는 가즈랑집 할머니를 따르며
  나는 벌써 달디단 물구지우림 둥굴레우림을 생각하고
  아직 멀은 도토리묵 도토리범벅까지도 그리워한다
                                              ─「가즈랑집」부분

작품의 화자가 고향의 공간과 집으로 들어갈 수 있는 열쇠는 '돌나 물김치에 백설기를 먹는' 것이었다. 변화가 더딘 감각인 미각의 연상에 의해 화자는 '옛 마을의 구신집'으로 되돌아갈 수 있었으며 제6연에는 갖은 산나물과 고향 음식의 향기와 맛을 들뜬 목소리로 줏어 섬기는 화자의 모습이 나타나 있다. 한편 「가즈랑집」은 유년의 관점으로 되어 있는데, '때묻은' 성인의 시점으로는 온전히 귀향할 수 없기 때문이다. 인간의 유년기는 삶의 출발점이자 근거이기에 그것을 되짚어 상상해보는 것은 결코 퇴행적인 것이 아니며, 오히려 그러한 상상의 주인공이 성숙하였음을 알려주는 표지이다. 백석은 유년기의 시점과 직접적인 감각인 후각을 통해 파괴와 추방 이전의 고향을 온전하게 복원시키고 있는 것이다. 바슐라르 역시 상실한 추억을 환기하는 노래에서 후각은 더할 나위 없이 중요한 감각이라고 말한 바 있다.[6]

백석의 「가즈랑집」은 전체적으로 '구신의 딸'인 가즈랑집 할머니에 대한 그리움이고 '추방된 귀신들'에 대한 그리움이다. 이러한 감각의 복원은 그러한 고향이 사라졌다는 것을 확인하는 것이고, 파괴된 고향과 추방된 집의 내용들에 대한 상상으로 나아간다. 여기에서 우리가 확인해 둘 것은 공간은 감각을 통해 지각된다는 것, 다시 말해 공간의 감각화를 통한 상실감의 극복이 시도되고 있다는 것이다. 백석이 상상적으로, 그리고 감각적으로 복원한 고향과 집의 이미지에는 낭만주의적 요소가 강하게 깔려 있다. 그러나 그것이 퇴행적이거나 실현 불가능한 환상에 탐닉하고 있는 것이 아니라 그 상실로 인해 겪어야 하는 고통이 무엇인지를 되묻고 있다는 점에서, 그리고 그 회복은 쉽지 않으나 어떤 식으로든 회복을 시도해야 한다는 점에서 여전히 현재적 의의를 갖는 것이다. 또한 과도한 향수는 퇴행적 의식으로 변질될 수도

---

6) 가스통 바슐라르, 김현 역, 『몽상의 시학』, 홍성사, 1978, 155~156쪽.

있지만, 주체를 뚜렷히 의식하면서 충만했던 과거의 기억을 바탕으로 현재를 근본적으로 성찰한다면, 그 자체로 우리가 겪은 근대와 근대적 일상을 돌아보게 하는 의의를 지닐 수 있는 것이다.

철도와 기차의 노래[1]

1. 기차의 출현과 공간의 변화

철도와 기차는 등장하자마자 근대문명의 대표적 상징이 되었다. 그것은 기차의 엔진인 증기기관이 바로 산업혁명을 추동한 핵심적 기술이었기 때문이다. 기차와 철도는 산업혁명이 이룬 기술적 진보와 생산력의 발전 결과를 집약하고 있었기 때문에 근대문명의 대표적 표상이 되었던 것이다. 기관차의 육중한 외관, 속도, 굉음 등은 근대문명이 지닌 강력한 추진력을 함축할 수 있었으며, 정확한 도착 시간과 출발 시간, 철길의 기하학적 아름다움 등은 근대의 합리성과 절묘하게 조응한다.

철도와 기차의 진정한 위력은 인류가 이제까지 경험하지 못한 시·공간의 변화를 초래하였다는 점이다. 교통과 통신의 급속한 발달은 공간의 장벽을 극복하는 능력의 증대를 의미한다. 이에 따라 생활의 속도가 급속히 빨라지고 세계는 축소되어 마치 우리들의 내부로 집중되는

---

1) 월간 『손해보험』, 2003년 5월호에 발표된 글을 수정·보완함.

듯한 상태가 된다. 이른바 '시·공간 압축' 현상을 낳게 되는 것이다.

이때 공간과 시간의 변화는 단지 몇몇 개인들이 느끼는 주관적 변화가 아니라 대다수의 사람들이 느낄 뿐 아니라 물리적으로 확인할 수 있는 객관적 성질의 변화이다. 이렇게 되면 세상을 표현하는 방법을 바꿀 수밖에 없다.

전통적 수송 기구에 의존하던 곳에 철도가 놓이게 되면 풍문으로만 듣던 도시가 우리 코앞에 바짝 다가선다. 독일의 시인 하이네(H. Heine)가 철도는 "화약과 인쇄술 이래 인류에게 가장 커다란 변화를 가져오고 삶의 형태를 바꾸어 놓은 숙명적 사건"이라고 감탄했듯이 철도와 기차는 우리들의 일상은 물론 사고방식의 뿌리마저 변화시켰다.

한국 최초의 철도인 경인철도가 놓인 직후의 상황을 상상해 보라. 당시 인천에서 노량진까지 도보로 6시간 내외, 배로 한강을 건너 남대문에 도착하는 시간을 포함한다면 10시간 정도가 소요되었을 것이다. 1899년 9월 18일 경인철도 개통과 함께 소요 시간은 도보의 1/4인 약 1시간 30분으로 단축되었다. 시·공간적으로 볼 때, 인천이 경성 쪽으로 3/4만큼 접근한 결과를 낳는다. 경인철도의 개통으로 당시 경성(京城) 사람들은 1시간 남짓이면 인천역에 도착할 수 있었다. 인천역에 내려 월미도 해변이나 만국공원, 인천항을 둘러보고 돌아온다 해도 한나절이면 충분했다. 서해안의 포구였던 제물포는 경성의 교외 관광지가 된 것이다.

이러한 공간의 압축에 의해 인천이나 경성이 당장 사라지는 것은 아니다. 사람들의 머릿속에서 경인철도의 출발점과 종착점을 중심으로 중간 기착지들이 하나로 결합된 공간이 새로 생겨났다고 보는 것이 사실에 가깝다. 경인지역이라고 부르는 제3의 공간은 그때까지 존재했던 경성이나 인천과 다른 공간이다. 시속 30km의 기차가 만들어 낸 변화이다. 뒤이어 경부선(1905), 경의선(1906), 호남선(1914) 등이 개통되면서 당대 한국인들의 심상지도(mental maps)는 커다란 변화를 겪게 된다. 당대인들의 충격은 가사문학작품 속에서 찾아 볼 수 있다.

2. 가사문학 속의 기차 이미지

기차여행 자체를 주제로 한 철도 문학 가운데서 육당 최남선의 「경부철도가」는 가장 널리 알려진 작품이다. 서울을 출발하여 부산에 도착할 때까지의 역들과 풍경, 감회를 7·5조의 가락에 담은 장편 가사이다.

> ① 우렁차게 토하는 기적소리에
>   남대문을 등지고 떠나가서
>   빨리 부는 바람의 형세 같으니
>   날개 가진 새라도 못 따르겠네
>
> ② 늙은이와 젊은이 섞어 앉았고
>   우리네와 외국인 같이 탔으나
>   내외친소(內外親疎) 다같이 익혀 지내니
>   조그마한 딴 세상 절로 이뤘네
>
> — 최남선, 「경부철도가」 부분

「경부철도가」는 가사의 일반적 율격인 4·4조를 깨트린 최초의 작품인데, 스코틀랜드 민요 「밀밭에서」의 곡조를 붙였기 때문에 문학 갈래로는 창가가사에 속한다. 화자는 기차의 '우렁찬 기적소리'와 빠른 속도에 대한 경이감과 외국인들과의 접촉이 새로운 발전을 가져 올 것이라는 막연한 기대감으로 가득 차 있다. 문명과 개화의 찬양에 급급한 나머지 일본 제국주의가 철도를 부설한 의도와 그 결과에 대해서는 관심을 기울이지 못하고 있다. 다만 65장에 이르면 철도 연변의 헐벗은 산과 철도 공사로 잘려나간 언덕을 제시하며 식민지 조선의 실상을 안타깝게 묘사했을 뿐이다.

> 오늘 오는 千里에 눈에 띠는 것
> 터진 언덕 붉은산 우리 같은 집
> 어느 때나 내살림 넉넉하여서
> 보기 좋게 집짓고 잘살아보며
>
> — 최남선, 「경부철도가」 부분

퇴락한 민가의 모습을 보고 짐승의 우리 같다고 비유하는 대목에는 당시 현실에 대한 육당의 정서가 잘 드러나 있다. 그런데 작품 전체에 흐르는 정서는 새로운 문명의 이기를 접한 흥분과 충격으로 일관되어 있어 황량한 국토와 궁핍한 민중의 모습에 대한 연민은 그리 미덥지 못하며, 노랫말도 큰 감동을 주지는 못한다. 「경부철도가」에 뒤이어 「경인철도가」, 「호남철도가」, 「경의철도가」와 같은 '철도노래'가 잇달아 지어졌는데, 길이와 내용은 다르지만 대부분은 「경부철도가」처럼 기차의 위용과 속력, 기적소리에 대한 묘사로 시작하여 종착역에 이르기까지의 풍경을 묘사하고 있다.

철도가사에 나타난 현실인식은 매우 피상적인데 비해 몇몇 작품들은 일제의 철도부설 의도가 무엇인지를 은연중에 폭로하고 있는데, 『경향신문』에 게재된 「우생가(愚生歌)」[2]의 일절이 그 대표적인 예이다.

경부철도는 식민지의 물적 인적 자원을 효과적으로 수탈하는 수단이자 조선인들의 저항을 무력으로 억압하는 군사적 수단이기도 했다.

> 경부철도 빠른 륜거 나오나니 일병(日兵)이요
> 이골 저골 곳곳마다 이러난게 의병(義兵)일세

---

2) 『경향신문』, 1907. 11. 20.

울리느니 총소리요 들리느니 울음이라

— 작자 미상, 「우생가」 부분

3. 길과 민중의 삶

「아리랑」 같은 근대 민요에서 철도는 흔히 냉소나 저주의 대상으로
나타난다. 철도와 도로는 두 공간과 인접지역을 통합하여 새로운 공간
을 탄생시킴과 동시에, 본래 하나로 되어 있던 공간을 단절 분할한다.
후자의 경우 거주자들의 삶의 기반이 파괴된다. 식민지시대의 철도와
길은 제국주의자들이나 지배자들이 설계하고 그들의 이익을 위해 주
로 사용되었다. 서민들에게 길은 재앙일 경우가 더 많았다. 또 이질적
인 문화의 유입으로 인한 풍속의 혼란이 발생하고 매판자본의 침투 루
트가 되기도 한다. 다음과 같은 민요에서 기차나 신작로가 냉소나 저
주의 대상이 되는 것은 그 때문이다.

① 신고산이 우루루 화물차가 가는 소리
　지원병 보낸 어머니 가슴만 쥐어 뜯고요
　(…중략…)
　정신대 보낸 아버지 딸이 가여워 울고요
　(…하략…)

— 「신고산 타령」 부분

② 낙동강 칠백리 공굴[3] 놓고
　하이카라 잡놈이 왕래한다.

— 경남 함안지방 구전민요 부분

이용악은 일제강점기에 발생한 유민의 참상에 대한 가장 깊은 통찰

---

3) 공굴: 콘크리트 다리.

력을 보여준 시인이다. 1930년대 우리 시 문학사에는 '고향상실의 시'가 중요한 흐름을 형성하게 되는데, 대부분의 시인들은 과도한 상실감이나 낭만적 고향의식에 갇혀 당시의 농촌현실을 제대로 표현하지 못했다. 이용악의 「낡은 집」은 막연한 고향상실감의 토로를 넘어 이농의 현장을 서사적 기법으로 포착하여 당시 민족현실을 형상화하는 데 성공한 작품으로 평가된다. 이 작품에서 '털보네' 집이 '흉집'으로 되는 원인은 '길'(철도) 때문이다.

> 날로 밤으로
> 왕거미 줄치기에 분주한 집
> 마을서 흉집이라고 꺼리는 낡은 집
> 이 집에 살았다는 백성들은
> 대대손손에 물려줄
> 은동곳도 산호관자도 갖지 못했니라.
>
> 재를 넘어 무곡을 다니던 당나귀
> 항구로 가는 콩실이에 늙은 둥글소
> 모두 없어진 지 오래
> 외양간엔 아직 초라한 내음새 그윽하다만
> 털보네 간 곳은 아모도 모른다.
>
> 찻길이 뇌이기 전
> 노로 멧돼지 쪽제비 이런 것들이
> 앞뒤 산을 마음 놓고 뛰어다니던 시절
> 털보의 셋째아들은
> 나의 싸리말 동무는
> 이 집 안방 짓두광주리 옆에서
> 첫울음을 울었다고 한다.
>
> — 이용악, 「낡은 집」 부분

총 50행 8연으로 이루어진 작품의 내용은 어른들이 들려주는 낡은 집의 유래(1연), 자취를 감춘 털보네 외양간(2연), 털보네 아들과 화자의 유년시절(3연), 털보네의 가난한 삶(4~5연), 털보네 가족의 도주(6연), 털보네가 간 곳을 짐작해보는 이웃 어른들(7연), 황폐해진 '낡은 집'의 묘사(8연)로 구성되어 있다. 작품의 화자의 시선은 털보네가 야반도주해버려 황폐해진 집의 모습을 묘사하는 데 머물러 있지만, 더 중요한 것은 농민들이 정든 집을 버리고 야반도주를 할 수밖에 없는 현실이다. 왜 이런 사건이 발생했는지를 밝히려면 서정시로는 불가능하다고 보고 이용악은 작품 속에 서사적 시간과 다중 화자를 도입했다. 화자는 털보네 셋째 아들과의 추억만 자신의 목소리로 전달하고 나머지 사실들은 다른 목소리에 의존함으로써 서사적 거리를 확보했다. 그러한 증언을 토대로 털보네 가족의 삶이 입체적으로 그려지고 사건의 원인도 밝혀졌다. 모든 문제의 출발은 '찻길'임을 2연의 증언에서 확보한 것이다. 제2연에 그려져 있는 공간은 마을이 자연공간과 분리되지 않은 채로 나타남을 유의해야 한다. '노루 멧돼지 족제비' 따위가 앞뒤 산을 '마음 놓고' 뛰어다니던 시절로 나타난다. 그 시절에도 털보네는 여전히 가난했지만 '나의 동무는 도토리의 꿈을 키울 수' 있었던 시절이다. 그러나 '찻길이 놓임'으로 '무곡실이'와 '콩실이'로 연명하던 털보네는 생활 수단을 잃고 고향에서 내몰리게 된다. 이 작품에서의 '찻길'은 바로 일제의 식민지 공간 지배정책 일체를 가리키는 제유(提喻)로 보아야 한다. 찻길은 그 자체로도 무수한 유랑민을 발생시켰을 뿐더러 곧 일제의 식민지 지배를 표상하기 때문에 민중들의 노래인 아리랑에 거듭해서 나타나게 되는 것이다. 바로 찻길과 찻길의 표상인 일제가 화자의 '싸리말 동무'의 꿈을 무산시키고 털보네를 추운 북국으로 추방한 것임을 밝히는 것에 시의 구성은 집중되어 있다.

4. 풍경과 파노라마

　열차 여행의 매력 중의 하나는 안정감이다. 자동차에 비해 넓은 객실, 기후의 영향을 거의 받지 않는 일정 등은 여행 특유의 불안감에서 벗어날 수 있게 해준다. 또한 기차는 저항이 거의 없는 매끄러운 레일 위를 달리기 때문에 진동이 거의 없다. 레일의 이음새를 지날 때 나는 규칙적인 진동음은 오히려 쾌감을 준다. 프로이트(S. Freud)는 철도 여행에서 진동은 성적 쾌감과 흡사한 황홀한 느낌을 준다고 지적한 바 있다.

　이러한 안정감과 쾌감이 열차 여행을 선호하게 하는 이유들이다. 그러나 더 중요한 것은 기차의 차창을 스쳐 지나가는 매혹적인 풍경들이다. 열차의 빠른 속도는 전경(前景)을 뒤로 사라지게 하면서 승객 자신을 둘러싼 공간들로부터 분리시킨다.

　풍경은 더 이상 집중적·통일적으로 경험되지 못하고 인상주의적으로 혹은 파노라마(panorama)처럼 경험된다. 대상들이 끊임없이 뒤로 물러서고 새로운 풍경이 다가서는 데서 매력적인 느낌을 받게 된다. 고유섭의 연시조 「경인팔경」에서 그러한 파노라마적 인식의 흔적을 찾아볼 수 있다.

> 앞바다 검어들고 결산은 희여진다.
> 만뢰가 적요컨만 수레소리 요란하다.
> 이중에 차중정화(車中情話)를 알 이 적어 하노라.
>
> — 고유섭, 「경인팔경」 부분

　한국 최초의 미학자이자 미술사가인 우현 고유섭이 경성으로 기차 통학을 할 때 쓴 연시조의 끝인 제8장, 「차중동경(車中冬景)」이다. 차장을 스쳐지나가는 경인철로변의 풍경들을 슬라이드 필름처럼 재구성하였다. 당시에 유행하던 철도 노래들에 공통적으로 나타나는 기차의 외형이나 기적소리에 대한 묘사는 생략하고 풍경변화만 집중적으로 묘사한 작품이다.

출발역인 서울역의 서쪽의 '효창원' 풍경에서 출발하여 지금의 동인천인 축현역 부근의 겨울 풍경으로 끝맺고 있다. 근대문명의 이기인 기차를 타고 귀가하는 통학생의 미묘한 심리변화와 차창에 비친 풍경의 변화가 어우러져 독특한 분위기를 자아낸다. 특히 「차중동경」은 어둠에 묻힌 바다와 눈 덮인 산이 시시각각 다가오는 모습을 인상적으로 읊었다.

1970년대 이후 도시에 건설되기 시작한 도시의 지하철은 주로 지하터널을 통과하기 때문에 기차에서와 같은 매력적이고 파노라마적 인지 체험은 더 이상 경험할 수 없다. 전동차에 의해 견인되기 때문에 기적은 사라졌으며 소음도 줄어들었다. 지상구간을 통과할 때도, 좌석이 객차의 중앙을 향해 배치되어 있는 관계로, 승객들은 창밖을 내다보는 것이 아니라 맞은편 좌석에 앉은 승객을 바라보며 그 어깨너머로 펼쳐지는 풍경을 볼 수 있을 뿐이다. 도시의 철도에서 볼 수 있는 풍경은 이제 자연이 아니라 사람이다. '나'는 '그들'을 보고 '그들'은 '나'를 보는 것이며, 선반 위의 '광고물'도 '나와 그들'의 시선을 강요한다. 이제 사람과 광고가 풍경을 대체한 것이다. 과거의 기차여행에서 차창 밖의 풍경이 끊임없이 사라지고 다가오듯 지하철에서는 이제 1~2분 간격으로 승객들이 끊임없이 타고 내리며 객차 내의 전광판이나 LCD 스크린의 광고 내용도 바뀐다.

그러면 지하철시대의 시는 어떤 표정을 하고 있을까? 이가림의 「2만5천볼트의 사랑」이 그 단적인 사례가 될 것이다.

> 나는 지하철을 사랑한다.
> 2만5천볼트의 전류가 흐르는
> 인천행 지하철에 흔들릴 때마다

2만5천볼트의 사랑과
2만5천볼트의 고독이
언제나 내안에 안개처럼
넘실거리기 때문이다.

징그러운 발을 감추고
안보이는 한쌍의 촉각을 세운 채
음습한 곳에 묻혀사는 벌레들을
마구 잡아먹는
한 마리 길다란 지네

— 이가림, 「2만5천볼트의 사랑」 부분

시인이 '지하철을 사랑한다'고 한 것은 역설이자 반어이다. 지하철의 객차 지붕 위에는 고압전류가 흐르고 있다. 그렇다고 고압의 전류와 고압의 사람은 아무런 함수관계가 없다. 복잡한 객차 안에서는 완전한 고독도 불가능하기 때문이다. 이 작품에서 지하철은 음습한 지하에서 벌레들(인간)을 먹이로 살아가는 지네이다. 그런데 흉측한 지하철의 겉모습과 달리 그 내부는 불을 환하게 밝힌 방으로 나타난다. 도시의 서식자들은 '지네'의 몸통 속에 하나로 '버무려져' 서로의 몸 냄새를 뒤섞기도 하면서 '황홀하게' 살아간다.

도시는 곧잘 지옥으로 묘사된다. 그러나 그 지옥에서 인간의 냄새와 희망의 틈새를 발견하려는 시도를 형상화한 것은 드물다. 비시적 상황을 전복시키는 시인의 상상력은 아름답다. 그 상상력이 철도를 노래한 작품 가운데 가장 빼어난 작품을 탄생시킨 것이다.

5. 속도와 삶

증기기관으로 출발한 철도는 디젤기관을 거쳐 현재는 전기철도의 단계에 와 있다. 한국의 경우, 경인선 열차가 시속 22km로 출발했지만 현재는 100km이상의 속도로 달리고 있으며 곧 시속 300km이상으로 달리는 고속철도가 개통을 하게 된다.

고속철도의 완전 개통은 우리가 살고 있는 공간구조의 일대 변화를 초래할 것이다. 1900년대 초부터 100년 동안 한국의 지리공간은 적어도 1/15로 압축돼 온 셈이다. 비행기라든가 자동차 각종 통신수단까지 고려한다면 압축률은 훨씬 더 클 것이다. 그럴 경우 고속철도가 개통된 지역을 중심으로 전 국토의 대부분이 하나의 도시처럼 공간이 통합되는 현상을 초래할 것이다. 경인 전철이 서울을 출발하여 인천역에 도착하는 동안 광명역을 출발한 고속철도는 대구역을 지나가게 될 것이다. 아직은 구상 수준이지만 시베리아 횡단철도까지 개통된다면 공간적 변화는 훨씬 격렬한 형태로 이루어지게 된다. 이러한 시·공간의 압축이 현실화된다면 우리 삶의 방식 또한 변화하게 될 것이며, 작가들은 그러한 삶의 양상을 작품에 형상화하게 될 것이다. 자본주의 사회는 사회의 전 부면을 가속화함으로써 생존하지만, 속도가 증가하면 할수록 우리의 삶의 질과 삶의 환경은 더욱 악화돼 왔다는 것은 분명한 사실이다. 생명을 옹호하는 문학이라면 결코 속도를 찬양하지 않을 것이다. 건강한 삶 혹은 바람직한 삶과 빠른 속도는 조화를 이루기란 어렵기 때문이다.

민족문학, 민중시의 개념과 범주

1. '민족문학'의 계단

한국의 '민족문학'은 민족 전체가 공유할 수 있는 민족적 과제를 내포하는 문학 이념으로 발전되어 온 역사적 개념이다. 한국의 민족문학은 '한 민족이나 한 나라 국민이 생산한 문학'을 가리키는 서유럽의 '국민문학'(national literature)과는 대비된다. 우리의 경우 일제의 식민통치와 민족분단으로 인한 통일 민족국가의 수립이 여전히 중요한 과제로 남아 있기 때문에 근대와 함께 민족국가(national state)를 발전시켜온 유럽의 국민문학과는 그 외연과 내포가 다를 수밖에 없다. 한국에서의 민족문학론은 1920년대와 8·15 해방 이후에도 제기된 적이 있었으나 문학이념으로서의 체계를 정립한 것은 70년대에서 80년대에 이르러서이다. 80년대 후반의 민족문학론은 급진적 민족문학이론과 길항하면서 민중적 성격이 강화되는 양상을 띠게 되었다.

민족문학론은 1920년대의 '국민문학파'에 의해서 처음으로 제기될 당시에는 카프(KAPF)계열이 주도한 계급문학론에 대응하는 논리로 제기되었을 뿐 아니라, 과도한 복고주의적 정신주의적 경향을 강하게 드러내고 있었기 때문에 독자적인 이념으로 정립되지 못했다. 오히려 카프의 계급문학론이 한국 민족의 역사적 과제와 문학운동을 결합시킬 수 있는 가능성을 보여 주었다. 1930년대에 들어 카프에 대한 일제의 탄압이 강화되어 카프가 해산하게 되면서 계급주의와 국제주의를 지양하고 민족이 당면한 역사적 과제와 결합할 수 있는 기회도 사라지고 말았다.

　카프 해산 이후 잠복 상태에 있었던 민족문학론은 8·15 해방 직후 조선문학가동맹의 문학이념으로 다시 제기되었다. 당시의 민족문학론은 제국주의와 봉건적 잔재의 청산을 통해 한국민족의 근대적 민주주의 개혁과 진정한 민족문학의 수립을 과제로 삼았다. 임화는 '민족문학의 수립'을 문학운동의 최우선 목표로 삼아야 한다고 주장했다. 프로문학의 대표적인 논객이었던 그가 계급문학론이 아닌 민족문학론을 목표로 내세운 것은 한국의 자주 독립과 민족의 완전한 해방을 목표로 하는 민주주의 정권을 수립하는 것이 식민지에서 해방된 한국 민족이 당면한 역사적 과제라는 정세 인식과 관련된다.[1] 이러한 임화의 민족문학론은 1947년에 들어와 더욱 분명해 지는데 "현상에 있어서 한 계급의 이념을 기초로 하였다 할지라도 본질적으로는 전 인민의 문학이 되는 것이요, 따라서 전 민족의 문학이 되는 것"[2]이라는 주장이 그것이다. 그의 민족문학론이 위장된 계급문학론이 아니라 민족과 계급의 관계를 통일적으로 바라보는 새로운 인식을 담고 있었던 것이다. 그러나 해방기에 제출된 민족문학론은 민족 분단이 고착화되자 임화를 비롯한 중요한 문인들이 탄압을 피해 월북하게 되면서 남한에서 그 동력

---

1) 임화, 「조선민족문학건설의 기본과제에 대한 일반보고」, 『건설기의 조선문학』, 1946.
2) 임화, 「민족문학의 이념」, 『文學』 3호, 1947. 4, 15쪽.

을 상실하게 된다. 한국전쟁 이후 월북한 문학가동맹의 문인들도 북한에서 박헌영을 비롯한 남로당 간부들을 대대적으로 숙청하는 정변이 일어나면서 함께 처형되거나 숙청됨으로써, 해방기에 제기된 민족문학론은 남북 양쪽에서 배척되는 운명을 맞이했다.

이후 민족문학론은 50년대에는 정태용(鄭泰容)에 의해[3], 60년대에는 백철에 의해[4] 간헐적으로 제기된 바 있으나, 본격적으로 논의는 1970년대 들어서 이루어졌다. 참혹한 한국전쟁을 겪으면서, 그리고 민족분단이 고착화되면서 붕괴되었던 문단은 4·19혁명 이후에야 역사적 생명력을 회복하기 시작했다. 1960년대에 제기된 참여문학론이나 소박한 차원의 민중문학론, 농민문학론, 시민문학론, 리얼리즘 문학론 등은 훗날 민족문학론이 발아할 자양분이자 구성부분이었다. 김병걸·구중서·임헌영·김용직·염무웅 등의 비평가들이 제기한 다양한 쟁점들을 백낙청이 체계적으로 종합하고 발전시켰다. 백낙청에 의해 정초된 민족문학론은 80년대 후반에 집중적으로 제기된 민족적 민중 문학론, 민주주의 민족문학론, 노동해방문학론과 같은 급진적 문학론과 길항하면서 한국의 대표적 문예이론으로 자리잡게 되었다.

2. 민족문학 개념의 정립과 쟁점

일찍이 시민문학론을 제기했던 백낙청은 1974년 『월간중앙』 7월호에 「민족문학 이념의 신전개」를 발표하면서 그 이전까지 다양하게 전개되고 있던 70년대의 민족문학론을 체계화하여 이념적 차원으로 끌어 올렸다. 그는 민족문학 발전의 현재적 수준을 구체적으로 점검했으

---

3) 정태용, 「민족문학론」, 『현대문학』, 1956년 11월호.
4) 백철, 「민족문학의 행방」, 『백철문학전집 1』, 신구문화사, 1968 참조.

며, 민족문학 이념의 역사적 · 현실적 근거를 구체적으로 밝혔다. 민족문학의 개념이 역사적 범주로서의 개념임을 확인하였는데, "그 개념에 내실을 부여하는 역사적 상황이 존재하는 한에서 의의 있는 개념이고, 상황이 변하는 경우 그것은 부정되거나 보다 차원 높은 개념 속에 흡수될 운명에 놓여 있는 개념"이라는 주장이 그것이다. 이 주장은 "어떤 영구불변의 실체나 지고의 가치"로 민족을 규정하는 몰역사적 국수주의적 문학론과 민족문학론을 구별하기 위한 것이다. 민족문학은 "민족적 위기의식의 소산이며 그 민족의 주체적 생존과 인간적 발전이 요구하는 문학"이다. 한국민족의 위기적 상황을 규정하는 가장 핵심적인 문제는 바로 민족분단이고, 민족분단의 극복과 이를 위한 민주주의의 성취를 민족문학의 현단계 과제라고 강조했다.[5] 또한 민족문학은 "민족 구성원의 전부 혹은 대다수의 인간다운 삶을 위한 문학"이라고 정리하였다. 이로써 민족문학은 작가와 지식인 중심을 넘어서 전민중적 참여에 의한 민주주의의 발전과 민족주의의 완성이라는 역사적 과제와 대응하게 되며, 그러한 시대적 소명에 부응할 때 한국문학은 세계문학에 당당히 참여할 수 있게 된다고 보았다. 채광석은 민족문학론을 비판적으로 검토하면서 민족과 민중의 관계를 집중적으로 제기하였다. 그는 민중이 생활상 대외종속적이고 불균형한 분단의 사회구조와 외세의 가장 집적적인 피해자로서 그것에 대해 가장 대립적일 수밖에 없고 그런 만큼 가장 민족적인 존재라는 맥락에서 민중이야말로 민족해방의 주체가 되기 때문에 민족문학은 민중에 기초한 민중문학에 의해 구체화되는 것[6]이라고 보았다. 따라서 민중적 현실에 충실한 문학이야말로 가장 민족적인 것이 되고, 이것이 제3세계 문학, 세계문학의

5) 백낙청, 「민족문학의 현단계」, 『창작과 비평』, 1975년 봄호.
6) 채광석, 「민족문학과 민중문학」, 『문학의 시대』 2집, 풀빛, 1984.

의미 있는 구성부분이 된다.

김명인은 70년대부터 80년대에 이르는 기간에 정립된 민족문학론이 소시민계급의 주도하에 정립되었다고 보고 소시민계급의 시각으로는 세계와 진리의 총체성을 파악하는 것이 불가능하므로 소시민 문학인들은 위기상황을 인정하고 소시민으로서의 계급적 존재를 버리고 노동하는 생산대중을 준거집단으로 삼아 존재의 전이를 이뤄야 한다는 주장을 제기하면서 민족문학론의 근본적 갱신을 요청했다. 김명인의 아래와 같은 주장은 민족문학 진영 내부에 새로운 논쟁을 촉발하는 계기가 되었다.

> 거듭 확인하는 바이지만 이제 소시민계급의 시각으로 더 이상 눈앞에 펼쳐지는 세계와 진리의 총체상을 보는 것이 불가능하다. 역사주체에서 밀려난 계급의 손에 역사는 다시 열쇠를 쥐어주지 않을 것이다. (…중략…) 아직도 많은 소시민 문학인들은 이러한 명백한 위기상황을 인정하지 않고 소시민으로서의 계급적 위치도 지키고, 문학인으로서의 기득권도 그대로 유지하겠다는 태도를 바꾸려 하지 않고 있다. 지금 소시민계급의 몰락과 함께 위기에 다다른 지식인 문학인들이 새롭게 선택해야 할 준거집단은 노동하는 생산대중이다. 노동하는 생산대중의 세계관을 받아들여 그 전망 아래 세계인식의 질서를 재편성해야 한다. 그것은 역사의 주체로 성장하는 생산대중에 대한 단순한 의존이나 신뢰의 표현과는 본질적으로 성격이 다른 노동하는 생산대중의 고통 속에서 획득한 세계관을 비타협적으로 스스로 내화시키는 뼈를 깎는 작업이다.[7]

이 글이 절박한 민중현실에 대한 지식인의 고뇌를 가장 인상적으로 드러낸 고해서로 읽힐 수는 있겠으나 '소시민계급의 몰락'이라는 진단이 과연 한국사회에 대한 구체적 계급분석의 결과인가 아니면 '쁘띠부

---

7) 김명인, 「지식인 문학의 위기와 새로운 민족문학의 구상」, 『전환기의 민족문학』, 풀빛, 1987.

르주아는 부르주아와 프롤레타리아 사이에서 끊임없이 분해되고 몰락한다'는 계급론 일반을 매개 없이 차용하고 있는지에 대해 의문이 제기될 수 있다. 그리고 한국 사회의 생산대중의 역량이 민족과 민중이 처한 현실적 문제를 주도적으로 해결할 수 있을 만큼 성숙하지 않은 상태에서 70년대 이후 구축해 온 민족문학의 이념과 조직적 진지에 대한 해체 요구 역시 비현실적 급진주의의 발로였던 것으로 평가된다.

김명인의 민족문학론 비판은 사실상 민족문학론을 체계화한 백낙청을 향한 것이었지만, 실제 논쟁은 '민주주의 민족문학론'을 제기한 조정환과 자유주의를 표방하며 절충론을 제기한 『문학과 사회』 그룹의 정과리, 성민엽, 홍정선 등의 문제제기로 확대되었다. 탈구조주의적 세계인식에 기반한 『문학과 사회』 그룹의 견해는 정과리의 「민중문학론의 인식구조」에서 잘 드러난다. 이들은 민족문학론 진영이 체계화하고 있는 담론이 민중을 내세운 문학적 패권주의의 소산이거나 '새로운 상징 질서를 수립하는 기도가 될 수 있다고 보았다.

조정환의 경우 민족문학론의 민중 이해가 추상적 수준에 머물러 있어 민족문제의 올바른 해결에 긴요한 이론이 되지 못하고 있다고 평가했다. 그는 한국의 문학운동이 철저한 민주주의 계급의 전망 속에서 자신의 세계관적 · 미학적 · 조직적 문제를 통일적으로 정립해야 한다고 보고 이를 위해서는 노동자계급의 당파성을 중심축으로 하는 민주주의 민족문학론을 제기하였다. 조정환은 곧 자신이 제기한 민주주의 민족문학론이 노동자계급이 차지하는 기본적 구성의 성격을 과대시한 나머지 문학운동이 위치해야 할 전체운동의 목표를 망각한 측면을 비롯한 문제점을 내포하고 있다고 스스로 비판하고, 노동해방문학론을 새로이 제안했다. 그가 제안한 노동해방문학은 "노동문학의 최고 형태로서 민중문학의 구심이 되고 영도자의 지위 위상을 지녀야 하는데, 그러기 위해서 노동해방문학이 노동자계급의 당파성을 분명히 하여 노동해방사상을 견지하고 노동자계급 현실주의의 방법에 의거하지 않으면 안 된다고 보았다. 노동해방문학론은 노동자계급 헤게모니의 관철을 조급하고 과도하게 받아들여 오히려 노동자계급의 당파성을 물신화하는 현상을 보여주었으며 관념적 전위주의를 극복하지 못했다.

백진기의 '민족해방문학론'은 80년대 변혁운동의 정파 가운데 하나였던 '민족해방파(NL)'의 정치노선을 문학운동에 적용한 경우이다. 그는 한국의 변혁운동을 "외래 제국주의 침략세력과 그와 결탁한 국내 매국적 반동세력의 지배와 예속을 방해하는 사회변혁운동"이므로 제국주의 침략세력의 축출과 그 식민통치의 청산을 최우선적 임무로 삼아야 한다고 보았다. 문예운동도 대중들을 인식·교양시키고 조직·동원하는 정치적 역할을 수행하면서 변혁적 대중문예운동을 수행해야 한다고 주장했다.

80년대에 진행된 민족문학 논쟁은 민족이 처한 현실과 당면, 곧 남한사회의 주요 모순과 그것을 해결할 주도세력과 동맹군의 조직화 방안에 논의를 집중하였는데, 이것은 첨예하게 분리된 민중운동권의 다양한 정치노선이나 변혁이론과 결부되어 진행되었다. 당시의 변혁론들은 한국사회의 변혁방향을 노동자계급이 주도하는 사회주의적 사회의 구현이라는 것을 목표로 설정하고 있다는 점에서는 대동소이하다. 민족문학 논쟁이 복잡한 양상으로 전개되었던 시기는 남한 사회변혁을 위한 제 정파의 분화와 정립이 정점에 달했던 시기였지만 소련과 동구에서는 현실 사회주의가 붕괴되어 갔다.

3. 민중시의 개념과 범주

80년대 민족문학론이 정치주의와 급진주의적 한계를 분명히 보여주고 또 그러한 한계가 창작의 현장에도 파급되기도 했지만 창작현장은 주요 계간지의 폐간과 같은 억압적 조건을 극복하고 무크지라는 새로운 매체를 통해 문학운동의 지평을 열어가고 있었다. 80년대 초반에 창간된 중요한 무크지로 『시운동』, 『열린시』, 『청녹두』, 『예각』, 『황토』, 『절대시』, 『실천문학』, 『시와 경제』, 『오월시』, 『한국문학의 현단계』, 『우리세대의 문학』, 『미래시』, 『제3문학』, 『작가』, 『마산문화』, 『시각과 언어』, 83년에는 『공동체 문화』, 『르뽀시대』, 『삶의 문학』, 『일과 놀이』, 『시인』, 『민중』, 『문학의 시대』, 『민중시』 등이 있었다.

민중문학 혹은 민중시의 개념은 비평적 담론의 영역에서 정립하는 것과 함께 당시에 생산된 구체적 성과들로부터 귀납하는 작업을 통해서 찾는 노력이 동시에 이루어져야 한다. 민중문학의 본원적 목적은 채광석의 다음과 같은 주장에 잘 나타나 있다.

> 인간다운 삶을 향한 민중들의 영원이 사회구조의 모순에 의해 구체적으로 어떻게 으깨어지고 있는지, 그러한 으깨어짐 속에서 민중들의 해방에의 의지와 정서가 어떻게 솟아오르는지를 사회구조와 역사 발전에 대한 전체적 조망 아래 밝혀 드러냄으로써 인간해방의 정서적 · 의식적 선취를 지향하는 문학이다.[8]

이러한 주장은 민중문학이 나아가야 할 방향과 문학의 보편적 목적과 어긋나지 않음을 알려준다. 즉 그것은 인간다운 삶, 인간다운 세계의 추구, 즉 인간해방의 추구와 다름 아니기 때문이다. 80년대 민족문학의 가장 빛나는 성과는 민중시의 영역에서 찾아야 할 것이다. 70년대의 민중시가 이성부, 정희성, 조태일, 이시영과 같은 민중 지향적 지식인 중심이었다면 80년대의 민중시는 민중 진영의 주체적 각성과 투쟁이 진행되면서 노동자와 농민의 예각화된 현실인식을 바탕으로 시

---

8) 채광석, 「민중문학의 당위성」, 『한국문학』, 1985년 2월호.

적 형상화가 이루어졌다. 민중은 노동자와 농민, 도시빈민, 여성 등으로 구성된다. 이들이 민중시의 중요한 주체이며 이들의 생활상은 민중시의 범주를 이룬다. 노동시, 농민시, 빈민시, 여성시의 구분이 가능하다. 이 가운데 노동자시인에 의한 노동시, 농민시인에 의한 농민시의 창작이 활발하게 이루어졌다. 한편 민중시는 민중생활을 억압하고 있는 중요한 사회모순들 예컨대 노동현실, 교육현실, 비민주적 정치나 제도, 분단, 종속문제와 같은 주제를 주로 다루게 되는데 이는 민중시의 내용상의 범주가 된다. 민중시 양식의 특성은 리얼리즘 미학에 기초한 시적 형상화이며, 절망적 현실을 다룰 경우 풍자의 수법을 빈번히 사용한다. 현실을 총체적으로 형상화하기 위한 서사적 요소를 도입한 장편시(서사시, 담시)나 연작시의 증대도 이 시대의 중요한 특징이다. 80년대의 특징적인 민중시의 범주들은 다음과 같다.

노동시는 노동현장에서 일어나는 갖가지 모습과 문제, 노동자들의 피폐한 삶, 자본주의가 빚어내는 각종 병폐 등을 직설적이면서도 날카롭게 지적하는가 하면, 비틀기와 풍자를 통해 사회 지배층을 혹독하게 비판하기도 한다. 80년대 노동시의 특징은 박노해(『노동의 새벽』), 박영근(『취업공고판 앞에서』), 백무산(『만국의 노동자여』), 김해화(『인부수첩』)와 같은 노동현장 출신 시인의 등장이다. 이로써 노동자의 눈으로 노동현장(실)을 바라보고 노동자의 언어로 형상화하게 된 것이다.

농민시는 농촌현실과 농민들의 삶을 다룬다. 신경림은 「농무」를 통해 산업화가 진전될수록 피폐해지는 농촌현실과 농민의 삶을 보여준 바 있다. 김용택 · 홍일선 · 김회수 · 김영안 · 고재종 등의 시인들은 농촌 현장에서 농민의 목소리를 대변하였다. 특히 김용택의 시집 『섬진강』과 『맑은 날』은 한국 농촌시, 한국 농민시의 빛나는 성과로 평가되고 있다.

교사 문학을 하나의 범주로 설정하긴 어렵겠으나, 1980년대 후반에 새로이 등장해 하나의 흐름을 형성한 시 운동의 뚜렷한 갈래이다. 교육시는 교육 현장인 학교의 부패상과 구조적 모순, 반민족적인 교육내용을 다루는 한편, 교육 본래의 목적인 민주·민족·인간적 교육의 이상을 문학작품을 통해 제기하고 있는 작품들이다. 교육시는 교육운동이 80년대 민중운동의 중요한 구성부분으로 자리 잡으면서, 교사문인들이 교육현실의 구조적 모순을 인식하고 이를 해결하기 위한 한 방법으로 문예창작에 관심을 가지면서 창작되었다.

분단현실의 고통은 대부분 민중들에게 전가된다. 통일의 염원을 담은 고은의 『새벽길』, 조태일의 『국토』, 양성우의 『겨울공화국』 등이 분단시의 서장이라면 정희성의 「휴전선에서」, 이성부의 「백사」, 이동순의 「서흥 김씨 내간」, 「달개비꽃」 등의 작품에 이르러 그 극복의 의지는 더욱 절절해졌다.

이외에 80년 광주 5월 항쟁을 다룬 노래운동·판화시운동은 그 자체로 80년대 민중시의 한 범주로 추가할 수 있을 것이다. 문병란과 이영진 시인이 펴낸 시선집 『누가 그대 큰 이름 지우랴』는 '5월 광주'의 현재성을 보여주고 있다.

제2부

시인의 거처

현존과 교감의 시학

― 이가림론

1. '현존'의 시학

이가림 시인의 자선시 100편을 담은 선집 『지금, 언제나 지금』이 지난 봄에 간행되었다. 선집에 담긴 작품들은 반세기에 가까운 활동을 압축한 정수이거니와 책자도 전통 한지에다 납활자 활판으로 인쇄한 고풍스런 양장본이다. 이런 경우를 일러 금상첨화라 할 터인데 문제는 그 때문에 한정판 선집이 곧 희귀본이 될지도 모른다는 점이다. 이렇게 정성 가득한 선집을 독자들에게 헌정하는 시인의 마음이 바로 그의 최근작 「투병통신(投甁通信)」의 심경, '비소(砒素)같은 그리움을 천년 종이에 싸서' 강물에 던지는 간절함이겠다.

이가림의 시 세계에 대한 평가는 다양하다. 여러 평자들은 그의 시를 관류하는 정신을 낭만주의와 고전주의로 보고 있다. 그러나 모더니즘과 현실주의의 양자 지양으로 읽는 최원식의 평가가 있는가 하면 이숭원의 경우 '현실주의에서 서정적 미학주의로 전회'한 것으로 보기도 한다. 이가림의 시 세계를 문예사조적으로 개괄하기에 앞서 그가 어떻

게 세계와 사물을 바라보는가, 그리고 그것을 어떻게 표현하는가 하는
점을 다시 살펴 볼 필요가 있다. 시적 방법론이야말로 한 시인의 개성
이자 시학의 본질을 구성하는 요소이기 때문이다.

　시인이 「철로부근」(1962)으로부터 최근작인 「바람개비 별」에 이르기
까지 장장 50년에 이르는 시적 도정을 간추린 시 선집의 제목을 '지금,
언제나 지금'으로 삼았다는 것은 의미심장하다. '지금'의 의미야말로
이가림의 시 세계에 접근하는 통로 중의 하나로 보이기 때문이다. 순간
을 의미하는 그의 '지금'은 '여기'와 분리할 수 없는 시공간(time-space)
개념이며 그 시공간에 실존하는 존재의 감각이기 때문이다. 이러한 감
각의 의미를 이해하기 위해서는 시간이란 '비연속적인 찰나'이며 분절
된 순간의 다발이라고 한 바슐라르의 언급, 그리고 '지금'이란 '지금
있는 것'을 드러내는 '현존(presence)'의 기표로 간주한 이브 본느프와
(Yves Bonnefoy)의 시학을 참조할 필요가 있다. '지금'을 현존의 기표로
삼는다면 그것이 지닌 순간성의 적절한 비유는 '물거품'이 될 수 있겠
다. 삶을 배의 항행에 비유하고 뱃전에 이는 물거품의 의미를 살피면
이가림이 강조하고 있는 '순간'과 '지금'의 의미는 더욱 분명해진다.

> 　어디론가 미지의 '저쪽'을 향해 떠나가는 내 삶의 배, 그래도 물살을 가르
> 며 하얗게 물거품을 일으킨다. 나는 물거품을 좋아한다. 물거품은 언젠가 닿
> 을 항구에의 전진의 기록이며 그 흔적이기 때문이다. 또한 그것은 생성과 소
> 멸 그 자체, 희망과 전망의 신호 그 자체이다. 하얗게 부서졌다가 이내 스러
> 지고 마는 미래이면서 과거이고 또 현재인 순간, 쓰라린 실패의 발자취, 외로
> 운 실존과 가혹한 운명의 부딪힘.
>
> 　　　　　　　　　　　　　　　　　　　　　—『순간의 거울』후기

　뱃머리가 앞으로 나아가면서 내는 물거품을 '현존'의 가장 생생한
형상으로 본 것은 물거품이 현재이면서 과거이며, 생성이자 소멸을 동

시에 보여준다는 것이다. 뱃머리의 물거품은 배의 지향점을 보여준다는 점에서 미래이며, 배가 운항중이라는 것을 증거한다는 점에서 현재이고, 이내 스러져 흔적을 남긴다는 점에서 과거라는 것이다. 한국어의 언어 관행에서 물거품은 그 찰나성으로 인해 허무와 덧없음의 부정적 뉘앙스를 지닌 비유어에 지나지 않았으나 그는 미래와 현재와 과거를 압축한 '순간'과 '현존'이라는 의미가 부가된 어휘로 격상시킨 것이다. 예컨대 「돈황시편 1」의 '번갯불의 영원'과 같은 역설이나 '눈부신 현존'과 같은 표현은 그런 시간의식을 참조하면 일층 투명해진다. 순간과 영원의 변증법은 다음과 같은 시편에서 더욱 두드러지게 나타난다.

> 한순간/눈길과 눈길/빛의 끈으로 묶여져/별하나 피어나게 할 수 있다면
> — 「순간의 거울 4」 부분

> 눈부신 찰나의/불꽃 싸움//아아,/날마다 서로 만지며 손가락을 데이는/꺼지지 않는 절대의/횃불이여
> — 「순간의 거울 5」 부분

> 번갯불 번쩍 내리쳤다 스러지는/그 찰나/그 영원 속에서/별 머금은 듯 영롱한/눈물의 보석 하나
> — 「찌르레기의 노래 3」 부분

이들 작품에서 한순간의 '눈길'이 영원한 '별'로 묶이며, '찰나의 불꽃'은 '절대의 횃불'과 등가의 이미지가 된다. 「찌르레기의 노래 3」에서도 '찰나'는 '영원'의 등가이며 그 속에서 영롱한 눈물의 보석을 찾을 수 있게 된다는 것이다.

이처럼 그의 시에 나타나는 '이슬'이나 '물방울'과 같은 이미지는 '영원을 지향하는 찰나'라는 삶의 역설을 보여주는 것이다. 그래서 그

가 "삶은 온몸을 찰나에 내던지는/눈부신 죽음"(「이슬의 꿈」)이라고 노래했을 때 그것은 소멸이 아니라 생성의 반어이다. 그것은 '이슬'로 설정된 시적 자아를 호명하는 주체가 '별'이나 '금강초롱'과 같은 영원한 빛의 이미지로 나타나는 데서도 확인할 수 있다. 인간은 지속과 영원을 욕망하지만 현존하는 것은 오직 순간이다. 그는 순간을 수긍하고 순간을 응시함으로 영원으로 향하는 첩경을 찾을 수 있다고 본 것이다. 실제로 그의 시에서 순간과 영원은 부분과 전체 혹은 시작과 끝의 관계처럼 양적 범주나 선형적 단계로 대립되는 것이 아니라 오히려 상호 내포하는 원환적 관계이거나 질적으로 대등한 관계에 가까워 보인다.

2. 시대의 '야경꾼'과 언어의 '쟁기꾼'[1]

『지금, 언제나 지금』의 발간은 이가림 시인이 1966년 동아일보 신춘문예에 시 「빙하기」가 당선되어 문단에 데뷔한 이래의 긴 시적 도정을 매듭짓고 새출발을 예고하는 의식처럼 보인다. 그런데 앞으로 그가 독자들에게 어떤 변모를 보여줄지를 가늠하기란 쉽지 않은데, 그것은 그의 시 세계가 지닌 입체적 성격 때문이다.

그럼에도 이가림의 시 세계가 어떻게 변모해 왔는지, 다시 말해 그가 개척한 언어의 영토가 무엇이었는지를 검토하고 그 의미를 살펴보는 것은 여전히 독자의 권리이자 의무이기도 하다. 평자들은 이가림의 시 세계를 모더니즘에서 리얼리즘으로, 다시 현상학적 직관주의로 바뀌어 온 것으로 평가하고 있다. 여기서 우리는 그의 시가 변화해온 궤적과 함께 변함없는 요소, 지속적인 특성도 살펴볼 필요가 있다. 그 지속적 성격이야말로 이가림의 시를 이루고 있는 원형질일 수 있기 때

---

1) 이가림 시인이 『내마음의 협궤열차』(2000)의 머리말에서 사용한 비유어이다.

문이다.

　　그 헐벗은 비행장 옆/낡은 에레미야 병원 가까이/스물 아홉 살의 강한 그
대가 죽어 있었지/쟝 바띠스트 클라망스/스토브조차 꺼진 다락방 안 추운 氷
壁 밑에서/검은 목탄으로 뎃상한 그대 어둔 얼굴을 보고 있으면/킬리만자로
의 눈 속에 묻혀 있는 표범 이마,/빛나는 대리석 토르소의 흰 손이 떠오르지/
지금 낡은 에레미야 병원 가까이의 지붕에도/눈은 내리고/겨울이 빈 허리를
쓸며 있는 때./캄캄한 안개 속/침몰하여 가는 내 선박은/이제 고달픈 닻을 내
리어 정박하고서

— 「빙하기」 부분

　　출세작 「빙하기」를 보면 그의 시혼이 모더니즘의 자장(磁場) 안에 갇
혀 있는 것이 완연하다. 「빙하기」는 쟝 바티스트 클라망스라는 인물의
죽음을 전해 들은 시적 화자가 그의 삶이 지니는 의미와 자신의 좌절
감을 교직(交織)한 대화체의 장시이며 액자의 구조를 취하고 있다. 쟝
바티스트 클라망스는 알베르 까뮈의 소설 『전락(轉落)』(1956)의 주인공
으로 한 여인의 투신자살을 보고 방관하였다는 자책감에 사로잡히고
이런 자책감을 세계의 부조리를 방관하고 있는 위선적 삶의 문제로 확
장한다. 그는 부조리한 세계를 살아가는 개인 역시 죄인일 수밖에 없
다고 판단하고 다른 사람에게서도 원죄의식과 같은 죄의식의 연대를
확인하려 한다. 「빙하기」에서 시적 화자가 "스토브조차 꺼진 다락방
안 추운 빙벽 밑에" 있다는 표현을 통해 동시대의 현실이 극복되어야
할 대상임을 보여주고 있다. 여기서 고뇌 끝에 죽어간 클라망스의 모
습이 '킬리만자로의 눈 속에 묻혀 있는 표범'으로 혹은 '빛나는 대리
석'으로 묘사되는 반면 자신은 '침몰하는 선박'처럼 혹은 '취안(醉眼)
의 게[蟹]'처럼 방황하고 좌절하고 있는 존재로 대비해 보이며 자신이
지향할 표상임을 보여주고 있다. 클라망스의 죽음을 슬퍼하면서 한편

으로는 그를 죽음에 이르게 한 절망감과 순결한 고뇌야말로 실존의 증거임을 인식하고 수긍하기에 이른다. 이 작품을 통해 시인은 현실의 모순과 부조리를 빙벽으로 비유하고 있고, 그에 대한 가장 강력한 비판을 양심적 존재의 '죽음'으로 표현하고 있다. 이러한 시적 화자의 암중모색은 50년대의 허무주의에서는 탈피하였으되 여전히 현실의 정체는 모호한 상태이며, 그 대응 역시 소극적인 방식으로 나타나고 있다.

여기서 우리가 유의할 점은 그가 문단으로 나온 1960년대 중반의 지적 환경이 5·16군사정변으로 4월혁명의 좌절을 맞으며 새로운 전기를 암중모색하던 시기였으며, 문단은 전반적으로 모더니즘의 기류 아래 놓여 있었다는 점이다. 또한 한국전쟁과 분단을 경험한 세대들은 50년대의 좌절과 분단의식의 영향을 벗어나지 못하고 있었지만 일군의 지식인들이 그 허무의식을 극복하고 전쟁체험을 객관화하고 변화한 정치와 경제문제에 대한 비판적 성찰을 시도하려는 문학적 흐름이 태동하던 시기였다.

이러한 현실인식은 적극적인 극복의식으로 전환된다. 「돌」에서는 "끝없는 밤의 추위에/온몸을 할퀴며 목말라 쓰러질지라도" 새벽을 기다리는 힘을 버리지 않겠다는 의지를 드러내며, 「야경꾼 1」에서는 "나는 성냥을 켠다, 거대한 어둠/외칠 수 없는 침묵의 구멍 속에 사로잡힌 채/왜 나는 이 모든 사물의 잠을 지켜야 하는가"와 같이 시적 자아는 어둠과 맞서 응전할 태도를 분명히 하게 된다. 한편 「야경꾼 3」에서 어둠의 정체가 궁핍한 민중 현실을 기만하는 사회라는 점을 각성하고 시적 자아는 '하나의 풀잎'이 되어 민초와 일체가 되려는 의지를 내보인다. 이처럼 시대의 어둠을 밝히는 '야경꾼'을 자임했던 시적 자아는 「오랑캐꽃」 연작에 이르게 되면 민중의 고통을 화자의 목소리로 토로하는 '대리자'가 되어 현실에 바짝 다가선다.

나를 짓밟아다오 제발/수세식 변소에 팔려 온 이 비천한 몸/억울하게 모가지가 부러진 채/유리컵에나 꽂혀 썩어가는 외로움을/

— 「오랑캐꽃 1」 부분

나는 간다/쓰레기 되어 나는 간다/찬 새벽밥 물 말아 먹고/낮도 밤도 전등불뿐인/길고긴 가발공장/또 목마른 하루를 벌러/아직 덜 깬 눈썹의 잠을 털며 털며/해골 같은 연탄재 널린 길/나는 간다

— 「오랑캐꽃 2」 부분

「오랑캐꽃」 연작2)은 한 농민의 딸(들)이 도시로 와서 작부로, 가발공장 여공으로 혹은 기지촌의 매춘부로 전락해가는 모습을 제시한 작품으로, 각 시편은 독립적이면서 화자의 목소리가 통일성을 지니고 있어서 서사적 장시로 읽을 수도 있다. 이용악의 「전라도 가시내」의 인유(引喩)에 해당하는 이 연작시는 가난한 농민의 딸들이 도시에서 겪어야 하는 비참한 인생사를 주인공의 육성을 통해 증언하고 있다. 이들에게 도시는 사랑도 기댈 곳도 없는 '먼지'로 가득한 곳이며 '물거품'처럼 허무한 공간으로 그려진다. 시적 대상을 서정적 자아로 전면에 등장시키는 배역시(配役詩)의 기법은 「석류」에서처럼 상황과 내면심리를 생생하게 호소할 수 있는 장점을 가지나 과도한 감정이입도 우려되는 형식적 실험이다.

뙤약볕 아래/타는 뙤약볕 아래/땀방울 아롱진 얼굴을 감추며/서로 맨살결 맞대는/질경이풀//칼에 베어져서도/더욱 굳센 넋으로 기어이 일어서/푸르른 목숨의 뿌리/박혀 있는 땅/한뼘도 빼앗길 수 없음을/나직이 소리치고 있구나

— 「질경이풀」 전문

제 2 부 시인의 거처

101

「질경이풀」처럼 시적 화자가 대상을 묘사하는 형식에서, 화자가 절제된 어조로 진술하고 있음에도 오히려 설득력은 높아지게 되는 것을 알 수 있다. 질경이는 그 이름이 '질긴 목숨'에서 유래되었다고 할 만큼 생명력이 강한 잡초로 가장 적합한 민중의 상징이다. 여기서 질경이는 '칼에 베어도 기어이 일어나는' 굳센 생명력의 화신인 동시에 서로 맨살결을 맞대는 튼튼한 연대를 통해 그 '목숨의 뿌리가 박힌 땅'을 지켜내려는 의지의 존재로 그려져 있다. 개체적 생존을 위한 즉자적 저항을 넘어 연대를 통한 공동체적 삶의 영토인 국토나 사회를 수호하는 단계로 고양된 것이다. 그리고 이들의 '나직'한 소리는 미약함에서 비롯된 것이 아니라 오히려 강력한 잠재력을 응축하고 있다는 자신감의 반어적 표현처럼 들린다.

> 까마득한 높이에서/빗방울들이 수직으로 떨어진다/죽음조차 두렵지 않다는 듯/해맑은 얼굴로 떨어진다/(…중략…) 사람들은 믿지 않는다/홈통을 타고 흘러내리는/이 조그만 것들의 가느다란 소리가/꽉 막힌 하수구를 뚫고 둑을 무너뜨리고/콘크리트 장벽을 허물게 되는 것을//하나뿐인 제 몸을 내던져/살갗과 살갗 서로 부비는/저 빛 머금은 눈물 같은/목숨들의 발걸음!
> ― 「하나가 되기 위한 빗방울들의 운동」부분

「하나가 되기 위한 빗방울들의 운동」은 민중적 비전을 견고한 형식에 담은 작품으로 이가림의 현실인식이 낙관주의에 기초하고 있음을 보여주는 대표적 작품이다. 빗방울의 낙하운동은 모든 생명체, 나아가 무게를 지닌 존재라면 피할 수 없는 운명이다. 빗방울들은 수직하강의 운명을 기꺼이 수락함으로써 그 개체적 삶은 소멸하지만 그들의 죽음은 물줄기라는 새로운 존재를 생성한다. 작은 물줄기 역시 하강운동을 통해 소멸되어 더 큰 존재를 생성하여 마침내 둑을 무너뜨리고 콘크리트 장벽을 허물게 된다는 것이다. 빗방울의 낙하운동을 치밀하게 응시하여 민중운동의 낙관적 미래를 환기하는 강력한 메타포로 전환시킨 것이다.

한편 이 작품은 가혹한 현실에 맞서 이를 돌파해가는 영웅적 심상을 그린 「가물치」와 함께 그의 주제가 현실주의적 해석을 넘어 차츰 존재론적인 의미의 영역으로 확장되고 있다는 점에서 새로운 실험을 감행하고 있는 표지이기도 하다. 「바지락 줍는 사람들」도 그 한 사례인데, 저녁종 소리와 낙조가 깔리는 포구의 어민들의 노동은 한 폭의 아름다운 그림처럼 보인다.

> 바르비종 마을의 만종 같은/저녁 종소리가/천도복숭아 빛깔로 포구를 물들일 때/하루치의 이삭을 주신/모르는 분을 위해/무릎 꿇어 개펄에 입 맞추는/간절함이여//거룩하여라/호미 든 아낙네들의 옆모습
>
> — 「바지락 줍는 사람들」 전문

밀레의 「만종(晩鐘)」이나 「이삭 줍는 여인들」의 그림에서처럼 어민들의 조개잡이는 평화롭고 경건한 행위로 재현되고 그 현실적 맥락은 종교적 분위기의 뒤쪽으로 감춰진다. 이 같은 의미의 외연적 확장 경향은 「순간의 거울」 연작에서 정점에 도달하는데, 이미지가 환기하는 외연이 최대로 확장되고 그만큼 내포는 축소되는 양상을 보이게 된다.

> 내가 문득/보조개 이쁜 누이를 바라보듯/꽃 한 송이 바라보니/새하얀 빛깔로/웃는다/가늘게 떠는/그 웃음 소리에 놀라/잠깬 이슬들이 /내게 말을 걸어/이름을 묻는다/난 눈길 없는 눈길로/바라보는 돌/그대들이 바라보면 /소리 없는 소리로 /웃는 돌
>
> — 「순간의 거울 7 —상응」 전문

「순간의 거울」 연작은 대부분 극히 짧은 시행으로 이루어져 있다. 시행이 단축된 만큼 여백은 증가하고 수사와 언어는 더욱 투명해졌다.

작품의 중심 이미지는 '꽃'과 '이슬', 그리고 '돌'이다. 이들 이미지는 내가 '바라봄'으로써 생명력을 얻게 된다. 나의 시선에 의해 꽃이 웃고, 그 웃음에 잠을 깬 이슬들이 '나'에게 말을 걸어 온다. '나'의 눈길에 의해 일어난 물결처럼 꽃과 이슬로 번져 나간다. 여기서 중요한 것은 이미지가 아니라 존재들 간의 관계와 각 존재의 행위나 동작들이다. 그래서 '나'를 제외한 다른 이미지들은 대체되어도 무방하다. 이미지들은 연환(連環)처럼 서로 관계 맺고 있어서 한 존재의 '보는' 행위가 다른 존재의 '웃음'을 부르고 '웃음'은 '의문'을 유발하는 관계이다. 시인은 이러한 사물의 관계를 '상응(correspondance)'의 한 형식으로 간주한다. 그런데 결과적으로 시어의 외연은 확장되었으나 그만큼 내포는 추상화되는 점을 해결해야 한다. 이 같은 시학을 계속 밀고 나가면 김춘수가 실험한 바 있는 무의미의 지경에 도달하게 될 것이다. 아직 「순간의 거울」 연작이 의미의 진공으로 나갈 위험은 없다. 이가림은 존재들 간의 관계를 유심주의적 관념이 아니라 그물처럼 연관된 생명관계, 즉 생태주의적 관계에 기초하여 보고 있기 때문이다. 족두리꽃을 애무하는 바람을 그린 「순간의 거울 15-風接化」에서 그는 사물의 운동과 생명현상을 사실에 근거하여 과학자처럼 묘사하고 있다는 것을 알 수 있다.

　「순간의 거울」 이후 한편으로 생명현상에 대한 관심을 지속하면서 다른 한편으로는 새로운 존재의 관계, 이를테면 자아와 우주의 교감을 시도하고 있다.

> 4천 8백 광년 떨어져 있던/그대가/푸른 오렌지 같은 지구의 한 모퉁이/한 개 모래알인 내게로 오자/또 하나의 우주가 열리고/웅크린 태아(胎兒)형상의 6과 9가 만나는/둥그런 만다라 꽃/피어나네
>
> —「바람개비 별 1」 부분

「바람개비 별」 연작에 이르러 그의 화폭은 무한하게 확대되고, 상상력은 몇천몇백 광년의 광대한 시공간을 넘나든다. 우주의 이미지로 가득한 시편에서도 여전히 그의 주된 관심은 존재들 간의 관계이다. 바람개비 별을 바라보는 '나'는 현기증을 느끼지만 별빛은 내게로 와 황홀한 만다라 꽃을 피운다. '나'와 별은 오직 빛에 의존해서 교감한다.

한 시인의 시 세계를 선형적 궤적으로 파악하는 것은 적잖은 위험성을 내포한다. 시기별 특징을 일반화하는 과정에서 작품을 편향적으로 선택한다거나 앞 시기와 이후의 작품들 간의 내재된 인과관계를 가볍게 다루는 경우가 발생하기 때문이다. 즉 논리와 인식을 위해 유기적으로 연관을 이루고 있는 작품과 시인의 사상이 문학이념이나 패러다임으로 환원되고 만다. 그 점에서 본다면 그의 시 세계는 활달한 낭만적 꿈과 견고한 고전적 시선의 협주로 이루어져 있으며 '언어와 현실, 그리고 우주'에 대한 시인의 관심은 통합되어 처음부터 길항적으로 연계되어 있었다고 보는 김유중의 평가가 더 설득력 있게 들린다. 이가림은 고뇌하는 모더니스트에서 출발하여 밤을 지키는 '야경꾼'에서 민중의 '대리인'으로 최근에는 언어의 '쟁기꾼'으로 변신한 것이다. '쟁기꾼'은 최근 우주의 시공간에서 별과 교감하고 있다. 그러나 새로운 특징이 나타났다고 해서 초기의 문제의식이 폐기된 것은 아니다. 최근작에서도 지난 시기의 그가 보여준 방법론이나 문제의식은 의연히 살아있기 때문이다. 예컨대 가난한 이웃과 뭇 생명에 대한 연민과 옹호는 변치 않는 태도이다. 그의 시가 현실에서 초월하지 않고 휴머니즘에 착근해 있다는 점이다. 그의 시를 관류하고 있는 슬픔의 정서도 사실 작고 무력한 존재들에 대한 연민과 사랑에서 비롯된 것이다.

3. '교감'의 시 정신과 세 편의 시

> 나는 지하철을 사랑한다./2만5천볼트의 전류가 흐르는/인천행 지하철에
> 흔들릴 때마다/2만5천볼트의 사랑과/2만5천볼트의 고독이/언제나 내안에 안
> 개처럼/넘실거리기 때문이다//징그러운 발을 감추고/안보이는 한쌍의 촉각
> 을 세운 채/음습한 곳에 묻혀사는 벌레들을/마구 잡아먹는/한 마리 길다란
> 지네//그 꿈틀거리는 몸뚱어리 마디마디/환히 불 밝힌 방 안에서/학생 공원
> 선생 군인 회사원/창녀 수녀 신문팔이 소매치기/이 땅의 눈물겨운 살붙이들
> 모두가/서로 뺨을 맞대고/서로 어깨를 비벼대고/서로 밀치고/서로 부추기고/
> 서로 껴안으며/즐거운 지옥의 밧줄에 묶여 끌려간다//이리 부딪치고 저리 쓰
> 러지는/그 장삼이사의 물결 속에/몸을 던져/나 또한 즐거이 자맥질한다//너
> 의 살결에/나의 살결이 닿고/너의 숨결에/나의 숨결이 섞이는/황홀한 세상//
> 거대한 군중의 파도가/물거품의 자취조차 없이/나의 파도를 삼킨다.
>
> ― 「2만5천볼트의 사랑」 부분

「2만5천볼트의 사랑」은 이가림의 대표작 중의 하나이며 우리 시사에
서 가장 빼어난 철도문학의 하나로 평가할 만하다. 이 작품은 '나는 지
하철을 사랑한다'는 화자의 돌발적 고백으로 시작된다. 그렇다고 이
표현을 역설이나 반어로 볼 필요는 없다. 도시의 산책자라면 매혹적인
거리와 문명의 이동수단, 그리고 거대한 도시의 군중을 낯설어 하지도
거부하지도 말아야 하기 때문이다―보들레르가 『파리의 우울』에서 시
인이란 군중(multitude)과 고독(solitude)을 등가로 파악할 수 있어야 한다
고 했듯이. 이 작품에서 열차의 지붕 위로 흐르는 '2만 5천 볼트' 고압
전류를 2만 5천 볼트의 사랑과 고독으로 병치시키고 있는데, 이런 대
립과 모순적 정서는 지하철이 이동하는 군중의 광장인 동시에 방(밀폐
공간)이라는 모순의 공간이라는 데서 기인하는 것이다. 시적 화자는
이동하는 광장의 군중들이 일으키는 파도와 '즐거이 자맥질하며' 교감
한다. 이 같은 교감 속에서 '나'의 사랑과 고독의 수치는 기관차를 움

직이는 전압인 2만 5천 볼트에 도달하는 것이다.

이 작품에서 지하철은 음습한 지하에서 벌레들(인간)을 먹이로 살아가는 징그러운 지네이다. 그런데 지하철의 징그러운 몸통 속에는 불을 환하게 밝힌 방이 있다. 지하의 서식자들인 군중들은 '지네'의 몸통 속에 하나로 '버무려져' 서로의 몸 냄새를 뒤섞기도 하면서 '황홀하게' 살아간다. '이 땅의 눈물겨운 살붙이들'이 '이리 부딪치고 저리 쓰러지는 군중의 물결', 그것은 끝없이 밀려오는 파도이면서 생생한 인간의 숨결이다. 군중의 파도와 숨결 속에서 산책자(시인)도 함께 뒤섞여 보들레르처럼 '영혼의 거룩한 매음'(황홀감)을 체험한다.

흔히 도시와 지하철을 지옥으로 비유하지만, 그 지옥에서 인간의 냄새와 교감의 고리를 찾아내 형상화한 사례는 희귀하다. 비시적 상황을 전복시킨 시인의 상상력이 철도와 도시를 노래한 작품 가운데 가장 탁월한 텍스트를 탄생시킨 것이다.

> 눈 쓰린 땀방울 훔치며/훔치며/걷고 또 걸어서/가까스로 다다른 땅끝엔/언제나 아픈 외발로 디뎌야 하는/낭떠러지 뿐//
> 한 줌의 소금을 위해/한 가마니의 가난을 위해/우리 모두는/해가 지지 않는 水車 위에서/제 그림자를 밟고/또 밟는 걸까//
> 땡볕 아래/눈 쓰린 땀방울에 젖어 걷는 자여/그대 부질없는 인생/한없이 바닷물을 퍼올리고/또 퍼올리노라면/언젠가/열명길에 들어/눈물로 빚은 소금 한 부대는/내놓을 수 있으리
>
> ─「水車 위의 생」 전문

「水車 위의 생」은 염전의 수로에서 수차를 밟아 바닷물을 퍼올리는 한 염부(鹽夫)의 노동을 묘사한 작품이지만, 인생의 의미를 근원적으로 되묻게 하는 음폭을 지닌 작품이다. 뜨거운 햇살이 내려 쪼이는 소금밭에서 온종일 수차를 밟고 있는 노동자의 모습은, 굴러 떨어질 것을 알면서도 산정으로 바위를 밀어 올리는 형벌을 받고 있는 시지프스의

고역과 영락없다. 염부가 수차의 계단을 디디고 오르는 순간 수차는 쳇바퀴처럼 다시 제자리로 돌아온다. 이 절망적 반복을 '걷고 또 걸어도 낭떠러지'라고 표현하였다. 염부의 수차 밟기는 동반자도 조력자도 없이 오직 나무 손잡이에 의지한 채 반복되는 지루하고 고독한 노동이다. 그래서 '해가 지지 않는 수차(水車)'이며 주위엔 '제 그림자'뿐인 것이다—시지프스가 '측량할 수 없는 시간'과 싸웠듯이. 이 노동의 목적은 한 줌의 소금을 얻는 것이다. 소금은 생명 유지를 위해 소중한 물질인 만큼 동서양 문학적 전통에서 그 상징적 의미도 '생명'이나 '정의'처럼 고귀하다. 그러나 그 소금은 풀포기도 자라지 못하는 불모지와 같은 염전에서, 염부들이 고독하게 '쓰린 땀방울'을 흘리며 일한 결과물이다. 이 고독한 노동의 결과는 '눈물로 빚은 소금 한 부대'이다. 이것은 비단 염부의 것만이 아니라 지상의 모든 시지프스들이 인생을 마감하는 날 받게 될 삶의 결산서인 것이다.

> 이제/내 비소(砒素) 같은 그리움을/천년 종이에 싸/빈 술병에 넣어 /달빛 인광(燐光) 무수히 떠내려가는/달래강에 멀리 던진다//
> 먼 훗날/부질없이 강가를 서성이는 이 있어/이 병을 건져 올릴지라도/그 때엔 벌써/
> 글자들이 물에 씻겨/사라져버렸을 것을 믿는다//
> 끝내 말하지 못한 것이야말로/영원히 숨 쉬는 것//
> 이제/내 비소 같은 그리움을/천년 종이에 싸/빈 술병에 넣어/일찍이 미친 사내 하나 빠져 죽은/달래강에 멀리 던진다
>
> — 「투병통신(投瓶通信) 1」 전문

「투병통신(投瓶通信)」 연작은 이가림 시인이 추구한 교감의 시학을 대표하는 작품들이다. '투병통신'이란 물병에 편지를 넣고 마개를 닫아 바다에 띄워 보내는 물병편지(bottle letter)를 통한 교신이다. 이 흥미로운 통신수단은 본래 조난자들이 구조신호를 보내거나 간절한 소망을

빌 때 사용된 것이다. 물병편지를 통해 미지의 수신인을 향해 간절한 메시지를 보내는 행위는 바닷물 속에 향을 묻고 천 년을 기다리는 '매향(埋香)' 의식의 심리와 닮아 보인다. 이 작품에서 시인이 병 속에 담은 내용은 '비소 같은 그리움' 이다. 이 역설적 시어는 화자의 고독과 그리움의 농도이다. 그런데 휴대전화와 SNS와 같은 개인 미디어가 광속으로 소통하는 시대에 '투병통신' 은 난센스이거나 기껏해야 이벤트에 불과하지 않는가? 그런데 미디어가 범람하는 시대야말로 '깊은' 소통과 교감이 더욱 절실한 때인지도 모른다.

투병통신은 미지의 대상에게 보내는 연서(戀書)이다. 던진 빈 술병을 누군가 건져 올리길 간절히 바라지만 그럴 가능성은 거의 없다. 그럼에도 미지의 수신자를 향해 빈 술병을 던지는 이유는 그것이 '끝내 말하지 못한 것' 이기 때문이다. 그의 그리움은 '영원히 숨쉬는 언어' 로 대화할 수 있는 대상을 향한 것임이 드러난다. 이 간절한 연서를 담은 술병을 망각과 이별의 강물에 던지는 무망하기 이를 데 없는 행위야말로 이가림이 생각하는 시(詩)와 시쓰기인 셈이다. '끝내 말하지 못한 것' 이 시라면 '그리움' 은 시쓰기를 충동하는 힘인 것이다. 이 작품에서 두드러지게 나타나는 '교감' 의 시 정신은 '순간' 과 함께 그의 시를 관류하는 또 다른 원형질이다.

4. 새로운 항해

이가림 시인이 내놓은 시 선집이나 여섯 권의 시집으로 그의 문학을 중간결산할 수는 없다. 그는 지금까지 불문학자이자 교수로서 불문학 연구와 번역, 후학 양성에 더 많은 땀을 쏟아 왔고 많은 성과를 남겼기 때문이다. 프랑스의 현상학적 시학의 개척자인 가스통 바슐라르의 시학을 국내에 번역하고 소개한 것은 대부분 그의 공로로 보아야 할 것이다. 그가 번역한 바슐라르의 작품은 『촛불의 美學』(1975), 『물과 꿈』 (1980), 『꿈꿀 권리』(1980), 『풍경』(1983), 『순간의 미학』(2002)이 있다. 이 외에 현대 프랑스 시론집 『不死鳥의 詩學』(1978), 이브 본느프와의 시선집 『살라망드르가 사는 곳』(1987), 쥘 르나르의 『홍당무』(1984), 알 베르 카뮈의 『시지프의 신화』(1977), 장 콕토의 데생 시집 『내 귀는 소 라껍질』(1983) 등을 비롯한 중요한 프랑스 문학작품을 번역하여 한국 문학의 지평을 넓히는 자양분을 제공했다. 또 한국문학을 해외에 알리 는 작업으로는 정지용 불역 시선집인 『Nostalgie』(1999), 자신의 시집 『유리창에 이마를 대고』를 불역한 『Le front contre la fenetre』(1997), 윤대 녕의 불역 소설 『Voleur d'Oeufs』(2003) 등이 있다.

그의 문학활동을 중간결산해본 데서 드러나듯이, 『빙하기』에서 『바 람개비 별』에 이르는 여섯 권의 시집 그 자체만 봐도 과작의 시인이라 고 부르는 것은 그리 온당치 않아 보인다. 또 그가 우리 시사에 기록될 여러 편의 명시들을 이미 낳았다는 점을 고려하면 더욱 그렇다. 그가 이룬 프랑스 문학연구와 번역작업, 지역과 전국의 문단 활동을 두루 감안한다면 한국문학은 오히려 그에게 크게 빚을 지고 있는 셈이다. 『지금, 언제나 지금』의 출간은 그의 지난 시적 도정을 보여준다는 점에 서는 빛나는 '과거'이지만, 그의 배가 새 기항지를 향해 출항한다는 고 동소리라는 점에서 가슴 설레는 '미래'라고 해야겠다. 머지않아 독자 들은 그의 뱃전에 이는 커다란 '물거품'을 보게 될 것이다.

겨울밤과 시인의 방

— 박영근론

　박영근 시인이 세상을 떠난 지 열흘이 지났다. 그를 볼 때마다 걱정 스러운 마음이 없진 않았으나 그렇다고 이처럼 황망히 세상을 버릴 것 이라고 생각하지는 못했다. 결국 백병원 중환자실에서 혼수상태의 그 를 본 것이 마지막이었다. 지인들은 모두 마른 나무 등걸처럼 여윈 그 의 손발을 쓰다듬으며 자리를 털고 일어나기를 빌었지만, 5월 11일 저 녁, 시인은 숨을 거두고 말았다. 그의 1958년부터 시작된 48년의 생애 와 1981년부터 시작된 25년의 문학적 도정이 안타깝게도 중도에서 끊 어진 것이다. 그가 1985년 인천으로 이전한 이래 문화 현장 곳곳에 노 고를 아끼지 않았는데 그 활약도 무망하게 되었다. 그를 죽음으로 몰 고 간 병명이 불치명이 아닌 결핵성 뇌수막염과 패혈증이라고 하니 더 욱 허망하기 짝이 없다. 돌이켜 보면 그는 언제부턴가 스스로 세상을 '놓아' 버린 듯하다. 병든 세상과의 불화와 긴장을 시적 언어로 조탁하 는 일 자체가 자신의 살을 저며내는 고통스런 작업이었음에도 불구하 고, 청탁받은 원고를 탈고하고 나면 쇠약해진 심신을 돌보기는커녕 주 야를 가리지 않고 폭음을 했던 것이다.

그가 남긴 시편들은 치열한 글쓰기의 결실이니 그의 살과 뼈로 구운 '항아리'라 불러 마땅할 것이다. 이제 시인이여! 병든 세상도, 지상의 벗들도, 시도 잊고 편안히 잠들라.

그가 남긴 작품들을 음미하고 그의 시적 성취에 대한 본격적 논의는 뒤로 미루고, 이 글에서는 박영근의 시에 나타나는 중심적 심상인 '겨울' 이미지의 양상을 살펴보고, 그의 생애를 함축하고 있는 두 작품 「그 房」과 「이사」를 읽어 보기로 한다.

1. '겨울'의 수사학

박영근의 시에서 '겨울'과 '눈송이'는 현실인식을 환기하는 중요한 이미지이다. 물론 시집 『대열』에 나타난 '겨울'에 각별한 의미를 부여하긴 어렵다. "겨울코트가 올려지고/···/살얼음이 낄 때에도/우리는 외롭지 않았다."는 「마지막 수업」의 구절이나 "하얗게 몰려드는 눈발 속"에서도 "꼿꼿하게 솟아오르는 병식이 얼굴"을 보는 「겨울밤 학습」과 같은 작품에서 드러나듯이 '겨울'은 주체의 강한 의지를 드러내는 대조기표로 사용되었다. 90년대로 이행하면서 그의 정신은 위기의 징후를 내보인다. 시집 『지금도 그 별은 눈뜨는가』(창작과 비평사, 1997)에 수록된 「동암역 근처」와 같은 작품은 내적 위기를 극복하기 위한 안간힘이 제시되어 있다.

전철도 끊긴 동암역 근처
눈 쌓인 골목 미루나무 가지 끝

빈 새둥지 속에 뜨거운 별빛 한줄기 떨어진다
(···중략···)
지상의 울음이 쩡쩡 얼어붙었구나

밤하늘의 저 눈빛 하나

— 「동암역 근처」 부분

이제 길은 사라졌다. 차가운 눈 속에 선 미루나무와 그 '가지 끝'과 '빈 새둥지'는 주체의 위기 혹은 공황의식이 표현되어 있다. 지상에서의 길이 모조리 차단된 화자의 눈에 문득 한줄기의 별빛이 비친다. 그 별빛을 '뜨겁다'고 한 것은 희망을 포기할 수 없다는 비장한 선언처럼 들린다. 마침내 쩡쩡 얼어붙은 지상, 그리고 길이 보이지 않는 어둠으로 표상되는 절망적 현실을 수긍하기에 이른다. 다만 동토를 비추고 있는 창공의 별(눈빛)에 의지하여 출구를 모색할 수 있겠다는 한 가닥 가능성은 아직 남아있다. 그러나 「빙벽(氷壁)」같은 작품에 이르면 최소의 가능성도 찾기 어렵다. 정지용이 저 「장수산」에서 보여준 빛나는 독백처럼 "올연(兀然)히 겨울 한밤을 견뎌"내야겠다는 주체의 의지만 남아 있다.

> 겨울산은 나뭇잎 하나 붙잡을 것이 없다
> 침묵의 저 가파로운 칼등
> (…중략…)
> 오오 고통만으로
> 저를 지키고 있는
> 저 겨울산

— 「氷壁」 부분

위안으로 삼을 생명도, 머무를 한 뼘의 평지도 없는 겨울산은 오직 침묵으로 고통을 내면화하면서 자신을 지키고 있다. 그의 시 「나는 지금 어디를 바라보고 있는 것일까」에 나타난 겨울은 더욱 혹독하다. 그에게 90년대는 '지긋지긋한 不立文字'이거나 '임시막사의 희극'으로 인식되었다. 그는 고립된 것이다. '나에게 현실이 없었다'는 말은 그가 선 지반이 사라지는 것과 같은 극한의 전망 상실감이나 공황상태에 빠져 있었다는 증거이다.

「겨울비」에서도 겨울이미지는 공황상태를 수반하며 그 비극성을 고
조시킨다. 길 위에서 길을 잃어버렸다는 역설은 참으로 절실한 수사라
하겠다. 행려(行旅)처럼 떠돌아다니며 육신의 무게를 덜어내던 시인의
삶을 객관화하면서, 한편으론 앞길이 보이지 않는 암울한 현실을 환기
하고 있기 때문이다. 이 슬픈 자화상의 배경을 이루고 있는 '겨울비'는
스스로 하얗게 결빙하며, 동시에 시적 주인공인 '사내'의 생명을 위협
하고 있다.

> 길 위에서, 길을 잃으며//
> 저를 찾고 있는
> 망가진 사내 하나를 보았다//
> 온몸 환하게 얼어가는 겨울비 속에서
>
> ―「겨울비」 부분

그의 시에서 나타나는 눈송이들도 주목할 필요가 있다. 눈송이는 겨
울의 꽃이다. 어둠이 짙을수록 빛나는 별과 마찬가지로 꽝꽝 얼어붙는
날 밤이어야 눈송이는 눈부시게 '살아' 있을 수 있다. 다만 골목 어귀
에서 서성거리고 있는 '눈송이'들은 IMF 이후 길거리로 내몰린 노동
자들의 신산한 삶을 떠올리게 한다. 『삶글』(2001년 겨울호)에 실린 그의
시 「봄」은 그의 마음이 온통 겨울에, 그리고 골목길 위에 있음을 알려
준다. 길 위에 선 사람은 사실 자유롭지 않다. 끊임없이 출구를 모색해
야 하기 때문이다. 마치 광야가 어디로든 갈 수 있는 공간인 동시에 아
무 데도 갈 수 없는 닫힌 공간이기도 하듯이.

> 하나, 둘 흩날리는 눈송이였다
> 뒷골목에 몰려 쌓여가는 눈더미였다
> 흙먼지와 그을음 쓰레기를 쓰고

한밤중 온통 얼어가는 얼음덩어리였다
어떤 뜨거운 말들이 치웠는지 나는 모른다
맨땅에 선연한 침묵의 빛을 본다

─「봄」 전문

시간의 경과와 함께 이미지들 역시 구체화된다. 흩날리는 눈송이는
눈더미로, 마침내 흙먼지와 그을음을 쓴 얼음덩어리로 응고된다. 흩날
리는 눈은 단독자에서 집단으로 조직되고 단단하게 결집하는 주체(들)
이다. 그러나 이러한 눈의 운동은 종결어미에서 확인할 수 있듯이 과
거의 일일 뿐 지금은 중단되어 있다. 눈송이가 굴러다니던 곳이 이제
'맨땅'이며 거기에는 오직 침묵만 흐르고 있다. 그는 눈송이에 생명과
운동성을 부여하고 있는 셈이다. 여기서 눈송이는 시적 자아와 이웃들
의 형상으로 동토(현실)가 낳은 산물인 동시에 극복되어야 할 대립물
이다. 이쯤이면 왜 그가 일상적인 촉각을 뒤집어 표현하고 있는지 알
게 된다. '꽝꽝 얼어붙는' 겨울만이 순백의 결정체인 눈송이가 눈부시
게 살아있는 계절이기 때문이다. 그래서 봄은 소생의 계절이 아니라
겨울과 눈송이가 녹아내려 피아의 전선이 무너져 버리는 혼돈의 상징
일 뿐이다.

2. '불의 시대'와 그 이후 :「그 房」과「이사」

'집'은 은밀한 개인의 공간인 동시에 사회적 공간의 최소단위이기도
하다. 그래서 집은 우선 존재의 아늑한 거처로서 작용하는 동시에 그
속에서 살아가는 인간의 생활을 조직화하고 규율화하는 역할을 한다.
모든 주체들은 자신의 집에 머물고자 하지만, 때로 집으로부터 탈출하
려는 강렬한 충동을 드러낼 때도 있다. 루카치는 그러한 충동을 내부
와 외부 사이의 균열을 의미하는 하나의 징후이며 또 자아와 세계가

제
2
부

시
인
의

거
처
─

115

본질적으로 분리되면서 영혼과 행위가 서로 일치하지 않음을 말해주는 하나의 표지로 간주하였다.[1]

「그 房」과 「이사」는 박영근 시인이 이사를 한 후에 전에 살던 집을 소재로 한 작품인데, 그 속에서는 80년대와 90년대의 삶이 함축되어 있어 시적 자서전이라 부름직하다. 「그 房」에는 부평 4동으로 이사하기 전에 살았던 집으로 '불의 시대'인 80년대의 삶이 개괄되어 있다.

> 그 방 용접불꽃에 먹혀 뜨거운 모래알이 구르는,
> 벌겋게 달아오른 쇳조각 같은 눈으로
> 문건을 읽었다 이 빠진 받침들과
> 시커멓게 뭉개진 활자들은 바로 세우고
> 읽고 나선 서둘러 아궁잇불에 태우던
> 한밤중, 어둠속으로 피세일*을 나갔다 달빛은
> 골목 어귀에 소식지 위에 날을 세우며 떨고
> 보안등 불빛에 쫓기며 한바퀴, 또 한바퀴…… 돌아와
> 새벽시장 봉지김치에 라면밥 말아먹던, 방
> (…중략…)
> 나는 천천히 그 방을 빠져나온다
> 돌아보면 환한 대낮인데
> 한 사내가
> 부엌 바닥에서 어린 파를 다듬다가
> 불쑥 솟구치는 눈물을 떨구고 있다
>
> * 팜플렛, 전단지 등을 배포하는 일을 뜻하는 운동권 용어
>
> ―「그 房」 부분

'그 방'은 아마도 유난히 샛골목이 많은 인천 부평 산곡동의 월세 단

1) 루카치, 반성완 역, 『소설의 이론』, 심설당, 1985, 30쪽.

칸방 시절에 대한 회상일 것이다. 그곳은 개인의 아늑한 거처가 아니라 조직활동가에게 전달되는 활동지침이나 선전 문건을 읽고 토론하던 아지트이며, 공장이나 주택가에 유인물 배포를 준비하는 장소였다. 문건을 읽는 눈이 온통 불기운으로 가득하다. 눈은 '용접불꽃'이거나 '벌겋게 달아오른 쇳조각'으로 비유되어 있다. 또한 '달빛'과 '보안등 불빛'으로 표상된 감시의 눈길을 피해 밤새 '피세일'을 하고 돌아와 '라면밥 말아먹던 방'이다. 공단거리에 흔히 볼 수 있는 노동자의 자취방에 불과하지만 가장 아름다운 공간이자 시인의 삶에서 가장 빛나는 시간으로 묘사되고 있다. 그런데 '부엌 바닥에서 눈물을 떨구고 있는 사내'의 모습은 무엇을 말하는 것일까? 비록 그 비애와 슬픔이 궁핍 때문인지 아니면 실존적 고독 때문인지는 분명치 않지만 말이다.

「이사」(『리토피아』, 2006년 봄호)는 시인이 2005년 가을 부평에서 남구 용현동으로 이사한 뒤에 쓴 작품이다. 「그 房」이 '불의 시대'인 80년대를 압축한 것이라면 「이사」는 90년 이후의 부평 4동 시대를 압축하고 있다고 볼 수 있다. 이 작품에서 화자의 분신인 '사내'는 부평 4동 시절의 일상을 묘사하는 역할을 하고 있다. '내'가 이사를 한 뒤에도 '사내'는 '낡은 집'을 떠나지 못하고 머물러 있다. 그는 예전처럼 시집을 읽고 저녁밥을 먹고, 원고를 쓴다. 여기서 '내'가 몸과 의식에 대응한다면 '사내'는 정신과 무의식을 대변하는 주체라 할 수 있는데, 이는 시인의 복합적인 정서를 효과적으로 표현하기 위한 시적 배치라고 할 수 있겠다.

> 내가 떠난 뒤에도 그 집엔 저녁이면 형광등 불빛이 켜지고
> 사내는 묵은 시집을 읽거나 저녁거리를 치운 책상에서
> 더듬더듬 원고를 쓸 것이다
>
> ─「이사」 부분

옛집에 대한 미련이 여실하게 나타나 있다. 그렇다고 옛집이 달콤한

추억의 장소라는 뜻을 아니다. 오히려 호된 물세례로 대파국을 맞이한 곳이기도 한다. '사내'가 가꾸던 정원은 '하늘이 온통 잠기는 장마'에 휩쓸려 파괴되고 만다. 원추리 꽃은 빗물에 떠내려가고, 고춧대와 토마토 줄기는 허리가 꺾였다. '장마'는 노아의 홍수처럼 시인이 가꾸어 온 낙토를 가뭇없이 사라지게 한다.

> 그리고 낮도 밤도 없이 빗줄기에 하늘이 온통 잠기는 장마가
> 또 오고, 사내는 그 때에도
> 혼자 방문턱에 앉아 술잔을 뒤집으며
> 빗물에 떠내려가는 원추리 꽃들을 바라보고 있을까 부러져나간
> 고춧대와 허리가 꺾여버린 토마토 줄기들과 전기가 끊긴
> 한밤중의 빗소리
>
> ──「이사」부분

'하늘이 잠기는 장마'에서 살아남기 위한 방주(方舟)를 마련하지 못한 시인은 기껏 '마당에 신문을 깔고 앉아', '물결을 끌어당기고 내밀면서' 물난리를 견디고 있을 따름이다. 그렇다면 이 '물결'이란 대체 무엇일까? 실제로 그가 살던 부평집의 지붕은 오랫동안 수리를 하지 않아 비가 새기도 했지만, 80년대와는 다른 형태로 교묘한 존재를 위협하는 방식으로 상황을 암시하고 있는 것이 아닐까. 시인이 틈만 나면 지적하고 있는, 삶의 전 영역에 넘쳐나는 물신주의, 혹은 우리의 일상에 깊숙이 침윤한 상품의 유혹, 이런 교묘한 적들이라면 감각과 언어만 가지고 있는 시인이 홀로 감당하기 어렵다. 즉 그의 절망은 문명사회의 욕망이 다른 형태의 삶을 꿈꾸기에는 돌이킬 수 없을 만큼 막다른 지점에 다다랐다는 판단에서 비롯된다. 또한 '욕망의 바깥'에서 바로 그 욕망에 길들어진 자신과 현실세계를 제대로 사유하는 것 자체가 고통스럽다는 것이다(『숲길』, 254쪽). 박영근의 비극성은 절망과 고통

을 자신의 몸에다 전가하고 있는 데서 기인한다. 「이사」의 마지막 몇 줄은 그 고투의 결말을 보여주고 있다.

> 도시의 가난한 겨울밤은 눈벌판도 없는데
> 그 사내는 홀로 눈을 맞으며
> 천천히 벌판을 질러갈 것이다
>
> — 「이사」 부분

밤거리는 '광고 불빛'과 '마네킹들'로 가득한 '시간도 기억도 없는' 공간이다. 화자가 마지막 진지인 집을 버리고 거리로 나선 것은 '그'가 올지도 모른다는 희망 때문일 수 있지만 시적 주인공이 '그'를 만났는지는 알 수 없다. 오직 우리가 확인한 것은 시적 주인공이 집을 버리고 겨울밤 황량한 도시를 가로질러 가는 비장한 뒷모습이었다. 이 대목에 이르면 '이사'는 단순한 육신의 거처를 변경하는 것을 넘어 자신의 운명에 대한 일종의 예감처럼 들린다. 이러한 예감은 자신을 '눈먼새'에 견주고 있는 「겨울비」의 마지막 구절이나 제3자의 목소리를 통해 자아를 객관화한 「봄비」와 맥락관계를 이루고 있다.

> 어디서 본 그림이었을까. 盲目鳥라는 그림, 조롱 속에서 어둑하게 허공을 바라보고 있는 눈먼새, 몸은 자꾸만 말라가고, 제 울음소리도 잊은 채로 머지 않아 죽어갈 …… 돌아갈 집도. 밥상머리에 함께 둘러앉을 식구들도 나에겐 없었는데, 문득, 문득 돌아갈 자리를 찾곤 했던가봐요.
>
> — 「겨울비」 부분

> 이제 그만 내려놓아라
> 힘든 네 몸을 내려놓아라
>
> 네가 살고 있는 낡은 집과, 희망에 주린

책들, 어두운 골목길과, 늘 밖이었던
불빛들과, 이미 저질러진
이름, 오그린채로 잠든, 살얼음 끼어 있는

냉동의 시간들, 그 감옥 한 채

— 「봄비」 부분

3. 「카타콤」과 「흰 빛」

　박영근은 노동자가 되기 전에 이미 시인이었다는 사실을 기억할 필
요가 있다. 1977년 여름부터 영등포의 공장지대에서 생활할 무렵 『반
시(反詩)』 동인지의 김명인, 김창완, 이동순 등의 작품을 읽으며 글쓰기
를 시작하고 있었다고 한다. 『반시』 동인들의 영향은 박영근의 최근 작
품 속에서 발견된다(그의 「문장수업」(2002)을 김명인의 「東豆川 I」
(1979)과 비교해 보면 뚜렷하다). 이시영 시인의 회고에 의하면, 구로
공단에서 본격적인 노동자 생활을 하기 전인 1980년에 이미 『창비(創
批)』를 비롯한 잡지에 작품들을 투고한 적도 있다고 한다. 시인 스스로
도 이 시기를 자신의 '문학청년' 시절이라고 한 바 있다(『시의 숲길』, 117
쪽). 노동시의 범주에 해당하는 그의 시집 『대열』에서조차 농민적 정서
와 리듬이 완연하듯이, 그의 시적 경향은 리얼리즘과 로맨티시즘이 교
호하고 있다.
　그의 시 가운데서 시간의 흐름을 견딜 수 있는 것은 어떤 작품들일
까? 아마도 초기시가 아니라 마지막 시집 『저 꽃이 불편하다』에 수록
된 시편들일 것이다. 그런데 「저 꽃이 불편하다」는 표제시임에도 불구
하고 호흡이나 표정이 낯설다. 또 「겨울비」와 「봄비」는 가슴을 치는 절
창이지만 시인의 삶과 하도 밀착되어 있어서 거듭 읽고 싶지는 않다.

이 지하의 성소엔 남녀노소가 없다
이름도 살아온 생애도 없다
어디선가 남의 것이 되었을 뿐
(…중략…)
그때에 이 도시의 길들은 그 질기게 늘어붙은 잠을 일으켜
나를 바라볼 것인가.
나는 삐걱거리는 무릎으로 계단을 오른다

— 「카타콤」 부분

그래. 이제 詩 는 그만두기로 하자
그 숱한 비유들이 그치고
흰 빛, 흰 빛만 남을 때까지

— 「흰 빛」 부분

　「카타콤」을 이 시집에서 가장 **빼어난** 작품 중 하나로 뽑고 싶다. 지
하도에 누워 있는 노숙자들의 모습 속에서 자신과 도시적 그늘을 솜씨
있게 투시하고 있다. '믿어야 할 것은 바람'이며 '흰 빛'만 남을 때까
지 언어와 삶을 궁구(窮究)해야 한다는 「흰 빛」 역시 잠언처럼 그윽한
울림이 있다. 「그마저 스러진 뒤」, 「北斗」와 같은 작품도 걸작의 목록
에 추가할 수 있을 것이다.

진술의 형식과 시 정신
— 이성부의 『도둑산길』(책만드는집, 2010)
— 김지하의 『산알 모란꽃』(시학, 2010)
— 황학주의 『노랑꼬리 연』(서정시학, 2010)

    시적 진술방식은 시인의 개성을 가늠해 볼 수 있는 요소 중의 하나이다. 진술방식은 주제의식이나 시 정신과 밀접한 관계에 있기 때문이다. 그러나 시 정신과 형식 간의 내적 관계에 대한 우리의 인식은 여전이 초보적이다. 형식이 내용을 담는 그릇이라는 비유는 성립 가능하지만, 형식을 기능으로만 보고 있기 때문에 양자의 관계에 대한 온전한 설명을 하기 어렵다. 내용이 전제되지 않는 형식은 개념에 불과하므로 내용이 형식에 우선한다는 논리는 타당하다. 그리고 형식이 없는 내용도 작품이라 할 수 없으므로 양자는 분리할 수 없는 통일체임이 분명하다.

    시적 진술형식과 시가 성취한 새로운 삶의 인식을 통일적으로 다룰 수 있는 미학적 방법의 정립은 향후의 과제이다. 여기서는 이성부와 김지하 그리고 황학주의 신작시집에 나타난 주제의식과 진술방식의 양상을 각각 검토하고 그것이 어떻게 연관되어 있는지를 살펴보기로 한다.

1. 이성부: '산길'을 닮은 언어

이성부의 신작시집 『도둑산길』에 나타난 시적 주체는 시인이 그렇듯이 여전히(!) 산을 오르고 걷는 자이다. 그는 산을 오르고 걷은 도정을 숙명처럼 거듭하면서 삶의 의미를 탐구하는 구도자처럼 보인다. 그렇다고 산이 수단이라는 것은 아니다. 그에게 산과 바위는 삶의 본질에 다가가는 궁행(躬行)의 동반자에 가깝다. 산과 자연을 동반자로 사고하는 그의 태도는 '그분을 향해 한 발 한 발 다가가는 나의 길'(「바위 타기」)이라는 표현이나, '나는 바위이므로 할 말이 너무 많아 아예 입을 다물었다/벙어리의 길만 찾아 걷다가 여기까지 왔다'(「마당바위」)는 표현에서 확인할 수 있다.

그렇다면 산과 대화하며 그가 얻은 지혜는 무엇일까? 그는 산에 다니면서부터 자신의 시가 '낮은 목소리로' 가라앉게 되었다고 토로(「건너 산이 더 높아 보인다」)한 바 있다. 더 낮아지고 가라앉음으로써 도달하는 '겸(謙)'의 경지를 목표로 삼고 있는 듯하다. 주역에서 '겸(謙)'은 산(山)이 땅의 아래에 있는 형상[地山謙]인 제15괘의 괘사(卦辭)로 겸손의 덕이 어떠해야 하는지를 알려준다. 주역은 높은 것을 억누르고 낮은 것을 자기 위에 있게 하는 것이 겸손이라고 풀이한다. 흥미롭게도 산에 오르면서 스스로 낮아지게 되었다는 시인의 진술과 괘사의 설명은 모두 역설의 진술 형식을 취하고 있다.

> 산은 사람의 허물을 가려준다
> 아니다 사람의 영예까지 가려주므로 공평하다
> 모든 살아 있는 것들도 두루 편안하게 집을 가진다
> 나도 한없이 고요하고 너그러워진다
> 높게 놀라갈수록 그만큼 나는 더 낮아져서
> 날뛰는 것들을 지그시 바라보거나
>
> ― 「산속에서라야」 부분

아무래도 내가 갈수록 더 낮아져서
자꾸 건너편이 높게 보이는가 보다
산에 다니면서부터 나는 나의 시가 낮은 목소리로 가라앉아 숨을 죽이거나
　　　　　　　　　　　　　　　—「건너 산이 더 높아 보인다」 부분

　　이성부의 '산행'은 높이 '오르려는 것'이 아니라 자신을 '낮추기' 위한 것이다. 「하산(下山)」에서 "내려가는 일이 더 높은 곳에 이르는 길이라고/산이 나에게 가르친다"라는 역설적 시구가 내포한 의미가 그것이다.

　　그런데 겸손은 타자와 막힘없이 소통할 수[겸은 통한다 謙亨] 있게 한다. "눈은 어두워지고 귀가 더욱 밝아지거나 물결처럼 일렁이는 소리를 볼 수" 있을 만큼 '작아지고 가벼워'지게 된다. 이 같은 주체는 마침내 "영혼은 이미 나에게서 빠져나가/저 위 벼랑 끝 한 그루 소나무로 서서/나를 굽어보는"(「벼랑에서」) 구절에서 보듯 망아(忘我) 상태에 도달한다. 그의 정신은 자기를 버림으로써 대상과 소통하고, 대상과 넘나드는 경지인 것으로 보인다. 『도둑산길』의 시어와 표현은 명징하고 담백하다. '겸허'로 요약되는 시 정신의 지향점과 혼연히 조응하고 있는 셈이다. 그것은 그가 산과 들의 삼라만상을 섬기며 대화했던 고대인의 순박성을 추구하고 있기 때문인지도 모른다.

2. 김지하 : '산알'의 문명학과 여백

　　시집 『산알 모란꽃』의 화두는 '산알'이다. '산알'은 본래 의학적 용어로 '생명의 알맹이'란 의미를 담고 있다. '산알'의 실체는 본래 북한의 의학자 김봉한이 1960년경에 발표한 경락과 경혈에 관한 연구 논문에서 제시된 것이다. 그 연구결과에 의하면 인체 속에는 지금껏 알려지지 않았던 미세한 관이 존재하며 그 관 속에는 세포 재생을 담당하는 '산알'이라는 미립자가 분포되어 있다는 것이다. 이 연구는 기(氣)

의 흐름으로 간주해왔던 경락(經絡)의 실체를 규명할 수 있는 획기적 연구 성과로 평가되었는데, 최근 그 학설을 검증하기 위한 연구가 국내 학계에서 진행되고 있다. 김지하는 이번 시집에서 '산알'을 "부처님의 사리와 같은 원만한 생명의 영(靈)"이라고 재정의하면서 문명적 의미를 부여하였다. "달이 세상의 온 강물에 다 비치고, 한 톨의 먼지에도 우주가 살아있듯이(月印千江, 微震含十方)" 산알도 우주와 만물의 원소로 간주한다.

이 시집에서 김영랑의 '모란꽃'은 김지하의 '흰 그늘' 이미지와 결부되고, 그리고 '산알'의 생명 개념과 등가로 연관되면서 생명의 핵심적 이미지로 부각되고 있다.

> 사월의 봄/ 슬픈 봄날의 흰 그늘/ 모심의/달./그 슬픈 봄날의 달을/모란꽃 산알의/아기/얼굴을.
>
> ― 「애머리(兒頭)」 부분

영랑의 봄이 '찬란한 슬픔'인 이유는 '흰 그늘'이기 때문이라는 것이다. 슬프고 아픈 사람에게 봄은 생명의 소생을 의미한다는 것, 그래서 모란꽃에 산알과 같은 생명적 가치를 부여하였다. '산알'이 생명원리를 설명하는 개념이라면, '모란꽃'은 생명원리를 구체화한 이미지가 된다. 김지하는 산알과 '모란꽃'이 자신의 미학적 메타포인 '흰 그늘'의 개념과 연관된다고 보아서 '산알―흰 그늘―모란꽃'의 하나의 연환 개념처럼 간주한다.

김지하의 시적 비전은 광대한 시공간에 걸쳐 있으며 다양한 공간의 내외부를 횡단한다. 「외소산」이나 「변융」과 같은 작품에서 보듯 시적 주체의 사유는 종횡무진한다. 중앙아시아 사마르칸트와 고구려의 졸본이 신시(神市)를 고리로 회통한다면, 목포 하당(下溏)의 웅덩이와 스톡홀름의 검은 바다 물결은 '태음의 물'로 하나가 된다.

나의/바깥은/사마르칸트//우즈베키스탄의 서쪽 실크로드 중심/사마르칸
트//옛이름은/졸본성 졸본(卒本)

— 「외소산」 부분

　　목포 하당/시커먼 웅덩이 그 밑바닥//(…중략…)아낙의 하얀물(…중략…)
에스플라나다 호텔앞/검은 스톡홀름 부두 물결이 운다

— 「번융(煩戎)」 부분

　　김지하의 시에서 물은 중층적 은유이다. 물의 근본 성질은 낮은 곳
을 향하고 생명을 길러내는 존재이기 때문에 여성과 어머니를 환기하
는 물질인 동시에 화엄 사상의 요체인 '모심'의 형상이다. 또한 '여성
세상'의 도래와 함께 화엄개벽이 시작되므로 물은 다시 개벽 사상의
원형적 비유가 된다. 물과 여성, 그리고 화엄개벽의 은유 체계는 그의
시 「애월」에 잘 나타나 있다.

　　아지랑이 없이는 달 안뜨고/달 안뜨면 여성세상 안 온다네/그러면 개벽도
　없고/화엄도 없고/모심도 없지"

— 「애월」 부분

　　물과 여성은 그 성질이 '음(陰)'으로 통해 있고, 개벽이란 낮고 어두
운 곳이 높은 곳으로 전환하는 것을 의미하므로 개벽의 주체는 음(여
성과 소수자)이 된다는 것이다. 그 대전환의 시대를 '여성세상'으로 혹
은 '물의 시대'로 표현하고 있다. 작품 「초조(初潮)」에서 "후천개벽은/
북극 태음의 물의 변동이고/그물의 변동은 여성 몸 속의 월경 변동"이
라고 하며 후천개벽의 징조를 여성 몸 속의 변동에서 찾는 것도 이 같
은 음양 전환의 원리에 근거한 것이다. 그가 '시청 앞 촛불'을 후천개
벽의 조짐으로 보고 시집의 곳곳에서 그 의미를 강조하고 있는 것도
'촛불'이 여학생과 주부들이 자발적으로 운집하여 이루어낸 집회였기
때문이다. 『산알 모란꽃』에는 자궁이나 회음부 같은 성 기관이 반복해

서 나타나는데, 이들 기관은 생명을 잉태하고 양육하는 중심적 기능을 담당하고 있기 때문이다. 인체기관과 지리적 공간은 상호조응한다. 김지하는 물로 둘러싸인 한반도의 남쪽, 목포 하당을 '세계의 자궁'으로 비유하면서 새로운 변화의 진앙지로 보고 있는 것이다.

41편의 「산알」 연작시의 주제는 생명 사상과 화엄개벽 사상의 예언적 비전으로 가득하며 그 문체는 장중하다. 간간히 등장하는 파격적 시행들은 이런 무게감을 완화하기 위한 장치처럼 보인다. 이에 비하면 진술형식은 오히려 단순하다. 대부분 명사형으로 종결되는 짧은 은유의 형식이다. 이런 열린 시행 사이에는 넓은 여백이 있다. 이 여백은 독자의 몫이다. 독자들에게 이 여백은 때로 당혹스럽지만, 미립자와 우주, 한반도와 세계 사이를 그리고 현대와 아득한 과거를 사유하고 횡단하는 자유를 누릴 수 있는 공간이 되기도 한다.

3. 황학주 : 묘사적 이미지와 아이러니의 시학

황학주는 묘사적 이미지의 시인이다. 그가 묘사(描寫) 이미지의 기술 방식을 택했다는 것은, 논리보다는 감각을 선호하는 언어 기술 취향을, 독자와의 관계에서는 전달이나 설득보다는 감각적 공유를 통해 컨센서스를 형성하는 데 관심을 갖고 있다는 것이겠다. 그의 묘사적 이미지는 대상의 주체화방식에 의존한다. 여기서 주체화란 대상에 인격을 부여하거나 대상을 화자로 불러내는 방식을 말한다. 그는 능숙한 인터뷰어처럼 묘사 대상으로 하여금 스스로 진술하게 만들기도 한다.

> 내가 누구인지도 모르고/제 자신의 바닥까지 휘어진/생의 화장을 고치는 노련한 산 그늘
>
> —「고향」 부분

—갈매기 똥이 허옇게 덮인/그만 오므린 섬의 무릎 사이에/상스러워지려는 석양을 올려놓은일도 있었을 테다

— 「협궤」 부분

축 늘어진 아이를 토닥거려 세우는 부겐베리아/(…중략…)내 이름은 붉은 꽃/내 이름은 붉은 꽃/

— 「붉은 꽃」 부분

「고향」에서는 시시각각 어두워 가는 '산 그늘'의 모습을 '휘어진 생의 화장을 고치고 있는' 여자로 묘사함으로써 의미를 중층화하고 있다. 「협궤」에서는 묘사대상인 섬을 '무릎을 오므리고 석양을 무릎 위에 올려 놓는' 능동적 이미지로 표현하고 있다. 「붉은 꽃」에서 붉은 꽃은 작품 속의 화자로 나타난다. 대상과 주체가 동시에 발언하게 함으로써 입체적 묘사가 가능해진다.

한편 황학주의 시는 아이러니의 양식에 가까운데 그것은 그의 이미지 묘사방식이 우회적인 것과 관련된다. 그의 시 「가랑잎 다방」, 「박스 나르기」, 「꽃구경」이 대표적인 예이다.

돈가스 집 옆에 건축사무소가/늙은 매화꽃 간판을 달고 있었다//꽃물을 턴 여자가 한손으로 땅을 짚고 숨을 몰아쉬자/치맛자락에서 바람 나비가 사뿐 뛰어 나갔다/(…중략…)/돈가스 집에서 내다놓은 낡은 업소용 냉장고를/꽃그늘이 내려와 닦으며 새로 측량중이다/(…중략…)/ 나뭇가지들이 손에 손을 잡느라 비탈에 꽃잎 내려놓자// 데이트하는 사람들 발걸음이 느려진다 꽃잎이 꽃가지와 핏방울 섞인 것을 아는 눈치다

— 「꽃구경」 부분

이 작품에서 매화꽃이 지는 모습은 '건축사무소가 늙은 매화꽃 간판을 달고 있는' 것으로, 바람을 맞고 선 늙은 매화나무는 '꽃물 턴 여자'(폐경)로, 가게 앞 냉장고에 드리운 매화나무 그림자가 시간에 따라

변화하는 모습은 '꽃그늘이 닦고 측량하'는 것으로 비유하고 있다. 이처럼 어눌한 듯한 비유들은 사실 날카로운 감각을 숨기고 있다. 아이러니는 우회적 묘사와 날카로운 감각 사이의 간극에서 발생하는 효과이다. 아이러니가 한 시인의 지배적 정서로 되는 예는 그리 흔치 않다. 아이러니는 서정시의 기법이기도 하지만 오히려 소설의 양식적 특성에 가깝기 때문이다. 그런 의미에서 황학주의 시는 양식적으로 소설과 서정시의 경계에 놓여 있는 셈이다. 이는 그의 시편들에 내포된 '이야기'와 관련된다. 예컨대 「갱국」에는 늙은 아들에게 갱국을 먹이는 어머니의 일생이, 「능가사 벚꽃 잎」에는 한 여인의 사랑과 이별이 환기된다. 「붉은 꽃」이나 「웅덩이 성묘」와 같은 작품도 이런 범주에 해당한다. 여기서 '이야기'는 본격적 서사양식에서의 이야기와는 구별되지만, 시간의 변화와 사건을 간접적으로 암시하고 있다는 점에서는 동일하다. 묘사와 아이러니로 요약되는 황학주 시의 특성은 근본적으로 다양한 '삶의 양상'을 담고자 하는 그의 시 정신에서 비롯되는 것이다.

가위와 물고기

— 이희중의 『참 오래 쓴 가위』(문학동네, 2002)
— 맹문재의 『물고기에게 배우다』(실천문학사, 2002)

1

이희중은 시적 대상, 특히 정물을 다루는 솜씨가 뛰어난 시인이다. 그렇다고 그가 사물의 이미지만을 훑어내서 건조한 사물시를 쓴다거나, 대상에 넋을 빼앗긴다[玩物喪志]는 것은 아니다. 그가 무심히 묘사하는 사물의 모습을 관찰하다 보면 어느 겨를에 언어들이 부딪히며 의미의 파고가 높아진다. 이런 특징은 의도적 책략이라기보다 그의 품성에서 우러난 결과처럼 보인다. 「탱자 익을 무렵」 같은 작품이 대표적이다. 그는 그저 동그란 탱자가 노랗게 익어 가는 모습에 대하여, 탱자의 가시에 대하여, 탱자를 훔치는 원숭이들에 대하여 천연스레 늘어놓을 뿐이다. "탱자는 동그랗다/그러나 사람이 만든 무엇처럼 아주 동그랗지는 않다/달만큼 해만큼만 동그랗다/아주 동그란 것은 원래 없었다." 여기까지는 담담하다. 그러나 다음과 같은 대목에 이르면 '의미' 들은 고개를 들고 일어선다.

가시는 탱자가 익을 때까지만 탱자를 지킨다
잎이 지면 가시는 별 쓸모가 없다
다 익으면 탱자는 잘 보인다
온갖 원숭이들이 용케 알고 몰려와
다 익은 탱자를 딴다
그 속에 여문 씨앗이 들어 있다.
원숭이들은 씨앗에 관심이 없다
가시들은 웃으면서 소동을 지켜본다

—「탱자 익을 무렵」 부분

탱자를 지키려는 가시와 탱자를 따가려는 원숭이들 간에 한 판의 싸움이 벌어지고 있다. 싸움에서 원숭이들은 이긴 것처럼 보이지만, 씨앗을 퍼뜨리려는 탱자나무의 간지(奸智)에 '패배'한 것이기도 하다. 원숭이들은 탱자를 얻었고 탱자나무는 그들의 씨앗을 퍼뜨렸기에 결국 모두가 승리했다고 생각하는 싸움판이며, 패배자가 없는 조화로운 세계이다. '제로섬' 게임만 가득한 현실에서 이 같은 상생의 풍경은 한갓 환상일지도 모른다. 다분히 우화적인 이 작품에는 한발 물러서서 세상을 바라보자는 은근한 충고도 깔려 있다. 묵시록을 방불케 하는 21세기, 위기와 혼돈으로 가득한 세계를 살아가야만 하는 '호모 사피엔스'들에게 물러서서 관조하는 사유방식은 더욱 요긴하지 않을까?

그의 시 「참 오래 쓴 가위」 역시 『시경』에서 말하는 '흥(興)'의 양식처럼 사물의 묘사가 끝난 자리에서 정서의 파동이 발생한다. "참 오래 썼습니다/한 뼘되는 가위/지금까지 많은 종이들을 헤어지게 만들었지요." 여기까지 정서의 움직임은 미미하다. 그러나 "마침내 자석이 되었습니다."라는 대목에 이르는 순간 의미의 자장이 문득 확장된다. 가위의 의미는 이제 화자의 삶으로, 독자의 인생 역정으로, 세속적 삶의 영역으로 투사된다. 그는 「아름다운 진리」에서 광대한 우주의 움직임도 조그만 책상 위를 움직이는 햇살의 변화를 통해 관찰할 수 있다고 말했다. "한눈에 다 볼 수 없는 이 땅덩어리와 저 해의 움직임이 이토록 작은 제 눈 앞에서 이토록 작은 마루와 책상에 흔적을 남기고 있군요" (「아름다운 진리」) 이러한 믿음이 사물과 대상을 더욱 정밀하게 반추하는 배경이다. 대상보다 주관을 앞세우지 않는다는 것, 그리고 부분에서도 전체는 관찰될 수 있다는 것이 그의 인식론이다.

2

이희중의 이번 시집에서 두드러진 우울과 환멸은 어디에서 비롯된 것일까? 그가 바라보는 세상은 어둡고 불투명한 곳이며, 꿈도 희망도 추억도 아스라한 세계, 희끄무레한 사물들의 숲만 우울하게 펼쳐진 공간이다. 추억이 없는 가을밤을 동반자 없이 걸어가는 사람이 나타난다. 그가 방금 디딘 자리는 금세 벼랑이나 구렁으로 변해버린다. 어디 목표로 삼을 따뜻한 집이 있는 것도 아니다. 그를 긴장케 하는 것은 오직 '차가운 달빛과 매서운 별빛' 뿐이며, 응시하는 곳은 발끝뿐이다. 그는 지나온 길을 뒤돌아보지 않듯이, 먼 곳에다 눈길을 주지도 않는다. 한편 그의 작품에서 과거와 미래는 물러나고 '현재'만이 양각된다. 「까페 쌍화점에서」의 화자는 "자고 난 자리를 돌아보지 말 것/기억은 일종의 고질, 영원히 이어질 뿐인 지금/내일은 없으므로 내일을 위해 오늘을 포기할 수 없다네."라고 읊조리고 있다. 추억과 꿈, 과거와 현재가 배제된 '어두운 노래'는 우선 '어두운 삶'에서 비롯된 것이며, 삶은 '어두운 시대'에서 태어난 것이다. 그는 '어두운 시대에는 함께 어두워질 것'을 장중한 목소리로 제안한다. 그리고 오늘의 담배를 피고, 오늘의 짝을 구하고, 오직 새로운 '오늘 밤'만을 기다리며 도회에 서식하는 군상들을 제시한다. 물론 그가 현재라는 시간을 환기하는 것은 다분히 의도적이다. 균형 잡힌 시간 감각을 회복하고 싶은 것이다. 「盲

目의 오늘」에서 "내일 무슨 일이 닥칠지 모르면서, 오늘 저녁의 식탁에서 망설이고, 자장면과 짬뽕에 대해 깊이 고민"하는 자신을 은근히 조롱하고 있는 것을 보면 짐작할 수 있다. 현재는 삶의 지반이기에 특화되어야 하지만, 과거와 미래, 혹은 성찰과 전망 속에 자리 잡지 못한다면 공허만 남게 된다.

「세상횟집」은 세상을 요리하여 팔고 사는 곳, 권력의 공간에 대한 은근한 풍자이다. 권력은 폭력(정치), 자본, 아니면 지식을 하나 이상 소유함으로써 발생한다. 국가가 최상의 권력인 것은 모든 요소를 구비하였기 때문이다. 이 횟집은 그런 권력이 행사되거나 분배되는 공간이다. 이 횟집의 고객들은 회칼로 '저민 세상'의 '부드러운 살점'을 '컴컴한 소금물'에 찍어 먹는 자들로 나타나 있다. 그들이 주고받는 나직하고 점잖은 말은 그들의 신분과 지위를 나타내고 또 영속화하는 일종의 '아비투스(habitus)'이다. '날씨의 변화'에 따라 바뀔 수 있는 말이므로 경청할 가치가 없다는 것이다. 그들에 대한 화자의 눈길은 '서늘한 표정'이라는 묘사 속에 함축되어 있다. 우리가 주목할 것도 '나직하고 점잖은 말'이 아니라 바로 '서늘한' 표정이다.

'세상은 광휘로 가득하다'라는 그의 외침이 지독한 반어임이 분명한 것은 「내 시에는 새가 날지 않고」와 같은 작품에 잘 나타나 있다.

> 내가 스무 해 동안 쓴 시에는 새가 없고
> 그래서 내 머릿속에는 새가 날지 않고
> 내 도시의 밤하늘에는 별이 없고
> 내 하늘 아래에는 그리운 사람도 더 없고
> 요즈음 내가 낳은 아이들에게는 꿈이 없다
>
> ─「내 시에는 새가 날지 않고」부분

목적도 희망도, 사랑과 꿈도 상실하고 '침묵과 공허'로 가득한 세상에 유폐된 자임을 스스로 토로한 것이다. 그의 시에 경쾌하고 명랑한 어조가 나타나기도 하지만 환멸의 정서가 훨씬 깊은 곳에 자리하고 있다. 환멸의 세계관은 이상주의의 연장일지 모른다. 이상의 추구가 중단된 자리, 미래 쪽 출구가 봉쇄된 곳에서 움튼 것이니까. 그것은 자아의 꿈 혹은 영혼의 크기에 비해 세계가 협소할 때, 그 불일치가 낳은 산물이다. 이 분쟁을 조정하는 방법은 오직 그의 영혼을 축소시키는 길뿐이다. 다만 우리는 '새와 별, 그리운 사람이나 꿈'의 부재를 호소하는 노래의 끝자락엔 역설적으로, 여전히 그런 것들을 추구할 에너지가 남아 있음을 지켜볼 뿐이다.

3

'별이 보이지 않는 세상'으로부터 도피하지 않고 살아가는 하나의 방법은 일시적으로 감각이나 의식을 둔화시키는 것밖에 없다. 동물처럼 겨울잠을 잘 수도, 균류들처럼 포자세포를 형성할 수도 없으니까. 완전한 퇴행은 자기의 내부로 도피하는 것이다. 적을 만난 달팽이가 더듬이를 오므리고 조가비 속으로 몸을 숨기듯이, 필요하다면 언제나 '퇴행'을 감행해야 한다. 바보인 체 하는 것은 일종의 방어기제이다. 「마침내 바보가 되다」에서 그는 바보가 되었음을 선언한다.

> ① 만세, 나는 드디어 완전한 바보가 되었다/완전한 바보가 되지 않고는/완전한 바보인 나를 참을 수 없다/얼마나 오랫동안 완전한 바보이기를 꿈꾸어 왔던가
>
> — 「마침내 바보가 되다」 부분

> ② 아주 옛날의 나, 날것의 욕망/저가 보고싶은 것만 볼뿐/얻으면 깡충깡충 뛰며 노래하고/얻지 못하면 그치지 않고 울뿐/그런 어린 아이 내 안

에 있다/영원한 미망 내 안에 있다

— 「내 안의 어린 아이」 부분

'완전한 바보'를 꿈꾸는 것에 대해 체념이나 도피의 혐의를 씌울 수 있다. 그러나 이러한 퇴각 없이 어떻게 출발을 할 수 있을까. 무릇 새로 출발하려면 더욱 철저히 퇴각하는 것이 옳을 것이다. 물론 퇴각의 결과가 즐거울 수만은 없다. 그래서 「내 안의 어린 아이」에서 '날것의 욕망'과 '내 안의 어린 아이'는 영원한 미망으로도 간주되고 있는 것이다.

가장 정상적인 아이의 상태로 돌아감으로써 출구가 봉쇄된 세계에서 새로운 가능성을 모색할 수 있을 지도 모른다. 이러한 의도적 퇴행은 '자아의 영점(零點) 조정'이라고 불러 마땅할 것이다. 배(胚) 속으로의 회귀와 같은 시간의 역전, 이희중의 시에 나타나는 '바보'와 '어린 아이'는 새로운 출발을 위한 시도가 이제 이루어지고 있다는 표지가 아닐까.

그가 「숯」이란 작품을 통해 제시한 '검은 숯'의 형상은 한용운의 '타고남은 재'처럼 눈부신 부활의 꿈을 간직하고 있다. '세월을 비웃고 자신의 삶'마저 비웃으며 철저히 불타고 남은 재, 그리고 붉게 타오를 순간을 기다리는 '검은 숯'의 형상은 한용운의 '타고남은 재'처럼 눈부신 부활의 꿈을 간직하고 있다. '세월을 비웃고 자신의 삶'마저 비웃으며 철저히 불타고 남은 재, 그리고 붉게 타오를 순간을 기다리는 '검은 숯'은 재생을 위해 마련된 영혼의 거처인 '바보'나 '어린 아이'와 다르지 않다. '검은 숯'은 좌절이 아니다. '언젠가 새로이 타오를 삼엄한 순간을 기다리며' '검은 숨(절망)을 쉬고 있을' 뿐이라는 사실을 명료하게 밝히고 있다.

내가 타오르기를 열망하던
한때 타오르던 무엇이었다는 사실을
아무도 기억하지 못할 때
다시 활활 타올라
결코 더 탈 수 없는 하얀 재로 사랑일 테니
지금은 평온하게 쉬고 싶다. 검은 숨 쉬고 싶다

—「숯」 부분

　환멸의 세계를 살아가는 또 다른 방식은 「거래」에서 볼 수 있다. 이규보의 수필 「경설(鏡說)」이 '흐린 거울'도 쓰임새가 있다는 것을 강조하면서, '맑음과 흐림[淸濁]'의 가치를 다시 인식하자는 주장이라면, 이희중의 「거래」는 대립하는 가치에 대한 관용적 자세가 필요함을 제시한 것이다.

　　오른손이 퉁기는 멋진 기타를 듣기 위해/왼손이 줄 옮겨 잡는 소리를 용서해야 하고/(…중략…)/당신의 곁에 있기 위해서/당신의 살을 느끼기 위해서는/당신의 서술함과 맹랑함을 용서해야 하고/살아가기 위해, 내 삶의 온전한 끝을 보기 위해서는/몸의 씻기지 않는 비린내와 머리의 지긋지긋한 어리석음을 용서해야 하지

—「거래」 부분

　그렇다! 우리는 온갖 불순물과 잡동사니와 함께 살아간다. 그렇지만 생수 속의 불순물은 미네랄이라 부른다. 그렇다면 허술함은 완전함을 위해 존재하는 것이 아니라 허술한 것 자체에 가치를 부여할 필요가 있다. 고졸미(古拙美)란 현상적으로 질박하고 어딘가 허술해 보이는 것을 말한다. 결함 없는 순수는 플라톤주의자에게나 가능하다. 그래서 그들에겐 시 정신마저 이데아의 국가에서 추방되어야 할 소음에 불과하며, 웃음은 고요하고 맑은 이성을 뒤흔드는 불순물로 취급된다. 이

지독한 순수는 움베르토 에코(Umberto Eco)의 소설 『장미의 이름』에 등장하는 수도사 호르케만큼이나 잔혹할 수도 있다. 자아가 타자라는 거울에 의해 형성된 반영물이라는 주장을 받아들인다면 '줄 옮겨 잡는 소리'를 그저 용인할 대상으로 삼는 데서 한 발 더 나갈 수도 있겠다. 「거래」를 통해 편견에 의해 소외된 가치들을 복권시키고, 그것들을 상생의 마당으로 함께 초대할 것을 권유하고 있다.

4

맹문재 시인의 두 번째 시집 『물고기에게 배우다』는 독성이 더욱 강렬해진 물신사회의 모습과, 그 광기에 알몸을 내맡길 수밖에 없는 '힘없는' 이웃들의 생활에 대한 정직한 보고서이다. 그가 첫 시집 『먼길을 움직이다』(실천문학사, 1996)에서 유지하려 했던 노동자의 시각은 이번 시집에서도 유효하다. 사회적 삶을 투자 이익으로 살아가는 방식과 몸을 던져 살아가는 쪽으로 나누어 살피는 관점은 더욱 깊어졌다. 이런 주제의식을 '80년대적'이라 부르는 태도는 옳지 않다. 빈부격차가 오히려 심화되고 있는 최근의 우리 사회를 감안한다면 더더욱 그렇다. 부를 분배하는 과정에서 발생하는 불공정거래에 대하여, 사회 내부의 식민지와 그 주민에 대하여 결코 예술이 눈감을 수는 없는 것이다.

그는 언제나 자신을 포함한 이웃들의 생활을 주목한다. 이번 시집에 변화가 있다면, 관찰의 대상이 생태와 환경과 같은 영역으로 확대되고, 주체의 내면 응시가 더욱 깊어졌다는 사실일 것이다. 특히 시적 자아의 표정에는 고투의 흔적이 역력하다. '체子 클럽'으로 표상되는 자본의 정글에 편입되기를 거부하는 존재로도 나타나지만, '출구가 보장되지 않는 것에다 어쩔 수 없이 자신을 던져 넣고 싶은 유혹'을 뿌리치지 못하고 있다는 사실도 솔직히 보여준다. 그러나 이자는 자본 투자의 열매이다. 화자는 그것이 자신의 길이 아님을 알고 있기에 '망설이고 진땀을 흘린다'. 정글 속에서의 '길 찾기'가 이번 시집의 화두인 셈이다. 때로 '식칼 같은 희망을 등짐에 싣고/노래를 부르며'(「나비」) 비장하게 길을 떠나지만 그 길이 어디로 향하고 있는지를 안내하는 지도가 없기에 아직 희망이라고 부를 수 없는 길이다. 그는 지금 '물고기'의 유영을 관조하면서 생존의 방식을 유추하고 있는 셈이다.

『물고기에게 배우다』에 나타난 물고기는 길 찾기의 고투 끝에 발견된 것이다. 비록 물고기의 유영(遊泳)이 하나의 비유를 넘어서지 못한다 해도, 또 물고기의 우연한 동작은 사실 물의 특성에서 비롯된 것이라 해도 출구를 모색하는 그의 눈엔 복음과도 같은 것이다. "길은 어디에도 없는데, 쉬지 않고 길을 내고, 낸 길은 또 미련을 두지 않고 지워버린다." 이 구절은 완강한 자본의 정글 속에서 출구를 모색하고 있는 '난쟁이'의 표상이다.

5

'이자(利子)'는 맹문재의 키워드이다. 그래서 3편의 시를 온전히 '이자'에 바쳤으며, 제3부의 제목까지 아예 '이자'라고 명명했다. 좁은 의미의 이자는 빌린 자본을 이용하여 얻은 이윤의 일부를 빌려준 사람에게 지불하는 금액이다. 이자는 노동 없이 발생한다. 노동 없이 화폐를 획득하는 일은 모든 사람들에게 매혹적이다. 그가 말하는 '이자'의 곁가지에 불과한 도박과 고리대금업은 아직 사회적 지탄의 대상이다. 그래서 이자는 "주름살 하나 없이 홍조를 띤 얼굴"로 그리고 있는 것이다. 그의 '이자'에는 '물신사회'에 대한 비판을 포기하고 그 질서에 몸을 적응시켜 나가는 소시민적 투항도 포함된다.

① 이 도시에서 나를 유인하는 건/이자클럽이다/클럽회원들은 팔을 걷어 붙이고/땀흘리지 않는다/기름 묻은 작업복 대신 품위있는 정장차림으로 팁도 거절한 채 여유로운 미소를 지으며/나를 부르는 것이다//나는 경찰서며 보험사며 심지어 병원 영안실이/부르지 않기를 바라는 것처럼/그들의 손짓을 싫어한다.

　　　　　　　　　　　　　　　　　　　　　　　—「이자클럽」 부분

② 주름살 하나 없이 홍조를 띠는 얼굴은/깍은 알밤처럼 깔끔하지만/그와 손잡는 일을/전략으로 택할 수는 없다/추위 걱정이 필요 없는 음력 삼월인데/나는 방문을 닫아건다//쥐구멍을 후비던 언손으로/외상이 없는 그의 이불을 갤 수 없는 것이다.

　　　　　　　　　　　　　　　　　　　　　　　—「利子」 부분

③ 서둘러야 된다는 그의 재촉에/나는 순순히 골목을 돌고 구멍가게를 지나고 거대한 전신주까지 밀친다/(…중략…)/본전을 확실히 챙겨준다는 그를 알고 나서는/나의 길을 맡긴 것이다/(…중략…)/그를 따라가는 나와 같은 사람들이/개미떼처럼 길을 메우고 있다/(…중략…)/나는 신발끈을 고쳐매고 따른다/그는 나의 용기있는 결정과 충실한 걸음과 건강한 다리를 칭찬하고/휘파람을 툭툭 차며 앞선다/나는 어느새 진땀을 흘린다, 나는 망설이지 못한다.

　　　　　　　　　　　　　　　　　　　　　　　—「이자」 부분

　　화자가 그들의 손짓을 두려워하는 것은 품위있는 옷차림과 여유로운 미소의 이면을 이미 보았기 때문이다. 그는 따스한 온기로 표상된 이자의 유혹을 거절하고 방문을 닫아건다. 그러나 이자로부터의 유혹은 끈질기게 계속된다. 또 다른 「이자」(③)에서 화자는 망설임을 감추고 이자의 원리 모습을 보여주게 되는 것이다. 그렇다고 완전히 '이자'의 원리에 투항한 것으로 볼 수는 없다. 이자의 원리를 따라야 하는 그의 마음 속에는 '망설임'과 두려움이 가득하다. 진실로 '본전'을 챙겨줄 것인지는 미지수일 뿐더러 본전을 챙긴다 할지라도 출구는 발견하지 못할 것임을 그는 알고 있다. 화자가 '진땀'을 흘리는 것은 이 때문이다.

현대의 특징 중 하나는 권력이 외부에서 내부로 이동하는 것이다. 즉 권력은 주체의 외부가 아니라 주체의 삶에 철두철미하게 스며들어 삶을 생산하고 재생산하는 행사방식으로 탈바꿈한다. 사회생활의 내부에서 규제하고 해석하고 재접합함으로써 권력의 유지비용은 절감된다. 권력이 개인의 내부에 자리잡아 작동됨에 따라, 전선의 일부도 주체 내면으로 이동한다. 「순종」에서 보여주었듯이 권력은 개인을 '복종'과 '저항' 사이에서 갈등하게 만들고 그 간극을 포착할 때 틈입하여 자신의 영토를 건설한다.

6

맹문재는 독특한 방법으로 시적 주인공들의 정황을 형상화한다. 대표적인 것이 음식이다. 음식들은 주인공의 삶과 정황을 단적으로 드러내는 표지 역할을 한다. 신용대출을 받아 전세 계약을 한 날에 산 두부 한 모, 이발소에 간 날 산 생고구마, 민방위 훈련에서 돌아온 날 사 먹은 칼국수 등의 음식물들은 살림살이와 일상을 보여주는 제유적 기능을 한다. 「크리스마스 캐럴」에서 '붕어빵'은 삶의 구체적 정황인 동시에 화자의 정서적 등가물로 나타난다.

> 포장마차에서 내린 붕어빵들이/윗목에서 어깨를 맞대고 떠는 새벽//(…중략…)//골목 끝에서 누군가의 고함소리/창문깨는 소리보다 요란해/윗목에 놓인 대야의 물이 파문을 일으킨다/붕어빵들은 젖고/(…중략…)/교회의 종소리 언덕 올라와 방문 두들기자/기도 한번 해본 적 없는 쪽방 주인, 눈을 감는다/붕어빵들도 두 손 모은다
>
> ─「크리스마스 캐럴」부분

시적 주인공이 곤한 새벽잠에서 깨어난 것은 뺑소니차에 죽은 옆방

사람에 대한 안타까움 때문이다. 가난과 싸우다 비명에 간 정씨에 대한 화자의 연민은 쪽방 윗목에서 싸늘하게 식은 '붕어빵'이 대신하고 있다. 그의 관심은 언제나 가난한 가족과 이웃들을 향한다.

'한평생 지게만을 진 아버지'와 '낱알 줍느라 손이 헤진' 어머니의 삶, 「눈물점」에 나오는 봉제공, 다단계 판매원인 어떤 노처녀의 고단하고 신산한 삶을 노래하고 있다. 작품 「별 새끼」는 그가 아는 이웃들의 삶을 한꺼번에 다룬 것이다.

> 지난 토요일에 형삼이 할아버지가 돌아가셨고/보름전에 광락이 아버지 장사가 있었고……//아들의 밑반찬을 위해/한달에 한 번씩 서울에 오실 때마다 어머니는/별들의 부음을 전한다//(…중략…)별들은/서울에서 포장마차를 하거나 하수구를 치거나/울산이나 포항의 공장에서 볼트를 조이거나 운전을 하거나 /부산 같은 데에서 신발이나 청바지를 박는 새끼들을 남겼다/커피숍이나 밤업소에 나가는 새끼들도/버리지 못했다//새끼들은 별의 별이 되려고/이 사막 같은 세상을 담쟁이 같이 타고 오르다가/무좀에 걸리고/때로는 허리를 다치고/도로교통법을 어기고 연체이자에 쫓기는 것이다/입안이 헐고/눈물로 눈물로 흘리며 술을 마시고/종합병원 응급실에도 다녀오는 것이다//나도 별들이 남긴 한 새끼라고 생각한다.
>
> —「별 새끼」 부분

여기서 '별'은 자식들을 도회로 보내고 죽은 농민들의 넋이다. 그들의 삶은 그들이 남긴 자식들의 삶으로 짐작할 수 있다. 노점상과 일용 노동자, 봉제공, 다방 종업원과 접대부가 별들의 '이자클럽'에 끼이지 못하는 그들의 삶은 땀과 눈물로 얼룩져 있으며, 고된 노동의 대가는 언제나 상한 육체를 치료하기에도 부족하다.

어떤 서민의 주민등록표를 복사해서 제시한 「지상에서의 방 한 칸」은 시라기보다는 미술에 가깝다. 그리고 서사가 분명히 드러나는 산문이기도 하다. 복사된 주민등록표에는, 한 서민이 인천의 변두리에 연립주택 한 칸을 마련할 때까지의 삶의 역정이 고스란히 드러나 있다. 그는 서울로 전입한 지 17년, 그의 나이 쉰둘 되던 해에 겨우 연립주택 한 칸을 장만할 수 있었다.

「꽃」은 또 다른 사람들의 모습이 담겨 있는 작품이다.

> 철조망 가에 핀 꽃은 너무 아름다워/철조망이 꽃을 보호하는지/꽃이 철조망을 좋아하는지 모를 지경이다/철조망은 꽃의 등뒤로 가시를 감추고/꽃은 철조망에 기대/허약한 몸을 지탱하는 것이다/꽃이 담을 넘어 도망치려해도/철조망은 너그럽고/철조망이 가두는데도/꽃은 바람막이로 여기고 고마워 하는 것이다/(…중략…)/철조망에 갇힌 채/가시를 숨기고 있는 슬픈 운명인데도/화사하게 웃기만 하는 것이다

> —「꽃」 부분

철조망 가에 핀 꽃은 공장지대를 가보면 흔히 볼 수 있는 풍경이다. 철조망은 금지와 분리, 감금의 표지로 언제나 보는 사람의 마음을 불편하게 만든다. '철조망 가에 핀 꽃'은 그런 철조망을 위장하는 역할을 하고 있다. 그러나 철조망이 없었다면 꽃은 피지 못했을 터이니 양가적인 것이다. 그 때문에 '철조망에 핀 꽃'은 더욱 아름다운 것인지도 모른다. 그렇다고 해도 생명의 상징인 꽃과 차단과 감금의 표상인 철조망 간의 근원적 대립을 무화시킬 수는 없는 법이다. 공장의 노동자들이 그들의 생명을 위해 싸움을 벌일 때, 꽃은 가시투성이 철조망의 위협도 잊은 채 노동자들에게 연대의 메시지를 보낸다. '철조망 가의 꽃'은 비록 양가적 운명에 처해 있지만, 그리고 가시로 표현된 권력이 존재의 모순을 파고들지만 주체를 완전하게 식민화할 수는 없다는 것을 온몸으로 보여준다. 결국 우리의 희망은 '철조망'이 끝내 금지하지 못한 '꽃의 웃음', '이자'가 마지막까지 영토화하지 못하고 남긴 자투리땅에서 발견될 것이다.

세계의 거울, 시의 표정
— 김승종, 최정례, 김해자, 박영근

1. 언어와 세계

　시인은 언어와 존재 사이에 위치한다. 감각과 의식의 결정물인 언어는 근본적으로는 의식의 범주에 속하고, 시적 언어는 표상적인 성격을 강하게 지니는 관념이기에 여타의 언어와는 구별된다. 시인은 세계에 대한 자신의 감각과 인식을 언어를 통해 시적 이미지 속에 물질처럼 응축시켜야 하기 때문에 언어는 시적 장르의 본질을 이룬다. '언어가 존재의 집'이라는 하이데거의 언술은 시에서 더욱 유효하다. 그렇다고 해서 그 말을 언어가 없으면 존재도 없다는 극단적 태도는 언어와 존재의 관계에 대한 온전한 인식이 아니다. 실제로 언어는 존재의 아늑한 거처로만 기능하는 것이 아니라 존재를 핍박하고 제한하는 감옥이 되는 사례도 적지 않게 발견할 수 있기 때문이다. 언어와 존재 사이에서 작업하는 시인의 고투는 흡사 날카로운 작두날 위에서 춤추는 만신의 모습과 흡사하다. 이때 무당은 자신의 몸/언어/주체도 작두/존재/객체도 의식하지 않는 것처럼 보인다. 이때 만신의 의식은 접신의 상태에 있기 때문에 육체의 무게는 사라진다고 한다. 그래서 만신은 작두날도 자신의 몸도 다치지 않고 춤출 수 있으며 마침내 해원의 목적을 달성한다.

지금 시인들이 딛고서야 할 작두날은 한층 날카롭다. 2002년이 열리는 겨울, 그 야단스럽던 밀레니엄 수사들은 어느 겨를에 사라지고 세계의 구석구석을 신자유주의의 세찬 광풍이 훑어 지나가고 있다. 대결과 경쟁 그리고 전쟁은 차츰 우리에게 다가오고 있다. 삶의 영토를 거칠게 짓밟고 의식의 내면으로 깊숙이 파고든다. 9·11사건으로 촉발된 세계전쟁은 이제 한반도로 방향을 틀고 있다. 이로 인해 6·15 남북 정상회담과 각종 남북 교류 사업으로 열리는 듯하던 남북화해시대는 급격히 냉각되고 새로운 긴장이 조성되고 있다. 아프가니스탄의 불모지대와 헐벗은 민중들에게 퍼부어지던 폭격이 멎자 그것이 한반도에서 재현되지 않기를 바라며 전전긍긍하고 있는 것이다. 최근의 정세는 혼란스럽지만 한편으로는 인류가 이룩했다고 자부해 온 근대문명의 정체와 우리가 살고 있는 세계의 모습을 더욱 선명하게 바라볼 수 있는 계기를 마련해 주기도 한다.

2. 묵시록과 변증법 — 김승종과 최정례

2001년이야말로 세계의 겨울이 본격화하는 해임을 제보하는 한 편의 우울한 참요(讖謠)가 있다. 김승종의 시 「태극」(『리토피아』, 2001년 겨울호)이 거기에 해당한다. 「태극」은 미디어 속에서 펼쳐지는 워 게임(war game)의 이미지에 익숙해진 현대인들에게 최근의 사태를 음양론적으로 해석해주는 것처럼 들린다.

검고 광대한 우주 틈으로
명멸하는 푸르고 붉은 빛

세계무역센터 빌딩에
여윈 새 날아 들고

아프가니스탄 흙벽돌집 마을에
오색풍선 내려 앉는다

명멸하는 푸르고 붉은 빛 사이로
검고 광대한 우주

안도 밖도 없는
무극의 폭발

— 김승종, 「太極」 전문

  여기에서 '우주'를 무한히 확장시켜 해석할 필요는 없다. 우리의 우주는 지구까지가 고작이니까. 물론 우주는 단수일 수가 없다. 우주는 다른 우주와 공존하거나 더 큰 우주에 의해 감싸여 있다. 지구 안에 존재하는 세계들, 그리고 그런 것들을 담고 있는 지구가 우주이다. '푸르고 붉은 빛'은 '검고 광대한' 현존의 세계를 파열시키며 묵시록적 비전을 제시한다. 광대한 세계의 기호는 제국주의의 심장인 세계무역센터이고, 또 다른 세계는 '여윈 새'로 표상된 이슬람이다. 반대로 여윈 새의 둥지인 흙벽돌집에 무겁게 '내려 앉는 오색풍선'은 희망이나 꿈과는 무관한 죽음의 풍선이다. 잔인한 보복의 폭탄세례를 오색풍선이라고 한 것은 초강대국 미국이 세계 최빈국 아프가니스탄을 상대로 벌이는 전쟁을 스스로 '무한 정의'(Infinite Justice)라고 명명한 것만큼이나 아이러니이다. 그런데 '여윈 새'는 어디로부터 날아 온 것인가? 그것은 공포의 백색가루가 미국 내에서 제조된 것과 마찬가지로 미국발 미국행 비행기가 아니었던가? 테러범들이 모두 이슬람 근본주의 단체인 알카에다 조직원이라고 해도, 오사마 빈 라덴의 전사라고 해도 사태는 달라지지 않는다. 현재의 이슬람은 미국중심의 서방세계가 만들어낸 적(혹은 타자)이며, 빈 라덴 역시 냉전시대 미국의 중동 외교정책과 CIA가 아프가니스탄에 수행한 군사작전의 결과로 그 몸값이 높아진 인물이라는 시각에서 보면 더욱 그렇다. 마치 언어의 바깥에서 현실의 내부로 날아든 것처럼 충격적인 9·11사건은 내부로부터의 침공이 분명하다. 자기 동일성을 위해 추방한 또 다른 자아의 모습인 동시에 오리엔탈리즘에 의해 들씌워진 악령이기도 하다. 미국의 비극은 파괴된 세계무역센터와 펜타곤도, 수천의 희생자도 아니라, '내부'를 외면하고 한사코 '사악한 이슬람인'의 이미지를 만들어 모든 원인을 외부로 돌리며 난폭한 국가주의로 재무장하고 있다는 점일 게다. 이 시에서 '안도 밖도 없는 무극의 폭발'이라는 표현은 그런 점에서 거듭 음미할 만한 표현이다.

최정례의 「폭탄에 숨다」(『창비』, 2001년 겨울호)는 자살공격의 의미를 동심원적으로 확장하거나 심화시키고 있다. 우리가 주목할 것은 붕괴된 건물이 아니라 건물로 표상된 문명과 그 문명의 기반인 것이다. 이번 사태는 어쩌면 서구가 주도해 온 근대 기획이 마침내 파국으로 치닫고 있음을 시사하는 것이 아닐까?

네가 나를 버렸듯이
나도 너를 버릴거야
폭탄을 안고 숨어들어
솟구치며 날아 갈 거야
나의 뼈 너의 피를 안고
네 마천루를 관통할 거야

저것봐
바다는 끓어 증발하고 벽들은 녹아 내리지
지구가 태양에서 놓여난 듯 내동댕이쳐지고

불길은 하늘의 반을 가리지

— 최정례, 「폭탄에 숨다」 부분

　이 작품에서 자살공격의 경고는 삶의 내면을 향해 울려 퍼지고 있다. 작품 내의 '너와 나'는 동양과 서양, 자연과 인간 간의 대결을 포함한 일체의 타자화된 존재와 동일시된 자아 간의 대결처럼 읽힌다. 특히 수직으로 솟아 있는 마천루를 수평비행으로 관통하는 이미지는 남근주의에 대한 공격의 암시이고, '네가 날 버렸듯이'라는 시구는 버림받은 타자의 보복으로 이해해도 될 것이다. 이제 생각이 다른 존재들을 '이해'하지 않으면 세계는 붕괴의 아수라(阿修羅)가 될지 모른다. 근대문명의 가장 커다란 죄악은 너무 많은 타자(혹은 적)를 생산하였다는 것이다. 교실에서, 가족 내부에서 혹은 국가 내부나 생태학적 차원에서 벌어지는 사태들은 붕괴나 해체라는 현상적 특징뿐 아니라 그러한 결과를 생성시키는 요소들 간의 대결이라는 점에서 이 사건은 상동구조로 볼 수 있다. 작품 속의 화자(타자의 대변인) '나'는 '바다가 증발하고 벽이 녹아내리는' 가공할 풍경을 상기시키며 주체인 '너'의 결단을 강요하고 있다. 자 이제 어떻게 할 것인가? 라고. 음산한 목소리로 선악을 갈라내거나 '너'와 '나' 사이에 심연을 파는 행위는 사태를 더욱 악화시킬 뿐이다. 오히려 '너와 나' 사이의 무수한 장애를 걷어내고 건너지르는 지혜, 새로운 철학의 탄생을 촉구해야 할 것이다.

3. 연못 떨어진 배롱꽃과 길 위의 눈송이 — 김해자와 박영근

　김해자는 꽃 속에서 뿌리와 가지와 잎을 보고 새삼스럽게 생명과 아름다움을 발견한다. 「명옥헌에서 김주리를 보다」(『황해문화』 2001년 겨울호)라는 작품은 노동현장에서 죽어간 옛 동료의 넋을 회상한다. 「명옥헌에서 김주리를 보다」는 그런 의미에서 월명사의 「찬기파랑가」에 닿아 있다. 천 년의 시공을 넘어서도 아름다운 이의 넋을 회상하는 정서는 별반 다르지 않다. 그만큼 망자에 대한 그리움은 보편성을 지니고 있기 때문일 터이다. 동양의 찬(讚), 서양의 찬시(讚詩, hymn), 송시(訟詩, ode)와 같은 갈래는 대부분 망자에 대한 그리움을 주제로 하고 있다. 대상이 되는 사람은 물론 기릴 만한 넋을 가져야 한다. 생전에 가지고 있던 아름다움은 육신의 죽음으로 훼손되지 않을 뿐 아니라 오히려 사후에 더욱 휘황한 빛을 발하게 된다. 기파랑(耆婆郎)이 눈서리에 시들지 않는 푸른 잣나무의 기상을 가진 화랑이라면, 김주리는 '떨어져 더 붉은' 노동자의 넋이다.

> 배롱꽃 배시시 웃다가/목을 간지르는 비에 젖어 떨어졌네
> 젖어 더 붉은 꽃 잎 못물에 투신했네
>
> 겨울이 가기 무섭게/성마른 봄꽃 뻗쳐 오를 때/암수술 꽉채워 파랗게 굴리며 소리도 없더니/꽃이란 꽃 한꺼번에 타올라 우두둑 지고 없는 한여름/톡, 톡 꽃잎 터뜨리더니
>
> 먼저 떨어져 갔네 구호 한마디 없이/저마다 한 잎 뿐인 생의 주사위/연못에 던져졌네/떨어져 더 붉었네
>
> — 김해자, 「명옥헌에서 김주리를 보다」 전문

왜 배롱꽃인가? 우선 여름꽃이라는 것이다. 성마른 봄꽃들이 화려하게 피어오를 때, 배롱꽃은 묵묵히 지내다가 모든 꽃이 다 져버린 여름날 피어난다. 그것은 세한 연후에 더욱 푸른 송백(松柏)의 지조와 같다. 배롱꽃에 얽힌 비극적 전설도 변함없는 사랑이다. 수줍음과 순수한 꽃이되 뜨거운 사랑을 간직하고 있기 때문일 것이다. 이 꽃은 망자의 넋이자 노동자의 표상이며 어쩌면 화자의 일부이기도 한 것이다.

박영근은 최근 그의 시에서 길 어귀에서 이리저리 쓸려 다니는 눈송이들을 자주 떠올리고 있다. 눈송이는 겨울의 꽃이다. 꽝꽝 얼어붙는 날 밤이어야 눈송이는 눈부시게 '살아' 있을 수 있다. 어둠이 짙을수록 빛나는 별과 마찬가지이다. 골목 어귀에 흩날리는 눈송이들은 IMF 이후 길거리로 내몰린 노동자들의 신산한 삶을 떠올리게 한다. 『삶글』(2001년 겨울호)에 실린 그의 시 「봄」은 그의 마음이 온통 겨울에, 그리고 골목길 위에 있음을 알려준다. 길 위에 선 사람은 결코 자유롭지 않다. 끊임없이 출구를 모색하고 있다는 증거이다. 마치 광야가 어디로든 갈 수 있는 공간인 동시에 아무 데도 갈 수 없는 닫힌 공간이기도 하듯이.

> 하나, 둘 흩날리는 눈송이였다
> 뒷골목에 몰려 쌓여가는 눈더미였다
> 흙먼지와 그을음 쓰레기를 쓰고
> 한밤중 온통 얼어가는 얼음덩어리였다
> 어떤 뜨거운 말들이 치웠는지 나는 모른다
> 맨땅에 선연한 침묵의 빛을 본다
>
> — 박영근, 「봄」 전문

시간의 경과와 함께 이미지도 변화한다. 흩날리는 눈송이는 눈더미로, 마침내 흙먼지와 그을음을 쓴 얼음덩어리로 응고된다. 흩날리는 눈은 단독자에서 집단으로 조직되고 단단하게 결집한다. 그러나 이러한 눈의 운동은 '~였다'라는 종결어미에서 확인할 수 있듯이 과거의 일일 뿐 지금은 중단되어 있다. 눈송이가 굴러다니던 곳이 이제 '맨땅'이며 거기에는 오직 침묵만 흐르고 있다. 그의 눈송이에 생명과 운동성을 부여하고 있는 셈이다. 그래서 그는 눈송이들이 '온통 얼어가는 얼음덩어리'로 화할 수 있는 계절을 오히려 그리워하는 것일까? 이쯤이면 왜 그가 일상적인 촉각을 뒤집어 표현하고 있는지 알게 된다. 봄은 소생의 계절이 아니라 오히려 견고한 생명체들을 일순간에 녹여내는 파괴자일 뿐이다.

4. 하강하는 산줄기과 폭포의 의미 — 이성부와 김진경

이성부는 제4시집 『야간산행』 이래 산이나 바위, 계곡과 능선을 몸
으로 껴안고 있다. 산을 세계와 삶의 축도로 보기 때문이며, 산으로부
터 세상살이의 이치를 깨닫고자 하는 것이리라. 『시와 시학』(2001년 겨
울호)에 실린 「저를 낮추며 가는 산」은 겸허한 인간의 모습을 산으로 형
상화하고 있다.

> 이 산줄기가 저 건너 북쪽 산줄기보다
> 나지막하게 내려간다
> 허리 굽히고 고개를 숙여
> 조심스럽게 봉오리 하나를 일군 다음
> 자꾸 저를 낮추며 간다.
> 그러다가 또 묏봉을 일으켜 세우더니
> 무엇에 취한 듯 드러눕는 듯
> 금세 몸을 낮추어 부드럽게 이어간다
> 머지않아 이 산줄기 크높은 산을 만들어
> 더 나를 땀흘리게 하리라는 것을 나는 안다
> 아 이런 산줄기가 크게 될 사람의 젊은 모습이어야 한다는 것을 하나 배운다
> 저를 낮추며 가는 길이 길면 길수록
> 솟구치는 힘 많이 쌓여진다는 것을
> 먼발치로 보며
> 새삼 나도 고개 끄덕이며 간다
>
> — 이성부, 「저를 낮추며 가는 산」 전문

어느 산이건 비슷하겠지만 특히 지괴가 큰 산의 꼭대기에 올라 보면
산줄기의 반복되는 오르내림 혹은 꿈틀거림이 눈에 잡힌다. 까마득히

치솟아 오른 줄기는 반드시 천 길 낭떠러지를 끼고 있거나 긴 내리막으로 이어진다. 그래서 오르막은 실상 내리막이며 내리막이 곧 오르막임을 깨닫게 된다. 내리막이라 하여 또 오르막이라 하여 안도하거나 안타까워할 필요가 없는 것이다. 이 작품에 나타나 있듯이 '저를 낮추며' 가는 산줄기는 '머지않아 크높은 산을 만들' 게 된다. 저를 낮추며 가는 길이 길면 길수록 솟구치는 힘은 더 많이 쌓인다는 오래된 교훈에 도달한다. 물론 이러한 상상력은 이성부의 시에서는 늘 반복되는 원형질과 같은 것이다. 그의 초기시를 대표하는 「벼」에서 '벼' 는 고개 숙이고 쓰러지고 비장하게 죽어가는 과정을 반복하는 과정에서 생명력을 회복하는 민중의 역동적 모습을 보여주는 이미지였다. '산' 은 그 자체로 넉넉한 인자(仁者)의 모습을 하고 있지만, 산등성이나 능선은 역동적인 오르내림을 반복하는 달관한 선사의 이미지라 할 수 있다. 이성부의 산시는 무궁하게 변주될 수 있을 것처럼 보인다. 한편 그의 시는 담백해지고 있는데 이는 주제에 있어 소박한 교훈으로 수렴될 위험도 내재하고 있다는 의미이다. 그것은 상상력의 운동 방향이 자연의 이미지에서 출발하여 인간의 삶으로 향하고 있는 데서 비롯되기 때문일 것이다.

김진경의 「폭포」(『실천문학』, 2001년 겨울호)는 죽음으로 내모는 힘에 몸을 내던짐으로써 삶의 의지를 드러내는 역설의 시이다. 따라서 작품을 지배하고 있는 정서는 비장하다.

> 내 살 속 수억분의 일 세포 하나까지
> 땅이 잡아당기고 있는 힘에
> 묶여 있다는게 못견디겠다.
>
> 수억분의 일의
> 또 그 수억분의 일의 간격으로

촘촘히 얽어매고 있는 그물이 보인다

그물의 저 깊이
줄을 당기고 있는 다족류의 발이 보인다.
저 줄에 끌려
흙더미처럼 뭉그러지는 게 싫다.

차라리 맹렬하게
쏟아져 내리고 싶다.
맹렬하게 쏟아져 내려
일어서고 싶다.

몸을 벗어던진 길들이
절벽을 거슬러 오르고
이윽과 절정에서 응응거리며
둘레도 깊이도 없는 허공을
하얗게 솟아 오른다.

— 김진경, 「폭포」 전문

    지구 위의 모든 존재는 중력이라고 하는 숙명적 힘에서 놓여날 길이 없다. 인류의 역사를 중력과의 싸움으로 설명하는 사람도 있다. 그래서 인간의 꿈은 대부분 중력에서 해방되는 것과 관련된다. 구름과 새, 무지개 따위는 중력을 견디는 이미지들이다. 더 높이 뛰는 것과 멀리 던지는 것, 빨리 달리는 것을 목표로 삼는 스포츠 또한 중력과의 싸움이다. 폭포는 낙하의 법칙에다 가장 철저하게 몸을 내맡기고 지속적으로 파괴되는 모습을 보여주는 표상이다. 이것은 순응처럼 보이지만 또 다른 저항이기도 하다. 이는 이육사가 「교목」에서 '마침내 호수 속 깊이 거꾸러져 차마 바람도 흔들진 못해라' 라고 노래한 심성도 이와 같다. 꿍음을 내며 장엄하게 추락하는 물줄기를 보면서 되튀어 오르는 물방울과, 계곡에 걸린 무지개를 쳐다보며 호수 바닥에서 절벽 위로 허공으로 이어지는 수직선을 타고 비상(飛上)하는 반란을 꿈꾼다. 커다란 폭포 아래에는 반드시 용이나 이무기가 숨어 있다는 옛사람들의 믿음도 이와 같은 심리일 것이다.

그런데 세포 하나하나를 수억 분의 일의 촘촘한 간격으로 끌어당겨 화자를 절망시키고 있는 힘의 정체란 무엇인가? 삶의 모든 부문을 자신의 영토로 만들어 나가는 자본의 운동일 수도 있고 그보다 더 큰 범주의 문명의 억압일 수도 있겠다. 화자는 그런 힘과 정면으로 맞설 수 없다고 보고 육신의 통렬한 죽음을 통해 정신의 승리를 떠올려 보는 것이다. '둘레도 깊이도 없는 허공을 하얗게 솟아오르는' 것은 오로지 정신만 가능한 것이니까.

5. 가벼움의 힘

우리 눈앞에서 전개되는 현실은 마치 자신을 바라보는 자는 모조리 돌로 만들어 버리는 저 희랍신화에 나오는 괴물 메두사와 같다고 할 수 있다. 그런데 그러한 현실과 과제는 회피할 수 없는 우리 삶의 지반이며 우리가 해결하려는 대상이라는 점이다. 모순과 갈등이 없는 땅으로 도주할 수도 없다. 전 세계를 휩쓸고 있는 폭력의 광풍 속에서 시인은 시를 써야 한다. 자칫하면 가열한 상황에 압도되어 언어를 잃어버릴 수 있다. 여기서 우리는 신화 속의 영웅 페르세우스가 돌로 변하지 않기 위해 메두사를 직접 보지 않고 청동방패를 거울로 삼아 바라보았다는 사실을 상기할 필요가 있다. 그는 비행(飛行) 신발을 타고 날면서 메두사의 목을 자른 다음 그것을 오히려 자신의 비밀병기로 만들어 마침내 무적의 영웅이 되었다. 페르세우스의 성공은 '가벼움' 혹은 경쾌함으로써 '무거움(石化)'에 맞서는 것이었다.

쇠붙이의 감각과 욕망
— 최종천의 『눈물은 푸르다』(시와 시학사, 2002)

1. 노동의 현상학

최종천의 시집 『눈물은 푸르다』는 용접 노동과 용접공이 본 세상에 대한 보고서이다. 그의 시 가운데서 노동시만을 주목한다면 통념적 노동문학과는 다른 요소들을 발견할 수 있다. 그것은 시적 주체와 대상을 다루는 독특한 방식 때문이다. 이 시집에서 시적 주체는 대체로 복수(계급)가 아닌 단독자이며, 그의 목소리는 '투쟁기계'의 외침보다는 차라리 구도자의 내향적 울림에 가깝다. 최종천은 노동을 둘러싼 일체의 관계들을 최소화하거나 어렴풋한 배경으로만 남겨둔 채 노동 자체만을 응시하고 있다. 그의 시는 그가 평생 해온 노동과 많이 닮았다. 용접공은 철제 마스크와 방염 장갑과 앞치마를 갖추고 작업해야 한다. 고열과 섬광, 불똥으로 인해 작업복이 온통 땀으로 젖고 눈이 피로해져도 용접봉의 푸른 섬광으로부터 눈을 돌릴 수 없다. 이 고통스런 노동은 최근 기계나 로봇에 의해 일부 자동화되고 있으나 아직은 대부분 노동자의 손과 감각에 의존하고 있으며 앞으로도 그럴 것이다. 모든 노동이 그렇듯이 용접의 경우 노동대상에 대한 고도의 집중이 없이는 불가능하다. 철재와 용접봉에 대한 고도의 집중이 강철과 같은 기존의 시에서 기피해 온 질료를 의미 있는 시적 소재로 끌어올리게 만든 것인지도 모른다. 신동엽의 시에서 '쇠붙이'가 질곡과 죽음의 은유였듯이 강철은 문명의 상징임에도 불구하고 모든 문학작품에서 저주받을 재료로 취급되거나 온당하게 대접받지 못했음을 상기해 보면, 최종천은 강철의 수사학을 본격적으로 개척한 공로자이다.

최종천은 '돌에 입맞춤하여 피를 돌게 해주리라'(「自序」)는 약속을 자신의 노동대상에 실현하기라도 하듯 철판과 용접봉, 용접기와 같은 재료와 노동 도구들을 생생한 시적 재료로 끌어올린다. 원래 노동이란 모든 물질을 죽음으로부터 소생시키는 것이고, 잠재적 사용가치를 현실적 사용가치로 변환하는 과정이다. 글쓰기는 물론 '이빨 까는' 일일 수 있다. 그러나 적어도 노동자가 쓴다고 할 때, 대상화된 노동과 자본의 식민지로 전락한 일상을 성찰하고 전복시켜 그 속에 숨어 있는 위대한 가능성을 찾아내려는 행위여야 될 터이다.

2. 강철의 감각

강철을 소재로 한 도구나 기계가 그 자체로 인간의 적이 될 수는 없다. 인간은 기계와 더불어 공진화(co-evolution)해왔다는 것, 그리고 인간은 기계에 의존하고 기계는 인간을 더욱 닮아가고 있다는 것도 사실이다. 그러니 기계 친화적 태도 역시 결코 비난의 대상이 아니다. 최종천이 철재와 용접 도구들, 심지어 트럭까지 인간화된 메타포로 등장시킨 것은 그가 기계를 무조건적으로 거부하는 속설들(예컨대 근대 초기에 발생하여 아직까지 영향을 미치고 있는 러다이즘(Luddism) 같은)을 의식하지 않고 있다는 것을 말하는 것이리라.

① 녀석은 남은 한 개/그걸 들고 구멍가게로 간다/오늘 밤 철야는 이 용접봉/하나만 녹이면 끝이다.

—「철야작업」 부분

② 사람이 성에 민감한 만큼/용접봉은 습기에 민감하다/옷을 죄다 벗어버린다/마음이 변한 애인처럼/(…중략…)/내 우수는 고철이 다 되었다/나는 하나의 용접봉을 녹이고 있다/우수를 고철장으로 나르는 트럭을 위해/고철을 우수로 만드는 야금술을 하고 있다.

—「용접봉」 부분

③ 조용히 우는 용접기의 울음소리/그 소리가 도살장으로 끌려가는 소들의/목청보다 더 애절한 음색을 띠고 있다.

—「잔업시간」 부분

「철야작업」에서 용접봉은 인간의 몸의 일부인 남성 성기와 병치되고 있다. 용접봉은 뜨거운 열과 빛을 내며 철판을 녹이며 스스로 소모되므로 성애적 상상을 환기시키기에 적절하다 할 것이다. 남근을 비유하는 비유어 목록은 주로 농경문화적 유산('절구공이', '낫', '삽', '호미' 등)이나 군사문화적 유산('칼', '창', '총', '대포')으로 작성되어 있었는데 이제 근대 공업의 산물도 한 자리를 차지하게 되었다. 「용접봉」에서 '용접봉'은 성적 비유를 넘어서 사유의 경계를 의미하는 은유로 발전한다. 물론 여기서도 섹스는 진정한 기쁨과 쾌락의 충족을 의미하는 것이 아니라 의무적으로 수행해야 하는 노동이나 지긋지긋한 철야작업과 같은 것으로 나타난다. 「용접봉」은 용접이 고압의 전기를 이용하여 쇠를 녹여 붙이는 작업임을 보여준다. 강철로 된 재료들은 용융과 응고의 과정을 끊임없이 반복하면서 하나로 합체된다. 이 과정에서 섬광과 불똥이 튀고 뜨거운 열로 인해 용접공은 온몸에 땀을 흘린다. 화자는 이 과정을 눈물이 고철처럼 응고되었다고 말하고 있다.

응고된 '고철'은 용접봉에 의해 녹아서 다시 '우수', 곧 화자의 눈물처럼 흐른다. 용접봉에 의해 녹은 철판이 다시 응결되고 녹기를 반복할 때, 화자의 눈물도 흐르고 마르기를 무수히 반복하고 있음을 토로하고 있는 것이다. 용접봉과 철골이 맞닿은 지점에서 발생한 푸른 섬광은 용접공의 눈을 날카롭게 자극한다. 시인이 '눈물은 푸르다'라고 말한 이유를 짐작할 수 있겠다. 그 눈물은 멍을 우려낸 것이며, 그 멍은 고된 노동과정에서 입은 내상이다. 또한 그 멍은 용접봉이 우려낸 철골의 멍이기도 하면서 화자의 각막염 앓는 눈에 어린 푸른 용접불꽃일 것이다.

용접불꽃뿐 아니라 용접기와 철판 사이에서 발생하는 방전 음향도 용접공의 마음을 음울하게 만든다. 「잔업시간」에서 도살장으로 끌려가는 소는 '피를 휘젓는 노동'에서 헤어날 길 없는 운명의 용접공 자신이다. '피를 휘젓는 노동'으로 몰아넣은 힘은 무엇인가? 노동자는 마주 당기는 두 힘 사이에 놓여 있다. 한쪽에는 처자식이 있고 다른 한쪽에선 회사가 있다고 말한다.

> ④ 호오— 입김을 불면/금시에 피어나는 꽃이 있을까//두들기면 어느 일부분만 울리지 않는다/몸전체로 풀어낸다//철판은 대놓고 말을 못하는/부끄럼 잘 타는 여자의 얼굴이다.
>
> — 「철판잡기」 부분

> ⑤ 자아— 불고기가 육인분입니다/어서와요, 어서와//이 사람들아 넷이서 해/기왕이면 많이 먹어!/(…중략…)/불고기 육인분을 들고 가서/자르고 지지고 볶았다.
>
> — 「불고기」 부분

「철판잡기」는 시인이 쇠붙이를 다루는 장인임을 보여준다. 철판을 '입김을 불면 금시에 피어나는 꽃'이자 '부끄럼 잘 타는 여자의 얼굴'

처럼 민감하고 섬세하다고 했다. 강철을 흔히 '견고함'이나 '강인함'을
표현하는 이미지로 사용해 온 상식적 메타포는 전복된다. 얇은 철판을
용접하는 작업이 얼마나 힘든 일인지를 역설적으로 알려주고 있다.

철판을 불고기에다 빗댄 작품 「불고기」역시 하나의 아이러니로서
그 어조는 짐짓 유머러스하다. 6인분의 불고기를 함께 먹자고 하는 용
접공들과 넷이서 먹으라고 하는 과장과의 실랑이를 가벼운 터치로 그
리고 있다. 여섯 명 분의 일감을 네 명이 맡아서 하라는 과장의 지시를
따를 수밖에 없었다는 뜻이다. 6인분의 '불고기'는 결국 과장의 양보
로 네 사람의 용접공이 '포식'하였다. 결국 1.5배의 작업량이 할당되었
다. 작업량을 둘러싼 싸움에서 노동자들은 굴복할 수밖에 없었다는 서
글픈 이야기다.

3. 시간과 욕망

한국의 노동현장은 신자유주의를 둘러싼 첨예한 대립의 접점이 형
성되어 있지만 최종천의 시에서 그러한 접점의 내용은 구체적으로 드
러나지 않는다. 그는 '시간'을 둘러싼 갈등이나 노동자의 '욕망' 문제
를 태연자약한 어조로 다루고 있다. 상품의 가치는 해당 상품에 응결
된 노동시간이 결정한다. 모든 상품의 사용가치의 크기는 필요노동량
이므로 노동현장에서 자본과 노동 간의 대립은 결국 '노동시간'을 둘
러싼 싸움으로 귀결된다.

> 시계에는 두 종류가 있다./밥을 줘야 돌아가는 것/밧데리를 갈아야 돌아가
> 는 것/나는 시계를 허리띠에 차고 일한다/함마질을 못견디는 시계/우리 과장
> 님은 손목에 차고 있다/내 시계보다 좀 느려서/식사합시다 하면, ― 벌써요?/
> 깜짝 놀라며 오 분을 올라선다
>
> ― 「시계」 부분

「시계」는 노동시간을 둘러싼 노동자와 관리자의 인식차를 선명하게 보여준 작품이다. 끊임없이 노동시간을 연장하려는 관리자의 시계와 몸의 리듬에 의존하는 노동자의 시계, '배꼽시계'가 그것이다. 관리자의 시계는 노동자의 몸을 강제하고 통제하는 기계이며, 모든 근대인의 생활을 통제하는 잔인한 사령관이기도 하다. 양자의 대립 원인은 투입된 노동시간이 곧 생산물의 가치를 결정하기 때문이다. 식사시간마저 단축시키려는 관리자의 찌푸린 표정이 '오 분을 올라선' 눈썹으로 재치 있게 표현되어 있다.

'시간이 곧 돈'이라는 벤자민 프랭클린의 격언은 모든 사람의 삶과 활동을 화폐와 시간으로 환원시켜 생산성을 극대화하라는 명령이다. 최종천은 그것을 '손목시계를 배꼽시계에 맞추는 것'이라고 말한다(「되는 것일까」). 그러한 삶은 "일요일도 공휴일도 모르고 음악도 뉴스도 들을 시간이 없이, 자고 먹고 일하는" 비참한 일상의 연속이 되고 만다는 것이다. 세상의 평화가 유지되고 부(富)가 증대될 수 있는 것은 바로 이러한 임금노예들이 피를 휘젓는 노동의 고통을 감내하고 있기 때문이라고 본다(「잔업시간」). 그런데 '피를 휘젓는 노동'이 자본의 강요에 의해서만 이루어지는 것은 아니다. 노동자를 죽음의 노역으로 내모는 두 힘은 '처자식과 회사'이다. 두 힘의 합, 즉 맞은편에서 잡아당기는 두 힘 사이에서 육체는 '능지처참' 될 수밖에 없다. 그 힘들이 바로 임금노예의 욕망을 구성하는 것이다. 「날개」는 그와 같은 욕망의 결과를 생생하게 증언한 작품이다.

참을 먹고 올라가다가 그는 추락했다./의정부에서 인천까지 출근하는 그는/날개를 가지고 있었다./집에서 아내와 다투고 버스에서 전철로/다시 버스로 갈아타고 늦는다는 말을 들으면서/그의 날개는 먼 계절을 날아온다./그는 무게를 날개에 걸고 있었다./몇 개의 적금통장과 아파트가 그것이다./그가 일하는 십 층쯤의 높이에서/모르게 날개를 펴 보았을까?/적금통장을 펴 보듯이 가뿐하게./그의 날개가 깃털이 다 빠져 버린 것인지/나는 그의 날개를 본 일은 없다/그러나 그가 십 층까지 오르는 데는/날개가 있었으리라./그는 여러 개의 에이치 빔에 부딪치면서 떨어졌다./그야말로 피 떡이 되었다./이런 일은 자주 있는 일이다.

— 「날개」 부분

'추락하는 날개'의 모티프가 이 작품에서는 노동자의 욕망으로 변주되고 있다. 모든 추락은 잉게보르크 바하만의 시구처럼 날개가 있기 때문이다. 희랍신화의 이카로스가 밀랍으로 붙인 날개로 하늘을 날다가 추락했듯이 한 용접공으로 하여금 멀리 의정부에 사는 동료를 인천의 공사현장까지 달려오게 만든 것도, 십 층 높이의 작업장까지 올라가게 만든 것도 '날개' 때문이다. 그 날개에는 적금통장이나 아파트 같은 무거운 부하가 걸려 있다. 날개는 무게를 감당하지 못하고 결국 추락하고 만다. 죽음에 이르는 병의 원인을 욕망의 과잉이라고 진단하고 있는 것이다. 시인이 「없는 하늘」에서 '건강한 날개로도 날 수 없게 된 새'를 "욕망을 지고 나르느라 등이 휘어진 인간"의 모습과 병치시킨 의도 역시 같은 맥락에서 이해할 수 있다. 최종천의 시에서 날개는 욕망의 은유이자 죽음과 등가가 된다. 욕망과 노동의 함수관계에 대한 그의 인식은 「사랑이여」와 같은 작품에서 아이러니의 양식을 통해 명료하게 제시된다.

나는 보았다.
일요일날 성당이나 교회에 나가지 못하고
내 옆에서 묵묵히 노동을 하는 예수를
그는 말했다 너무나 많은 사람들이 교회에 나와
자기에서 주문서를 놓고 간다고
그 많은 것을 해주기 위해
일요일에도 일해야 한다고 했다

— 「사랑이여」 부분

더 많은 부와 함께 더 많은 행복을 주문하는 것은 바로 더 많이 노동할 것을 요구하는 것이다. 주문 내역을 덜어내지 않는 한, 비참한 노역과 함께 어른거리는 죽음의 그림자를 제거할 수 없다고 보았다. 「過積」역시 삶과 욕망의 관계를 다룬 작품이다. 트럭에다 어떻게 해서든 짐을 더 많이 실으려고 하는 인간의 욕망을 제시하고 있다. 삶에다 무게를 더하려는 헛된 노력을 그만두게 할 수 있는 힘은 오로지 '죽음' 뿐이다. 「눈사람」에서 '눈사람' 처럼 '아주 흔적없이 휘발하는 방법'으로 죽어가기를 원하거나(「눈사람」) 야생의 사자나 이리에게 주검을 내던져 온전히 자연 속으로 몸을 완벽하게 반납하는 장례법을 연구하는(「장례법」) 것은 살[肉]로 대표되는 욕망을 덜어내야만 한다는 시인 스스로의 다짐이자 분명한 권유이다.

　　　　세상이 많이 불행하다고 생각하는 나는
　　　　아주 훌륭한 장례식에 대하여 생각해보았다.
　　　　(…중략…)
　　　　세 번째 생각한 것이 눈사람 장사법이다
　　　　그처럼 아주 흔적없이 휘발하는 방법!
　　　　눈 하나로 남는 방법

　　　　　　　　　　　　　　　　　　　　　　— 「눈사람」 부분

4. 노동시의 의미역(意味域)

　최종천의 시는 노동과정 자체에 대한 사유를 삶의 일반으로 확대시키고 있다. 그가 주로 환기하려고 하는 것은 노동현실이 아니다. 그는 자신의 노동을 현상학자처럼 관찰하고 이를 형상화함으로써 현대인의 생존방식을 문제 삼고자 하는 것처럼 보인다. 그의 시가 환기하는 의미역은 넓고 깊어 보인다. 바로 그 이유 때문에 통상적인 노동시에 익

제2부 시인의 거처 —

161

숙한 독자들의 기대에는 부응하지 못할 것이다. 이것은 최종천의 시가 지닌 새로운 면모인 동시에 문제적 측면이기도 하다. 아직 그의 실험이 노동을 인식하는 새로운 지평으로 나아갈 것인지 아니면 환유적 연관고리의 부족으로 인해 불투명한 파스텔화로 머물 것인지는 쉽사리 가늠할 수 없다. 그의 시에 종종 등장하는 '문화', '부'와 같은 시어들이 아직 뼈를 얻지 못하고 있다는 점이나, 「毒」과 같은 사랑시편에서 특히 나타나는 기교 과다 같은 문제는 중요한 결함이 아니라 하겠으나, 노동과 노동자의 의식을 포섭하고 있는 복잡한 역관계를 과도하게 단순화하고 있다는 것은 깊이 따져봐야 할 문제이다. 「녹슨 볼트를 푸는 법」에서 노사관계의 전술학을 흥미롭게 제시하고 있으나 따지고 보면 이는 상식적일 뿐더러 수사적 차원을 넘어설 수 없는 내용이다. 한편 욕망에 대한 그의 생각은 개인의식에만 초점이 집중되고 있어 자칫 소승적 해탈론으로 귀결될 우려가 없지 않다. 그는 '모두가 가난하게 사는 것'이 진정한 '부'에 이르는 길이라고 말한다. 그럴 수도 있겠다. 그러나 이런 사유가 과연 현실 순응적 '안빈낙도'의 세계관을 넘어선 것인지도 의문이다. 우리시대에는 다중(多衆)들의 욕망에 불을 지피는 일이 더 요구되지 않을까?

시인의 거처와 그 경계

― 장석남의 『왼쪽 가슴 아래께에 온 통증』(창작과 비평사, 2001)
― 나희덕의 『어두워진다는 것』(창작과 비평사, 2001)
― 이중기의 『밥상 위의 안부』(창작과 비평사, 2001)

1. 재현주체의 위치와 거리

인간은 정보 교환과 의사소통을 하는 과정에서 공간을 여러 가지 방식으로 사용한다.[1] 그런데 예술작품에서 재현주체의 '위치와 거리'가 예술작품의 효과에 미치는 영향은 얼마나 될까? 아니 그것이 작품을 보는 하나의 척도라도 될 수 있을까? 적어도 사진 작업의 경우 그것은 작품의 결정적 요소 중의 하나임이 분명하다. 동일한 피사체라 할지라도 촬영자(혹은 렌즈)의 위치와 거리에 따라 전혀 다른 작품이 생산된다. 물론 렌즈의 종류나 노출 시간과 같은 변수들도 있겠지만 촬영자의 위치와 거리만큼 본질적이지는 않다. 물론 육체 속에 침잠한 정신을 전체 형상에서 드러나게 하는 조각의 경우에 시선과 거리는 부차적

---

1) 이와 관련하여 홀(E. T. Hall)은 한 개인은 특정한 상황과 대상에 대해 갖는 느낌에 따라 일정한 거리를 유지한다고 주장하고, 친밀한 거리(intimate distance), 개인적 거리(personal distance), 사회적 거리(social distance), 공공 거리(public distance)의 네 가지 거리 유형을 제시하였다. (E. T. Hall, *The Hidden Dimension*, New York: Anchor Books Editions, 1959 참조).

인 변수일 터이다. 오히려 조각의 경우 인간형상이 취하고 있는 표정과 자세, 재료의 질감과 중량이 중요한 요소들이다. 최근 출간된 시집을 훑어보면서 시적 언술주체들이 재현대상과 어떤 공간적 관련을 맺고 있는지를 살펴보고 싶은 생각이 문득 들었다. 대부분의 시집에 대한 평자들의 소개 · 비평이 이미 이루어졌으므로 개략적인 서평을 추가하기에는 때늦었고 본격적인 분석을 하기에는 준비부족인 상태이니 다소 어정쩡한 자리에서 이들의 시를 관찰해 보려는 것이다. 시에서의 거리가 그 자체로 어떤 평가의 척도는 되지 못한다. 뿐만 아니라 시에 재현된 현실은 시인의 기억세포에 저장되었던 이미지들의 재현이기 때문에, 이런 논의 자체가 다분히 '수사적'인 것은 사실이다. 다만 서정주체들의 시선과 거리를 살피는 것은 그들이 현실과 어떤 관계를 맺고 있는지를 비유적 수준에서나마 가늠해볼 수 있는 시금석이 될 수 있기 때문이다. 우리 시사에서 의식의 내부를 해부학적 시선으로 관찰한 이상의 시편들이 미시적 시선(microscope)의 대표적 예라면, 설정식의 「제신의 분노」는 거시적 조망(telecope)에 해당한다. 양자 공히 성공적인 전범은 되지 못한다. 전자에게서는 삶터의 전경이 사라졌고, '산상수훈'을 방불케 하는 후자에게서는 매개적 심상을 볼 수 없기 때문이다. 시간이 사라지거나 공간의 구체성이 사라진 곳에 재현된 이미지란 불구의 것일 수밖에 없다는 점을 확인케 해주는 것이다.

2. 장석남, '水墨정원'의 언어

장석남의 시적 언어는 대단히 정밀하다. 그런데 정교한 시어에 걸맞게 시어들이 환기하는 정서 역시 명징해야 할 터인데 그것은 오히려 모호하다. 박수근의 그림이 자아내는 분위기와 흡사하다. 시적 표현의 세부들은 오해의 여지가 없으리만큼 맑은 표정을 하고 있지만, 그 세부가 무엇을 지향하는지, 왜 선택된 것인지는 분명하지 않다는 것이다. 그의 시에서 명징함과 앰비귀티가 부분과 전체에서 길항하고 있음은 연작시 「水墨정원」에서 단적으로 드러난다.

삶은 저렇듯 명료한 것도 아니니

너에게 하는 말은,
말도
우물 속에다 하는 말처럼
울음도
우물에 빠치는 울음처럼

너에게 하는 말처럼
걸어내려가는 길
무릎이 시려지는 걸음
그래서 차츰
蕭瑟히 희미해지는 걸음

—「水墨정원 4」전문

이 작품의 부제는 '북두칠성'이다. 이 별자리는 첨단 지리정보시스템 앞에 그 빛이 바래고 말았지만, 밤길을 가는 사람들은 으레 이 별자리를 통해 북극성의 위치를 확인하고 자신의 위치를 가늠했다. 그러나 시인은 별에 관한 상식적 메타포를 현실과 혼동하지 않는다. 그는 우리가 항용 쓰는 '말'도 '울음'도 애당초 '명료한 것이 아니'라고 한다. 타인들에게 건네는 말은 우물 속에다 하는 말처럼, 웅웅거리는 소리를 넘지 못한다. 언어가 그럴진대 울음인들 명료하겠는가? 정서의 불명료는 마침내 '길'과 '걸음'의 '희미함'으로까지 나아간다. 행위의 불명료로 이어진 언어의 불명료함! 혹은 언어의 불명료에서 기인한 행위의 불명료, 이것은 박수근이 그랬던 것처럼 의도적인가? 아니면 그의 세계관인가? 장석남이 말하는 '水墨'의 세계란 온갖 불투명함의 도가니이다. '水墨정원'은 시간적으로 어스름한 저녁 무렵(「水墨정원 6」)이거나 '안개가 돌을 감싸고 있는' 불투명한 공간이며, '길이 사라져 버린' 곳이다. 그래서 화자는 '어둠을 이고 선 소나무'로 표상된다. 우리가 익히 보아온 문인화, 사대부들이 화폭에다 친 투명한 이념의 세계와는 거리가 먼 것이다. 그래서 그는 모든 관계들을 '번짐'에다 빗댄다. 장석남의 '번짐'을 이해하기 위해서는, 그것도 물기를 잔뜩 머금은 화선지 위에다 옅은 담묵을 떨어뜨릴 때의 효과를 떠올려야 할 것 같다. 그때 사물과 사물의 경계가 어디인지 분명하지 않다. 그는 '너와 나의 관계'도, '음악과 그림' 사이도 '번지'면서 소통할 수 있다 한다. '번짐'은 자아와 타자의 경계이자 접점이다. 그에게 번짐은 '사랑'이요 '삶'이며, 삶에서 '죽음으로', 혹은 죽음에서 삶으로의 이행과정이기도 하다. 그래서 모든 것은 '번져야' 한다는 것이다. '번져야 살고, 번져야 사랑'이라는 것이다. 연작시 「수묵정원」은 '산기슭의 오두막 한 채 번져서/봄 나비 한 마리 찾아온다'는, 참으로 보기 드문 수사로 종결된다. 이처럼 '번짐'으로 표상되는 불투명함은 그가 바라본 세계인 동시에 세계를 바라보는 방식인지도 모른다.

그런데 그는 어디에 서 있는 것일까? 장석남의 시에서 화자의 좌표를 가늠하는 일 역시 용이한 것은 아니다. 왜냐면 주제시 「왼쪽 가슴 아래께에 온 통증」이라는 시의 제목에서 보인 바 있듯이 장소 접미사 '~께'를 사용하여 아픈 곳의 범위를 은근히 막연하게 만든다. 그것을 그의 어법대로 한다면 '번짐' 효과일 것이다. 사실 일상적 어법에서는 그렇게 얼버무리는 것이 오히려 정확한 것이기도 하지만, 계량화된 표현에 익숙한 독자들에겐 낯설다.

날이 새고 보니 水墨의
어느 정원 속이었다
안개가 돌을 감고 있었다

지나간 밤들 속에서 별을 관찰하던
자리였을까?

누가 살던 집인지
둥그렇게 집터가 있고
웃자란 나무들 하늘로 뻗쳤다

　　　　　　　　　　　　　— 「水墨정원」 서(序) 부분

　장석남의 시선은 사람들을 겨냥하지 않는다. 적어도 외형적으로는.
그가 정원 취향의 시인이라는 것, 그리고 해변 정서의 시인이라는 것
은 이번 시집에서 더욱 확연하다. 그는 나무와 꽃과 돌, 배 따위에서
취재한다. 그에게 정원은 세계이고 나무는 그 속에 살아가는 인간이
다. 다른 사람을 관찰하는 것은 그의 시에서는 퍽 드문 일이다. 그래서
'기침 한 개비에 수염이 까칠한 한 개비의 홀애비'를 그린 「산골」 같은
작품은 이례적이지만, 그 '홀애비의 허벅까지 말려올라 쿠쿰한 파자
마'를 보고서는 '혼자서 시드는 마당귀의 칸나꽃'이라는 정원의 등가
물을 절묘하게도 찾아냈으니 결국 자신의 시적 책략의 궤도를 일탈하
지 않은 셈이다. 나무나 꽃의 형상은 인간을 꼭 빼닮은 데가 있긴 하
다. 그런데 그 정원은 '어느' 정원이다. '누가' 살던 집인지 알 수 없는
집터의 정원이다. 웃자란 나무가 뻗친 이 폐원은 어디선가 본 듯 하지
만 세상 어디에도 없는 상상의 공간일 따름이다. 유토피아(Utopia)가 역
설이듯이 시인의 내면에 떠오른 정원 역시 부재하는 공간이다. 이 공
간에서 화자의 위치가 어딘지를 묻는다면 우문이 될 것이다. 그곳은
그저 '마른 개울 속에 침묵이 콸콸콸콸 흐르는' 역설의 공간이자 '사

금파리 흩어진' 황폐한 풍경 자체다. 정원이 누군가에 의해 가꾸어지 듯이 이 황폐한 수묵정원 역시 시인이 애써 관리하는 영역이다. 이런 가상의 공간에서 주체의 위치란 이메일 주소처럼 어느 때건 송신할 수 있지만, 영원히 갈 수 없는 주소인 것이다. 그의 시에서 화자의 모습과 위치는 드러나지 않으며 적당히 가상적으로 설정된다. '나는, 냇가 모 난 돌밭 틈에 난 작은 버드나무라고 해두자'거나 '나는 가을날 라일락 밑동의 어둠이라고 해두자'(「시월보름」)고 한다. 여기서 화자가 자신을 박토의 정원에서 자라는 나무로 기호화하고 있음을 확인할 수 있을 뿐 이다. '유곽 앞에 서 있던 오동나무' 역시 화자의 분신인데 그 나무들 은 '아무 데나 가련히 서 있는' 나무들이다.

그는 거리(distance)도 독특하다. '견자(見者)'에게 사물이 중요하지 않 듯이 대수롭지 않게 여기는가 하면 오히려 '거리'를 '깊이'로 인식하 기도 한다.

> 너와 나 사이의 거리가
> 꽃이요 꽃밭이지
> 꽃밭이 크군
> 너와 나 사이의 거리가
> 꽃이고 향기지
> 멀면 멀수록
> 너와 나 사이가
> 큰 꽃이요
> 큰 향기지

—「距離」 부분

이러한 '멀면 멀수록 그만큼 더 큰 향기'를 얻는다는 역설을 우리는 일상적 감각으로 이해할 수 있을까? 여기에 한양으로 떠나는 이 도령 을 여의는 춘향의 심리묘사가 있다. "춘향이 기가 막혀 가는 임을 우두머니 바라보니 이만큼 보이다, 저만큼 보이다가, 달만큼 보이다가, 별만큼 보이다가, 나비만큼 보이다가 십오야 둥근달이 떼구름 속에 잠긴 듯이 아주 깜박 박석고개 넘어서니 춘향이 주저앉아 방성통곡으로 울음 운다"는 판소리 사설의 한 대목이 그것이다. 멀어지는 임을 보고 통곡하는 춘향의 마음과, 멀면 멀수록 큰 향기가 된다는 진술은 서로 상반된다. 전자는 분리공포증에 후자는 결합공포증에 가깝다. 그러나 전자는 현실의 영역에서 후자는 상상의 영역에서 나름의 설득력을 갖는다. 거리를 물리적 이격 거리로만 해석할 때 양자는 화해하기 힘들다. 그러나 거리를 '깊이'로 해석한다면 거기에는 거리가 만들어 내는 새로운 감각이 발생한다. 깊다는 것은 멀다는 것의 폐쇄 공간에서의 표현이다. 깊은 것은 또 '그윽함'과 관련된다. 대부분의 기념비와 위인들의 동상과 같은 기념 조각들은 실상 최대의 거리를 만들어내기 위해 여러 가지 장치를 하고 있다. 높은 대지, 울타리, 좌대 등을 통해 감상자와의 거리를 유지하기 위한 장치들이다. 한편 이별의 공간에서 발생하는 심리는 시야에서 차지하는 대상의 크기가 작아질수록 그리움이 증대되는 것에서 연유하는 것인지도 모른다. 여기쯤에서 거리를 둘러싼 상반된 인식은 겨우 접점이 마련된다.

장석남의 시는 명료한 진술을 통해 모호함을 생성시키고, 거리와 위치의 불확정성을 통해 부드러움과 깊이를 획득한다. 그의 시가 감응력이 높다는 것은 두터운 독자층이 증명한다. 또 그의 언어기술은 이미 빼어났다. 그런데 그는 '열고 또 열어도 나타나는 문'을 거쳐야만 들어갈 수 있는 '나무 속의 방'에만 머물러 있거나, 깊디깊은 언어의 정원 속에다 자신을 과도히 유폐시키는 것은 아닐까? 현실로부터 벗어나면서(dégager) 획득된 환각성은 자기증식하면서 결국 순수의미 즉 무의미에 도달했을 때에야 비로소 중단될 것이고, 그 지점은 삶은 물론 언어의 세계마저 넘어서는 경지가 되나 않을까 하는 우려 말이다.

3. 나희덕, 집의 균열에 대한 관찰 일기

나희덕의 시집 『어두워진다는 것』은 차라리 하나의 일기장처럼 읽힌
다. 대부분의 시상은 비록 하잘것없어 보이지만 누구나 체험하는 일상
사들에서 섬세하게 포착한 것이다. 새롭지 않은 대신 친숙하고 따스한
느낌을 준다. 즉 분에 넘치는 대상을 설정하거나 과도히 자의식 내면
으로 파고들지도 않는다. 적절하고 온건한 태도를 유지함으로 독자들
을 편안하게 일상의 그늘들을 반추하게 만든다. 일상 중에서 가장 중
요한 관심사는 가족이다. 「불켜진 창」을 비롯한 「지푸라기 허공」, 「거
미에 씌다」 등이 그 대표적 예이며, 「잠이 들다」, 「만화경 속의 서울
역」, 「기둥들」과 같은 노숙자들을 다룬 작품들도 결국 가족과 집의 부
재상태를 주목하고 있는 것이리라.

> 불빛을 훔치려는 사람처럼
> 문이 아닌 창 쪽으로 집안을 들여다 본다
>
> 남편과 큰아이는 장기를 두고 있고
> 접시에 남은 과일은 아직 물기 마르지 않았고
> 주전자에서는 김이 오르고 있다
> 작은아이는 자는가
>
> 나는 한 마리 나방인 듯이
> 창문에 부대껴 서서 생각한다
> 그 익숙한 살림살이들의 낯섦에 대하여
> 부르면 들릴만큼 가까운 거리의 아득함에 대하여
> 내가 없는 세상의 온기 또는 평화에 대하여
>
> 큰아이가 자꾸 시계를 올려다 본다
> 나는 한 마리 나방인 듯이

오늘은 창 밖 어둠속에 나는 숨어서
오래오래 들여다본다

불켜진 버스처럼 금방이라도 떠날 것 같은
그 창문을

— 「불켜진 창」 전문

화자는 관찰자이다. 창문을 통하여 자신이 부재하는 가족의 공간을 관찰하고 있다. 그는 가장 익숙한 것에서 '낯섦'을 느끼고 가장 가까운 곳을 '아득'한 공간으로 느끼고 있다. 그렇다고 화자가 집을 부정하거나, '뷔리당의 당나귀(Buridan's ass)'처럼 양가감정에 휩싸여 갈등을 겪고 있는 것은 아니다. 가족 안에 '빛'과 '온기', 그리고 '평화'가 있다고 여기기 때문이다. '주전자에서 오르고 있는 김'은 가족에 대한 분명한 태도이나. 그리고 화자 자신이 '어둠' 속에 있음을 그곳을 향하는 '나방'처럼 그리고 있다는 점에서 그의 위치는 자명하다. 그는 집이 비정한 세계의 안식처임을 신봉하고 있지도 않지만, 부정의 대상으로 삼고 있지도 않다는 것이다. 자신이 승차하지 않은 '버스'(집 혹은 가족)가 '금방이라도 떠날 것 같은' 의구심을 느끼고 있는 데서 확인할 수 있듯이 미세한 균열 상태를 보여주는 것이다.

나희덕은 이러한 균열의 원인을 「지푸라기 허공」에서는 우선 가족 바깥에서 온 것이라고 가정해 본다.

그의 옷에 묻어온
지푸라기를 털어내는 동안 십년이 지났다.
술에 취해 잠든 그의 머리맡에 앉아
지푸라기를 털어내면서

— 「지푸라기 허공」 부분

'지푸라기'는 '길 위에 누운 등'에 묻어 온 것으로 욕망의 흔적처럼 보인다. 그 욕망들이 가득할 때 '창을 열어도 앞이 보이지 않는' 집의 위기가 초래된다. 지푸라기는 가볍다. 그러나 '날개'를 가졌고, '쐐기'처럼 허공에 단단하게 박힐 수도 있다. 그것은 유전정보를 가진 세포처럼 생존하고 증식하며 서식지를 자기 영토화하는 힘을 지니고 있으므로 오히려 무겁고 견고한 것이라고 해야겠다. 그래서 창문을 열고 '십 년이 지나도록' 지푸라기를 '하염없이' 털어내고 있지만 오히려 자신이 '제웅'으로 변해가고 있음을 토로하고 있다. 제웅은 지푸라기로 된 것이므로 결국 화자가 '지푸라기'의 포로가 된 셈이다. 이것은 지푸라기를 완전히 버리지도 못하고 불을 놓아 태워버리지도 못한 데서 기인한 결과이다.

> 가만히 좀 있어봐, 하면서/그는 내 얼굴에서 거미줄을 떼어낸다/저녁에 옷을 갈아입다 보면/윗도리에도 거미줄이 한 웅큼 뭉쳐져 있다/낮은 허공에 걸려 있던 거미줄이/얼굴을 확 덮치던 그날부터/내 울음은 허공에 닿아 거미줄이 되었다/(…중략…)/가만히 좀 있어봐, 거미줄이 묻었어/조금은 거미인 나를 향해 이렇게 말하곤 하는 것이다.
>
> ─「거미에 씌다」부분

'거미줄' 역시 '지푸라기'처럼 집 '안'의 소산이 아니라 집 '바깥'에서 묻어 온 것이다. '저녁에 옷을 갈아입다 보면' 발견되는 것이다. 하찮고 거북스러운 것도 동일하다. 이들을 제거하려 들지만 결국 주체들은 그것의 포로가 되고 만다는 귀결점도 같다. '거미줄' 역시 '지푸라기'처럼 '허공'과 관련된 것으로 같은 뿌리에서 자라난 욕망의 이미지임을 알 수 있다. 거미줄은 무엇인가 포획하기 위한 그물인 동시에 새로운 포획자를 증식시키는 그물이다. 화자 역시 이미 '조금은 거미', 즉 새로운 포획자로 되었건만 타인들은 아직 눈치채지 못하고 있다.

그 지점에서 문득 자신에 대한 낯설음과 씁쓸함의 정서가 발생한다. 그것은 가족에 속한 개인이 숙명적으로 느껴야 할 균열에서 기인한 것이며, 중년 여성들만이, 나아가 소시민들이 느끼는 가족 심성의 균형감각과 매우 근사하리라. 그 균열의 틈바구니는 더 벌어져서도 그렇다고 무시될 수도 없는 틈새이다. '가볍지만' 견고하며('지푸라기') 질기므로('거미줄') 그 누구든 뿌리칠 수 없는 것이다. 나희덕이 '집'의 틈새를 쫀쫀히 관찰할 수 있는 것은 그가 균형감각을 갖춘 가벼운(?) 가족주의자이기 때문이다. 여기서 가족주의라 한 것은 그가 낭만적으로 가족의 포로라는 것이 아니라, 가족의 균열들을 명료히 체감하고 있지만 그것이 지닌 온기를 포기하지 않았다는 점을 지적하고자 하는 것이다. 그것은 물론 새로운 감각은 아니며 차라리 평균적인 정서라 해야겠다. 그가 내심 꿈꾸는 가족의 모델은 「흰 광목빛」에 나오는 지아비와 시어미일 것이다. 그들은 '성살하게 풀을 먹인 광목 목도리를 한' 눈부신 자태로 길을 가고 있다. 그들은 '버스'를 한 번도 탄 적이 없으며 '버스'로는 이를 수 없는 먼 길을 가는 한 쌍의 부부이다. 나희덕의 '버스'는 아마도 근대적 가족이거나 집의[2) 화자로 가족을 넘어서는 관계를 염두에 두고 있는 것이리라. 그래서 그 부부는 순백의 색채로 감각화되고 미륵의 현신처럼 조상(彫像)되었다. 이러한 환각은 일상에서 느끼는 균열의 반사물일 것이다.

그의 시 「흔적」은 집의 균열이 여성의 육체에 아로새겨지는 양상을 보여주는 작품이다.

나는 무엇으로부터 찢겨진 몸일까?/텃밭에 나가 귀퉁이가 찢어진 열무잎에도 대보고/그 위에 앉은 흰 누에나방의 날개에도 대보고/햇빛 좋은 오후 걸레를 삶아 널면서/펄럭이며 말라가는 그 헝겊조각에도 대보고/마사목에 친친

---

2) 그의 시 「흰 광목빛」, 「불켜진 창」, 「눈 묻은 손」에 나타나는 '버스'들이 그 예이다.

감겨 신음하는 어린 나뭇가지에도 대보고/바닷물에 오래 절여진 검은 해초뿌리에도 대보고/시장에서 사온 조개의 그 둥근 무늬에도 대보고/잠든 딸아이의 머리띠를 벗겨주다가 그 띠에도 슬몃대보고/밤늦게 돌아온 남편의 옷을 털면서 거기 묻어온/개미 한 마리의 하염없는 기어감에 대보기도 하다가/나는 무엇으로부터 찢겨진 몸일까/여기에 대보고 저기에도 대보지만/참 알 수가 없다/종소리가 들리면 조금씩 아파오는 곳이 있을 뿐

—「흔적」부분

    화자는 비록 '무엇으로부터 찢겨진 몸'인지 '참 알 수가 없다'고 진술하지만, 그것은 짐짓 그렇게 말한 것뿐이다. 그의 손길이나 눈길이 가닿는 것으로부터 찢겨진 것임을 이미 알고 있다. 자신의 손길을 기다리고 있는 사물이나 사람들이다. 열무잎, 헝겊조각, 해초와 조개, 아이들, 그리고 남편이 옷에 묻혀 온 개미 한 마리 따위 같은 것이 그것이다. 이것은 여성의 가사노동이 갖는 소외와 관련되는 것일까? 보통의 가정이란 다른 가족 구성원들에게는 휴식과 애정 교환의 공간이지만 여성에게는 대가가 지불되지 않는 노동의 현장이 된다. 더욱이 대부분의 재생산노동은 생산노동의 그늘에 있으며 하찮은 것으로 취급된다. 예외적으로 여성의 출산(노동력의 생산)은 모든 사회에서 칭송되지만, 그것은 공허하거나 성 역할을 고착화하는 의도의 소산이기 십상이다. 그의 시 「거미에 씌다」에 나타난 '때로는 부서진 나비 날개나 모기 다리를 건져 올리며 까맣게 늙어가는' '거미'의 삶 역시 반복되는 일상에 대한 회의감을 표현한 것이다. 물론 나희덕이 집의 그늘만 보는 것은 아니다. '또 하나의 목숨을 기르는' 출산은 '여자들의 행복이자 불행'(「다시, 십년 후의 나에게」)이라고 여기고 있기 때문이다. 이 대목이 나희덕의 시가 지닌 미덕이다. 균형감각과 일상의 시간과 공간에서 마주치는 소재들을 진솔하게 다루는 데서 오는 친숙감, 결코 범람하는 법이 없는 정서로 인한 은은함 말이다. 그런데 그의 시집을

덮으면서 문득 그 균형감각이 상식과 얼마나 다른지 궁금해진다. 그러나 그 질문은 지금까지 일껏 이야기해온 그의 미덕 자체에 대해 되묻는 일이 아닌가? 한편 그의 시에 나타난 화자는 거의 집 안(혹은 '버스' 안)에 있거나 대상 가까이 위치한다. 기껏해야 유리창을 통해 집을 들여다보는 정도인데, 그는 때때로 피사체로부터 조금 더 물러날 필요를 느끼지 못하는 것일까?

4. 이중기, 농촌과 농민시의 운명

이중기는 농민시인이다. 그는 '우루과이 라운드' 이후 해체되고 초토화된 농촌현실의 한가운데서 농민들의 절박한 신음을 대변한다. 근대화과정에서 농촌사회는 끊임없이 해체되고 붕괴되어 왔다. 결코 달갑지 않은 호당 농가 부채와 같은 것을 뺀다면, 농촌 사회의 현실을 가리키는 모든 지표는 모두 하강곡선만 그리고 있다. 근대농민사의 첫 분수령이 저 악명 높은 동척의 토지조사사업이었다면 우루과이 협정은 빈사상태의 한국농업을 파탄시키고 사망을 확인한 사건이다. 앞으로 농촌은 더 이상 농민이 살아갈 수 있는 공간이 아닐 것이다. 물론 농사짓는 사람은 있겠지만, 기업형으로 영농하는 극소수의 농업자본가와 그들에게 고용되어 몸을 파는 농업노동자들일 것이다. 농촌은 이제 자본이 직접 지배하는 공간으로 전화하고 삶의 방식도 그에 맞게 변화할 것이다. 농경시대 농촌의 삶은 기억의 저편으로 아득히 사라지고, 자본의 간접지배하에 있었던 시절마저 추억으로 남게 될지도 모른다. 그만큼 현재 농촌이 맞고 있는 위기는 충격적이고 본질적인 것이다. 농민이 사라질지도 모르는 위기의 시간과 공간을 싸안고 있는 것이 이중기의 『밥상 위의 안부』이다. 그는 '바깥을 모르는' 자본주의운동이 농촌을 '접수하는'(그의 시적 표현으로는 '융단폭격하는') 가장 공교로운 시기에 농민이 되었고 또 농민시를 쓰고 있는 것이다. 어쩌면 그는 마지막 농민시인이 될지도 모른다. 농민이 없는 곳에 하물며 농민문학이 살아남을 수 있겠는가? 쌀 수입 개방은 '절도 중도 다 쓰러뜨리'는 일(「통쾌한 꿈」)이며, 농민들로 하여금 '주전부리 농사로 내남없이 외통수만 노리'게 만들고 마침내 '희망은 늙은 좆처럼 시들'(「밥상 위의 안부」) 수밖에 없다는 시적 인식은 이미 현실이다. 그의 시 「고로쇠나무」에서 나타난 '고로쇠나무' 역시, 오늘의 농촌현실과 농민의 심정이다.

> 저 나무에 또아리 튼 격랑의 흔적은/악다문 잇바디로 엮은 백이숙제의/사초처럼 참혹타/떼거리로 헌혈당하는 고로쇠 가슴에/숨어우는 삭풍이며 우레소리가/휘어져 치솟다 내달리는 물결같다/사람의 일도 저와 같아서/사는 일로 억장이 무너져야 안다/초하루 보름에 기대어 우는 상주는/일년 탈상을 치르고서야 슬픔의 고요에 가 닿을 수 있다/마음의 독을 한 칸 더 올려/고생고생하며 밀봉된 봄 쪽으로/고장난 고로쇠 가슴에 까치 독사가 또아리 튼다
> ─「고로쇠나무」 전문

해마다 거듭되는 수액 채취로 깊은 상처를 입는 고로쇠나무의 수피가 아무는 모습은 '사는 일로 억장이 무너지는' 농민의 모습이다. '일년 탈상을 치르고서야 슬픔의 고요에 가닿았지만 기쁨은 발견될 수 없다. 단물을 빼앗기고 상처 입은 고로쇠나무는 '독을 한 칸 더 올리'고 절망과 맞서려 하지만 봄은 '밀봉' 되어 있으며 가슴은 아물기 힘든 상처로 이미 '고장'나 있다. 이 상처 위에 '까치 독사'가 또아리를 틀고 있는데, 이는 농민의 삶을 치명적으로 위협하는 또 다른 위기일 것이다. 그의 시 도처에서 드러나는 비장의 정서는 오늘의 농촌현실은 최소한의 희망도 그 숱한 대안마저도 이 대목에서는 운위하기 힘든 상태라는 것을 말하는 것이다. 그래서 농촌의 해는 노을도 없이 '우지끈'

(「너무 짧은 생」) 떨어져 버리는 것이리라.

이중기의 「늙은 집」은 30년대 리얼리즘 시의 전범으로 평가되는 이용악의 「낡은 집」을 방불케 한다. 물론 이 작품에 「낡은 집」에서처럼 다중화자나 서사적 기법이 차용된 것은 아니다. 소재가 환기하는 진폭에 있어서도 차이가 있다. 「낡은 집」의 의미망이 일제강점기의 이농 현장은 물론 식민지 현실 전체로 파급되는 것임에 비해, 이 작품에서의 쓰러져 가는 농가는 오늘의 농촌현실과 그것을 감내하는 농민의 모습으로 집약되며 그것은 다시 시인의 다짐으로 전이되는 양상을 보이고 있다.

> 대저 삶이란 저 집의 격이다
> 파산선고자가 이차저차로 두고 간
> 집은 외로워서 야성적으로 늙었다
> 아직노 세상에서 기다릴게 남았나
> 짬짬이 여닫히는 정지문의 암시에
> 사냥술을 연마하는 고양이만 주의 깊다
> 깜냥에 격은 남아 삐뚜름해도
> 떠받치는 기둥의 힘이 완강하다
> 천지간을 잇는 거룩한 침묵의 힘,
> 악다물고 한사코 팽팽하게 견디며
> 끔찍한 제 생을 생략하지 못한다.
> 소갈머리도 없이 오래 많이 고달파라
> 언젠가 내몫이 있다면
> 저 집의 격에서 율을 뜨는 일이다.

—「늙은 집」 전문

농촌현실의 형상인 '늙은 집'에서 시인이 '완강한 기둥의 힘'이나 '침묵의 힘'을 발견하였다고 하지만, 차라리 그 '팽팽한' 긴장은 오히려 미구에 닥칠 급작스런 붕괴를 암시하고 있는 것처럼 들린다. '기다릴 게 남아' 있지 않은 집이기 때문이다. 오직 긴장과 몰락을 증언하고 노래하는 시인의 몫이 남아 있을 뿐이다.

이 절망적 상황을 견디는 방식 가운데 하나가 들풀의 수사에 의존하는 것이다. 일찍이 김수영의 「풀」이라든가 이성부의 「벼」에 표현된 바 있는 식물적 생명력 혹은 야성이 그것이다. 이중기의 「쇠비름풀」이 거기에 해당할 터이다.

중복 무렵 콩밭머리 청석바우에
쇠비름 한아름 뽑아 던져 두었다//
한이레쯤 지나 물꼬보러 가다
청석바우에 무심코 눈길 주는데//
어따, 몸살 한번 독하게 앓았네
이제 슬슬 내려가볼까 //
쇠비름이란 놈 청석바우에 뿌리박고
몸 한 번 휘청 흔들어 본다//
바짝 타들어가는 가뭄에도
물한동이쯤은 품고 있다는//
쇠비름이란 놈 삶의 형식이 이마를 친다
쭈그러진 내 남근이 화들짝 놀란다.

— 「쇠비름풀」 전문

쇠비름은 농민들에게 가장 성가신 기음 중의 하나이다. 쇠비름은 뿌리가 잘리건 줄기가 잘리건 불태워지지만 않는다면 다시 살아나는 가장 강인한 잡풀이다. 이 끈질긴 소생 능력에 감염되어(?) 위축되었던 본능이 꿈틀거린다. 그러나 그것은 잠깐 동안일 것이다. 시인이 이미 밝혔듯이 그 충동은 쇠비름풀의 삶으로부터 유추된 한갓 '형식'에 지나지 않으니까? '화들짝 놀란 남근'은 다시 '쭈그러'질 것이고 농민들은 희망도 없이 쇠비름풀과의 끝도 없는 싸움을 계속해야 한다. 이중기의 걸죽한 육담과 해학은 「밥상 위의 안부」에 가득한 절망적 정서를 간신히 완충시켜 주는 역할을 한다. 물꼬 싸움을 해학적으로 다룬 작품인 「上口/下口」, '탱탱하게' 피어나는 파꽃을 바라보며 일순간이나마 회복되는 노인의 성욕을 다룬 「참 환한 세상」, 풍자적인 만담 「암캐잡은 셈치다」, 오랜만에 만난 부부의 방사를 다룬 「옛날의 영화」 등이 대표적이다. 아득한 옛날 들판에서 행하는 인간의 건강한 성은 농업 생산을 촉진하는 의식이기도 했다. 감염주술의식의 목표인 농업 생산이 농민의 삶을 풍요롭게 하지 못하듯이, 성욕 역시 과거의 추억이거나 일순간에 그치는 것이어서 대부분 서글픔이 배어있다. 농촌현실에 대한 시인의 정서가 해학에까지 침윤되어 있음을 말하는 것이다.

이중기의 시적 진술이 환기하는 정서는 다채롭다. 분노와 인고의 저편에 풍자와 해학이 있다. 『밥상 위의 안부』에서 그는 농촌사회의 일상적 언어에 묻어 있는 농민의 감성들을 떼낼 정도로 섬세함을 보여주기도 하지만 둔탁한 절규에 경사되기도 한다. 그런데 「한국농업 略史」와 같은 데서 보이듯 농촌현실의 대유로서 '절과 중'을 거듭해서 선택하는 시적 전술은 그리 성공적이지 않아 보인다는 점이다. 시상을 분산시키거나 오독의 가능성만 높아진다. 농민시는 농민의 말투와 농민의 가락을 빼닮아야 한다. 단순한 듯 하나 거기에는 은근하고 구수한 여운이 머물고, 예사로운 표현 속에 한과 분노를 응축시키는 것이다. 그것은 의도적으로 장치한 트릭과는 다른 깊이와 울림을 갖는 것이다.

『밥상 위의 안부』의 도처에서 우리는 죽음의식을 발견한다. 「너무 짧은 생」, 「죽음의 기별이 닿은 마을」, 「정뿌뜰 평전」, 「젊은 죽음은 외설이다」 등의 작품이 그것인데, 이는 이중기의 선택이 아니라 농촌의 운명과 농민의 현실이다. 농촌사회는 이농으로 텅 비어 있고, 이제 노동력마저 생산하지 못하는 지경으로 치닫고 있다. 그리고 이른바 '상업 영농'의 결과로 늘어난 농가 부채로 고통받고 있는데, 이것은 농민들이 안고 살아온 자연 재해의 위험성에다 파산의 위험이 추가된 것이다. 이제 농촌은 도시만큼 (아니 도시보다 더) 위험한 사회가 된 것이다. 이중기의 시에서 발견되는 죽음의식은 그가 위기의 농촌현실 한가운데 위치한다는 것을 말한다. 이러한 위치는 자칫 시적 위기로 이어질 공산이 크다. 여기서 시적 위기란 현실과 분리된 표현의 위기만을 가리키는 것은 아니다. 시적 진실 속에는 현실의 모순을 돌파하는 지혜도 담겨 있기 때문이다. 오늘의 농촌문제는 결코 농촌문제 그 자체로 해결되지 않는다. 농민들의 운명이 신자유주의의 파고와 맞서 있는 도시 노동자의 운명과 다름없다는 것, 이것이 농민의 절망이긴 하나 희망의 단초가 될 수도 있다는 인식으로 나아가야 하지 않을까? 즉 자본운동은 농촌사회를 초토화시키고 있지만, 한편으로는 생산의 방식이 달랐던 과거의 노동연대와는 질적으로 다른 새로운 연대의 공간을 형성시키기도 한다는 것이다. 이중기의 시적 관심이 이 연대의 경계선으로 나아갈 때, 그의 시에 새로운 정서가 움틀 것이다. 경계선을 포착하기 위해서 이중기는 대상으로부터 한발 물러나야 할 것이다. 다만 이 후퇴는 피사체와 배경의 경계를 확보하기 위한 것이지, 배경중심의 풍경 사진을 얻고자 하는 것이 아니며, 피사체 자체를 불투명하게 만드는 결과를 얻고자 하는 것은 더더욱 아닐 것이다.

집에 대한 그리움과 낯설음

— 고명의 『지상이라는 이름의 정거장』(포엠토피아, 2001)

1. 집의 재조명

고명은 첫 시집 『붉은 어깨 도요새』(시와 시학사, 1998)에서 삶의 뿌리에 대한 그리움이라든가 실직자문제와 같은 여러 현실적 삶의 현장에 대한 관심을 보여준 바 있다. 제2시집 『지상이라는 이름의 정거장』에서 그는 집과 자아의 관계를 집중적으로 탐색하고 있다. '집 이미지 연구'로 학위 논문을 제출한 필자 역시, 비슷한 시기에 비슷한 주제를 싸안고 있었다는 이유로 해설자가 되어, 시인의 품을 갓 떠난 싱싱한 시편들을 읽게 되는 망외의 행운을 누리게 되었다.

집은 그 자체로 거대하고 복잡한 주제이다. 그래서 대부분의 시인들은 적어도 두세 편의 집에 대한 작품 목록을 가지고 있다. 물론 고명처럼 시집 전체를 오직 '집'에 대한 사색만으로 교직(交織)한 경우는 흔치 않다. 집은 그럴만한 가치가 있는 대상이다. 집은 무수한 소재들 중의 하나가 아니라, 인간의 삶을 숙명적으로 감싸고 있는 공간이나 영역들인 동시에 꿈과 세계관의 다른 이름이기 때문이다. 집은 동심원을 그리며 퍼져 나가는 호수의 파문과도 같이 그 가운데 있는 자아의 삶을 좁게 혹은 넓게 감싸고 있다. 나의 삶을 중심으로 한 파문이 호수 전체로 퍼져 나가듯이 타자의 삶도 파문을 그리며 나의 파문과 중첩된다. 그 불가피한 중첩 속에서 삶의 물결은 높고 낮은 이랑을 형성한다. 그런 의미에서 고명의 두 번째 시집은 삶의 호수에서 일어나는 파문에 대한 관찰 보고서라 할 수 있겠다.

2. 집의 풍경

그가 지향하는 집은, 모든 인간들이 희망하듯이 우선 안식의 공간으로 설정되어 있다. 집은 모든 생명체의 출발점이며 회귀점이기 때문일 것이다. 그러한 인식은 「뻘밭에서」를 통해 드러나고 있다. 집으로 표상된 가정이 '무정한 세계의 안식처'임을 제시하고 있는 작품이다.

> 신통도 해라 어떻게 지 구녁 제 아궁인줄 알고(…중략…) 진구렁 쐐기밭 악
> 악 뒹굴다가 온종일 채이다가 제 구멍 속으로 쏘옥쏘옥 용케 기어드는구나//
> 고만고만 게딱지 굴딱지 아파트 창구멍마다 저녁처럼 따뜻하게 제 몫의 불
> 밝히고 한 상에 모닥모닥 둘러앉는구나/비실배실 게걸음 삽짝 뒤에 감추고
> 아비라는 이름으로 에미라는 이름으로 세상의 모든 저녁을 품어 등불하나 내
> 어다는구나
>
> ―「뻘밭에서」 부분

이 작품은 두 컷의 사진으로 이루어져 있다. 한 장면은 적자생존을 위한 싸움을 마치고 제 구멍을 찾는 뻘밭의 게를 포착한 것이고 다른 한 장면은 저녁이면 등불을 켜고 갈등과 오욕의 고단한 일과를 마치고 휴식을 얻으려는 가족들이 모여드는 가정의 모습이다. 이러한 광경은 이 세상 어디에나 있음직한 그만그만한 풍경들이다. 이 시에서 화자는

사람의 집과 뻘밭에 뒹구는 게의 집이 무엇이 다르냐는 질문을 하고
또 그 대답을 하고 있는 셈이다. 그에 대한 답변은 시어에 배어 있는
뉘앙스의 이중성에서 찾을 수 있다. 이 시에 빈번히 나타나는 '힐끔헬
끔', '비실배실'과 같은 첩어는 풍자적이며 동시에 해학적이기도 하
다. 둘 다 웃음을 유발하지만 그 동기는 판이하다. 풍자는 대상의 비판
이고 해학은 긍정이다. 풍자적 어조의 동기는 결국 인간의 일상적 삶
도 '동물의 왕국'에서 그리 멀지 않은 곳에 있음을 일깨우려는 의도에
서 찾아야 할 것이다. 그 하찮은 일상에 대한 연민과 긍정이 해학의 어
조를 낳게 한다. 이러한 긍정의 정서는 풍자로 인한 인간의 '자존'이
훼손된 뒤에 생겨난 것이다. '세상의 모든 저녁을 품어 등불을 내어 다
는' 행위는 다시 인간적 삶에 대한 연민이자 지극한 긍정이 된다. 그래
서 집은 '게딱지'건 '굴딱지'건 '아파트 창구멍'이건 포기될 수 없는
공간인 것이다. 왜냐하면 '지붕 없는 집'에서의 '가난한 사랑'(「까치사
랑」)도 집을 매개로 이루어지는 것이기 때문이다.

 집은 자아의 분신, 혹은 새로운 세대를 생산하고 양육하는 공간이
다. 개체로서 유한성을 면치 못하는 인간은 가족을 통해 영생을 얻으
려 하는지 모른다. 그래서 생물학자들은 혈육간의 사랑을 그러한 동질
유전자의 보존이라는 측면에서 보며, 사회학에서는 그러한 가족주의
가 진정한 시민사회나 공공영역 형성의 장애요인 중 하나로 보는 것이
다. 그러나 가족을 전제로 하지 않은 사회나 국가를 상상할 수 없는 형
편에서 사회와 가족이 공존하는 방도를 모색하는 것이 현실적이리라.

 「밥과 집」과 같은 작품은 부모와 자식의 관계에서 밥의 의미가 무엇
인지를 다룬 작품이다.

> 사랑이 밥인가
> 밥이 사랑인가
> 거미줄집에 매달려

어미거미는 기꺼이
새끼거미의 겨울 양식이 된다

— 「밥과 집」 전문

사랑이 곧 밥이라거나 밥이 곧 사랑이라 할 수 없지만, 어미거미의
삶은 온통 새끼의 밥을 위해 소모되고 마침내 육신마저 새끼의 밥으로
내주고 자신은 사라진다. 모성본능이라고 부르는 이 사랑의 형태는 무
조건적이다. '모성애'는 '내 뒤에 남은 나'를 위한 것일 수 있지만 불
가피하게 '현재적 나' 즉 주로 여성의 희생을 전제로 하기 때문에 급진
적 페미니즘의 비판대상이 된다. '사랑과 밥'의 관계를 묻는 것은 바로
가족의 본질에 대한 질문이 되기 때문이다. 이러한 주제의식은 「生家」
에서도 선명히 나타나 있다. 제1연의 '갈비뼈 다 드러난 흙바람 벽'과
'우려먹은 사골 뼈처럼 구멍 숭숭한 대들보'로 표현된 폐허의 집은 바
로 엑스레이 필름에 감광된 '어머니의 굽은 등뼈'이다. 「엄마의 집」,
「강남별곡」, 「TV동물의 왕국」, 「감꽃 아기」 등과 같은 작품도 그 변주
들이다.

집은 육신과 영혼의 거처이다. 그 거처에 대한 지향은 과거 쪽으로
열려 있다. 과거의 집인 고향이나 자궁 혹은 대지에 대한 회귀의식으
로 나타나는데, 「파란 대문이 있는 집의 풍경」이 바로 사라진 집에 대
한 그리움을 담아 노래하고 있다.

새마을 노래가 울려퍼지며
우리 집 낡은 서까래에도 슬레이트가 얹혀졌다
(…중략…)
그날부터 떠나기 시작했다 어디론가
그리운 것들이 멀어져 갔다

— 「파란 대문이 있는 집의 풍경」 부분

1960~1970년대는 주거사의 분기점이기도 하다. '초가 지붕을 없애는 것'으로 표현된 이른바 '지붕개량사업'은 농촌의 외관뿐 아니라 가옥구조와 생활양식의 변화로 파급되었다. '새파란 대문을 달아거는' 행위는 농촌공동체의 질적 변화이고, '호마이카 벽시계와 파마머리'는 전통적 생활양식의 보루였던 농촌사회마저 자본주의적 소비의 영토내부로 편입됨을 의미하는 것이다. '아버지가 쿨룩쿨룩 해숫병을 토해내며, 먼 길을 떠나는' 것은 육친의 죽음뿐 아니라 전통적 삶의 상실과 관련되는 것이리라. 이곳저곳에 복원된 민속촌이나 밀랍인형들이 그 도저한 향수를 위무할 수 있을까? 초가지붕이 사라지면서 그 가난한 지붕아래 살아가던 사람들의 삶의 방식과 심성들도 함께 사라져 버렸고 그것은 쉽사리 복원될 수 없을 것이다.

그리운 것은 옛집과 삶뿐만 아니라 자아를 성장시킨 대지나 산하일 수도 있다. 「마음의 고향」은 고향의 산하에 대한 그리움을 담은 기품 있는 사향시이다.

> 무등에 노을이 내리면
>
> 중머리재 억새밭이 그대로 저녁 바다가 된다
> 바람이 불 때 마다 억새꽃들이
> 까치놀 파도를 일으키고
> 둥우리를 찾지 못한 물새들이
> 언뜻언뜻 억새바람 사이를 날으며
> 하룻밤 쉴 곳을 찾는다
>
> ─「마음의 고향」 부분

무등산 억새밭은 둥지를 잃은 물새를 품을 수 있는 넉넉한 바다이다. 그 넉넉함은 깃털 같은 억새꽃의 부드러움과 고단한 생명을 끌어안을 수 있는 부드러운 노을의 색조로 이루어져 있기 때문일 것이다.

그곳은 '둥우리를 찾지 못한 물새'의 안식처이자 물새와 같은 신세인 화자가 안기고 싶은 대지일 것이다.

그리운 장소를 떠올리는 방법 중에 가장 즉각적이고 강력한 방법은 아마도 미각이나 후각을 자극하는 심상일 것이다. 「그 집」의 제2연에서 상실한 고향에 대한 그리움을 미각으로 환기한다.

"생두부에 양념장 겨울 속배추와/풋고추 숭숭 버무린 황새기젓"은 입안 가득 군침이 고이게 할 뿐 아니라, 강력한 주문처럼 고향을 화자의 뇌리에 현현시킬 수 있기 때문이다.

3. 집짓기의 수사학

집은 인간의 꿈이다. 꿈이 없는 삶을 상상할 수 없듯이 집이 없는 삶 또한 상상하기 힘들다. 그래서 현실에서건 의식에서건 집짓기를 계속하는지 모른다. 「빛의 집」은 아버지의 집짓기를 통해 자신의 집과 집짓기를 꿈꾸는 유년기의 회상을 담은 작품이다. 「오색 딱다구리의 연가」와 같은 동요풍의 작품 역시 상상적 집짓기에 해당한다.

> 귀에 연필을 꽂고 햇빛을 톱질하시는
> 아버지, 등줄기를 쪼르르 미끄럼타는 금빛 햇살들을
> 툇마루에 걸터 앉아 구경하면서
> 어린 속으로도 아버지가 아름다워 보였던 것일까요
> 나도 이담에 크면 목수가 되려니 생각했던 것 같은데요
>
> ─「빛의 집」부분

> 너는 듣느냐 나의 신부야
> 갈참나무 봄 숲을 울려대는 초록의 정(釘)소리
> 도도도도 겨울이 지나고 미미미미 숲향기 푸르르니
> 네 어깨에도 새 힘이 초록초록 솟아나느냐

나의 가슴 양양양양 떡 벌어지고
황금부리 가가가가 날카롭고 튼튼하나니
영차영차 내가 집을 다 짓는 동안
그대는 여왕처럼 꽃단장이나 하려므나

　　　　　　　　　　　　　　　—「오색딱따구리의 연가」 부분

　이러한 집짓기의 상상은 모두 밝은 빛과 싱싱한 색채, 경쾌한 리듬
으로 이루어져 있다. 집을 짓는 일은 즐거운 상상이기 때문이다. 그러
나 난공불락의 요새나 성채는 없듯이, 집은 지어지는 만큼 허물어진
다. 「될성부른 나무에 대한 관찰」은 자아의 의지와 무관하게 끊임없이
무너지는 집을 그리고 있다.

　　다독이고 또 다독여도 허물어지기만 했다/내가 지은 집은 와르르 와르르/어
　　디선가 늘 구멍이 뚫려 하늘이/풀썩, 내려 앉으며 흙바람만 맵게 일으켰다/(…
　　중략…)/아무리 노래노래를 해도/해가 저물도록 나의 집은/자꾸 무너지기만
　　하고 비만 줄줄 새고//

　　　　　　　　　　　　　　　—「될성부른 나무에 대한 관찰」 부분

　화자는 영원한 집을 꿈꾸는 일은 늘 무위에 그침을 토로한다. 그것
은 집도 인간도 시간의 조류 속에서 흘러가고 있기 때문일 터이다. 시
간은 아무리 견고한 사물이라도 어김없이 침윤하여 균열시키고 마침
내 붕괴시키고 만다. 우리가 몸담고 사는 가옥은 말할 것도 없거니와
영혼의 거처인 사상 역시 시간의 힘을 감당하지는 못한다. 그럼에도
집짓기를 계속해야 하는 인간의 모습은 시지프스를 방불케 한다. 「달
의 집」은 위기를 맞고 있는 집을 형상화한 작품이다.

　　깨어지려 한다
　　유리접시 하나

그 여린 몸을 내던지려 한다//

(…중략…)

아파트 네모난

지붕 모서리에 그믐달이

지금 위·태·롭·다

— 「달의 집」 부분

　천상의 집과 지상의 집이 부딪히는 모습을 포착하고 있다. 화자가
지은 달의 집은 둥근 보름달이었을 것이다. 보름달은 시간의 흐름 속
에서 그믐달이 되어 마침내 위태로운 소멸의 순간을 맞이하고 있다.
달의 곡선과 아파트의 지붕의 날카로운 모서리는 각각 꿈과 현실의 은
유인 바, 양자의 대결에서 꿈은 '유리접시'처럼 부서지며 운명을 다할
것이다. 그렇다고 천상에 견고한 집을 지을 수는 없다는 것이 인간의
딜레마이다. 만약 꿈이 견고해진다면 필연적으로 그 무게를 감당하지
못하여 지상으로 추락하고 만다. 꿈의 본질은 가벼움이기 때문이다.
붕괴하는 집과 함께 비어 가는 집의 모습도 제시한다. 「ON/OFF 사이」
와 같은 작품이 여기에 해당한다.

　　"―전화기가 꺼져 있어 소리샘으로 연결합니다

　　메시지 녹음은 1번…―

　　빈 집을 울리는 초인종 소리

　　눌러야 할 시간이 지났습니다―

　　기계음이 차갑게 문을 닫는다"

— 「ON/OFF 사이」 부분

　현대의 문명은 집을 사회화하며 공허한 공간으로 만들어 간다. 이제
인간들은 집에 머물지 못한다. 대부분의 집은 비어 있으며 저녁이 되
어도 가족은 한자리에 모이지 못한다. 텅 빈 집들은 기계들이 지키고

있다. 전화의 자동응답 장치에서처럼 정체 불명의 음향이 주인을 대신하고 있다. 비정한 기계음은 화자의 '머뭇거림'을 용서하지 않고 문을 닫아 버린다. 시인은 이 작품을 통해 실체 없는 기호들 '속'에서 기호와 '함께' 살아가야 하는 현대인의 고독하고 우울한 풍속화를 그려 보이려는 것이다.

4. 집의 음화

집은 양날의 칼처럼 이중적으로 기능한다. 존재를 비호하는 동시에 감금하기도 한다. 특히 집을 노래하는 여성주체는 감금의식과 그에 대한 탈주의 욕망을 의식적으로 혹은 무의식적으로 표출하게 된다. 「노라의 명상」이나 「어느 방랑자의 고백」은 그러한 감금의식을 제시한 작품이다.

> ① '깨어질까봐 날아갈까봐
>   행여 피 흘릴가봐
>   라고 말하는군요
>   '사랑해서'
>   라고는 하지 않고
>
>   생각해보세요
>   안경집이 안경의 집인지
>   칼집이 칼의 집인지
>   말예요 또 새장이,
>   나의 집인지
>
> ─「노라의 명상」 전문
>
> ② 문이 없으면
>   있어도 열 수 없다면

(…중략…)

집이 아니다.

—「어느 방랑자의 고백」부분

①의 화자는 노라이다. 노라는 일체의 집들이 감금의 공간임을 항의하고 있다. 안경집은 안경의 감옥이고 칼집은 칼의 감옥이라는 것이다. 안경과 칼이 '집' 속에 있는 한 기능할 수 없다. 그런 의미에서 새장 속의 새도 더 이상 새일 수 없다는 것. 새는 자유와 해방의 기호이기 때문이다. 한 세기 전 노라의 항변이 아직도 유효하다는 것은 집의 어떤 요소가 시간의 흐름을 견디고 있음을 말하는 것이다. 그런데 새장 대신 '사랑'이라고 하는 관념을 도입하는 것만으로는 사태의 본질은 크게 변하지 않을 것 같다는 데에 집이 가진 문제의 심각성이 있다. 왜냐면 '소유'를 사랑으로 여기는 경우라면 결과는 마찬가지가 되고 말 것이기 때문이다. 화자의 문제 설정은 이 지점에서 한 발 더 전진해야 할 듯하다.

② 문은 고임을 방지하고 '흐르게' 하는 집의 중요한 구성부분이다. 문은 우리 몸의 날름막처럼 흐름과 단절을 조절하는 기능을 맡아야 한다. 집은 문을 통하여 에너지를 소통시키고 자아와 타자의 교통을 가능하게 하는 매개 공간이다. '문이 없거나, 있어도 열 수 없는 공간'은 관 속이나 무덤, 혹은 감옥이 되고 마는 것이다. 이 작품에서 방랑자는 문 없는 집에 절망한 자로서 자유혼의 표상인 셈이다.

「집으로 가는 길」이나 「어느 흐린 날의 공중전화」는 이러한 유폐의식에 사로잡힌 자아의 내면풍경을 보여준다.

> ① 집으로 가는 길 마지막 코스엔 엘리베이터가 있고 거울이 있고 거울 속의 여자가 있고 허들 경주의 마지막 장애물처럼, 낯설고 두려운 나, 내가 있다.

—「집으로 가는 길」부분

② 댁으로 전화하시라고 말씀드릴까요? '아, 아니에요, 지금 나와 있어요'
하다가//깜짝 놀란다 (나는 언제부터 가출중이던가?)
— 「어느 흐린 날의 공중전화」 부분

①에서, 집이라는 대상에 대한 낯설음은 주체에 대한 소외감으로 바
뀌어 있음을 볼 수 있다. 즉 집을 향하는 화자로 하여금 스스로 낯설고
두려운 존재로 느끼게 하고 있는 것이다. ②에서 전화 응답자의 질문
은 '아내는 집 안에 있는 여자'라는 통념을 전제로 하고 있다. 화자가
놀란 이유는 자신의 내면에 숨겨진 탈출 욕망과 스스로 감금의식의 포
로가 되어 있음을 은연중에 발견하였기 때문일 것이다. 이러한 감금의
식에서 비롯된 해방의 욕망은 고명의 첫 시집에 수록된 「앉은뱅이의
노래」에서 성공적으로 그려진 바 있다.

보내다오, 내 발목을 풀어다오
저 황사바람 속으로 나를
멀리멀리 내좇아다오

전족당한 몽당발
뒤뚱거리면서라도
바람에 바람에 살뼈 부비고 싶다
— 「앉은뱅이의 노래」 부분

이 작품은 분재를 소재로 삼아 박제화된 삶을 거부하고 '바람'으로
표상된 자연과 자유의 공간, 열린 대지에서의 삶을 요구하고 있다. 분
재는 삶의 터전인 대지로부터 뿌리 뽑혀 성장을 억제 당하며 살아가는
불구의 삶이자 소외된 자연이다. 여러모로 분재와 닮은꼴로 살아가는
현대인들이 분재를 선호하는 것은 참으로 흥미로운 대목이다. 자본주
의적 분업 구조는 노동의 과정을 분절하여 점차 단순노동자로 전락시

켜 노동의 보람을 앗아가는가 하면, 인간과 인간의 소통을 차단하여 고독한 존재로 만든다. 뿐만 아니라 도시적 삶은 자연 착취를 가속화 하고 자연과 인간의 관계를 단절시키고 있다. 도시의 가족 역시 사회 와 분리된 섬처럼 떠 있으며 가족구조 내에서의 분업은 여성을 폐쇄된 집의 '내부'에 배치시킨다. 이러한 폐쇄와 단절을 열어젖히고 소통시 키고 싶다는 화자의 소망이 '바람에 살과 뼈를 부비고 싶다'는 구절을 낳았다.

5. 고명이 선 자리

고명의 이번 작업은 존재의 거처인 집의 의미를 거듭해서 캐묻고 있 다는 점에서 시인 자신에게나 독자들에게나 의미 있는 일이다. 특히 그의 시 「어느 방랑자의 고백」에서 '하늘 아래 다 나의 집이고, 세상 어느 곳도 나의 집이 아니'라고 한 구절은 거듭 음미할 필요가 있다. 이 역설 속에는 집과 공간, 나아가 세계에 대한 편견을 넘어설 수 있는 단초가 숨어 있다. 집은 그저 비어 있는 곳도 아니고, 늘 안식을 얻을 수 있는 평화의 영토만도 아니며, 그리고 집은 '땅뺏기'에서 금 긋듯 분리된 영역도 아니라는 것. 나만의 장소도 또 너만의 장소일 수도 없 다는 것. 집은 언제나 '너와 나의 공간', 다시 말해 자아와 타자가 공존 하며 맞부딪치는 모순의 영역임을 재확인하는 것이다. 이러한 인식은 '나'라고 하는 또 하나의 '집'에도 적용할 수 있을 것이다. 즉 나의 내 부에 있는 낯선 존재까지 인정하고 '대면하고' 공존할 수 있을 때, 비 로소 열린 집, 열린 자아가 가능하다. 이와 관련하여 만해가 '세상 어 디메나 고향[男兒到處是故鄕]'이라고 하며, 고향과 집, 그리고 자아에 대 한 드넓고 깊은 인식의 경지를 보여준 것을 상기할 필요가 있다.

고명이 세상과 사물을 바라보는 시선은 따뜻하고 애틋한 것이다. 그런데 이 소박한 인간애는 분명한 미덕임에도 불구하고 그 지점으로부터 한 발을 더 내디뎌야 할 것이다. 시적인식의 전진은 사물과 언어는 물론, '상식적' 감정을 뒤집고 그것을 넘어서는 '모진' 싸움 속에서 이루어지기 때문이다. 이는 동심의 세계로 '타락한 현실'을 대조할 수 있으나, 즉흥성과 피상성으로 인해 현실의 깊은 곳을 직시할 수 없는 것과 마찬가지이다. 독자들은 일상 속에서 자신의 주변을 끊임없이 스쳐지나가는 사물과 감정, 그리고 기호의 정체에 대해 시인들이 해독(decoding)해 줄 것을 기대한다. 그 방법은 교사들의 설명이나, 성직자의 설교와도 달라야 하며, 정치가들의 선언도 역사가들의 연대기도 아닌, 육화된 감각물로 제시해 줄 것을 요구한다. 이것이 시인된 자의 천형과도 같은 의무이자 축복임을 고명은 이미 수락하였으니, 오래 잉태하여 이번에 낳은 '집의 소생들'을 거듭 축복하고, 다음 도정을 무한히 기대한다.

유년 회상과 소외의 시학

— 박정만의 『어느덧 서쪽』(문학세계사, 1988)

1

　문예작품을 작가와 세계의 대화과정에서 생산되는 것으로 파악하고, 독서행위를 독자와 작품 사이에서 이루어지는 또 다른 대화과정이라고 인식하는 태도는 의미 있는 일이 될 것이다. 일반적으로 대화는 둘 혹은 그 이상의 대화 주체들이 상호인식을 확대해 나가는 소통양식이다. 그런데 시 읽기라는 독서행위는 꽤나 까다로운 법도가 요구되는 대화양식 중의 하나이다. 그것은 시 작품이라고 하는 문예양식의 특성에서 기인하는 것인 바, 일상적인 언어를 통한 대화 자체를 완강히 거부하려 들기 때문이다. 이 점을 염두에 두지 않은 시 작품과의 대화는 종종 무위로 끝나게 마련이다.

　어떤 독자건 나름대로의 비평 규준을 가지고 있으며 또 그럴 권리가 있는 것이다. 언어구사의 명료성이나 음악성으로부터 시를 보는 사람이 있는가 하면, 수사 기법을 살피며 시를 파악하는 독자도 있다. 한편 메시지의 교양 가치에 질문을 던지는 독자들도 있으며, 작품의 역사적 맥락을 강조하는 독자들도 있을 것이다. 그 가운데 어느 하나를 특화하자는 것은 아니다. 각각의 규준들은 전체적인 대화과정의 유기적인 부분으로 적절히 배치되어야 할 성질이기 때문이다. 그중 어느 하나만을 고집하게 될 때, 작품이 내포하고 있는 섬세하고 모호한 인상, 시인이 직관적으로 포착한 이미지, 개인적이지만 더없이 진솔한 몽상 따위들은 대부분 놓쳐 버리고 결국 대화는 공허해지기 일쑤다. 이러고 보면 시 읽기야말로 가장 까다로운 대화인 동시에 은밀한 즐거움을 맛볼 수 있는 대화인 셈이다.

2

이 시집에 묶여져 있는 박정만의 작품들이 지니고 있는 공통분모는 '삶의 고적감', 그리고 순진무구했던 시공(時空)을 향한 간단 없는 향수이다. 화자가 동경하는 세계는 유년체험의 공간이며 그 시간대는 으레 과거로 향해 열려져 있다는 사실을 주목하고 싶다. 그로 인하여 시의 화자는 불투명한 형상으로 제시되며, 그 음성은 한껏 가라앉아 있음을 발견하게 된다. 또한 이러한 시간 편향은 형상 자체의 추상화 현상, 시적 긴장감의 이완현상과 밀접한 관련을 지니고 있는 것으로 짐작된다.

이러한 전체를 앞세우는 일이 그의 다양한 작품 세계를 이해하는 데 장애물이 되어서는 곤란하다. 다만 그것은 시집 『어느덧 서쪽』에 드러난 시 정신의 풍향을 예비적으로 검침한 것에 불과하며 구체적인 작품들과의 만남 속에서 새롭게 검증되거나 수정되어야 할 내용에 불과한 것이다.

「몇 벌 잠을 더 자야지」, 「섬진강 생각」, 「언제 어느때」, 「영원이라면」, 「그날의 눈물」, 「제금을 날 때」, 「흐르는 산불」, 「稚戲」 등등의 작품들 주조음은 대체로 위에서 제시한 시적 정서의 범주에서 크게 벗어나지 않는 작품들이다. 그 가운데서 「섬진강 생각」은 유년 회상의 전형적인 예라 하겠다.

이제 섬진강에다 돌던지기 시합이나 해볼까.
제석천 푸른 물은 아직도 갈 길이 먼데
빠른 물결 부서지는 소리는 어인 일이며
금강경 소나기로 내리는 일은 또 무슨 일인가.
(…중략…)
뜻없는 남풍 높이 불고 기러기 울 때
미닫이 사이로 보이는 달빛 아니면
섬진강 둘레의 그 근처 어디쯤
은어떼 바가지로 쏟아지던
산어름 기울 때의 그 눈시린 꿈이나 꿀까.

내 남색 조끼 걸쳐 입고 섬진강 나루 건널 때
어른들은 한 모금의 모주로
앞뒤 강산 얘기하며 강마을 터수도 하며
뭐라고, 뭐라고, 뭐라고, 꽃잎도 보며
찬서리 오두막집 불빛도 이야기했네.

지금은 남의 나라 꿈속의 魂불이지만
50년대 그 섬진강의 억새풀만 우거진 나루터에선
두루마기 입은 어른의 큰 말씀으로
두런두런 그런 말씀 했던 것이고,
조각배 밀려오는 저물녘이면
나 그 목청 한 자루 그대에게 바칠 참이네.

뭣보다 아직은 내 귀청이 있기 때문에.

—「섬진강 생각」 부분

시의 첫머리에 제시된 '돌던지기 시합'은 무엇인가? 그것은 화자 자

신의 독백인 동시에 독자들에게는 화자와 함께 시간여행을 시작하자
는 은밀한 유혹에 다름 아니다. 그로부터 유혹은 점차 은밀해지기 시
작한다. '강이나 바라다볼까—잦은몰이 한가락에 담아나 볼까'와 같은
망설임의 과정을 거쳐 마침내 '산어름 기울 때의 그 눈시린 꿈이나 꿀
까'를 고비로 하여 화자는 유년기의 추억을 더듬게 된다.

그러나 그 세계는 우리가 기대하고 있던 신화나 전설의 세계는 아니
다. 그렇다고 역사적 현장도 구체적 삶의 터전도 아니다. 거기에는 '남
색 조끼 걸쳐 입은' 소년과 '두루마기 입은 어른'이 등장하고, '오두막
집', '억새풀 우거진 나루터'와 같은 배경이 제시되지만 파편화한 이미
지의 그림자에 지나지 않는다. 실망에 찬 동반자에게 화자가 자신은
'귀청이 있기 때문에' 그 모든 얘기를 들을 수 있다고 혼잣말처럼 속삭
이면서 내밀한 시간여행이 끝난다. 이제 유혹에서 벗어난 동반자의 의
문이 꼬리를 물고 제기된다. 그는 왜 시간여행에 빠져 있을까? 그의 시
간여행은 언제나 과거로만 향하고 있을까? 그의 과거는 왜 온전히 보
전되어 있지 못할까? 등등이 그것이다.

6행시 「마지막 한 판」은 위와 같은 동반자의 의문을 해소하는 한 단
서가 될지도 모른다.

사는 일 마지막 한 판만 겨뤄 보자고
산마루 하늘 속에 눈을 박았다.
저 막다른 하늘길의 푸르른 잔별,
거짓말로 꼬시며 나를 부르고
난 아낌없이 그곳에다 나를 던졌다.
이래서 마지막 한 판은 나의 판정패.

—「마지막 한 판」 전문

여기에서 드러나는 것은 삶 그 자체에 대한 깊은 불신감과 좌절감이

다. 그것은 흔히 이데아의 표상으로 여겨져 온 '하늘'이나 '별'과 같은 이미지가 여기에서는 철저한 불신의 대상에 불과하다. 즉 '하늘'과 '별'은 부도덕하게도 '나를 꼬시며 부른' 표상이었으며, 결국 '나'는 패배했다는 것이다. 물론 혹자는 화자의 턱없는 순진함을 질책하거나 드높은 승부사의 정신을 화자에게 요구할지도 모른다. 그러나 세심한 독자들은 이 시의 화자가 자신의 패배를 조금도 인정하지 않으려 드는 태도를 주의 깊게 바라보아야 한다. 실제로 이 작품에는 패배했음에도 패배를 인정치 않으려는 역설, 그리고 삶과 현실에 대한 좌절과 환멸의 정서가 착잡하게 뒤엉켜 있다. 이러한 정서는 삶에 대한 철저한 멸시의 태도로 나타나든가 아니면 그것으로부터의 일탈적인 태도를 보여줄 수밖에 없는 것이다. 「섬진강 생각」 계열의 작품이 후자의 정서적 반응에 대응된다면, 다음의 「애꾸눈의 잡놈들」과 같은 작품들은 전자에 대응된다.

> 이 세상엔 애꾸눈의 잡놈들 흔해빠져서
> 한눈 팔고 살기도 힘들어졌고
> 짝귀 달린 좁쌀들 너무 흔해서
> 바른말 하기도 무척이나 힘들어졌네.
> (…하략…)

> ─「애꾸눈의 잡놈들」 부분

'애꾸눈의 잡놈들'과 '짝귀 달린 좁쌀들'로 가득 찬 현실은 순결한 영혼이 발 디딜 장소가 애당초 못 되는 것이다. 철저한 염세주의자가 되는 것만이 그의 훼손된 정신을 위무받을 수 있을 뿐이다. 그것을 달리 말하자면 '세계' 즉 삶의 현장으로부터의 소외인 것이다.

소외란 보편적 성격의 상실을 의미한다. 또한 소외는 존재와 그의 세계(삶의 지반)와의 화해할 수 없는 괴리현상이기도 하다. 소외의 진행에 따라 존재는 세계와의 고립감이 심화되고 최종적으로는 자아 전체의 분열에까지 이른다.

박정만의 작품들에서 흔히 발견되는 '현재와 현실의 동공화 현상(과거편향과 유년회상)'과 '이미지의 파편화 현상'은 세계로부터의 고립, 그리고 자기소외로 인한 분열된 인식과 깊은 관련을 맺고 있는 것으로 판단되며, 이는 궁극적으로 삶에 대한 뿌리 깊은 배반감 혹은 상실감에 근거하는 것이리라.

그러나 유년회상이 정서적 안정을 언제까지고 보장해 주는 위무책이 될 수는 없다. 왜냐면 소외의 정서는 부지불식 간에 과거의 시공간대에까지 투영되어 버리기 때문이다.

> 저 고구마 순 길어나던 때의
> 쇠비름풀 순마다 마른 땅에 뿌리내리고
> 억척으로 일어서던 일을 기억하는가.
> 땅은 비록 척박한 땅이었지만,
>
> 어머니는 그저 고구마 밭고랑을 돋우며
> 호미질로 먼 산천 헤아려 가고
> 그때마다 앞산 선영에선 부엉이가 울었네.
> 울어도 별수없는 부엉이었지만
> (…중략…)
> 그 산 아래 할애비의 무덤이 있어
> 청솔 가지 사이로 언뜻 보이고
>
> ― 「애꾸눈의 잡놈들」 부분

비교적 평이한 가락과 생활적인 소재로 이루어진 이 작품 속에서도 좌절의 편린들이 엿보인다. '척박한 땅'과 마른 땅에 억척으로 일어서는 '쇠비름' 등은 황폐한 삶의 터전을 일구어 나가려는 '어머니'의 의지를 훼손시키고 있다. 뿐만 아니라, '부엉이'와 '앞산 선영', '할애비의 무덤' 등과 같이 죽음과 관련된 이미지들로 말미암아 작품의 분위기는 짙은 어둠과 교차된다. 이 작품의 마지막 구절 '소름끼치게 아름다운 그 해의 가을'은 바로 그러한 슬픔과 좌절의 역설적인 표현이며 비장미의 절정에 해당되는 대목이다.

3

작품 「사월과 오월 사이」는 이제까지 살펴본 작품들과는 여러 면에서 구별된다. 이 작품은 잔잔하면서도 깊이 있는 울림과 시적 긴장감이 감지되는 작품이다. 대체 이 새로운 긴장감은 어디에서 획득된 것일까?

> 사월과 오월 사이, 사랑아,
> 봄꽃보다 찬란하게 사라져간 너를 그린다.
> 그린 듯이 그린 듯이
> 너는 라일락 꽃잎 속에 숨어서
> 라일락 꽃잎 같은 얼굴로 웃고 있지만
>
> 사월과 오월 사이, 사랑아,
> 너는 나를 그리며 더 큰 웃음을 웃고 있지만
> 네가 던진 함성도 돌멩이도 꿈 밖에 지고
> 모호한 안개, 모호한 슬픔 속으로
> 저 첫새벽의 단꿈도 사라지는 것을,
> 사라지는 것은 언제나 사라진다.
> 사월과 오월 사이, 사랑아,
> 세월의 앙금처럼 가라앉아
> 그것이 거대한 나무의 뿌리가 되고
> 그 뿌리 속에 묻어둔 불씨가 되는 너를 그린다.

그린 듯이 그린 듯이
너는 라일락 꽃잎 속에 숨어서
라일락 꽃잎 같은 얼굴로 웃고 있지만
파아란 보랏빛 얼굴로 웃고 있지만.

— 「사월과 오월 사이」 전문

　무엇보다 이 작품 속에는 상호 모순되는 이미지들이 절묘한 대립을
이루며 통일되어 있다는 점을 지적해야 한다. 우선 '사월과 오월' 이라
는 시어는 우리의 역사적 상징어인 동시에 시적 서정적 이미지이기도
하다. 여기에서 어느 한쪽만을 강변하거나 평면적인 결합을 이야기한
다는 것은 어리석다. 즉 '네가 던진 함성과 돌멩이' 로서의 '사월과 오
월 사이' 와 '라일락 꽃잎 같은 얼굴로 웃고 있는 너' 인 또 다른 '사월
과 오월 사이' 는 상호 이질적인 것이지만 '사랑' 이라는 중심적 이미지
를 매개로 하여 통일되어 있으며, 두 이미지는 상호 상승적 효과를 자
아낸다. 또 한 쌍의 모순적 이미지는 제3연에 볼 수 있는 '소멸/재생'
의 대립적 이미지이다. '사라지는 것은 언제나 사라진다' 에서 침강·
소멸되고 있던 이미지는 마침내 '거대한 나무의 뿌리가 되고 그 뿌리
속에 묻어둔 불씨가 됨' 으로써 상승 재생의 과정으로 전환되고 있다.
이외에도 이 작품 속에서는 '슬픔과 기쁨', '좌절과 꿈' 등과 같은 대
립적 이미지들이 상호 결합하여 있음을 볼 수 있다.
　우리는 「사월과 오월 사이」에 드러나고 있는 모순된 이미지들을 시
간의 범주에서 파악해볼 때, 그것은 '과거' 와 '미래' 의 대립이라고 단
순화할 수 있겠다. 여기에서 우리는 비로소 시인에게 조언할 수 있는
기회를 맞이한 셈이다. 즉 과거와 유년체험 일변도의 정서적 편향으로
말미암은 시적 긴장감의 이완현상을 극복할 수 있는 방도가 무엇인가
를 말이다. 그것은 바로 작품 「사월과 오월 사이」를 내보이는 일이다.
　그러나 한 가지 단서를 잊지 말아야 한다. '과거' 와 '미래' 의 대립과

통일을 훌륭한 시적 긴장감으로 성취할 수 있었지만, 그 대립과 통일을 매개하는 유일무이한 고리에 해당하는 '현재'가 「사월과 오월 사이」에서조차 결여되어 있음을 말이다. 이에 대한 아포리즘적 표현이 허용된다면, "현실에서 훼손된 영혼은 현실에서 보상받아야 한다"는 것이다.

분단시대의 시인

— 이동순론

1. 대화의 시론

시를 읽는 행위만큼 즐거운 일이 어디에 있을까? 물론 시 읽기의 즐거움이 말 그대로의 즐거움만은 아니다. 서로 다른 체험주체인 시인과 독자가 만나 온갖 감정이 교차하는 가운데 소통이 이루어지면서 드러나는 대화의 즐거움이다. 그런데 우리가 이 같은 은밀한 대화가 아닌 비평이라는 글쓰기 방식을 택하고자 할 때, 애초의 즐거움은 간데없이 사라지고 마는 경우가 많다.

그 고통은 어디에서 비롯되는 것일까? 무엇보다 비평에는 섬세하고 모호한 인상과 감동, 직관적으로 포착된 이미지, 개인적이지만 더없이 진솔하기만 한 몽상 따위는 허용되지 않는다는 것이다. 그러한 것을 구체적이고 논리적인 언어로 진술하기를 요구한다. 또한 작품 속에서 이끌어낸 의미들이 파편이 아닌 삶의 총체적 구조로 환원 가능한 의미이어야 함을 요구한다. 아울러 비평은 작가 작품의 선택과정 다시 말해 작품 감별의 준거, 나아가 가치평가의 척도까지 논리적으로 해명해

줄 것을 요구하는 것이다. 우리의 딜레마는 이러한 요구에 부응하지 못하는 비평이란 당연히 그 존립기반을 의심받을 수밖에 없다는 점을 우리 스스로가 인정하고 있다는 점이다.

이처럼 은밀한 대화에서 공개적 대화의 차원으로 옮겨 갈 때 당연히 수반되는 압박에서 벗어나려는 시도가 없었던 것은 아니다. 그러나 많은 대화들이 가치의 무중력 상태로 도피하거나 몰가치한 분석주의로 기울고 말았다. 거꾸로 민족이나 계급을 강조하는 일부 비평은 논리의 선명성 때문에 작품의 세부를 풍부하게 조명하지 못하는 오류를 보였다.

독서주체는 대화하는 대상 즉 하나의 시 작품이 외형적으로는 지극히 개인적·감성적 형태로 존재하지만 실제로는 우리 삶의 시·공간적 좌표 속에서 운동하는 구조로 존재한다는 점을 감안해야 한다. 여기에서 우리는 시를 읽고 논하는 비평행위가 비록 창작과정과는 대척점에 서는 것처럼 보이지만, 결국 본질적으로는 동일한 역할을 감당해 내야 함을 알 수 있다. 그것은 바로 작품 읽기라는 은밀하고 유연한 대화방식과, 그것을 사회 역사적 문맥으로 환원시키는 과정에서의 엄밀하고 객관적인 대화방식을 변증법적으로 지양하는 작업일 터이다.

이처럼 개인적인 대화방식과 공동체적 대화방식이 분리될 수 없는 하나로 통합되는 과정을 비평이라 일컬을 수 있으며, 그 같은 과정 속에서야 비로소 작품의 의미와 총체적 구조를 포착할 수 있으리라고 믿는다. 이러한 통합적 대화방식을 전제하면서 이동순과 그의 시에 접근하기로 하자.

연보에 의하자면 이동순은 1950년생으로 해방 후 세대에 속한다. 그리고 그가 시단에 등장한 것이 1973년이었으니 그의 시력은 이제 15년을 바라보고 있는 셈이다. 그가 80년대로 들어서면서 세 권의 시집, 『개밥풀』(1980)과 『물의 노래』(1983), 『지금 그리운 사람은』(1986)을 묶어 내고, 최근 장시 『홍범도』를 발표하는 등 왕성한 활동을 보여 주고 있다. 그는 아직 본격적 평론의 대상으로 떠오른 적은 없었지만, 우리 시대의 어느 시인 못지않게 견실한 시작태도와 독특한 울림을 지닌 작업을 계속하고 있다.

그의 시를 일별할 때 대체로 평이한 언어와 낯익은 가락을 우선 발견하게 되지만 그 평이함과 낯익음이 결코 단순함이라든가 진부성에 기인하는 것이 아니라는 사실을 알아차릴 수 있게 된다. 이제 그의 시를 몇 가지 각도에서 나누어 살펴보도록 하자.

2.「내눈을 당신에게」— 분단시대의 원혼들

이동순의 주된 관심이 이승에서의 '한(恨)' 때문에 떠나가지 못하는 영혼들에게로 쏠려 있음을 짐작하기란 어렵지 않다. 그의 두 시집에 빈번하게 등장하는 '죽음' '주검' '넋' '영(靈)' '유서' '저승' '혼령' '혼백' '귀신' '뼈' 등등의 시어가 표상하는 유현(幽玄)한 이미지가 바로 그 증거들이다. 어떤 영혼들이 이승을 떠나지 못하며, 무엇 때문에 시인은 그 영혼들에 집착하는가?

> 오늘도 늦의 하늘 한 가쟁이를 떠다니며
> 너에게 귓속말을 보낸다만 소년아
> 이승엣것 거론함이 저승의 도리 아니나
> 어찌하리 나의 뜬 눈 감을 수가 없으니
> (…중략…)
> 소년아 네가 좀 더 자라면 알 것이다
> 내가 왜 산골 속에 팽개쳐지고
> 빈 기슭에서 소리없이 죽어갔던가를
>
> 휴전후에도 밤마다 공비들 내려올 때
> 너의 식구 모두들 대처로 떠나가고

나는 먼발치에 우두커니 장승이 되었지

— 「달개비꽃」 부분

　　인용시의 화자는 난리통에 원통하게 죽은 자의 혼령으로 소년에게
맺힌 한을 하소연하고 있다. 그런데 여기서의 '한'은 흔히 말하는 '한'
과는 다른 각도에서 바라보아야 할 것이다. 왜냐면, 비록 그것이 구체
적으로 표현되어 있지는 않지만, 분단과 6·25라는 민족사적 차원에서
사건에서 비롯된 것임을 암시해 주고 있기 때문이다. 이처럼 화자의
한이 궁극적으로 민족 전체의 운명에 맞물려 있는 것이기에 시의 분위
기는 더할 나위 없이 비장하다. 더욱이 '소년아 네가 좀 더 자라면 알
것이다'라는 대목에서 드러나듯이 한의 전모가 제대로 모습을 드러낸
것이 아니라는 점이다. 한의 정체가 아직 드러내지지 않는 그 무엇으
로 남아 있는 한 그 '풀이[解恨]'도 미래에 속한 일일 수밖에 없는 것이
다. 그것은 종식되지 않고 지속되고 있는 분단의 상흔이 조만간 치유
될 희망이 엿보이지 않고 있는 오늘의 민족사적 상황인식의 시적 형상
화로 보인다.

　　인용시의 화자는 난리통에 죽은 사람의 혼령으로서, 죽어도 눈을 감
지 못하는 원통한 사연을 소년에게 하소연하고 있다. 시에는 혼령이
무엇 때문에, 또 어떻게 죽어 갔는지, 그리고 소년과의 관계가 무엇인
지가 드러나 있지 않다. 다음의 시편들은 이러한 상황의 극복을 위한
안간힘을 제시한 작품들이다.

　　　　① 모든 눈들은 산맥 저편으로도 내리고 싶었다
　　　　　 언제였던가 가본 적이 있는 듯한
　　　　　 그러나 지금은 마음대로 오갈 수 없는
　　　　　 그곳은 이목구비가 같은 사람이 살고 있었다
　　　　　 산설고 물설은 타관이 아니었다

(…중략…)

죽어서도 눈은 산맥 저편으로 내리고 싶었다

묵묵히 긴 밤을 지새운 아침

사람들은 차디찬 길바닥에 깔린 눈을 보았다

—「일자일루」 부분

② 내눈을 당신에게 바칠 수 있음을 기뻐합니다

　이 온전한 기쁨을 누릴 수 있도록 도와주신 하느님

　그리고 내 이웃들에게 삼가 감사드립니다

　(…중략…)

　몸을 주고받는 사랑이란 바로 이런 것입니다

　물에 빠진 자식을 구하려고 깊은 소로 뛰어든

　일가족 죽음의 뜻을 이제야 알겠습니다

　(…중략…)

　죽기 전에 소원이 있다면 꼭 한가지

　대대로 이어진 나와 당신의 작은 눈이나마

　영영 꺼지지 않는 이 나라의 불씨가 되어

　북녘 고향 찾아가는 벅찬 행렬을 두 눈이 뭉개지도록 보고 또 보았으면

하는 것

　두 눈이 뭉개지도록 보고 또 보았으면 하는 것입니다

—「내눈을 당신에게」 부분

　　인용시 ①은 '눈'이라는 자연현상에 인간의 비원을 밀도 있게 투사(投射)함으로써 독특한 감동을 자아내고 있다. 분단체제가 고착화되면서 우리 민족이 겪어야 했던 고통은 이산가족의 아픔만은 아니다. 우리는 동족을 저주하고 이민족과 함께 형제를 도륙(屠戮)했다. '죽어서도 눈은 산맥 저편으로 내리고 싶었다'와 '아무도 눈이 왜 거기 와 있는가를 말하지 않았다'라는 진술 사이에 생겨나는 정서적 괴리를 주목하자. 그것은 분단현실을 극복해야 한다는 절대적 명제와 분단체제의 파열구가 보이지 않는 절망적 현실 간의 괴리이다. 한 편의 시에서 우

리는 역사의 아픔 혹은 찢겨진 현실을 보고 있는 셈이다.

시 ②는 '어느 실향민의 유서' 라는 부제에서 드러나듯 생전에 고향을 보지 못했지만 안구를 다른 사람에게 기증함으로써 언젠가는 다른 사람의 몸을 통해 북녘의 고향 산천을 보겠다는 비원을 담고 있다. 이 작품은 이동순의 시 가운데서 가장 빼어난 작품이자 우리 문학의 분단시 가운데서도 절창에 속한다. 하마터면 이 시는 끝닿을 수 없는 넋두리로 흐를 법한 소재를 채택했음에도 불구하고, 절제된 언어로 실향민의 한을 서정적으로 형상화하는 데 성공하고 있다. 이동순은 이외에도 여러 작품에서 분단과 같은 우리 근대사의 굴절로 인한 민초들의 수난과 상처를 다루고 있다. 「애장터」, 「달개비꽃」 등과 연작시 「흩어진 사람들」이 그것이다. 그중 「흩어진 사람들 1」은 분단이라는 현실과 그로 인한 아픔만을 호소하는 데서 한걸음 나아간 작품이라고 평가된다.

> 백령도나 화진포 그 어디메가
> 이 나라의 최북단이라는
> 어느덧 굳어버린 말씨는 이제 수정되어야 한다
>
> 아니라고 아니라고 소리쳐 보는 말도
> 가쁜 숨결되어 더 오르지 못하는 비무장지대에서
> 우리는 제 몸의 갈라진 피와 뼈를
> 갈라진 그대로 두고만 보는 것이다
> 이따금 통합의 당위를 깨닫기는 하다가도
> 밥 한 술에 배가 불러 곧 잊고 말아버리지만
>
> 장단 김화 그 어디메가
> 이 나라의 최북단이라는 서슴없는 말씨만은
> 정작 수월히 들리지 못하도록 수정되어야 한다
>
> ― 「흩어진 사람들 1」 부분

우리는, 통일을 소리 높여 주장하는 사람들이 실상은 분단을 고착화하는 세력이며 한술 더 떠서 그 분단을 빌미로 각종 억압 메커니즘을 호도하거나 강화하는 세력이기가 십상임을 알고 있다. 그런데 정작 중요한 것은, 분단으로 인한 이중 삼중의 고통을 안고 살아가면서도 분단의 실체를 확인하려는 노력을 게을리하거나 암암리에 분단을 기정사실화하고 있는 우리들의 안이한 의식구조이다. 시「흩어진 사람들 1」은 적절하게도 이 점을 지적하고 있는 것이다. '백령도나 화진포 그 어디메가/이 나라의 최북단이라는' 말은 우리들이 무의식 중에 듣고 내뱉어 온 말이다. 이러한 분단의식은 앞서 언급한 분단 이데올로기와 함께 통일로 나아가는 길을 가로막고 있는 보이지 않는 장애물 중의 하나이다. 시「두꺼비집」은 이와는 조금 다른 각도에서 이러한 안이한 '분단의식'을 다루고 있다. '평화로운 분리는 아름답다고/말들 하지만 그게 어디 참 아름다움인가' 라고 반문하고 나서 '미세한 신경과 연결된 세포, 사랑으로서의 통합/더운 핏줄 아니면/그 어떤 아름다움도 아름답지 않다' 고 스스로 답한다. 그의 말대로 '다들 끊어져도 저만의 평화' 를 추구한다면 통일이니 화해니 하는 말들은 한낱 구두선에 머무르고 말 것이 자명하기 때문이다.

3.「무명초」와「개밥풀」: 도시와 농촌의 민중

이동순은 앞 절에서 살펴본 '분단' 의 문제와 함께 소외된 삶과 존재에 지속적인 관심을 기울이고 있다. '소외' 라는 말은 근대문명의 진행과 관련하여 파생된 위기현상으로서 그 적용범위가 워낙 넓기 때문에 자칫하면 추상적인 의미로 받아들여지기 쉽다. 하우저는 '개개인이 품고 있는 뿌리가 없는 듯한—감각이나 무목적성, 실체 상실의 감각' 등을 소외의 기초적 관념을 이루는 것이라 하였으며, '개인과 사회와의 관계가 상실되었다는 감각이고 또 자기 자신의 일에도 적극적으로 참가하지 않고 있다는 감각이며 자신을 향상시키거나 자신의 규범 또는 야심을 살릴 희망이 완전히 상실되었다는 감각을 소외의 본질적인 양상이라고 한 바 있다.[1] 이러한 소외는 각 문화권 혹은 공동체의 객관적 지반에 따라 독특한 모습으로 나타나기 마련이다.

우리 사회에 있어서의 소외는 정치, 경제, 문화 등 다방면에 걸쳐 심화일로를 걷고 있다. 무엇보다 삶의 기반에 뿌리를 내리고 희망과 보람을 불어넣는 역할을 감당해내야 할 정치 혹은 이데올로기가 삶과는 무관하게, 오히려 삶을 질곡으로 이끌어 가고 있는 전도된 정치현상이 펼쳐지고 있는 것이다. 한편, 산업화 과정과 함께 파생된 부의 분배문제, 사회 전 영역에 파급되고 있는 물신숭배사상 등의 소외현상은 공동체의 동질감을 심각하게 저해하는 요소가 아닐 수 없다. 그리고 매스미디어를 비롯한 각종 문화매체들 역시 예외 없이 상품화의 길을 걷고 있다. 80년대의 우리 문학 특히 시 장르는 이러한 소외현상에 민감하게 반응하고 있다. 여기에서 이동순의 시 「無名草」를 살펴보도록 하자.

> 차디찬 시멘트 축대 위 가파른 곳의
> 금간 틈서리를 비집고 살던 풀포기 하나
> 바람결에 나 있으니 염려 말라고
> 온몸으로 흔들어 보이던 고개짓이
> 지금은 어디 갔나 모진 비바람에 축대 무너지고
> 무지막지한 흙더미 그 위로 쌓이고 덮여
> 이젠 아무도 깔린 풀포기를 떠올리지 않는데
> 더욱 까맣게 흔적조차 잊어가고 있는데
> 애잔한 한 포기 목숨 죽었는가 살았는가
>
> ―「無名草」 부분

1) A. 하우저, 김진욱 역, 『마네리즘』, 종로서적, 1982, 127쪽.

'시멘트 축대'란 풀에게 삶의 기반이 되지 못하지만 그 속에서도 생명만을 유지하려는 풀의 안간힘을 서두에서 제시하고 있다. 그것은 조만간 궤멸될 수밖에 없는 불안한 삶일 수밖에 없다. 때문에 한차례의 비바람으로 삶의 지속은 중지되고 마는 것이다. 여기서 드러나는 하나의 아이러니는 풀이 뿌리를 박고 자양분을 얻어야 할 '흙'에 뒤덮여 죽어간다는 사실이다.

이외에도 이동순은 '올챙이', '죽은 연못'과 같은 작품을 통해 삶의 기반이 황폐해져가는 모습을 우의적으로 제시하였다. 한편 「언덕배기 사람들」과 같은 작품은 좀 더 구체적으로 이 시대의 소외된 이웃들의 어두운 초상화를 보여준 예에 속한다. 그런데 이 계열의 작품 가운데 단연 돋보이는 것은 「개밥풀」일 것이다.

> 자욱한 볏짚에 가려 하늘은 보이지 않고
> 논바닥을 파헤쳐도 우리에겐 그림자가 없다
> 추풍이 우는 달밤이면
> 우리는 숨죽이고 운다
> 옷깃으로 눈물을 찍어내며
> 귀뚜라미 방울새의 비비는 바람
> 씨앗이 굵어도 개밥풀은 개밥풀
> 너희들 봄의 번성을 위하여
> 우리는 겨울 논바닥에 말라 붙는다
>
> ―「개밥풀」부분

인용한 것은 「개밥풀」의 후반부이다. 여기에서 「개밥풀」이란 왜소화한 인간의 표상일 터이다. 때문에 개밥풀이 흩어지고 부서지며 말라 비틀어가는 모습은 분열화, 비인간화로 치닫고 있는 우리 삶의 모습을 적나라하게 반영한 것이 된다. '큰 비'로 표현되어 있는 제어할 수 없는 힘에 의해 삶의 기반을 유린당한 '개밥풀'의 대응은 슬픔이다. 그렇다고 슬픔을 소리내어 통곡함으로써 해결할 수도 없다는 것이 '개밥풀'이 감내해야 하는 이중의 슬픔인 것이다. 그러기에 시인은 '추풍이 우는 달밤이면/우리는 숨죽이고 운다'는 표현을 통해 거부할 수 없는 힘에 대한 하나의 응전방식을 보여주고 있는지도 모른다. 또 절제되지 않은 슬픔이란 일회적 카타르시스에 불과하다는 점을 지적하고자 했는지도 모른다. '자아'와 '세계'와의 갈등이 첨예화될 때 생겨나는 '슬픔'이란 정서는 어떠한 형태로든 전화하게 마련이다. 전화의 형태는 다양하다. 우선 슬픔에 집착한 나머지 자기연민의 상태 즉 나르시시즘으로 귀착되는 경우가 있을 것이다. 이와 함께 자아를 훼손시킨 세계(힘)에 굴복하고 마는 순응주의나, 자아와 세계 간의 괴리를 인식하고 이원적인 평행관계를 항구적으로 유지하게 되는 비극적 세계관으로 나아갈 수도 있다. 이와 달리 좀 더 적극적인 태도로는 모순된 세계와의 적극적인 싸움을 벌이는 유형이 있다. 소설이 첨예한 대결을 드러내는 대표적인 양식이지만 시에서는 풍자나 해학 또는 역설을 통해 세계의 모순과 대결한다. 이동순의 경우 이 순간은 자아의 패배, 세계의 우위는 인정하되 끝까지 희망을 버리지 않는 미래지향적 태도를 택했다. '너희들 봄의 번성을 위하여/우리는 겨울 논바닥에 말라 붙는다'는 대응방식은 소설이 아닌 시에서의 자아가 가장 쉽게 택할 수 있는 방법인지도 모른다. 그런데 이러한 주관적 미래주의는 종교에서의 내세주의가 그렇듯이 현실의 패배를 기정사실화하는 결과를 낳는다. 오늘 실현될 수 없는 가치를 꿈속에서 희구하고 거기에 만족하는 것은 낭만적 환상에 불과하다.

4. 배역시 : 증언과 풀이의 형식

일반적으로 오늘날의 시인들은 특정한 대상이나 주제를 표현할 때 시인 자신의 특유한 목소리 혹은 불특정화자의 목소리를 통해 그것을 표현해 왔다. 때문에 현대시에 있어서 시의 화자가 명료한 모습으로 드러나는 예는 그리 흔치 않다. 설혹 시의 화자가 독자에게 감지된다 하더라도, 막연히 여성적 혹은 남성적인 것을 알아챌 수 있을 정도에 머무르는 것이 대부분이다.

그런데 이동순의 시에는 매우 다채롭고 독특한 시적 화자(페르소나) 가 드러나고 있어 관심을 끈다. 「내눈을 당신에게」, 「서홍 김씨 내간」, 「앵두밥」, 「달개비꽃」, 「옐로우 카드」, 「싸리옷」, 연작시 「흩어진 사람들」 등을 비롯 장시 「검정버선」, 「물의 노래」 등이 두드러진 예라 하겠다. 그중 「싸리옷」은 해방이 되어도 돌아오지 않는 지아비에 대한 사무친 그리움을 한 여인의 목소리를 통해 우리에게 들려준다.

> 정월이라 대보름날 저녁 어스름
> 가난한 집집마다 윷을 놉니다
> 들뜬 함성 속에서 당신 소리 골라 듣고
> 지난날 벗들과 무릎 맞대고 윷을 던진
> 당신의 기운찬 어깨짓을 생각합니다
> (…중략…)
> 당신의 기운찬 어깨짓으로 하늘높이 던집니다
> 제가 던진 윷가락은 달 속으로 높이 솟아올라
> 원망스런 달을 치고 풀이 죽어 떨어집니다
> 아 그 때 저는 보았습니다 달 속의 당신을
> 곧 돌아온다던 당신 목소리를 들었습니다
> 북만주 차디찬 어느 벌판에 지금도 살아 계신가요
>
> ― 「싸리옷」 부분

윷을 던지면서 지아비를 그리워하는 화자의 모습과 목소리가 퍽 구체적으로 나타나 있다. 이것은 시인 자신의 목소리가 아니다. 특정한 인물의 입을 통해서 발화되는 유형의 서정시를 볼프강 카이저(Wolfgang Kayser)는 배역시(Rollengedichte)라고 부른다.[2] 이처럼 직접 진술의 형식을 띤 시는 한층 긴장된 분위기를 자아내는데, 그것은 아마도 직접 진술이라는 발화형식이 극적 양식과 결부되기 때문일 것이다. 그렇다고 해서 이러한 배역시가 서정양식과 극적 양식을 넘나드는 지점에 자리잡고 있다는 말은 아니다. 오히려 한층 서정적인 분위기를 연출하고 있다고 해야 할 것이다.

인용시에서, 화자인 여인의 객관적 상관물은 '싸리윷'이다. 세시풍속의 하나인 윷놀이는 그 자체로서는 제의적 기능보다는 오락적 기능이 강조되는 '놀이'에 해당되는 것이지만, 작품 속의 여인에게는 오히려 엄숙한 제의로서 기능한다. 그 여인에게 있어 '윷가락'과 '윷놀이'는 바로 '해방(공동체적 염원)'과 지아비의 귀환(개인적 염원)을 표상하는 것이기 때문이다. 이로 볼 때 이 시는 공동체적 염원과 개인사적 염원이 분리될 수 없는 하나의 견고한 시적 이미지로 결합되어 제시되고 있다는 점에서 설득력을 지닌다.

그런데 이 시의 화자와 비원을 매개하는 또 하나의 이미지는 '달'이다. 즉 이 시의 이미지 구조는 '여인─윷/달─지아비, 해방'으로 이루어져 있는 셈이다. 여기에서 드러나는 달과 망부의 모티브는 저 백제가요 「정읍사」에도 확인되듯이 우리에겐 친숙한 모티브인 것이다. 다만 '저 재 녀러신고요'라고 읊은 백제 여인의 근심이 개인사적 차원의 그것이라면, '북만주 차디찬 어느 벌판에 지금도 살아 계신가요'라고 탄식하

2) 볼프강 카이저, 김윤섭 역, 『언어예술작품론』, 대방출판사, 1982, 296쪽.

는 화자의 심정은 개인적 소망과 민족적 비원이 어우러져 있다는 점이 다르다고 하겠다. 한편 망부(望夫)의 모티브(이것이 다음 세대에게는 부(父)상실의 모티브가 된다)가 한국 근대문학에서는 역사적 의미를 강하게 띠게 됨은 문학 장르 전반에 걸쳐서 확인되는 것이기도 하다.[3]

5부 133행으로 이루어진 장시 「검정버선」 역시 배역시의 범주에 든다. 이 작품은 '진주 형평사 노인의 말'이라는 부제로 짐작할 수 있듯, 봉건적 신분질서에서 8대 천민의 하나로 오랜 세월 동안 천대와 수모를 감내해야 했던 백정 계층의 삶과 그것을 극복하기 위한 형평운동을 그 내용으로 하고 있다. 주지하다시피 형평운동은 1920년대 초 경남 진주에서 시작되어 영남 일대와 전국으로 파급된 신분제 타파운동이다. 이 운동의 초기에는 단순히 백정 계층의 지위향상을 요구하는 것이었으나 운동이 진행되는 과정에서 봉건적 인습 전체에 대한 항거로 확대되었으며 마침내는 항일 민족해방운동의 자원으로 승화되었던 일제하의 중요한 사회운동의 하나였다. 이 시의 첫머리는 다음과 같이 시작된다.

풀꽃에만 씨앗 있는 줄 알았더니
사람도 미리 정한 씨가 있다 하더라
나랏님 용씨 대감님 옥씨 세도양반 금싸락씨
이방님들 술씨 아전님께 돈씨 평지풍파 평민씨
대관절 우리네 검정버선은 무슨 씨앗고
수백년 고리고리 엮어내린 철고리가
얼매나 단단한지 풀리지 않는 고리씨앗

—「검정버선」 부분

---

3) 김윤식, 「모계 가부장제론」, 『소설문학』, 1986년 8월호 참조.

제
2
부

시
인
의

거
처

215

흡사 판소리의 한 대목을 연상케 하는 율격이다. 그중 '이방님네 술씨 아전님네 돈씨 평지풍파 평민씨'라는 시행에서 보이는 풍자적 표현은 이동순의 시편에서는 좀체 찾아보기 힘든 골계적 수사이다. 그것은 이 시의 남성화자와 관련된다. 만약 수모와 천대 속에 생을 영위해 온 백정 계층의 애환을 다루는 데 여성 화자가 채택되었더라면 시적 효과는 반감되었을 것임이 분명하다.

물론 '운명적'이라고 불러야 할 불가항력적인 힘에 의한 상실감 혹은 아픔을 노래하고 그것을 견뎌 나가는 끈질김을 보여주는 데에는 여성 화자의 우위가 인정된다. 그러나 삶을 훼손시키고 있는 장애물이 뚜렷한 형태로 그 모습을 드러내고 있을 때에는 이에 대한 적극적인 대응이 요구될 때, 시의 화자 역시 남성적 음조가 자연스러운 것이다. 남성적 화자는 풍자라는 무기를 통해 장애물을 공격하고 정서적으로 객관적인 거리를 유지할 수 있기 때문이다. 이 점은 여성적 음조가 우세한 소월이나 만해의 작품들이 보편적이면서도 포괄적인 주제를 다루고 있는 반면, 남성적 음조가 우세한 이육사나 김수영 등의 시인들은 일층 구체적인 대상을 다루고 있다는 사실에서도 확인되는 것이다.

「검정버선」의 화자는, 형평운동이 남북 분열(해방 이후의 국토 분단이 아니라 형평운동의 노선 분열)을 비롯한 갖가지 내적 외적 장애에 부닥쳤을 뿐 아니라, 여전히 '고리씨앗 백정씨앗 없어졌다 말들 하지만/허울만 사라졌지 박대하대는 의구'한 현실 앞에서도 시의 화자는 굽힘 없는 의지로서 현실과 만난다. 그의 당당한 기품은 '용천설악 들게 갈아 둘러메고/장부의 위국충절을 세워볼까 하노라'라는 여말 최영의 시조를 방불케 한다.

    더없이 욕된 운명 위에 더욱 밤이 퍼부어질지라도
    박달나무 도낏날을 들게 갈아 둘러메고

도적도 사슬도 대번에 내려칠 눈빛 번뜩이며
오늘도 검정버선은 새벽 일터로 나아간다

　　　　　　　　　　　　　　　　—「검정버선」 부분

　위에서 다룬 두 편의 배역시에 등장하는 화자는 살아있는 사람들이
었지만, 이동순이 빈번히 선택하는 화자는 다음 작품에서 볼 수 있듯
이 죽어간 영(넋)들이다.

　　　그 해 피난가서 내가 너를 낳았고나
　　　먹을 것도 없어 날감자나 깍아 먹고
　　　산후구완을 못해 부황이 들었단다
　　　산지기집 봉당에 멍석 깔고
　　　너는 내 옆에 누워 죽어라고 울었단다
　　　(…중략…)
　　　출아출아 내 늬가 보고접어 못견디겠다
　　　행여나 자란 너를 만난다 한들
　　　네가 이 어미를 몰라보면 어떻게 할꼬
　　　무덤 속에서 어미 쓰노라

　　　　　　　　　　　　　　　　—「서흥 김씨 內間」 부분

　이 시의 화자도 「달개비꽃」에서처럼 전쟁의 와중에 숱하게 죽어 간
양민 중의 하나이다. 작품 속에서도 이 여인의 죽음이 구체적으로 드
러나지 않았듯이, 영문 모르게 죽어간 영혼이기에 그 한은 옹이처럼
맺혀져 있는 것이리라. 그러나 화자는 자신의 죽음과 한에 대해 말하
지 않는다. 다만 전쟁에 대한 공포와, 이승에 남아 있는 남편과 자식에
대한 그리움만을 이야기한다. 또 자란 자식이 행여 어미를 몰라보게
될지 모른다고 근심한다. 그것은 '행여나 자란 너를 만난다 한들/네가
이 어미를 몰라보면 어떻게 할꼬' 라는 예사로운 듯한 시구에 드리워져
있다. 이러한 짙은 그리움과 안타까움 때문에 망자는 무덤 속에서도

편지를 쓰게 되는 것이다. 여기에서 어미의 얼굴을 기억하지 못한다는 사실은 무엇인가?

여기에서 우리는 이동순 시에 나타나는 구체적인 직접 진술, 곧 배역시의 성격을 음미해 볼 필요가 있다. 그는 왜 자신의 목소리 혹은 서정적 화자가 아닌 극적 독백형식을 도입하는 것이며, 그것은 어떤 의의를 지닐 수 있을 것인가?

그것은 달리 말하자면 굿의 형식인 동시에 증언의 형식이라는 점을 주목하도록 하자. 주로 망자의 영을 시의 화자로 채택했을 경우가 굿의 형식에 해당하는데, 좀 더 구체적으로 말하자면 '지노귀굿'이나 '오구굿'이라 해야 할 것이다. 지노귀굿이란 죽은 이를 저승으로 인도하는 굿이다. 지노귀굿을 행하는 이유를 무속에서는 다음과 같이 설명한다. 죽은 지 얼마 되지 않은 영혼 특히 불행한 죽음을 당한 영혼은 인간세계에 가까이 머물러 있으면서 산 사람에게 해를 입히기 때문에 저승으로 보내서 안주시킬 필요가 있기 때문이라는 것이다. 이 지노귀굿의 마무리는 망자의 넋을 강신시켜 그의 '넋두리'를 듣는 절차이다. 넋두리란 망자에게는 그의 불행했던 삶을 스스로 증언하는 절차이지만, 생자에게는 그 넋두리가 어떤 형태로든 풀어주어야 하는 의무가 된다.

이처럼 이동순의 시에 두드러지는 배역시의 구조는 우리의 민속에 닿아 있는 것이기에 독자에게는 직접적인 정서반응을 유발할 가능성을 지니고 있다. 그러나 증언의 본령이 하소연이 아닌 담담하고 예리한 진술이듯이, 효과적인 풀이 역시 눈물의 카타르시스가 아니라 해학과 풍자를 바탕으로 해야 할 것이다. 이 점에 관해서는 다음과 같은 프로이트의 말을 귀담아 들을 필요가 있을 것이다. "유머는 결코 희망을 버리지 않는다. 그것은 반항한다. 그것은 자아의 승리를 의미하는 것일 뿐 아니라 쾌락의 원리가 승리함을 나타내고 있다. 그것은 불운한 현실의 상황에 항거하여 자기를 주장할 수 있는 것이다."

5. 율격의 계승 문제

70년대의 민족문학론이 대두된 이래, 전통적 율격에 대한 시인들의 관심이 고조되어 왔다. 김지하, 신경림을 비롯한 고정희, 하종오, 김용택 등의 시인들이 보여준 작업이 대표적인 예라 할 것이다. 이들은 민요, 가사, 판소리, 무가, 탈춤의 대사 등의 전통적 형식과 현대시의 결합을 지속적으로 모색하고 있다. 이동순 역시 그러한 전통적 가락에 깊은 관심을 보여주고 있는 시인 중의 하나이다. 그 구체적인 가락이 무엇인지는 다음과 같은 예에서 드러난다.

> ① 하고 많은/마을 중에/하필이면/이마을이//
> 큰 물 막고/물막이 좋다고/소문들이/났었는지//
> 총독시절/왜놈들이/이상한 자로/땅 재가고//
>
> —「물의 노래」 부분

> ② 휴전후에도/밤마다/공비들/내려올 때//
> 너희 식구/모두들/대처로/떠나가고//
> (…중략…)
> 강보에/싸인 너를/업고 가던/네 누이//
>
> —「달개비꽃」 부분

> ③ 경인년/사변통에/이쪽저쪽/군인들이//
> 마을 장정/끌고 와서/총을 쏘던/이 골짝
> 그때 죽은/혼백들/함께 와/노네//
>
> —「애장터」 부분

인용 예문을 보면 이동순의 주된 율격이 4음보격임을 알 수 있다. 이러한 4음보격은 시조와 가사 그리고 민요에서 두루 볼 수 있는 우리 전통적 율격 중의 하나이다. 이러한 전통적 율격에 대한 시인들의 탐색이 의미 있게 평가되는 이유는 무엇보다 그것이 소멸된 공동체적 리듬의 회복을 꾀하는 작업이기 때문이다. 주지하다시피 우리 시가문학의 전통은, 36년이라는 일제강점기간을 통해 그리고 해방 이후 급작스럽게 진행된 서구화, 산업화로 인한 사회 · 문화적 변화의 소용돌이 속에서, 대부분 소멸하거나 변질되고 말았다.

그런데 전통율격 탐구의 당위성은 다음과 같은 단서가 전제될 때 비로소 참된 의의를 지닐 수 있다. 즉 공동체적 리듬이란 그것을 지탱하고 있는 사회 · 문화적 환경과 유리될 때 그 생명력을 상실하고 만다는 사실이다. 지금 우리가 접하는 대부분의 가사와 민요는 조선 후기 농촌공동체 사회를 그 토대로 하는 양식이다. 따라서 그것은 유려하면서 안정감 있는 4음보격의 가락을 바탕으로 한다. 또한 그것은 창으로 구연되거나, 집단 가무 혹은 각종 노동요의 형태로 불렸던 가락이라는 점이다. 이러한 조건들을 염두에 두지 않은 전통율격의 복원은 그 의의가 감소될 수밖에 없을 것이다. 이 점에 관해서 유종호는 "지난날과 오늘의 큰 거리를 과소평가한 채 옛가락을 복원시킬 때 그 가락은 마치 발터 벤야민이 지적한 복제품이 감수할 수밖에 없는 것과 비슷하게 진품성의 사실이나 훼손을 면치 못할 것이다."라고 지적한 바 있다.[4] 이렇게 보자면, 단순한 옛가락의 복원에 대한 회의와 민족형식의 회복이라는 당위명제 사이에 오늘의 시인이 위치하고 있는 셈이다. 여기에서 우리는 우리 민요가 자생적으로 변화를 보여주었던 시기로 되돌아가 볼 필요가 있다. 예컨대, 봉건적 사회제도가 붕괴되어 가는 과정에서 발생한 근대민요 아리랑이 그것이다. 아리랑은 뒤가 긴 3음보(後長三音步)를 기본 율격으로 하는데, 이는 4음보의 시조나 가사에 비해 훨씬 동적인 가락으로 여겨지기 때문이다.

---

4) 유종호, 『동시대의 시와 진실』, 민음사, 1982, 113쪽.

사발그릇/깨어지면/두셋쪽이 나지만//
삼팔선/깨어지면/하나가 되지요//

— 「아라리」 부분

최근 정선지방에서 불리고 있는 「아라리」이다. 짧고 단순하지만 파
괴와 생성의 원리를 날카롭게 지적하고 있다. 이는 근대민요 아리랑이
한말의 전환기와 일제치하의 수난기를 통과하면서 민족정서를 대변하
는 가락이었을 뿐 아니라, 오늘날까지 공동체의 염원을 훌륭히 담아낼
수 있다는 가능성을 시사하는 것이 아닐까? 물론 여기서도 아리랑은
시가 아닌 노래라는 점을 망각하지 말아야 할 것이다.

6. 마무리

이동순 시인은 개인과 시대의 상처들을 숨김없이 드러내고 그것을
기품 있는 가락에 담음으로써, 추상어가 아닌 구체적 의미의 삶과 대
화하는 시인의 새로운 자세를 우리에게 보여 주었다. 특히 그는 이 시
대를 질곡으로 이끄는 최대의 원인이 되는 분단의 문제에 대해 깊은
관심을 보여주었을 뿐만 아니라, 그것이 '나'의 문제인 동시에 '우리'
의 문제임을 탁월한 솜씨로 형상화하고 있다. 또한 그는 소외된 이웃
에 대하여 섬세하게 관찰하고 그것을 예사로운 듯한 언어로 담아낼 줄
아는 시인이다. 꾸밈없이 평이한 언어를 구사한다는 것이 얼마나 어려
운 일인가를 생각할 때, 그리고 모호성과 난삽함이 시의 중요한 요소
인 것처럼 여기는 인식이 채 불식되고 있지 않은 문단 일각의 사정을
감안할 때, 그의 시를 대할 수 있다는 것은 독자로선 커다란 기쁨이 아
닐 수 없다. 또한 그가 시도하고 있는 전통적 운율 특히 가사체의 율격
을 빼어나게 구사하고 있다는 점도 주목에 값한다. 그의 중요한 시편

에서 감지되는 유장하고 그윽한 시적 분위기는 바로 4음보격과 관련된다. 그가 소화해 낸 4음보 가사체의 율격과 여성 화자의 톤의 어우러짐 없이는 불가능한 것인지도 모른다. 물론 그 율격이 지니는 단조로움과 다분히 정태적인 부분은 극복되어야 할 과제가 될 것이다.

그런데, 민족의 수난과 소외에 천착하고 있는 이동순의 시가 미적 범주로 볼 때 현격히 비장미에 기울어 있다는 사실은 아쉬운 일이 아닐 수 없다. 그것을 다른 각도에서 보면, 수난과 소외의 배후나 원인을 직시하려는 자세보다는 수난과 소외의 결과만을 바라보고 있는 것이 된다. 만약 '원인' 쪽으로 관심이 주어진다면 대결을 미덕으로 하는 풍자의 원리, 골계의 미학과 자연스레 만나게 마련이기 때문이다. 또 시집 『물의 노래』에서 볼 수 있는 몇몇 작품들에는 시적 긴장감이 해제되어 있음을 지적하여야 하겠다. 한 예로, '어느 양공주의 임종'이라는 부제가 달린 「옐로우카드」는 작품 전체를 하나의 아이러니로 파악하지 않는 한 큰 의미를 부여할 수 없는 작품이 되고 만다. 한편 「로봇에게」, 「엿치기」, 「그리운 장승노래」, 「잠녀풀이」 등의 시편에서는, 시의 소재와 언어가 한데 어우러지지 못하고 있는 듯하다. 이와 함께 「따비」, 「종다래끼」, 「오줌장군」, 「개똥삼태기」 등등의 「농구노래」 연작5) 역시 풍물 스케치의 범주에서 크게 벗어나지 못하고 있음은 아쉬운 일이 아닐 수 없다. 이 점에 관한 한 이동순은 자신의 초기작인 「개밥풀」로 되돌아가 볼 필요가 있을 터이다.

---

5) 『실천문학』, 제5권.

'불'의 시대와 '꽃'의 시대

— 조혜영론

1. '별이 보이지 않는 밤'

조혜영의 시는 대부분 일하는 순간이나 일하던 시절의 기억을 노래한 것이다. 일하며 흘린 땀의 대가와 일할 권리를 되찾기 위한 투쟁의 기억도 포함된다. 고단한 노동운동 시절을 회상하는 대목에 이르면 그리움의 정서는 증폭한다. 1980년대 말 노동운동은 정점에 도달했고 마침내 민주노총이라는 강력한 조직을 형성하는 데까지 나아갔지만, 신자유주의의 광풍 앞에 선 노동자들이 처한 현실은 여전히 암울하다. 시인은 생활을 위한 노동으로 물러섰지만 노동현실은 80년대와 전혀 다른 과제들로 가득하다. 조혜영이 노동운동을 되새기고 있는 것은 '후일담'이 아니라, 미완의 과제에 대한 안타까움이요 '별이 보이지 않은 밤'에 길을 모색하는 시도일 것이다. 물론 그의 시를 사회적 과제와 연관시켜 읽을 필요는 없다. 그의 몸과 마음은 지난한 시대를 통과하면서 입은 상처와, 풀리지 않은 매듭들로 가득하다. 문득 시의 본질과 기능을 물어보자. 조선 중기의 가객 신흠(申欽: 1566~1628)의 시조

「노래 삼긴 사람」이 시사점을 줄 수 있을지 모르겠다. 인생사의 많고 많은 시름은 말(이야기)보다 '노래'로 불러야만 제대로 풀릴 수 있을지도 모른다고 했다. 그것이 노래를 짓고 부르는 사람의 마음이라는 것인데, 시 정신도 그와 다르지 않을 것이다.

2. '불'과 '꽃'의 시대

조혜영의 시집 『검지에 핀 꽃』(삶이 보이는 창, 2005)에 수록된 작품들을 보면 노동의 기억을 되새김질하며 삶의 방향을 재정립하려는 시인의 경향은 완연하다. 『작가들』 19호에 게재된 8편의 자선시와 신작시는 어떨까? 「환절기」와 「이력서」 같은 작품에서 시인의 주조음을 새삼스레 느낄 수 있다.

> 해방의 거리에서 다시 만날 징검다리
> 함께 가자 우리 이 길을
> 전진하는 새벽
> 싸우리라 이기리라 승리하리라
> 노동해방 그날까지
> 가지각색의 티셔츠와
> 첫사랑의 편지처럼 숨겨진
> 머리띠와 손수건 등
>
> 유인물도 아닌 문건도 아닌
> 구호가 묻어 있는 색 바랜 옷가지들을
> 꺼냈다 넣었다 망설이다
> 끝내 옷장에 다시 담는다
>
> ─「환절기」 부분

「환절기」에서 화자는 철 지난 남편의 옷가지를 정리하다가 실직과 해고로 점철된 노동운동의 기억을 떠올린다. 남편의 낡은 작업복은 일과 싸움의 기록이자 '첫사랑의 편지'처럼 아름다운 기억을 환기하는 상관물이다. 세상은 지난 시절에 대해 망각할 것을 요구하지만 시인에게 그 기억은 '결코 버릴 수 없는 망령이며, 평생 짊어지고 가야 할 부적'과 같은 것이다. 그러나 그 기억은 과거의 것이고 시간이 경과하면서 투쟁의 기억들은 얼마간 추상화될 수밖에 없다. '해방의 거리에서 다시 만날 징검다리'라는 표현은 투쟁의 시절에는 선진 노동자들의 꿈을 가탁할 수 있는 미래 선언이었지만, 이젠 색 바랜 헌옷처럼 버릴 것인가 보관할 것인가를 선택해야 하는 대상이 되었다. 그럼에도 끝내 버리지 못하는 유산이다. 이제 텅 빈 수사처럼 들리는 해방의 구호들이 화자에겐 삶의 출발점이자 자존심이기 때문이며, 해방의 거리는 어디에도 도래하지 않았기 때문이다. 채 이루지 못한 해방의 꿈과 열정은 시인의 가슴에 시름처럼 맺힌 것이다. 그래서 그 기억들을 "머리띠와 옷가지들, 선명하게 찍힌 손수건들"과 함께 다시 차곡차곡 쌓아서 보물처럼 보관해두는 것이리라. 마지막 연에서 그 기억에 대해 화자가 짐짓 '버짐처럼 달라붙어, 죽어 무덤까지 따라가도 좋을 미련한 것들'이라고 한 것은 실은 무한한 애정을 반어적으로 표현한 것이다.

조혜영의 시는 회상의 시이고 그 회상의 한가운데 '불꽃'의 이미지가 자리잡고 있다. 「약력」 같은 작품을 읽는 가운데 불꽃의 이미지는 무엇을 환기하는지 분명해진다. 불꽃은 자신의 몸(연료)을 연소시켜 열과 빛을 발생시키며 불꽃은 수직으로 상승한다. 바슐라르가 불을 '초생명'(ultra vivant)이라고 일컬은 것은 불의 강력한 생명현상과 운동성을 주목했기 때문이다.

> 나도 한때는 봉제공장 시다였었다고
> 대기업 전자공장 땜순이었다고
> 해고와 민주노조 건설을 위해

젊음을 바친 적 있었노라고
오랜 조직 생활과 가난으로
병이 들어 고생을 했었노라고
자신 있게 나를 추스려
나의 약력을 지키며 살고 싶었었노라고

남편의 긴 약력 그 사이사이에
깊이 잠든 두 아이 보듬고
눈물의 약력을 새겨 넣는다
내 마음을 뚫고 솟구치는
불꽃같았던 나의 젊음을

— 「약력」 부분

「약력」에서 시인은 노조위원장에 출마하는 남편의 약력을 정리하며 그 사이에 자신의 약력을 새겨 넣어 본다. '불꽃같았던 젊음'의 주인공이 이제 '끼워 넣는 삶'으로 바뀌었다는 사실로 인한 서글픔은 그리 대수로운 것이 아니다. 금형공으로 출발한 남편의 투쟁사와 봉제공장 시다로 출발한 자신의 약력이 교차되면서 부부의 과거는 문득 80년대라는 시대의 역사로 확장된다. 한국사의 거대한 분수령이 이 부부, 아니 한국의 민중들에겐 뜨거운 '불'의 시대, 아름다운 '꽃'의 시대였기 때문이다.

「뜬모를 하다가」는 땅에 붙박이지 못하고 물 위에서 썩어가는 모를 보면서, 척박한 땅에서 태어나 힘겹게 나날을 영위하는 민중의 삶을 떠올린다. 화자의 이러한 언어가 상투적 췌사로 들리지 않는 것은 그역시 이 공장 저 공장을 떠돌았던 노동자였으며, 지금도 정처 없이 떠도는 처지이기 때문이다. 물 위에 떠도는 '뜬모'를 '꾹꾹 눌러 심는' 것은 그런 연대의식의 소산이며, 더 나은 삶에 대한 의지의 표백이다. '뜬모'를 눌러 심는 동작의 반복이 결연한 태도만 보여주는 것은 아니다. '붙박혀 사는 삶'을 떠올리는 것은 체념하고 안거하고 싶은 욕망이 더 강렬해졌음을 알려주는 것이다. 일과 휴식, 이동과 정지는 대립되는 상태를 가리키는 말이지만 서로를 규정하고 완성하는 보완의 개념이기도 하다. 휴식이 없으면 참된 의미의 노동은 불가능하다. 노동하지 않은 사람의 휴식은 오히려 고통이 될 수도 있다.

조혜영의 시에 나타나는 '꽃'은 궁핍 속에서도 끈질기게 생활하는 민중의 삶을 환기하는 은유이자 상징이다. 「이팝꽃」이나 「칡꽃」이 대표적 사례이다. '얽히고 설킨' 땅속의 칡뿌리가 환한 꽃을 피어 올린 모습에서 튼튼한 민중 '연대의 어깨'와 그들의 낙천적인 삶의 태도를 발견한다. 칡꽃은 비가 내리면 비가 내리는 대로, 해 뜨면 향기가 더욱 짙어지는 꽃으로, 촛불보다 선명하게 서 있어 '지쳐 흔들리는 사람들'의 귀감이 되는 것이다. 지금은 비록 '현장'에 있지 않지만 그의 마음은 늘 노동의 현장이나 투쟁의 현장을 지향하고 있는데, 「개미」, 「희망」, 「부적(符籍)」, 「어느 교육장에서」, 「2001년 마지막 날의 풍경」 등의 작품이 그런 유형에 포함된다. 「개미」와 같은 작품에서도 하나의 유기체처럼 움직이고 있는 개미 군단의 집단적 힘을 주목한 바 있다.

3. '가시'와 '독'의 미학

「가시」와 「毒」은 조혜영이 자신의 삶에서 귀납해낸 중요한 이미지이자 처세론에 해당하는데 「가시」가 다른 사람을 보는 기준이라면, '독'은 자신을 지키기 위한 무기이다. '가시' 없는 사람은 '눈빛도 망연하고 손속도 느릴 뿐' 아니라 공허한 수작이나 떠는 사람이다. 그런 사람을 만나면 어지러워 세상을 논하기 어렵다는 것이다. 그에게 마음의 가시는 생살을 뚫고 돋은 것으로 한 사람의 자긍심이요 자존심이다. 가시 없는 사람은 비판 능력을 애초에 갖지 못했거나 거세당한 사람으

로 세속의 논리에 순응하며 살아가는 인간형으로 보는 것이다. '가시'
는 모순투성이의 세상을 살아가는 주체가 갖추어야 할 최소의 조건인
셈이다.

> 마음에 가시가 돋치고
> 그 가시가 생살을 뚫고 다시 돋치면
> 그 가시는 그 사람의 자긍심이고
> 자존심이다.
>
> 그런,
> 가시가 없는 사람은
> 만나도 어지럽다
>
> 그런,
> 가시가 없는 사람은
> 눈빛도 망연하여 덥석 맘을 부렸다간
> 다치기 십상이다
>
>   — 「가시」 부분

　'독'은 다른 생명을 위협하는 물질이지만, 어떤 생물들은 자신의 생
명을 지키기 위해 독을 간직한다. 시인은 풀독이 올라 돌아온 아이의
등짝에 소금을 문지르다가, 살갗에 꽃처럼 피어난 독의 모습을 보고,
문득 독이 아름다울 수도 있다고 생각하며 독의 미학을 발전시켜 "독
도 피어나면 예쁘고/모든 아름다운 것에는 독이 있다"는 역설적 선언
에 도달한다.

> 자신을 지키기 위해 독이 필요하듯
> 밝히지 않기 위해서는 누군가에게
> 뿜어내어야 한다 독은

맘속에 품고 있는 독만으로는
결코 나를 지킬 수 없다
좀 더 화려한 독이 필요하다

풀독이 오른 아이의 등짝을 문지르다
어느 때보다도 독이 필요한
나이라는 걸 마흔이 지나서야
깨닫는다

— 「毒」 부분

　　우리 시인들의 '독'에 대한 상상도 자연계의 '독'의 기능과 같은 듯
하다. 김영랑이 「독을 차고」에서 "나는 새로 뽑은 독을 품고 선선히 가
리라/마금날 내 깨끗한 마음 건지기 위하여"라고 비장하게 읊은 의미
는 죽음이 아니면 굴욕을 강요하는 일제강점기의 가혹한 현실에서 지
조를 지키기 위한 최후의 선택이었듯이, 신현림이 그의 시 「슬픔의 독
을 품고 가라」에서 "현세가 지옥인 때는 슬픔의 독을 품고 가라"고 한
것도 무자비한 세상, 지옥의 슬픔을 월경하기 위해서였다. 조혜영의
'독'도 그와 다르지 않다. 독은 누구에겐가 밟히지 않기 위해, 자신을
지키기 위해 독은 필요하고, 독을 내뿜어야 한다고 말한다. 그래서 독
은 좀 더 화려해야 하며, 마음 속 깊이 간직하고만 있는 독기로는 자신
을 지킬 수 없고 누구에겐가 '내뿜어야 한다'는 사실을 깨닫는다.

제3부

시와 역사

전환기의 문학양식

― 김동환의 서사시를 중심으로

1. 머리말

최근 우리 시의 표정을 살피노라면, 이른바 서사시의 증대현상을 발견하게 된다. 그중 문제성을 지니는 작품으로는, 신동엽의 「금강(錦江)」(1967), 신경림의 「새재」(1978), 「남한강」(1981), 「쇠무지벌」(1984), 김지하의 「오적(五賊)」(1970), 「앵적가(櫻賊歌)」(1972), 「비어(蜚語)」(1972), 「분씨물어(糞氏物語)」(1974), 장효문의 「전봉준」(1982), 문충성의 「자청비」(1980), 문병란의 「등소산의 머슴새」(1984), 배달순의 「성(聖) 김대건」(1985) 등이 있다. 이 외에도 미완이긴 하나 웅대한 구상의 일부임을 짐작케 하는 고은의 「백두산」(『실천문학』, 1985년 봄호 · 여름호)에 그 일부가 게재되었으나 미완인 채로 중단, 이동순의 「홍범도」(『창작과 비평』, 부정기 간행물 1호에 그 일부가 초반부 1641행 수록) 등도 그 귀추가 주목되는 의욕적인 시도라 하겠다. 물론 이 같은 작품들을 모두 서사시라고 부르는 데에는 여러 가지 어려움이 있다. 예컨대 「오적」, 「앵적가」 등과 같은 김지하의 작품들은 그 스스로 '담시(譚詩)'라고 부르고 있듯이, 전체적인 짜임이나 언어의 구사에 있어 독특한 면모를 지니고 있다. 그럼에도 불구하고 이러한 작품들은 서정시와는 확연히 구분될 수 있는 요소를 지니고 있다. 그것은 우선 외형적으로 서정시와는 달리 상당한 길이를 가진다는 점이다. 일반적으로 이 계열의 작품들은 최소한 수백 행에서 수천 행에 이르고 있기 때문이다. 또한 이 계열의 작품들은 구체적인 인물과 사건을 담은 플롯이 뚜렷이 드러난다는 점이다. 이 점은 이 계열의 작품이 일반적인 연작 장시 혹은 서정 장시 계열의 작품과 근본적으로 구분될 수 있는 차이점이라 하겠다.

그런데 이 같은 계열의 작품에 관한 논자들의 견해는 매우 다양하게 나타나고 있다. 그 가운데 특정한 작품에 대한 평가는 논외로 치더라도, 장르 명칭에 관한 논란과 문학적 성과에 관한 긍·부정적인 입장은 자못 첨예하게 갈라져 있음을 알 수 있다. 앞으로 서사시에 관한 다각적이고 구체적인 검토가 이뤄져야 한다는 말이다.

2. 우리 서사시를 보는 한 관점

서사시에 관한 논의가 보다 생산적이기 위해서는 올바른 문제 제기로부터 출발해야 한다. 이를테면, "김동환의 「국경의 밤」과 「승천하는 청춘」은 서사시인가 아닌가?"와 같은 질문이 과연 타당한 것이며 의미 있는 결론을 이끌어 낼 수 있느냐는 것이다. 우리 문학의 전통에서 서사시라는 용어가 사용된 것은 1920년대 이후의 일이다. 때문에 위의 문제를 해결하기 위해서는 서구의 문학적 유산을 근거로 한 '에픽(Epic)'의 개념을 차용하는 것이 가장 손쉬운 방법이 될 수밖에 없다. 여기에서 대부분의 논자들은 기원전에 이루어진 「일리아드」나 「오딧세이」 같은 작품을 모델로 하여 추출해 낸 서구의 서사시 개념을 금과옥조처럼 채택하여, 근대 한국에서 발표된 작품에 대조한다는 일이 얼마나 무의미한 일인가는 고려하지 않는다. 즉 서구의 전통적 서사시 개념과 '서사시'라고 지칭되고 있는 일군의 우리 근대문학 유산들이 부합되지 않는 것이 당연한 일임에도 불구하고, 그 부합 여부가 마치 작품의 평가기준인 것처럼 생각해 왔다. 일반적으로 각각의 문학양식은 그것을 산출한 사회·문화적 배경에 따라 다양한 위상차를 지니게 되는 것이다. 이 점을 도외시한 서구문학을 기준으로 삼는 규범론적 태도는 성찰해야 할 태도임이 분명하다. 다시 말해 우리는 공간적으로는 한국, 시간적으로는 근대에 쓰인 한국 근대 서사시가 서구의 전통적 서사시와 다르다는 것이 지극히 당연한 사실이라는 점과 그것이 우리의 전통적 서사문학 유산인 한문 서사시, 판소리, 서사무가, 서사민요와는 다를 수밖에 없다는 것이 당연한 이치임을 자각해야 한다. 이 점에서, '전통적 서사시'와 '근대 서사시'를 구분해야 할 필요성이 있는 것이다. 전통적 서사시는 민족의 영웅이 활약하던 아득한 과거를 배경으로 하고 있는데, 이 시기는 각 민족사의 유년기이자 절정기에 해당하는 시기이다. 이 시기에는 '일체의 외부적 세계라는 것이 존재하지 않았을 뿐만 아니라 영혼에 대립하는 타자(他者)도 전혀 존재하지 않았던' 시기였기에 루카치는 이를 '인류의 황금기'라고 일컬었던 것이다. 그러나 오늘날은 이미 그와 같은 조화로운 세계가 아니다. 내부와 외부는 균열되었으며, 영혼과 행위, 그리고 자아와 세계가 불일치하고 갈등하는 징후가 뚜렷해진 시대인 것이다. 이와 같이 자아와 세계가 갈등하는 시대에 삶의 총체성(골드만에 따르면 자아와 세계 간의 단절이 없거나 단순히 우연적으로만 존재하는)을 근거로 하는 전통적 서사가 더 이상 의미를 지니지 못하게 됨은 당연하다. 장르는 그것을 지탱해 주고 있는 사회·문화적 지반과 유리될 때 그 참된 생명력을 상실하면서 고정된 문학유산으로 남게 되기 마련인 것이다. 그 때문에 서사시는 완전히 새로운 형식의 서사시인 소설에 그 역할의 대부분을 양보하고 자취를 감추었던 것이며, 우리에겐 오래 전에 성장을 멈추고 골동품이 된 장르라고 여겨지는 것이다.

그렇다면 근대적 서사문학인 소설이 뚜렷하게 자리잡고 있는 이 시기에, 서사시라고 하는 일군의 작품이 씌어질 뿐 아니라 양적인 팽창을 보여준다는 현상은 무엇을 의미하는 것일까? 그것은 내적인 필연성 때문인가? 아니면 단순한 복고적 현상인가? 이와 같은 질문들이 우리의 전 장르체계뿐만 아니라 사회·문화 영역과 깊은 관련을 맺고 있는 것이기에, 매우 광범위한 검토작업을 요하는 것이므로 섣불리 언급할 성질은 못 된다. 그러나 여기에서 몇 가지의 문제 제기와 진단은 가능하리라고 믿는다.

우선 서사시의 발생배경을 살펴봄으로써 그것이 시대와 어떤 관련을 맺고 있는지를 확인해 볼 수 있을 것이다. 지금까지 정리되어 있는 서사시의 개념 가운데, '민족이라는 집단에 관한 이야기'라는 사실은 보편적으로 추인된다. 따라서 서사시는 민족적 영웅을 주인공으로 하여 그 투쟁기를 그린 것이다. 이러한 민족적 영웅의 일대 투쟁기가 씌어지는 시기가 대부분 내적·외적 원인들로 인하여 민족의 운명이 위기에 처하거나, 동질성이 크게 위협받는 시기라는 점이다. 이는 우리의 서사시적 유산의 발생시기를 살펴보면 쉽게 알 수 있는 사실이다. 주지하다시피 고구려 건국의 웅대한 스토리를 담은 이규보의 「동명왕편(東明王篇)」이나 이승휴의 「제왕운기」가 쓰인 시기는 고려의 건국 이래 최대의 국가적 위기에 해당하던 때이다. 고려에 있어 12~13세기는 거란과 금(金), 원(元) 등의 북방 이민족으로부터 거듭된 침략이 있었으며, 무신정권의 성립으로 인한 귀족정치의 붕괴, 농민과 노비들의 봉기들이 변란으로 점철되던 시기였던 것이다. 또한 조선왕조의 건국서사시에 해당하는 「용비어천가」 역시 왜구의 빈번한 침입, 고려의 구 귀족과 신흥 사대부 간의 갈등, 그리고 유·불 혼합적 구질서와 주자주의(朱子主義)라는 새로운 질서 간의 갈등을 해결하고 역성혁명의 명분이 요청되는 시기에 이루어졌던 것이다.

일제하에서 쓰인 「국경의 밤」, 「승천하는 청춘」, 6 · 25 직후에 쓰였던 「남해찬가」 같은 작품들도 이러한 민족사적 위기의식과 관련을 맺고 있는 것으로 판단된다. 또한 70년대 이후에 나타난 서사시의 급격한 양산 추세는 바로 이 무렵을 전후하여 사회 전반에 고조되고 있는 민족주의 조류와 분리해서 생각할 수는 없을 것이다. 이렇게 볼 때 한국 근대문학에 있어서의 서사시의 대두는 민족사적 특수성의 한 반영이라고 믿어진다. 한편 중남미에도 파블로 네루다의 「총 가요집(canto general)」과 같은 서사시가 씌어지고 있음을 확인할 수 있는데, 이는 한국과 유사한 민족사적 굴절을 겪어야만 했던 제3세계의 공통된 현상으로 볼 수도 있지 않을까 한다.[1]

이러한 역사적 토대와 함께 고려되어야 할 것은, 서사시가 운문으로 표현된다는 사실이다. 이는 서사시가 이야기(산문 정신)와 시(운문 정신)의 구조적 통일체로 나타나는 형식임을 말하는 것이다. 조금 거친 이분법이지만, 산문의 미덕이 객관적이고 분석적인 '드러냄'의 방식을 통하여 세계인식에 이르고자 하는 양식이라면, 시는 주관적이고 객관적인 '감춤'의 방식에 기대고 있다 하겠다. 그렇다면 서사시는 우리의 개념으로는 서로 대치적인 위치에 서 있는 두 인식태도의 결합인 만큼, 형식의 견고성이 보장되기 어려운 양식이라 하겠다. 그 불안정성은 앞서 지적한 바와 같이 서사시라는 특수한 문화양식을 지탱하는 역사적 지반의 상이함에서 비롯되는 것이다. 이 같은 미학적 불안정성에도 불구하고 서사시가 선택되는 이유를 작가의 입장에서 살펴보면 다음과 같다. 1)생의 직관적 · 감각적 포착에 익숙한 작가가 서사적 비전

---

1) 이 점에 관해서는 민용태, 「중남미의 민중 서사시」, 『한국문학』 1985년 1월호 참조.

을 제시하려고 시도하는 경우. 2)사회적 요인에 의해 첨예한 갈등을 드러내는 본격적인 서사양식의 선택이 암암리에 혹은 노골적으로 제약받거나 3)급격한 변화로 인하여 서사적 대응이 지체되고 있는 과도기적 상황 등을 들 수 있다.

위에서 논의한 몇 가지 관점을 토대로 하여 한국 근대 서사시의 출발선상에 놓여 있는 김동환의 두 서사시 「국경의 밤」과 「승천하는 청춘」을 살펴보기로 하자.

3. 국경의 밤 ─ 비극의 이중구조

1925년에 발간된 서사시 「국경의 밤」은 모두 3부 72장 980행으로 이루어진 서사시이다. 이 작품의 배경으로 삼고 있는 두만강변의 'S촌'은 조선인들과 여진족의 후예인 '재가승(在家僧)'들이 함께 사는 부락이다. 작품의 스토리를 요약하자면, 작품의 주요인물인 '청년'과 재가승의 딸인 '순이'는 서로 사랑했지만, 재가승은 재가승끼리만 혼인해야 한다는 관습 때문에 순이는 여진족인 동네 촌장의 집으로 시집을 가고 만다. 이로 인해 크게 상심한 청년은 서울로 떠나 방탕한 생활을 하다가 어느 날 'S촌'으로 되돌아와서 순이가 사는 집을 찾아 문을 두드리지만 이미 남편과 자식을 가진 순이는 끝끝내 문을 열어주지 않는다. 더구나 청년이 찾아온 밤은 순이의 남편 병남이 소금 밀수출 마차를 끌고 국경 너머로 갔기 때문에 그녀는 매우 불안한 심정이었던 것이다. 그래서 창을 사이에 둔 두 남녀가 지난날을 회상하는 대화를 주고받는 가운데 새벽이 다가온다. 그런데 간밤에 국경을 넘었던 순이의 남편 병남이 마적의 총에 맞은 시체가 되어 돌아옴으로써 대단원을 맞이한다. 이로 보자면 「국경의 밤」은 우리가 흔히 보아온 비련의 모티브를 감상적으로 처리한 연애담에 불과하지만, 여러 가지 문제성을 지닌 작품이다. 우선 기법상의 문제만 보더라도 이 작품은 매우 다양한 기법들이 혼효되어 있다. 작품의 첫머리에 나오는 장면 제시의 수법은 소설의 그것을 방불케 한다.

「아하 무사히 건넛슬가
이 한밤에 남편은
두만강(豆萬江)을 탈없이 건넛슬가

지리 국경강안(國境江岸)을 경비(警備)하는
외투(外套)쓴 거문 순사(巡査)가
왔다-갓다
오르명내리명 분주(奔走)히 하는데
발각도 안되고 무사히 건넛슬가」

소곰실이 밀수출마차(密輸出馬車) ㅅ듸워노코 밤새가며 속태이는 젊은 안낙네
물네젓든 손도 맥(脈)이 풀려서
파! 하고 붓는 어유(魚油) 등잔만 바라본다.
북국(北國)의 겨울밤은 차차 깁허 가는데

— 「국경의 밤」 부분

이야기의 배경이 되는 국경이 밤 풍경과 인물의 심정을 간명하면서도 적절하게 보여준다. 그것은 추위와 어둠 그리고 짙은 불안의식으로 조만간 다가올 비극을 예고하고 있는 듯하다. 그런데 「 」안의 부분이 직접 화법인 독백(monologue)으로 이루어져 있고 그 뒤는 묘사(description)로 이루어져 있다. 전자가 극적 수법이라면 후자는 소설적 수법이다. 「국경의 밤」은 첫머리뿐 아니라 전체적으로도 이와 같은 극적 요소와 묘사의 기법이 혼합된 구조를 지니고 있다. 특히 제3부 58장은 전체가 흡사 오페라와 같은 대화체로 이루어져 있다.

청년 : 나와가치가오! 어서가오
멀니멀니 넷날의 꿈을 둘츠면서 지내요.
아하 순이(順伊)여!

처녀 : 아니! 나는 못 가오 어서 가세요
나는 남편(男便)이 있는 계집
다른 사내하고 말도 못하는 계집

— 「국경의 밤」 부분

이러한 극적 대화의 수법과 함께, 이 작품이 순이를 둘러싸고 병남과 이루는 잠재적 삼각관계의 모티브로 이루어진다는 점은, 1910년 초에서 1930년대 중반에 이르는 동안 성행했던 신파극의 영향을 어느 정도 반영하는 것이라고 믿어진다. 한편 「국경의 밤」은, 그 사건이 저녁에서 시작되어 이튿날 아침에 끝나며, 그것이 동일한 장소에서 일어나는 단일한 사건이라는 점에서 볼 때, 서양 고전주의극의 이른바 '3일치'에 충실한 것으로 여겨질 수도 있다. 이 같은 사실은 「국경의 밤」이 장구한 시간과 광역화된 배경 및 인물을 다루는 전통적 서사시보다 드라마에 근접하는 양식처럼 보이게 하는 요소이다.

그런데 「국경의 밤」을 평가하기에 앞서 해결하여야 할 문제는 작품의 주인공 문제이다. 만약 작품의 주인공이 제대로 파악되지 않으면 중심적인 갈등과 전체적인 의미가 불투명해지기 때문이다. 다음과 같은 사실에서 이 작품의 주인공은 '청년'이 아니라 '순이'로 보는 것이 옳을 듯하다. 그것은 이 작품의 지배적인 분위기를 보여주는 도입부가 순이의 심정묘사라는 점, 제1부 전체가 순이의 모습을 부조하는 데 할애되어 있다는 점, 청년에 비해 순이가 훨씬 성숙한 의지를 지닌 긍정적 인물로 나타난다는 점, 그럼에도 불구하고 상대역인 청년보다 훨씬 비극적 상태에 빠진다는 점 등이다. 이렇게 「국경의 밤」은 순이를 중심으로 이해해야만 진정한 갈등구조가 드러난다. 이 작품의 커다란 갈등은 사랑하는 두 남녀가 신분차(혹은 민족문제)로 인하여 결혼하지 못한 데서 비롯된다. 그것이 '청년'에게는 하나의 실연에 불과하지만 여자 주인공에게는 천대받고 소외당하는 소수민족의 애환이 된다. 이러한 재가승의 율법 앞에서 순이는 '죽기를 한하고' 울고 때를 썼지만, 아버지가 교살된다는 말에 하는 수없이 재가승의 집으로 시집을 가야만 했다. 순이의 불행은 여기서 끝나지 않는다. 원치 않은 결혼임에도 불구하고, 그저 평화롭게만 살려고 애쓰는 그녀에게 곧 새로운 위기가 닥쳐왔기 때문이다.

몇 해 안가서
무산영상(茂山嶺上)엔 화차통(火車通)
검은 문명(文明)의 손이 이 마을을 닥쳐 왔다.
그래서 사람들은 전토(田土)를 팔아 가지고 차츰 떠났다.
혹은 간도로 혹은 서간도로

(…중략…)

마을 사람이 거의 떠날 때
출가한 순이(順伊)도 남편(男便)을 따라
이듬해 여름 강변(江邊)인 이 마을에 옮겨 왔다.
아버지 집도 동강(東江)으로 가고요――
멀구 짜는 산곡(山谷)에는 토지조사국 기수가 다니더니
웬 삼각표주(三角標柱)가 붓구요
초개집에도 양(洋)납이 오르고

'검은 문명'으로 표상된 일제의 토지수탈 정책으로 전답을 빼앗기고 떠나가는 모습이다. '문전의 옥토는 어찌되고/쪽박의 신세가 웬말인가?'라는 「본조 아리랑」의 가락이 연상되는 구절이다. 삶의 터전인 농토를 잃은 그들이 택할 수 있는 길이란 인용한 대목에서 나오듯 고향을 등지고 간도 이민을 떠나거나, 순이의 남편처럼 생명을 건 밀무역밖에 없었던 것이다. 이들의 삶을 극한상황까지 몰아붙인 근원적인 원인이 일본의 가혹한 식민지배라는 사실임을 또한 명료하게 보여주고 있다. 그것은 순이가 근대식 교육과, 도회지에서의 방탕한 생활을 경험한 '청년'을 의식적으로 거부하면서 한 말에서도 확인된다.

> 그래두 실혀요 나는
> 당신 갓흔이는 실혀요
> 다른 계집을 알고 또돈을 알구요
> 더구나 일본 말까지 아니

  그런데 순이의 삶이 결정적으로 불행해지는 것은 남편의 죽음이다. 그녀는 재가승이라는 신분 때문에 깊은 상처를 받았으며, 일제의 토지수탈로 인하여 마을을 떠나 밀수출업으로 연명하다가 마침내 남편까지 잃어버리게 된 것이다. 남편 병남의 죽음은 그녀에게는 마지막 생존의 수단도 사라졌다는 것을 의미하는 것이다. 병남의 죽음이 순이 개인의 불행이 아니라 공동체의 운명, 나아가 민족의 운명과 관련되는 것이라고 보는 것이 비약이 아님은 이 작품의 마지막 부분에서 새삼 확인할 수 있을 것이다.

> ① 삼동에 뭇 기운 병남(丙男)의 송장은
>   쫓겨가는 자(者)의 마지막을 보여 주었다
>
> ② 여러사람은 여기에는 아모말도 아니하고 속으로
>   「흥 언제 우리도 이 꼴이 된담!」
>   애처롭게 압서가는 동무를 조상(弔喪)할 뿐

①, ②에서 병남의 죽음이 개인의 불행을 넘어 사리적 의미를 띠게 된다는 것임을 보여 준다. 작품의 대단원에서 '그래두 조선땅에 뭇긴다'는 노훈장의 발언은 의미심장한 말이 아닐 수 없다. 그 말은 모국에서 살 수 없어 이역만리를 떠돌다가 죽어가는 경우보다는 낫다는 서글픈 위안이다. 또 병남의 죽음 앞에서 두 남녀의 갈등이 해소되고 부락민에게는 국외자였던 청년도 그들과 슬픔을 같이하는 공동체의 일원이 된다. 이때, '연기를 피하여 간다'라는 청년의 마지막 발언은 망자(亡者)에 대한 위로이자, 질식할 듯한 당대상황에 대한 절망적 인식을 드러낸 것이다. 이로 볼 때 서사시 「국경의 밤」은 비극의 이중구조를 통해 암흑의 식민지상황을 표출하려고 시도한 작품으로 여겨지는 것이다. 여기에서 비극의 이중구조라 함은 '사랑의 구조'(순이와 청년과의 관계)와 '현실적 삶의 구조'(남편 병남과의 관계)가 소수민족문제와 일본 제국주의에 의해 모두 훼손당함을 말한다. 그런데 이러한 비극의 구조가 견고하게 형상화되지 못하고 오세영의 지적처럼 통속적인 애정사건으로 비춰지고 있다는 점은 「국경의 밤」이 지닌 한계이다. 그것은 '청년'이라는 인물을 구제불능의 타락자나 치기 어린 인물로 그려 놓고 있으면서도 작품의 중심에 위치시킨 데에서 비롯되는 것이다. 또 순이의 남편 병남의 모습이 좀 더 구체적으로 제시되었더라면 오히려 설득력을 지닐 수 있었을 것이다. 이 외에도 여러 가지 문제점들이 지적될 수 있겠지만, 이 작품이 근대적 공간에서 처음으로 창작된 서사시라는 점, 다시 말해 서사시의 준거가 근대문학에서 없는 상태에서 씌어졌다는 점, 또 검열제도에서 자유로울 수 없었다는 점 등이 감안되어야 할 것이다.

그와 같은 전제를 염두에 둘 때 「국경의 밤」은 몇 가지 문학사적 의의를 지닌다. 그것은 첫째, 1920년대 중반의 암울한 식민지적 상황을 좀 더 구체적인 모습으로 드러내려는 시도였다는 점. 둘째, 추위와 어둠, 그리고 불안의식으로 드러내려는 국경지방의 정서를 소상히 보여 주었다는 점. 셋째, 한반도 내에도 소수민족의 소외문제가 존재함을 처음으로 문학에 수용하고 있다는 점 등이다.

4. 「승천하는 청춘」 — 민족 수난의 현장과 허구적 가치와의 괴리

김동환의 두 번째 서사시 「승천하는 청춘」(신문학사, 1925)은 7부 61장으로 짜여 있는데, 첫 서사시 「국경의 밤」에 견준다면 양적으로 두 배에 달하는 장형 서사시이다. 「승천하는 청춘」의 스토리는 관동대진재 직후 재일동포들이 강제 수용되었던 치바현의 나라시노 이재민 수용소(習志野罹災民收容所)에서 시작된다. 당시 수용소에 갇혀 있던 한 처녀와 청년이 서로 사랑을 나누고 육체적인 관계까지 맺는다. 어느 날 청년은 사상범으로 체포되어 끌려가 버리고 남아 있던 처녀는 홀로 귀국하였다가 나라시노의 청년을 잊고자 다른 남자와 교제하다가 그와 결혼을 한다. 결혼 후 얼마 뒤에 죽은 줄로만 알았던 나라시노의 청년이 갑자기 마을에 나타나지만, 그녀는 이미 만날 수 없는 몸이 돼버린 자신의 처지를 한탄한다. 그런데 결혼한 지 3개월 만에 아이(나라시노 이재민 수용소에서 만난 '청년'의 아이)를 낳게 되자 그녀는 시집에서 쫓겨나고 만다. 그 후 그 청년이 서울에 있다는 소문만 듣고 상경하여 혼자 아이를 기르면서 청년을 찾으려고 애쓰지만 끝내 만나지 못한다. 그러던 중 아이가 병들어 죽게 되자 아이의 시체를 공동묘지에 묻고 나서 자살할 결심을 하고 천주당의 탑 위로 올라가는데, 바로 이때에 나타난 청년과 함께 자살을 하는 것으로 이야기는 끝난다.

이처럼 「승천하는 청춘」은 모티브 면에서 「국경의 밤」과 유사한 점이 많은데, 사랑하는 두 남녀가 결혼을 성취하지 못한다는 점, 작품의 대단원이 등장인물의 돌연한 죽음으로 마무리된다는 점 등이 그것이다. 또 플롯의 전개에 있어서도 「국경의 밤」과 마찬가지로 밤에 시작되어 이튿날 아침에 마무리되고 있는 점도 흡사하다 하겠다. 이러한 아침과 밤은 자각 현실과 미래의 시간상징으로 해석될 수도 있겠다.

작품의 첫머리는 칠흑 같은 어둠에 묻힌 '시구의 밖' 공동묘지의 밤 풍경이다.

> 물결을 처넘는 저 십리 백골총(白骨塚)을 바라보노라면
> 춤한번 삼키지 않고 그 무덤만 가만히 바라보노라면
> 금시에 관뚜껑을 뜯고 수천 수백의 망령들이
> 줄광대 모양으로 가달춤 추며 제각금 뛰여나와
> 코키리 파먹고 난것가튼 제무덤 꼭대기에 올나서서
> 무어라고 두팔을 저으며 인간세상을 향해 부르는듯
> 구멍이 숭숭 뚤닌 크다란 그 두개골(頭蓋骨)이
> 남산 봉화택가치 쑥 내밀며 너훌너훌 춤 치워질때
> 더구나 물리화학표본가튼 척수골에 사지가 턱턱 드러붓고
> 머리에도 바람에날니는 자도 넘는 가락이 씨워질때
> 금박에 목숨부튼것가치 엉기엉기 기어나와 손을 마조잡을 것가튼
> 그 모양을 보고는
>
> ──「승천하는 청춘」 부분

구체적 이미지를 지니지 못하는 직유(방점 부분)의 과다한 사용으로 시적 긴장감이 해체된 듯하지만, 음산한 공동묘지의 밤 풍경을 여실히 드러내고 있다. '어둠', '추위', 그리고 '불안의식' 등의 표상이 '국경의 밤'이었다면, '공동묘지의 밤'은 짙은 허무와 절망감의 표상이라고 하겠다. 한편 이 작품의 또 다른 배경은 나라시노이재민수용소인데 이는 관동대진재 직후 우리 동포들이 감내야만 했던 참상의 일부를 실감나게 제시하고 있다는 점에서 의의를 지닌다. 1923년 9월 1일에 발생하여 동경 일대를 강타한 관동대진재로 일본은 사망자와 부상자가 각각 10만에 이르고 이재민이 340만에 이르는 막대한 피해를 입었다. 진

재 직후 일본정부는 국도로 혼란에 빠진 민심을 수습하기 위한 희생양으로 재일동포를 선택했다. 그 계략은, 조선인이 각지에서 폭동을 획책하고 있으니, 그 배후에는 사회주의자와 과격사상의 소유자가 있어 내란을 일으키려 한다는 터무니없는 유언비어를 날조 유포하여 일본인들의 배타적 감정을 자극시킨 것이었다. 그와 같이 일본 정부가 조작 선동한 혼란은 우리 교포를 무참히 학살하였으며, 또 그와 비슷한 숫자에 달하는 교포들을 소위 '보호'라는 명목으로 수감하였다가 그중 상당수를 수용소 안에서 학살하였던 것이다.

　나라시노 이재민 수용소는 일제가 '보호'를 빙자하여 재일동포를 강제 구금했던 여러 수용소 중의 하나였다.

> 이천여명 피란민들이 이 습지야 벌의 가병영(假兵營)에 몰녀와
> 힌옷 입었다는 일흠 아래 보호 바더잇섯다
> 내구와 불고치와 또 모든 위험에서 겨우 피해서
> 남미(南米)카피차 따러 가는 어느 두부의 이민때가치
> 이리굴니고 저리몰니며 계딱지만한 이 병영(兵營)에 모여살엇다.

　이처럼 「승천하는 청춘」의 제2부는 수용소 생활의 참상을 퍽 소상하게 그리고 있어 주목되는 것이다. 비록 '내굴'(맵고 독한 연기라는 뜻의 함경방언으로 「국경의 밤」의 마지막 대사인 '연기를 피하여 간다'라는 표현과 같은 의미이다)과 '불고치'로 표현된, 직접적인 위협으로부터는 벗어났다 하더라도 고통은 마찬가지였음을 이 대목에 보여주고 있다. 생명을 유지하기조차 힘든 급식량과 질병으로, 그리고 가혹한 처벌로 인하여 수용소 안에서 죽어가는 동포들의 모습을 제2장 전체에 걸쳐서 보여주고 있는 것이다. 이처럼 서사시 「승천하는 청춘」은 민족 수난의 역사적 현장을 형상화한 작품이라는 점에서 주목받아 마땅한 것이다. 그럼에도 불구하고 이 작품 역시 몇 가지 한계점을 노출

하고 있다. 먼저 등장인물의 행동을 일관성 있게 제시하지 못했으며, 의식의 미분화상태를 드러내 주었다는 점이다. 작품의 남자 주인공은 사회주의 사상을 가진 인텔리로서 "지선(至善)을 위해서 정당(正當)을 위해서/목숨을 위해서 력사의 진행을 위해서" 투쟁하기로 맹세한 비밀결사의 일원으로 그려지고 있다. 그러한 인물이 어린 아이의 죽음 때문에 모든 가치 추구를 포기해 버리고 애인과 동반자살을 한다는 것은 어처구니 없는 변화가 아닐 수 없다. 여자 주인공의 성격 역시 구체적인 근거 없이 수시로 변화하고 있는 바, 지순한 여인으로 부조되었던 여인이 어느 겨를에 성욕 예찬론자가 된다. "성욕의 부정은 생명의 부정이다/성욕의 경멸은 자기 자신의 경멸이다"와 같은 어색한 아포리즘을 연발하거나, "조선사람에게 허락된 오직 한가지 자유스런 이 행복(성적인 행복)을 마시며 그로 나오는 우슴을 찾읍시다. 사는 뜻을 받읍시다"라는 말에서처럼 도피적인 성 탐닉에로 경사하고 마는 것이다. 문학에서 건강한 성욕이란 생명력의 충만을 가리키기도 한다. 그리고 이러한 표현이 부분적으로는 식민지하 사회의 자유 없음을 역설적으로 제시하려는 의도가 엿보인다 하더라도 문맥상 생뚱맞게 제시되고 있어 독자들을 의아하게 할 따름이다. 또한 그것이 여자 주인공의 경우처럼 옛애인을 잊기 위한 수단이라면 병적일 수밖에 없으며, 조선사람 유일의 자유가 그것임을 알고도 거기에 탐닉해 들어간다는 데에 이르러서는 지극히 미성숙한 의식, 파탄 직전의 한 인간의 모습을 발견하게 된다. 또한 당시로 보면 지식인 계통에 속하는 여자 주인공이 임신 7개월의 몸인데도 다른 남자와 결혼하여 결국 그 결혼이 파경에 이르게 되는 상식 이하의 행동을 또 한번 보여주기도 한다. 무엇보다 이 작품에 나타난 두 남녀의 결정적인 불행이 바로 이러한 여자 주인공의 성격 변화에 관련되어 있다는 점에서 그것은 간과할 문제가 아닌 것이다. 이로 인해 작품의 사회적 가치는 현저히 축소되어 열악한 멜로드라마로 비난받을 길을 터준 것이다.

그런데, 「승천하는 청춘」이 우리의 주목에 값하지 못하는 또 하나의 결함은 안이한 결말 처리방식이다. 초월적 가치나 숙명적 세계관에 함몰하지 않고 부단히 현실과 대결하거나 자아의 일방적 패배를 인정하지 않는 것이 근대적 인간형의 문학적 표현이다. 「승천하는 청춘」의 두 주인공은 이 점에서 비현실적이다. 그들은 구체적인 삶에 기반을 두지 않은 허구적인 가치에만 매달려 있었다. 한 아이의 죽음으로 인해 완전히 포기되고 마는 남자 주인공의 '혁명적 정열'은 분명히 취약한 이념이다.

또한 슬픔을 딛고 일어서서 현실적인 사랑을 실현할 수 있는 기회를 맞이했음에도 불구하고 끝내 그것을 죽음이라는 승화 아닌 도피로 종결해 버린다는 점에서 두 남녀가 부르짖던 사랑 역시 허구적 가치임이 분명하다.

「승천하는 청춘」에서 두 주인공의 죽음은 이처럼 지상에서 실현될 수 없는 가치의 추구가 좌절된 데서 비롯된 것이다. 그러나 이들을 실현할 수 없는 가치에 집착케 하고 마침내 죽음이라는 비정상적인 수단으로 귀착시킨 것은 결국 작가의 불철저한 현실인식 혹은 낭만주의적 세계관에 관련되는 것일 터이다. 물론 그 같은 낭만주의적 세계관이 깊었다는 데에는 공감할 수 있다. 그러나 그것이 보다 의미 있는 조류였다고 믿어지지는 않는다.

5. 마무리

지금까지 필자는 최근 시단에 새롭게 대두되고 있는 서사시가 한국문학의 위상 속에서 지니는 의미를 살피면서, 그 출발점에 놓여 있는 김동환의 작품을 검토해 보았다.

김동환의 서사시 「국경의 밤」과 「승천하는 청춘」은 국내 소외민족인 재가승 집단과 관동대진재 하에서의 재일동포의 참상이라는 민족적 소재들을 일제의 압제하에 놓여 있던 당대 우리 민족의 운명과 결부시켜 형상화하였다는 점에서 뚜렷한 의의를 지니는 것이었다.

이러한 의의에도 불구하고 그 두 작품이 한국 근대 서사시의 준거로 삼을 만큼 탁월한 문학적 성취를 보여주었다고 판단되지는 않는다. 일차적으로 그것은 「승천하는 청춘」에서 드러나듯 자칫 민족적 허무감을 조장할 위험성까지 내포한 작가의 불철저한 세계인식에서 비롯된 것이다. 이 같은 평가는 그 작품이 처한 환경, 즉 그것이 일제하에서 쓰여졌다는 점과, 최초의 시도였다는 점을 감안할 때는 어느 정도 완화될 수 있을 것이다.

우리는 서사시가 산문과 운문의 갈등하는 통일체라는 인식을 가지고 있다. 그것의 예리한 현실인식과 섬세한 감성을 동시에 요구하는 양식인 것이다. 만약 이러한 균형이 깨어져서 지리한 운문의 연속체가 된다면 짧은 서정시의 감동에 오히려 미치지 못하게 될 것이다. 한편, 적당히 행만 바꾼 산문으로 비춰진다면 소설에 훨씬 미달하는 기형적인 모습을 드러냄으로써 독자들의 기대에 부응하지 못하는 양식이 되고 말 것이다.

또한 우리는 서사시가 민족적 위기의 시대에 발생하는 양식이라는 인식을 가지고 있다. 때문에 서사시에는 추상이 아닌 구체적인 민족의 수난을 증거하고, 민족이 그 수난에서 해방되기를 염원하는 내용이 담겨지기를 희망한다. 그렇지 않고 오늘과 팽팽한 긴장을 가지지 못하는 역사적인 소재와 복고적 태도에서 씌어진 것이라면 그 가치는 상당부분 감소될 수밖에 없을 것이다.

끝으로 우리는 서사시가 민족적 내용을 담고 있듯이 그 내용에 걸맞는 형식을 성취하기를 희망한다. 민족 고유의 노래형식이 자취를 감춘 지 오래이며, 공동체적 기반이 해체되어 가고 있는 오늘날 우리 고유의 형식을 성취한다는 일은 지난한 과제일 것이다.

　이 점에서 최근 몇몇 시인들이 시도하고 있는 판소리, 서사무가 등을 비롯한 구비서사양식의 실험은 소중한 것이며, 다소의 문제점에도 불구하고 우리 서사시의 새 지평을 열어갈 수 있는 가능성을 시사하는 것이라고 믿는다.

이규보의 서사시 「동명왕편」과 그 창작배경[1)]

1. 중세서사시의 성격

문학양식으로서의 영웅서사시는 영웅적, 집단적, 객관적 성격을 지
닌 그것의 중요한 존립기반이었던 공동체 사회의 소멸과 함께 장르적
발달을 멈추고 고전적 유산으로서 기록이나 구전을 통해 전승되어 왔
다. 그런데 작품으로서의 영웅서사시가 문학유산으로 고착화하는 것
과는 달리 그것이 지닌 양식규범은 역사적 변천과정을 경과하면서, 발
생 초기와 흡사한 사회적 환경이나 특수한 집단적 심리와 결부되면서
새로운 모습으로 재현[2)]되거나 특수하게는 오늘날까지 지속되기도 했
다.[3)] 아울러 여타의 장르들과 교호[4)]하면서 문학의 장르체계에 변화를

---

1) 이 글은 필자의 석사학위논문 「韓國近代敍事詩硏究」(1989)의 제3장을 개고한 것이다.
2) 특수한 '집단심리'를 근거로 한 서사시적 문학은 기독교서사시, 불교서사시(찬불가 및 「용
   비어천가」), 서사무가 등이 있다.
3) 서사민요와 판소리가 대표적인 예이다
4) "年代記"와 결합된 '史時'인 「제왕운기」, 「한양가」 등이 그 예이다.

주는 경우도 있었다.

고대 영웅서사시 이래, 서사시적 양식들이 대규모적으로 재현되는 시기는 유럽의 봉건제 성립시기(8~9세기)와 밀접하게 대응되는 바, 이는 제정 로마의 영토 내로 침입해 들어온 게르만 민족이 벌인 여러 가지 투쟁으로 인하여, 일대 '영웅시대적'인 분위기가 조성되는 것과 '영웅시대'와의 역사적 지반이 유사한 탓일 수 있다. 대표적인 중세 서사시인 『니벨룽겐의 노래(Nibelungenlied)』, 『롤랑의 노래(Chanson de Roland)』와 각종 '무훈시(Chanson de Geste)'들은 12~3세기에 문헌으로 정착되었지만 그것의 역사적 배경은 6~8세기였다.[5] 또한 12~3세기는 기사(Knight) 신분이 봉건사회의 지배층으로까지 성장하게 되며, 중세문학의 정수라고 하는 기사적 궁정서사시가 독일에서 많이 쓰여졌다.[6]

그러나 이러한 궁정서사시는 그 이전의 카톨릭문학이 지니고 있던 독단에 구속되지 않으면서 세속적인 삶을 일정부분 반영하고 있다는 의의를 부여할 수 있으나, '영웅서사시' 특유의 집단적 객관적 성격은 지닐 수 없었다. 궁정서사시는 사회 전체를 반영할 수 없었으며 또한 반영하려고 노력하지도 않았다. 궁정서사시에 표현된 현실은 단편적이었으며 그나마 신분적인 관심으로 인해 극도로 제한되었다. 궁정서사시는 오로지 기사계급의 군사적, 도덕적, 풍속적 관계들을 이상화하여 묘사했기 때문이다. 궁정서사시가 갖는 가장 큰 의미는 그것이 교훈적인 기능, 즉 봉건적 이념을 구현하는 것이다. 그런데 이러한 점은 메르헨의 세계로의 도피를 의미한다. ―현실의 관계들은 분명히 결코

5) A.T. Hatto, *The Nibelungenlied*, London, C.Nichol & Company, 1975, p.7 참조.
6) 궁정서사시의 대표적인 작품으로는 하르트만 폰 아우에(Hartman Von Aue)의 『불쌍한 하인리히』, 볼프람 폰 에셴바흐의 「파르찌발(Parzival)」 등이 있다.

이상적인 상태가 아니었기 때문이다.[7]

이와 같은 중세 '궁정서사시'의 비현실적 성격은 어디에서 기인하는가? 그에 대한 답변은, 봉건적인 중세사회가 인류사 유년기의 공동체로부터 완전히 절연되어 있을 뿐만 아니라, 새로운 공동체에 대한 전망도 아직 대두되고 있지 않은 사회라는 시대적 조건에서 찾아져야 할 것이다.

집단의 운명과 밀접하게 통일되는 영웅의 시련과 투쟁을 그리고 있는 영웅서사시가 생생한 구체성과 삶의 전체성을 반영하고 있음으로 인해 오늘날까지도 하나의 예술적 규범으로 남아 있고 또 끊임없는 감동을 주고 있는 것과 달리 중세의 서사시는 공동체적 운명과는 괴리된 지배층만의 이데올로기적 반영물이 되고 만다. 따라서 중세의 서사시는 외형적으로 보다 완벽한 구성과 세련된 언어로 짜여 있지만, 그것이 지닌 내재적인 균열로 인하여 우리의 관심을 끌지 못하게 된다. 헵벨이 연극화한 「니벨룽겐의 노래」에 대한 다음과 같은 지적은 중세의 궁정서사시가 바로 현실과 공동체로부터 동시에 유리된 것임을 통찰하고 있는 것이다.

그리고 헵벨의 「니벨룽겐의 노래」에서 나타나는 '극적인 집중'이란 것도 따지고 보면 '자기 형편에 맞도록' 고침으로써 생겨난 하나의 근사한 실수인 것이다. 그것은 한마디로 변화된 세계 속에서 진정으로 서사적인 소재를 붕괴해 가려는 서사적 통일성을 필사적으로 구제하려고 했던 한 작가의 절망적인 안간힘이었다. 그러나 여기에서는 구성과 조립, 그리고 배열이라는 수단에 의해서, 더 이상 유기적으로 주어지지 않고 있는 하나의 통일성을 만들어 내려는 절망적인 하나의 순수한 예술적 시도가 행해지고 있다. 즉 이러한 시도는 절망적인 시도이긴 하지만 동시에 영웅적인 좌절이기도 하다. 왜냐하면 그러한 통일은

---

7) 伊東勉 저, 이현석 역, 『리얼리즘이란 무엇인가』, 세계, 1987, 204쪽에서 재인용.

이루어질 수 있을지 모르지만, 진정한 의미의 총체성은 이루어질 수 없기 때문이다. 시작도 없고 끝도 없는「일라이드」의 줄거리에는 모든 것을 포괄하는 삶 한가운데에서 하나의 완결된 우주가 활짝 피어나고 있다. 이에 비하면「니벨룽겐의 노래」에 보여지는 명확하게 구성된 통일성은 교묘하게 꾸며진 건물의 정면 뒤에 삶과 부패, 성(城)과 폐허를 동시에 숨기고 있는 것이다.[8]

한편 중세의 서사시는 시공간적으로 공동체의 운명과는 무관한 지배층의 이념적 도구라는 성격을 강하게 지니게 된다. 우리나라의 경우, 중세서사시의 대표적인 작품은 조선왕조 창업의 당위성과 창업주 이성계의 영웅적 일생을 시화한「용비어천가」(1445)이다. 민족어로 쓴 최초의 대규모적 서사운문이라는 점에서「용비어천가」가 지닌 문학사적 의의는 지대한 것이다.

그러나 조선왕조의 건국은, 이민족과의 굳센 투쟁과정에서 이루어진 것이 아니라 지배집단 내부의 질서 재편의 일환이었다. 더욱이 조선왕조 건립과정에서는 여러 면에서 비자주적 성격을 노출하였다.

『용비어천가』는 이러한 결함들을 축소하고, 조선왕조 건국의 당위성을 역설하기 위한 분명한 정치적 의도로 제작되었지만 실제작품에서도 그러한 왕조 건국과정의 결함들은 그대로 반영[9]되고 말았으며, 이로 인해 민족적인 영웅서사시가 아닌 왕조서사시의 성격을 벗어나지 못하였다.

8) Lukcs, *The Theory of Novel*, MIT press, 1978, 68~69쪽.

9) 구성상, 각 장마다 중국 창업주의 행적을 앞서 제시하고 그것과 대비시킴으로서 권위를 찾으려 했다는 점, 일관된 구성을 지니지 못하고 사건들이 파편적으로 나열되어 있을 뿐 아니라 그러한 사건도 매우 피상적이고 관념적으로 서술되어 있다.

2. 「동명왕편」의 위상과 이규보의 문학관

유럽문학에 나타난 중세서사시의 일반적인 특징을 살펴보았는데, 이규보의 서사시 「동명왕편」도 중세서사시의 범주에 포함될 수 있을까 하는 질문이 제기된다. 그것은 우리 문학의 서사시적 유산들 가운데서 「동명왕편」이 갖는 성격에 대한 질문이 된다. 또한 이 같은 질문은 「동명왕편」이 전형적인 영웅서사시가 아니라는 점을 전제로 하는 것이다.[10]

우리나라의 경우에도 고대국가 성립기에 있어서 건국영웅과 민중들이 벌이는 투쟁담을 노래한 서사시가 분명히 있었을 터이지만, 그 전체적인 모습을 살펴 볼 수 있는 자료는 A.D 1세기경에 기록된 중국 측 사료인 『논형(論衡)』의 「길험편(吉驗編)」에 실려 있는 부여의 건국신화[11]로서 당시에 국가별로 건국서사시를 가지고 있었으며, 또 그것이 외국에까지 알려졌었다는 사실을 확인할 수 있다.[12]

우리나라에 있어서 '영웅시대'는, 청동기의 도래와 함께 열린 성읍국가시대인 기원전 10세기에서 기원전 4세기에 이르는 시기였을 것으로 추정되고 있다.[13] 요하와 대동강 유역에 걸쳐 자리잡은 고조선, 압록강 중류지역의 예맥, 송화강 유역의 부여 등을 비롯한 임둔, 진번, 진(辰)등이 이러한 성읍국가 형태를 갖춘 사회였다고 알려지고 있다.[14]

이들 성읍국가의 건국영웅들이 펼치는 허다한 투쟁담은 전해지지

---

10) 이규보의 「동명왕편」이 전형적인 영웅서사시가 아니라는 전제의 타당성 여부는 이 절에서 논의될 것이다.

11) 건국신화와 건국영웅서사시의 관계는 매우 밀접한 관계를 가지고 있다. 건국신화는 건국영웅서사시의 일부분일 수도 있고 그 잔존형식일 수도 있다고 본다.

12) 김화경, 「건국신화의 전승 경우」, 장덕순 외, 『한국문학사의 쟁점』, 집문당, 1986.

13) 이정배, 「선사문화와 한국인의 형성」, 『한국학연구입문』, 지식산업사, 1981, 35쪽.

14) 이기백, 『한국사신론』, 1999, 26~27쪽.

않고 있지만, 『삼국유사』와 『삼국사기』 등에 전하는 여러 건국신화 및 건국영웅설화는 이 무렵을 전후한 건국영웅의 행적을 짐작케 한다.[15]

그러나 이러한 문헌에 수록된 신화와 설화는 대부분 영웅의 탄생과 그것을 둘러싼 신이한 일들만 기록하고 있어서 영웅서사시로서의 총체적 면모를 지니지 못해 대단히 애석한 일이 아닐 수 없다.

우리나라 최고의 기록된 영웅서사시라고 일컬어지는 「동명왕편」이 이루어진 때는 '영웅시대'로부터 줄잡아 2,000년이 경과한 이후이다. 이 점은 「동명왕편」이 전형적인 영웅서사시와 다른 역사적 공간에서 이루어졌음을 의미하는 것으로 「동명왕편」의 문학적·역사적 성격을 논의하는 데 있어 복잡한 문제점을 던져주는 것이다.

이규보는 「동명왕편」을 찬술하기까지의 경위를 다음과 같이 소상하게 설명하고 있다.

> 세상에서 동명왕의 신통하고 이상한 일을 많이 말한다. 비록 어리석은 남녀까지도 흔히 그 일을 말한다. (…중략…) 뒤에 『위서(魏書)』와 『통전(通典)』을 읽어보니 역시 그 일을 실었으나 간략하고 자세하지 못하였으니, 아마도 자국의 것은 상세히 하고 타국의 것은 소략히 하려는 뜻일게라. 지난 계축년 4월에 『구삼국사(舊三國史)』를 얻어 동명왕 본기를 보니 그 신이한 사적이 세상에서 얘기하는 것보다 더했다. 그러나 처음에는 믿지 못하고 귀(鬼)나 환(幻)으로만 생각하였는데, 세 번 반복하여 읽으니 환이 아니고 성이며, 귀가 아니고 신(神)이었다.[16]

이규보의 서문에서 우리는 다음과 같은 사실을 짐작할 수 있다. 첫째, 동명왕의 신이한 사적이 최소한 1,600여 년이 지난 고려 중기까지

15) 이명선은 그의 『조선문학사』(조선문학사, 1948)에서 『삼국유사』·『삼국사기』가 곧 서사시'라고 주장하고 있다.
16) 『동국이상국집』 권3.

민간에 구전하고 있었다.[17] 둘째, 당시의 역사책인 『구삼국사』에 자세하게 기록되어 있다. 이러한 사실은, 「동명왕편」이 「길가메시」나 「일리아드」처럼 영웅시대 직후 음유시인이 구송서사시를 직접적인 대본(text)으로 하여 기록한 것과 달리, 매우 오랜 세월이 경과한 뒤 주로 문헌자료에 의존하여 각색 제작되었음을 알려주는 것이다.

또한 「동명왕편」은 유럽의 중세서사시 작품들이 초기 봉건사회를 그 발생배경으로 하고, 시간적 단절 없이 바로 문자로 정착된 경우와도 다른 양상을 보여주고 있다.

〈도표 2〉 서사시의 전승양상

구 분	발 생	작 자	제작대본	제작연대	발생에서 제작까지	배경사회/ 제작당시사회
고대서사시 *Iliad*	B.C. 1200년경 (?)	Homer	구송서사시	B.C. 700년경 (?)	500년	고대국가 / 고대국가
중세서사시 *Chanson de Roland*	A.D. 700~1000	미상	구송서사시	A.D. 1140~1160	100~400년	봉건국가/ 봉건국가
『동명왕편』	B.C. 1000~400	이규보	1.역사문헌 2.구전설화	A.D. 1193	2200~1600	고대국가 / 중세봉건국가

이와 같은 사실은 영웅과 신, 그리고 세계에 대한 태도가 「일리아드」와 「동명왕편」에 있어 각각 다르게 나타날 수밖에 없는 근거가 된다. 호머의 세계는 루카치의 표현을 빌자면, '세계와 자아, 천공(天空)

---

17) 고구려는 이미 B.C 4세기 이전에 강력한 부족국가를 형성한 것으로 알려지고 있는데, 전설상의 동명왕을 고구려 건국시조라고 하였을 때는 고구려 건국은 B.C 34년경이 된다.

의 불빛과 내면의 불꽃은 서로 뚜렷이 구분되지만 서로에 대해 결코 낯설어지는 법이 없는'[18] 세계였다. 또한 그 시대는 아직까지 철학이 의미를 띠지 않는 자아와 세계 간의 균열이 나타나지 않은 시대이기도 했다.

이에 비하자면 이규보의 시대(1168~1241)는 이미 발달된 자아와 세계와의 분열의 명백한 표지인 철학이 전파된 중세였고, 이규보 자신은 그러한 유학의 이치에 밝은 사상가이자 문장가였다. 이규보가 그의 「노무편(老巫篇)」에서 무당과 무속신앙을 혹독하게 비난한 것은[19] '괴력난신을 운위하지 않았다'는 공자의 가르침을 받드는 사대부로서 당연한 일이었다.

이러한 시대를 살아간 이규보가 스스로 황당하다고 여겼던 아득한 과거의 동명왕 이야기를 서사시로 옮기게 된 예사롭지 않은 동기는 무엇일까? 이 질문에 대한 답변은 이규보와 그의 시대 그리고 그의 문학세계를 좀 더 세밀하게 조망하는 작업에서 출발할 때, 그 단서를 찾을 수 있을 것이다.

이규보의 생애(1168~1241)는, 우리 민족사에 있어 유래 없이 엄혹한 내우외환이 거듭되었던, 고려 중기라는 일대 혼란기와 겹쳐져 있었다. 안으로는 문치주의에 입각한 고려의 문벌귀족에 대한 무신들의 쿠데타(1170)가 일어나 구 귀족들이 살육당하고 왕권이 무력화되었던 때였다. 한편 이 무렵에는 봉건적 경제체제의 모순이 심화되고 있었다. 중

---

18) G.Lukacs, 앞의 책, 29쪽.
19) "동쪽집의 무당은 나이가 많아 머지않아 죽을 것이지만, 지금 내가 바라는 것은 이것이 아니라, 이런 부류의 인간들을 모두 쫓아버리고 민가를 깨끗이 하려는 것이다. (…중략…) 제 몸에 신이 내렸다고 하나 나는 이 말을 듣고 웃으면서 또한 한탄하였다. 꼬리 아홉 달린 여우일 것이다. (…중략…) 천만마디 말 중에 행여나 한마디가 들어맞으면 어리석은 남녀들이 공경하고 더욱 받든다.

앙귀족과 지방의 토호들의 과도한 수탈로 인하여, 도처에서 유민이 발생하였으며 민란이 끊임없이 발생하였다. 평안도에서 일어난 조위총의 난(1172), 광주 명학소에서 일어난 망이, 망소이의 난(1176) 전 주관노의 난(1182) 등과 같은 초기의 민란은 자연발생적이었으며 목적은 부당한 압박에 저항하는 수준에 머물고 있었다. 이러한 민란은 명종 23년(1193)에 일어난 김사미, 효심의 난 이후부터는 전국 각 지역으로 파급되고 그 세력도 확대된다. 명주(강릉)에서 시작된 농민반란(1199)은 삼척, 울진을 함락하고 경주의 반란군과 합세하였으며, 진주의 노비 반란군(1200)은 합천의 부곡 반란군과 합세하여 일어났다. 또한 신종 5년(1202)에 신라 부흥을 외치면서 일어난 경주의 반란군들은 경상도 일대를 완전히 장악하여 10여 년간 위세를 떨쳤다. 이처럼 민란은 차츰 고려의 신분질서뿐만 아니라 정권을 탈취할 것을 목적으로 하는 대규모적인 내란형태로까지 발전하였던 것이다. 이러한 반란은 지방뿐만 아니라 수도인 개경에서도 일어났으니 신종 원년(1198)에 일어난 '만적의 난'이 그것이다.[20)]

더욱이 이 시대는 몽고와 거란의 침입을 끊이지 않는 민족 수난의 시기였다.

이 시대의 지식인은 출신배경으로 보아 크게 두 가지로 나뉘는데, 구 귀족과 신흥사대부가 그것이다. 이인로 · 오세재 · 임춘 등의 구 귀족들은 최씨 무인의 쿠데타로 인해 관직진출이 차단된 문벌귀족들로써, 중국의 '죽림칠현'을 흉내내어 '죽고칠현'이라 자처하면서, 은둔과 향락적인 생활을 영위하였다. 이들의 문학은 청담과 은둔을 표방하고 있지만 실제로는 향락적, 염세적인 기풍과 복고적인 태도를 드러냈다. 이러한 이중성은 벼슬에 대한 강한 집착을 가지고 있었음에

---

20) 이기백, 앞의 책, 173쪽 참조.

도 불구하고 겉으로만 초탈한 듯이 행세했던 표리부동한 자세와 관련 된다.

다른 하나는 무인정권하에서 활발하게 관직으로 진출한 신흥사대부들이었다. 이들은 문벌귀족과 달리 지방호족 출신이거나 하급관리의 후예들로서[21] 고려 중기 이후의 권력투쟁과는 커다란 이해관계가 없기 때문에 무신집권체제에서도 커다란 갈등 없이 관직으로 진출할 수 있었다.

신흥사대부들의 의식구조는 대체로 현실적이었으며 민족주의적 경향성을 띠고 있는데, 이는 문벌귀족들의 이상주의적, 사대적 성향과 비교된다. 당시 이인로를 중심으로 한 구 문벌귀족 출신의 문인들은 무신란 이후 '죽고칠현(竹高七賢)'의 모임을 만들어 중국 '죽림칠현'의 전례에 따라 청담을 자처하면서, 벼슬길에 나서지 않은 채, 현실을 개탄하거나 시나 부(賦)를 짓는 은거생활로 나아갔다. 그런데 이러한 구 귀족의 의식과 태도는 적극적 비판적 지식인의 모습이라기보다는, 몰락해가는 귀족들의 자위적, 소극적인 성격을 더 많이 지니고 있었다. 실제로 '죽고칠현'들이 벼슬길에 나서지 않은 것은 그들 스스로 거부한 것이 아니라, 당시 구 귀족들의 정치적 진출이 차단되어 있었기 때문이다. 더욱이 이들은 정치적인 몰락과는 무관하게 경제적 기반인 막대한 토지를 소유하고 있었기 때문에 벼슬길에 나아가지 않고서도 청담을 자처하며 문필활동을 지속할 수 있었던 것이다.

이에 비해 신흥사대부들은 하급관리, 향리 혹은 지방호족의 자제들로서, 대부분 향리에 소규모의 농장을 소유한 중소지주나 자영농민이

---

21) 이규보의 경우, 그의 선조는 여주에서 향리였던 것으로 짐작되며, 아버지대에 이르러서야 비로소 개성의 관원이 되었다고 한다. 조동일, 『한국문학사상사 시론』, 지식산업사, 1982, 70쪽 참조.

라는 생활기반을 가지고 있었다. 즉, 신흥사대부들은, 재경지주(在京地主)로서 생산활동과는 무관하게 생활했던 문벌귀족들과는 달리, 몇몇 노비를 거느리고 농장을 경영하거나 직접 경작을 담당하였기 때문에 농민생활과 농촌에 대해 깊은 이해와 관심을 가지고 있었다.[22] 그 때문에 이들은 외적의 침입이 있을 때마다 가장 뼈저린 수난을 겪어야 했던 농민들을 누구보다 깊이 이해할 수 있었으며, 북방 이민족에 대한 적개심을 강하게 가지고 있었던 것으로 여겨진다.

이규보는 이러한 신흥사대부의 대표적 인물로써, 독특한 사상과 문학관, 애민사상, 그리고 강렬한 대몽항쟁의식을 지녔으며, 그러한 사상을 문학작품으로써 제시하였다.

그는 '용사(用事)' 즉 수사론을 중시한 이인로와는 달리 시의 의미와 본질을 강조한 '신의(新意)'를 문학의 지침으로 삼았다.[23] 그의 문학관은 여러 산문작품에서 살펴 볼 수 있지만 「시를 논하다(論詩)」라는 작품에 가장 집약적으로 드러나 있다.

> 시 짓기가 참으로 어려운 것은
> 말과 뜻이 함께 아름다워야 하니까
> 함축된 뜻이 참으로 깊어야
> 음미할수록 더욱 맛을 느낄 수 있지
> 뜻은 있으나 말이 원숙하지 못하면
> 난삽하여 바른 뜻을 펴지 못하고
> 이 중에 나중에 생각할 것은
> 문장을 아름답게 꾸미는 것이지
> 아름다운 문장을 군이 배제하랴

---

22) 이기백, 앞의 책, 187~194쪽 참조.

23) '用事'와 '新意'에 대한 상세한 논의는 전형대·정요일·최웅·정대림 공저, 『한국고전 시학사』(홍성사, 1979)의 제1부 '고려의 시학'을 참조.

이것 또한 많은 정신 써야 한다네
꽃만을 잡고 열매를 버리니
이 때문에 시의 본령 잃게 되느니

— 「論詩」 부분²⁴⁾

여기에서 우리는 이규보의 문학관을 접할 수 있다. 그는 '형식과 내용이 통일되는 가운데서도, 내용은 여전히 본질적인 것' 임을 지적하고 타락한 수사주의를 결정적으로 배격하고 있다. 이 같은 태도는 오늘날에 있어서도 여전히 유효한 발언이다.

뿐만 아니라 이규보는 당시 백성들의 생활에 깊은 관심을 가지고 있었으며 그 관심을 여러 편의 서정시로 표현하였다.

「군수 몇 명이 장물죄를 지었다는 말을 듣고(聞郡守數人以貝藏被罪)」, 「농부를 대신하여(代農夫歌)」, 「햇곡식의 노래(新穀行)」, 「누에고치는 인가를 보고(見人家蠶養有作)」, 「국법으로 농민들에게 청주와 쌀밥을 먹지 못하게 한다는 소식을 듣고(聞國令禁養飼淸酒白飯)」 등의 여러 시편은 당시 고통스러운 농촌현실을 직시하고 생산의 담당자임에도 불구하고 항상 수탈의 대상이 되는 농민들의 삶에 대한 깊은 연민을 표함과 동시에 현실에 대한 강렬한 분노를 담고 있다.

흉년들어 거의 죽게 된 백성
앙상하게 뼈와 가죽만 남았는데
몸 속에 남은 살이 얼마나 된다고
남김없이 죄다 긁어내려 하는가

네 보는가 하수를 마시는 두더지도

---

24) 『동국이상국집』 후집 1권.

그 배를 치우는 데 지나지 않는다

묻노니 너는 얼마나 입이 많아서

백성들의 살을 겁탈해 먹는 건가

　— 「군수 몇 명이 장물죄를 지었다는 말을 듣고(聞郡守數人以貝藏被罪)」[25]

비 맞으며 논바닥에 엎드려 김매니

흙투성이 험한 꼴이 어찌 사람 모습이랴만

왕손 공자들아 나를 멸시 말라

그대들의 부귀영화 농부로부터 나오나니

햇곡식은 푸릇푸릇 논밭에서 자라는데

아전들 벌써부터 조세 거둔다고 성화네

힘써 농사 지어 부국케함 우리들 농부거늘

어째서 이리도 극성스레 살까지 깎으려 드느냐

　　　　　　— 「농부를 대신하여(代農夫歌)」[26]

　인용시에서 볼 수 있는 것처럼, 이규보는 당시 백성들이 고통과 불행을 겪어야 하는 원인이 어디에 있는가를 꿰뚫어 보고 있다. 여기에서, 그가 농민들의 고통이 바로 관리들의 수탈과 억압에서 비롯되었다는 현실을 직시하고, 또 그것을 제3자의 목소리가 아닌 직접 화법, 즉, 농민 자신의 목소리로 절규하고 있음을 주목할 필요가 있다. 이 같은 시점은 이규보 이전의 문학 특히 한시에서는 전례를 찾기 드물 뿐 아니라, 뒷날 조선 후기의 정약용 등과 같은 실학파 문인들에서나 비로소 가능했던 것임을 상기한다면, 선진적 의의를 지닌다.

　한편, 이규보는 북방 이민족들에 대해서, 구 문벌귀족들의 사대적 외

제
3
부
시
와
역
사
—

----

25) 『동국이상국집』 후집 10권.

26) 『동국이상국집』 후집 1권.

교노선과는 달리 자주적인 입장을 견지하였다. 그것은 최씨 무인정권의 성격과 관련되는 것이나 무엇보다 이규보의 경우는 자신의 생활적인 배경과 당대사회에 대한 태도에서 비롯된 것이다. 따라서 이규보는 고려왕조와 백성의 생존을 위협해 온 북방 이민족에 대한 강렬한 적개심을 지니고 있었으며 이를 여러 산문[27]과 시를 통해 표현하였다. 시로 쓴 것 중에 대표적인 작품은 「오랑캐와 싸워 이겼다는 말을 듣고(聞官軍興虜戰捷)」, 「달단이 강남으로 들어갔다는 말을 들음(聞達旦入江南)」, 「시월의 번개(十月電)」, 「대장경 도량음찬시(大藏經道場音讚詩)」 등이 있다.

> 북쪽 풍속이 남쪽에 익숙치 못한데
> 어찌하여 염주로 들어갔나
> 차마 만민의 밥으로
> 한나라의 원수를 살찌게 하랴
> 영성[28]이 비록 상책이지만
> 청야도 좋은 계책이리라
> 어떻게 천상의 칼을 가져다가
> 단번에 오랑캐 머리를 자를꼬
> 시퍼런 칼날로 모조리 떨어뜨려
> 둥근 공 차듯 굴려 버릴꼬
> 아니면 큰 바닷물을
> 갖다 대어 떠내려가게 하고
> 고기와 자라가 되게 하여
> 회 쳐서 우리 백성 먹게 하려나

---

27) 「석도소(釋道疏)」, 「거란을 물리치기 위해 제석천에게 재를 올리는 疏」, 「거란 군사를 물리치기 위해 六丁神에게 醮禮文」 등의 여러 글이 있다.

28) 전술용어로써 영성(嬰城)은 농성(籠城)하여 굳게 지킴을 말하며, 청야(淸野)는 적에게 도움을 주지 않기 위해 들판에 있는 풀과 나무 및 곡식이나 인가를 모두 제거해서 들판을 텅 비게 하는 것을 말한다. '청야견벽(淸野堅壁)'이라고 부르기도 한다.

이 말이 오활하기는 하지만
하늘의 뜻이요 사람 꾀는 아닐세
바라옵건대, 옥황상제는
파난을 뉘우치사 다 죽이지 마옵소서
아 무엇을 더 말하리요
흐르는 눈물 그칠 줄 모르네
　　　　— 「달단이 강남으로 들어갔다는 말을 들음(聞達旦入江南)」[29]

하늘이 오랑캐들을 풀어놓아 피해가 심한데
이 겨울에 천둥 번개는 또 웬말인가
하지만 만일 오랑캐의 머리에 벼락을 친다면
비록 때아닌 때이지만 알맞는 때라 하겠네
　　　　— 「시월의 번개(十月電)」[30]

　이처럼 신흥사대부들의 세계관과 관련지어 이해할 수 있는 이규보의 애민사상과 민족주의적 성향 그리고 사실주의적 문학관은 우리가 서사시 「동명왕편」의 제작동기를 이해하는 데 중요한 단서가 될 수 있을 것이다.

3. 중세지식인의 이상향과 「동명왕편」

　앞 절에서 살펴본 바와 같이, 이규보는 현실이 허망하다고 여겼던 '죽고파(竹高派)'와는 달리 오히려 현실을 직시하려 애썼으며, 현실을 대상으로 실천적 활동을 펼치려 했던 문인이었다. 그는 고난에 찬 백성들의 생활과 풍전등화와 같은 국가의 운명을 극복해야 된다는 생각

---

29) 『동국이상국집』 18권.
30) 『동국이상국집』 후집 5권.

을 품고 있었으나, 그것을 해결할 수 있는 구체적인 방법을 제시하는 데까지 이르지는 못했다. 그러한 한계는 그가 농민들의 생활과 참상에 대해서는 누구 못지않은 깊은 인식을 가지고 있었음에도 불구하고, 그것이 지배계급의 무능이나 도덕적 결함 때문이라는 인식으로부터 더 나아가지 못했다는 데서 드러난다.[31] 그러나 그것은 이규보 개인의 결함이 아니라 시대의 한계라고 봐야 할 것이다. 더욱이 그는 정치가나 사상이라기보다는 문인이 아니었던가?

서사시 「동명왕편」은 이와 같이 암울한 현실을 바라보는 한 양심적 지식인의 구조가 문학적으로 표현된 것이 아닌가 한다. 「동명왕편」의 서문을 음미하면 그러한 추측이 비약이 아님을 알 수 있다.

이규보가 동명왕에 대한 신통하고 이상한 이야기를 처음 들었을 때, 그것이 '실로 황당하고 기괴하여 말할 가치가 없다'고 하였다. 현실주의적 지식인이었던 그로서는 자연스러운 반응이었다. 그러나 그는 얼마 후 자신의 생각을 스스로 고쳐 먹게 되는데 그 과정을 다음과 같이 설명하고 있다.

---

31) 이 점은 민란을 보는 그의 시각이 당시 지배층의 그것과 별반 다름이 없다는 것이다. 그것은 그가 29세 때 지었다는 「8월 5일 도적떼들이 갈수록 극성해진다는 말을 듣고(八月五日聞群盜慘熾)」와 같은 시나 「동악제문(東岳祭文)」과 같은 산문에서, 그리고 35세 때에는 지방관들이 민란의 진압에 소극적인 것을 보고 분개하여 스스로 출정하여 종군하였다는 사실에서 짐작할 수 있는 바이다.

　　도적떼가 고슴도치처럼 모여
　　생민들이 비린 피를 뿌리누나
　　군수는 한갓 융의(갑옷)만 입고
　　적을 바라보곤 기가 먼저 꺾기네
　　　　　　—「8월 5일……」 부분

인용시에서처럼 그는 도적이 바로 '생민'이라는 사실을 직시하지 못했다.

뒤에 『위서(魏書)』와 『통전(通典)』을 읽어보니 역시 그 일을 실었으나 간략하고 자세하지 못하였으니, 국내의 것은 자세히 하고 외국의 것은 소략히 하려는 뜻인지도 모른다. 지난 계축년 4월에 『구삼국사(舊三國史)』를 얻어 「동명왕 본기(東明王本紀)」를 보니 그 신이(神異)한 사적이 세상에서 얘기하는 것보다 더했다. 그러나 처음에는 믿지 못하고 귀(鬼)나 환(幻)으로만 생각하였는데, 세 번을 반복하여 읽어서 점점 그 근원에 들어가니, 환(幻)이 아니고 성(聖)이며, 귀(鬼)가 아니고 신(神)이었다. 하물며 국사(國史)는 사실 그대로 쓴 글이니 어찌 허탄한 것을 전하였으랴. 김공 부식(金公 富軾)이 국사를 중찬(重撰)할 때에 자못 그 일을 생략하였으니, 공은 국사는 세상을 바로잡는 글이니 크게 이상한 일은 후세에 보일 것이 아니라고 생각하여 생략한 것이 아닌가?

「당현종본기(唐玄宗本紀)」와 「양귀비전(楊貴妃傳)」에는 방사(方士)가 하늘에 오르고 땅에 들어갔다는 일이 없는데, 오직 시인(詩人) 백낙천(白樂天)이 그 일이 인멸될 것을 두려워하여 노래를 지어 기록하였다. 저것은 실로 황당하고 음란하고 기괴하고 허탄한 일인데도 오히려 읊어서 후세에 보였거든, 더구나 동명왕의 일은 변화의 신이(神異)한 것으로 여러 사람의 눈을 현혹한 것이 아니고 실로 나라를 창시(創始)한 신기한 사적이니 이것을 기술하지 않으면 후인들이 장차 어떻게 볼것인가? 그러므로 시를 지어 기록하여 우리나라가 본래 성인(聖人)의 나라라는 것을 천하에 알리고자 하는 것이다.[32]

서문에 의하자면 이규보가 「동명왕편」을 쓰게 된 직접적 동기는 다음과 같다. ① 동명왕의 신이한 이야기가 여항 간에 구전될 뿐만 아니라 신뢰할 만한 사료(『위서』, 『통전』, 『구삼국사』 등)에 기록되어 있었다. ② 김부식이 삼국사기를 쓸 때, 엄연한 역사적 사실인 고구려 건국시조의 사적을 고의로 누락시켰다. ③ 백낙천도 당 현종과 양귀비의 신묘한 이야기를 시로 써서 남기고 있다. ④ 우리나라(고구려의 계승자인 고려)가 본디 성인(聖人)의 나라임을 천하에 알릴 필요가 있었다.

---

32) 『동국이상국집』 3권.

이 같은 진술들을 평면적으로 해석할 때에는 기록문헌에 대한 이규보의 남다른 관심 외에는 별다른 의미를 발견할 수 없을 터이나 앞서 살펴본 그의 의식구조와 문맥적 의미를 결부시켜 보면 몇 가지 주목할 만한 동기들이 드러난다.

우선 그 제작동기가 자주적이고 민족적인 역사인식에 바탕을 두고 있다는 점이다. 그것은 중국의 역사서가 자국의 것은 상세히 다루고 타국의 사실은 소략하게 다루고 있다는 점을 지적하는 문맥에 내포되어 있다.

둘째로는, 김부식이 편찬한 『삼국사기』의 사대적·신라 중심적 경향과 '정사' 위주의 역사기술이 지닌 결함들을 비판하면서 고구려 중심의 역사 계승의식을 간접적으로 표명하였다는 것이다.

세 번째는, 서사적 장시의 전통이 부재한 가운데서 이규보가 「동명왕편」을 제작할 수 있었던 것은, 백낙천(772~846)의 「장한가(長恨歌)」[33] 덕택이라는 점이다. 이규보는 평소 백낙천의 평민적 시풍을 긍정적으로 평가하고 고려의 문인들이 그의 작품을 비하하는 것에 대해 비판하였다.[34] 동명왕편의 형식적 전범이 된 「장한가」는 당 현종과 양귀비의

---

33) 「장한가」의 형식과 내용은 1930년대에 이르러 김억에 의해서도 모방되는데, 청춘 남녀의 만남과 이별을 소재로 한 「먼동이 틀제」(1930년 12월 9일부터 28일까지 『동아일보』에 연재)가 그것이다. 김억은 이 작품의 형식을 '정형 압운서사시'라고 명했는데, 그것은 바로 그가 번역한 바 있는 「장한가」의 문체 즉 한시번역체와 흡사하다. 다만, 백낙천이 당 현종과 양귀비의 로맨스를 시화한 이면에는 색에 눈이 먼 군주의 모습을 넌지시 비판하고자 하는 의도가 깔려있었음에 비해, 김억의 그것은 역사적 의미를 부여하기 어려운 연애담으로 흐르고 있다.

34) 『동국이상국집』 후집 11권, 「서백악천집후(書白樂天集後)」. 그 일부를 인용하자면, (…중략…) 그의 「비파행」이나, 「장한가」 같은 것은 이미 천하에 널리 전하여, 악공(樂工)과 창기(娼妓)까지도 그 가행(歌行)을 배우지 못한 것을 수치로 여겼으니, 만일 천근한 사연이 있다면 어찌 이처럼 될 수 있겠는가? 아! 낙천을 기롱하는 자는 모두 낙천을 모르는 자들이다.(…중략…)

비극적 로맨스를 짜임새 있게 엮어서 노래한 서사적 장시로서, 7언율시 120구에 달한다.

　마지막으로 (4)에서 이규보는 동명왕의 시대를 '성인의 나라'라고 일컬었다는 점이다. '성인의 나라'란 이상향의 유가(儒家)적 표현이다. 아마도 그가 본 『구삼국사』의 「동명왕본기」에 서술된 세계는 '신이한 사적이 세상에서 말하는 것보다 더했다'는 고백에서 짐작할 수 있듯이, '영웅시대'의 모습과 흡사했던 것으로 보인다. 고대인의 생활과 의식을 고스란히 담고 있는 기록 속에는 용맹스러운 왕과 총명한 신하와 백성들이 함께 나라의 운명을 개척해 나가는 힘찬 모습이 담겨져 있었을 터이다. 또한 하늘과 땅의 신들은 언제나 동명왕의 조력자였다. 이에 비해 이규보의 세계는 무신집권으로 왕의 권위는 실추되어 있었고, 분열된 지배층, 수탈과 거듭되는 전란의 참화로 인해 도탄에 빠진 백성들, 이민족의 끊임없는 침입과 거듭된 민란으로 아비규환이었다. 이러한 절망적 현실에서 그는 조화로운 시대와 세계, 즉 동명왕의 시대를 발견한 듯하다.

　이와 같은 배경에서 이루어진 「동명왕편」은 5언율시의 형식으로 쓰여졌는데, 그 분량은 282구(1,410자)에 달한다. 단형의 5언시는 영웅의 이야기를 담는 데는 여러 가지로 불편한 문체인데, 이규보가 어째서 긴 이야기를 담는 데 7언시보다 불리한 5언시를 선택하였는지 의문이다. 어쨌든 이 때문에 그는 282구의 본시보다 더 많은 분량(432구, 2,200자)의 해설(註)을 작품 곳곳에 끼워 넣어야 했다.

　「동명왕편」의 구성은 크게 나누자면, 중국 삼황오제의 전설을 읊은 서장과, 동명왕의 탄생과 건국과정, 유리왕의 승계를 다룬 본장, 그리고 건국영웅 이야기의 의의를 밝힌 종장으로 되어 있다. 이를 좀 더 상세하게 나누면 다음과 같다.

「동명왕편」이 이와 같이 질서정연한 짜임새를 갖추고 있다는 점은 이 규보의 구성적 안목과 작시 동기를 가늠케 해준다. 한편 이 같은 구성은 자연적 시간의 흐름에 의해 구성되는 전형적인 영웅서사시와는 다른 모습을 보여주는 것이다.

여기에서, 중국 사적을 중심으로 한 서장과 종장은 당시 구전되고 있는 동명왕설화나 『구삼국사』의 「동명본기」에는 없는 내용이었을 터이나, 고구려에도 중국과 마찬가지로 '성인의 시대'가 있었음을 강조하기 위하여 덧붙여 놓았을 것이다.

서장에서 보이는 이규보의 역사관은 다음과 같은 대목에서도 찾아볼 수 있다.

태고적 순박할 때는, 신령하고 성스러운 것 이루 다 기록할 수 없었는데,
후세에 인정이 점점 경박해져서, 풍속이 지나치게 사치해졌다. 성인이 간혹
나기는 하였으나 신령한 자취 보인 것이 적다.

　이러한 언급은 가장 이상적 사회를 요순(堯舜)시대에서 구하고 그것
을 '성인의 시대'라고 부르는 유가의 역사관이며, 실제로 일정한 역사
적 근거를 지닌 것이라는 점은 앞서 살펴본 공동체사회 및 '영웅시대'
와 관련하여 이해할 수 있다. 그가 고대의 '성인시대'를 서장에서 밝힌
의도는 「동명왕편」을 마무리하는 자리에서 자신의 목소리로 명료하게
지적해 주고 있다.

　　자고로 제왕이 일어남에
　　많은 징조와 상서가 있었으나
　　자손들은 게으르고 거칠음이 많아
　　모두 선왕의 제사를 끊었다
　　이제야 알겠다! 위대한 임금은
　　고난의 땅에서 삼가며,
　　겸허와, 예와 의로 백성을 교화하여
　　길이길이 자손에게 전하여
　　오래도록 나라를 통치하였던 것을.

　사서(史書)의 '감계(鑑戒)'를 방불케하는 언급을 통해 이규보는 「동명
왕편」 서술의 목표를 분명히 드러낸 셈이다. 이러한 작가의 태도로 인
해 「동명왕편」의 내용은 '영웅시대'를 배경으로 하고 있음에도 불구하
고 영웅서사시와는 다른 몇 가지 특징을 지니고 있다. 우선, 영웅서사
시 특유의 대규모적인 전투장면이 재현되지 않는다는 점이다. 이는 창
작의 대본인 『구삼국사』에 이미 누락되어 있을 수도 있으나, 창업군주
의 어진 성격과 덕성을 강조하려는 의도의 소산일 수도 있다. 이와 함

께 동명왕의 성격이 용맹스럽고 때로 무자비하기도 한 전형적 영웅과는 달리, 지혜로운 인물로만 부각되어 있는 것도 동일한 맥락에서 파악될 수 있다. 따라서 동명왕의 건국과정은 다른 족속과의 대립과 투쟁을 통해 이루어지는 것이 아니라 신의 도움과 주술에 의존하는 것으로 그려져 있다.

뿐만 아니라 동명왕이 사후에 승천한다는 대목에서 짐작할 수 있듯이, 그는 전통적 영웅서사시에서처럼 인격적 영웅으로 나타나지 않고, 다분히 신격화된 영웅으로 형상화되고 있는 것도 바로 그러한 이유 때문일 것이다.

그 다음으로 「동명왕편」에는 집단적 성격의 퇴화 현상이 엿보인다. 당시 백성(공동체의 성원)의 모습이 전혀 반영되어 있지 않고 있으며, 몇몇 신하만 등장하고 있어 집단과 개인 간의 관계를 살펴보기 어렵다. 오언시가 갖는 갈래의 한계, 감계주의, 그리고 당시에 전승되던 자료의 불완전성을 지적할 수 있다. 공동체적 기반이 이미 해체된 사회에서의 시인으로서는 극복하기 힘든 역사적 제약이었을 것이다. 이 외에도 「동명왕편」에는 영웅시대와는 다른 후세인의 관점이 부분적으로 개입되어 있는 바, 고대국가시기에 없던 '혼인제도'(해모수와 하백이 다투게 된 이유는 해모수가 중매와 폐백의 법을 어겼기 때문이다)라든가 '직업귀천의식' 등이 그것이다.

4. 「동명왕편」의 한계

현재의 관점에서 볼 때 「동명왕편」은 다음과 같은 측면에서 문제성을 내포하고 있는 바, 그것은 이규보가 재현하려고 했던 '성인의 시대'가 구체적 · 전체적으로 그려지지 못하고 다분히 부분적 · 추상적으로 복원되었다는 점이다. 또 「동명왕편」은 당대의 사회상을 그려내는 데에도 성공하지 못하였다. 만약 이규보가 중국 사적과 동명왕의 건국과정을 대비시킬 것이 아니라, 동명왕의 건국투쟁과 당시 우리 민족의 끈질긴 대몽항쟁을 대응시키는 구상을 하였더라면 더 감동적인 작품을 제작할 수 있었을 것이다. 그 책임은 이규보의 몫만은 아니다. 중국을 '보편'으로 설정했던 동아시아의 중세적 사고를 넘어설 것을 기대할 수는 없다. 그가 살았던 '고려 중기'라는 역사적 공간은 인류사의 유년기와도 아득히 먼 거리에 있었을 뿐만 아니라, 다가올 새로운 공동체의 지평을 짐작하기조차 어려웠던 시기였기 때문이다.

향가와 역사

— 「헌화가」와 「처용가」의 경우

1. 향가와 배경설화

신라 향가는 『삼국유사』에 14수가 수록되어 전해지고 있다. 이 향가 작품들은 후대의 시 문학 작품처럼 완결적 작품으로 창작되거나 전승된 것이 아니라, 설화의 삽입가요로 전해지고 있다. 노래가 설화에 안겨 있다는 사실은 역으로 서정가요와 서사갈래의 분화가 시작되고 있음을 알려주는 표지이기도 한다. 고대의 문학은 노래와 이야기가 통일된 서사시의 형태로 되어 있었으나, 향가와 배경설화는 분리가 가능하다는 것은 과도적 성격을 띠고 있는 것으로 볼 수 있기 때문이다. 그런 의미에서 향가는 독립성과 의존성을 동시에 보여주는 독특한 문학양식이라 할 수 있다.

향가를 해석하기 위해서는 향가를 감싸고 있는 설화와 그 설화의 모태인 당대 역사에 대한 이해가 필요하다. 그런데 향가의 배경설화는 초현실적이거나 환상적인 성격이 다분하다. 설화 속에는 설화 전승자인 고대인들의 꿈과 욕망이 침전되어 있으며, 몽골의 거듭된 침공과

이
미
지
의
영
토
—
274

거듭된 민란으로 내우외환의 위기를 불교를 통해 극복해보려는 일연의 세계관이 스며있다. 이처럼 향가는 배경설화와 일체를 이루고 있는 문학갈래라는 점, 그리고 설화는 구전되는 과정에서 민중들의 꿈이 겹겹이 누적된 욕망의 복합체라는 사실을 감안해야 한다. 뿐만 아니라 그 설화를 수집하여 재구성하고 기록하는 과정에서 편찬자의 상상력도 개입되는 것이다.

실증적 역사가들은 설화에 부착된 꿈과 욕망, 편찬자의 욕망을 소거한 뒤에 남은 뼈대만으로 연대기를 작성하려 들 것이다. 설화를 문학적으로 해석하는 자리에서도 설화 속에 녹아 있는 꿈과 상상력을 분리하는 작업은 필요하다. 그러나 역사가들이 버린 '꿈과 상상력'이 더 중요한 관심거리이다. 그 상상력이야말로 설화의 본질적 요소이기 때문이다.

2. 헌화가 혹은 고난의 여행길

『삼국유사』의 「수로부인조(水路夫人條)」에 기록된 「헌화가」의 배경설화는 다음과 같다.

성덕왕대 순정공(純貞公)이 강릉태수로 부임할 때, 바닷가에서 점심을 먹게 되었다. 그 곁에는 높이가 천 길이나 되는 바위 봉우리들이 병풍처럼 둘러쳐서 바다를 굽어보고 있는데, 그 위에 철쭉꽃이 활짝 피어 있었다. 순정공의 부인 수로가 그 꽃을 보고 좌우를 둘러보며 그 꽃을 꺾어 줄 사람이 없느냐고 물었더니, 모두가 사람의 발길이 닿을 수 없는 곳이므로 불가능하다고 대답하였다. 마침 그 곁으로 암소를 끌고 가던 노인이 수로부인의 말을 듣고 그 꽃을 꺾어와서 노래를 지어 바쳤다. 그 노인이 어떤 사람인지는 모른다.

이때 견우노인이 불렀다는 「헌화가」는 민요풍의 4구체 향가로 소박하고 보편적인 미의식을 보여준다.

붉은 바위 가에
잡은 암소 놓고
나를 아니 부끄러워하신다면
꽃을 꺾어 바치오리다

　이 노래는 지금까지 소박한 '애정가요'로 보는 견해와 '하화중생'의 보살행으로 보는 견해로 크게 대립되어 왔다. 그러나 배경설화와 관련지어 입체적인 논의는 아직 진행되지 않고 있다. 이 노래를 온전히 이해하기 위해서는 중심적인 상징이에 대한 분석과 관련 설화를 동시에 분석하면서 노래 전승자들이 심리요소를 분석하는 일이 선행되어야 한다.

　즉 '붉은 바위 벼랑', '암소', '꽃'의 의미, 그리고 노래의 작자로 되어 있는 '노인'의 정체를 해명하는 일이다.

　'바위'는 영속성과 견고함을 상징한다. 바위는 또한 불모성과 장애물이라는 부정적 상징의미도 지닌다. 암소의 상징적 의미는 모성과 풍요로움이며, '지혜'와 관련되는 동물이다. 꽃은 공물로서 아름다움과 사랑의 상징인데, 특히 붉은 꽃은 생명과 피, 격정의 상징물로 사용되기도 한다.

　이 노래에 담긴 의미를 파악하기 위해서는 순정공의 여행 도중에서 생긴 일들을 재구성해보아야 한다. 설화의 배경이 순정공이 태수로 부임하기 위해 강릉으로 향하는 도중에서 생긴 사건이기 때문이다. 여행의 경로는 경주에서 강릉에 이르는 태백산맥의 험준한 동사면과 동해의 해안선에 걸쳐 있었을 것이다. 순정공의 여행은 그런 지리적인 조건보다 혼란스런 신라 하대의 상황으로 인하여 어려움을 겪었을 것이다. 신라가 삼국통일 이후 확장된 영토를 효과적으로 통치하지 못했다는 사실은 하대에 이르러 왕권의 붕괴가 급속도로 진행되는 데서도 잘 드러난다. 전략적 수도였던 서라벌 일대를 제외한 대부분의 지역은 지방호족이나 해상세력에 의해 장악되어 있었다. 9주 5소경 같은 거점지역에 관리가 파견되어 있었지만 호족의 지원에 의존하여 유지되었던 것으로 보인다. 하대에 이르러서는 연속된 천재지변과 왕위를 둘러싼 정변이 계속되었으며, 호족들의 봉기와 농민반란으로 지배체제는 급속히 약화되고 있었다. 지방의 호족세력들은 유력한 반란군들과 내통하거나 독자적인 무장을 하고 있었다. 892년에는 견훤이 완산(完山: 지금의 전주)에서, 895년에는 궁예가 철원 일대에서 봉기하였으며, 진성여왕 10년(896년)에는 도적들이 나라의 서남쪽에서 일어났는데, 그들은 바지를 붉은 색으로 하여서 스스로를 다른 사람과 다르게 하였으므로 사람들은 그들을 적고적(赤袴賊)이라 불렀다. 이들은 지방의 여러 주현(州縣)을 함락시키고 수도인 서라벌의 모량리(牟梁里)에까지 이르러 민가를 약탈할 정도로 규모가 컸다.

신라의 실질적인 통치영역은 경주를 중심한 그 주변지역에 그치고, 전 국토는 대부분 농민반란군이나 지방호족세력의 휘하에 들어갔던 것이다.

순정공은 신라 성덕왕 때의 지방관으로 부인과 함께 강릉으로 부임하는 길에 여러 차례 수난을 당한다. 순정공의 부인 수로(水路)가 "절세의 자태와 용모를 지녔으므로 매양 깊은 메, 큰 소(沼)를 지날 때에 신물(神物)에게 납치를 당하였다"는 기록이 남아 있다. 수로부인이 해룡에게 납치되어 용궁에 끌려갔던 일은 전말이 자세하게 기록되어 있다.

또 이틀을 더 가니 임해정(臨海亭)이 있었다. 그곳에서 점심을 먹고 있었는데 바다의 용이 갑자기 부인을 끌고 바닷속으로 들어가 버렸다. 순정공은 놀라 땅을 쳐 보았지만 아무 방법이 없었다. 한 노인이 있다가 "옛사람의 말에 여러 사람의 입은 쇠도 녹인다 하였는데 지금 바다 짐승이 어찌 여러 사람의 입을 두려워하지 않겠는가. 당장 이 경내의 백성을 불러서 노래를 부르며 몽둥이로 언덕을 두드리면 부인을 볼 수 있을 것이다."라고 하였다. 공이 그대로 하였더니 용이 바다에서 부인을 데리고 나와 바쳤다. 순정공이 부인에게 바닷속의 사정을 물었다. 부인은 "칠보 궁전에 음식이 달고 부드러우며 향기가 있고 깨끗하여 세상의 익히거나 삶은 음식이 아니더라."하였다. 옷에도 향기가 배어 세상에서 맡는 향기가 아니었다.[1]

이러한 수난은 당시의 농민반란군이나 반 신라운동을 펼치던 지방 무상세력과의 교전으로 보아야 할 것이다. 순정공 일행이 겪었던 수난이 시간이 흐르면서 한 편의 로맨스처럼 윤색되어 구전된 것으로 짐작된다. 순정공 일행이 강릉으로 가던 도중 반란군들의 공격을 받아 위기에 처하게 되었을 때, 어떤 지방세력이 순정공 일행을 구출해준다. 작품에 나타난 '바위 벼랑'은 일행의 앞길을 방해하는 장애물로서 반란군을 은유적으로 표현한 것으로 봐야 할 것이다. 그렇다면 배경설화에 등장하는 '노인'이 바로 순정공 일행을 구원하기 위해 나타난 지원부대이다. 정신분석학에서는 무의식은 의식을 보충하거나 보상하는 방향으로 작동된다고 한다. 무의식적 욕망은 순정공 일행이 당한 고통과 수모를 충분히 보상받고 남음직한 이야기를 재구성하게 만들었다. 「해가(海歌)」에서 보듯 강릉으로 향하는 길에서 겪은 치욕스런 기억은 지혜로운 노인과 여러 조력자들의 도움을 받아 위기를 극복한 이야기로 대체되었다.

---

1) 수로부인을 구출할 때 부른 노래가 다음과 같은 「해가(海歌)」이다.

> 거북아 거북아 수로부인을 내어놓아라
> 남의 부녀 약탈한 죄 얼마나 큰가
> 네 만약 거역하고 내어놓지 않으면
> 그물로 잡아내어 구워 먹으리

순정공 일행이 겪은 수모는 설화 속의 노인이 '암소'와 '꽃'을 꺾어다 바침으로서 곧 복종을 맹약하는 노래를 지어 부름으로써 보상된다. 「헌화가」의 표현은 상징적인 서정시처럼 읽히지만 배경설화와 신라의 역사를 검토하면 새로운 모습이 나타난다. 아름다운 꿈으로 윤색된 노래 속에도 상처의 흔적은 남아 있게 마련이다. 순정공 일행을 가로막은 것은 천길 '바위' 벼랑이었는데, 이때 바위의 고어는 '바회'인 바, 이는 도둑의 고대어인 'ㅂ♂'를 연상시킨다. 도둑에 대한 두려움 때문에 'ㅂ♂'가 '바회'로 대치된 것으로 읽을 수도 있겠다. 노인이 잡아온 암소를 바친 '붉은 바위' 역시 서라벌을 위협한 '붉은 바지' 당에 대한 신라인들의 두려움이 짙게 배어 있는 것은 아닐까? 그렇다면 암소는 도둑들에게 약탈당한 재물의 보상물이다. '노인'은 당시 중앙정권과 긴밀한 관계에 있던 지방토호세력이나 촌주였을 것이다. 중앙에서 파견된 관리들이 촌주의 도움을 받아 겨우 목숨만 건진 일이 자랑스러울 수 없기에, 배경설화에서는 산신령을 연상케 하는 노인으로 변형되었다.

『삼국유사』의 저자인 일연은 '노인'을 지혜와 자비를 구비한 인물, 산화공덕과 보살행을 실현하는 선승으로 그리고 있다. 이 노인은 이틀 뒤 임해정 앞에서 수로부인이 납치당했을 때도 다시 나타나 부인을 구출함으로써 기적을 보여준다. 지방호족의 지원을 받아 농민반란을 진압하면서 신라왕권을 강화하거나 유지해 간 역사는 토착종교와의 갈등 속에서 불교를 확립하는 과정과 흡사하다. 특히 선종불교의 출발과 성장은 지방호족층을 기반으로 이루어지고 있었기에 '노인'으로 표상된 '지방호족'의 이미지는 일연이 신라의 불교 정착사를 설명하는 데도 적절한 예가 된다.

이와 관련하여 1988년, 경북 울진군에서 발굴된 「봉평신라비(鳳坪新羅碑)」는 신라사 연구에 획기적인 사건이 되고 있는데, 「헌화가」나 순정공이나 수로부인과 관련된 설화의 해석에도 또 다른 단서가 될 수 있을 것이다.

「봉평신라비」는 신라식의 독특한 이두문으로 표기된 비석이다. 비문의 내용은 거벌모라(居伐牟羅)와 남미지(男彌只)라고 하는 동해안의 지역에서 발생한 반란사건과 그 진압경위를 담고 있다. 당시 신라 조정은 군대를 동원해서 이를 해결한 뒤, 소를 잡아 의식을 거행하면서 이 지역에 다시 사건이 발생하면 노인법(奴人法)에 의해 처리하겠다는 사실을 기록하였다. 이 비는 기존의 문헌사료에 나타나 있지 않은 많은 내용을 담고 있다. 특히 동해안의 어느 지역이 '노인촌(奴人村)'이었으며, 이 지역을 다스리는 일종의 특별법인 노인법(奴人法)이 당시에 이미 제정되어 있었다는 사실이나, 사태 진압 후에 소를 잡아 의식을 거행하였다는 사실은 설화를 재해석할 수 있는 단서가 될 수 있다. 「헌화가」의 중심어휘인 '노인'과 '암소'가 나타나고 있으며, 경주와 강릉의 중간지역에서 현재의 울진, 삼척 지역에서 대규모 반란사건이 거듭 일어났다는 사실이 나타나 있다는 점이다. 그것은 설화의 주인공인 순정공이 강릉으로 가는 도중에 여러 차례 겪었다는 곤경이 무엇이었는지를 규명하는 데도 요긴한 기록이며 추후 새로운 해석의 가능성을 제공하는 것이다.

3. 처용가와 이슬람 상인

제49대 헌강대왕 대(재위 875~886)에는 서울에서 동해변까지 집들이 맞닿았으며 담장이 서로 이어졌고 초가는 한 채도 없었다. 길가에 음악이 끊이지 않았고 풍우가 사철 순조로웠다. 이에 대왕이 개운포(開雲浦, 현재의 울산)에 놀러 갔다가 돌아오는 길에 물가에서 쉬었는데 홀연 구름과 안개가 캄캄하게 덮여 길을 잃게 되었다. 이상히 여겨 좌우 사람들에게 물으니 점성관이 "이것은 동해의 용이 변괴를 일으키는 것이므로 좋은 일을 행하여 풀어야 합니다"하였다. 유사에게 칙령을 내려 "용을 위하여 이 근처에 절을 짓도록 하라"하였다. 왕의 명령이 내리자마자 안개가 흩어져 이름을 개운포라 했다. 동해 용이 기뻐하여 아들 일곱 명을 데리고 임금 앞에 나타나서 대왕의 덕을 칭송하며 음악을 연주하고 노래와 춤을 추었다. 아들 하나를 딸려서 서울로 보내어 왕의 정사를 돕도록 하였는데 그의 이름은 처용이었다. 왕은 미모의 여자로 아내를 삼아 주고 그의 뜻을 사로잡기 위하여 급간의 벼슬을 주었다. 그의 아내는 너무나 아름다워 역신이 탐을 내고 사람으로 변신하여 밤에 몰래 그 집으로 들어가 같이 잤다. 처용이 밖에서 돌아와 잠자리에 두 사람이 있는 것을 보고서 노래를 부르고 춤을 추어 물러났다. 노래는 이러하다.

> 동경(東京) 밝은 달에
> 밤드리 노니다가
> 들어와 자리를 보니
> 가랑이 넷이어라
> 둘은 내 것인데
> 둘은 누구 것인고
> 본래 내 것이건만
> 빼앗겼으니 어이할고

처용이 노래를 부르니 역신이 모습을 드러내고 처용 앞에 꿇어 엎드려 말하기를 "내가 공의 아내를 흠모하여 죄를 범했습니다. 그런데도 공은 노하지 않으니 그 미덕에 감복했습니다. 지금 이후로는 공의 얼굴을 그린 것만 보아도 그 집에는 들어가지 않기로 맹세하겠습니다"하였다. 이 말에 따라 사람들은 처용의 모습을 문에 붙여 사악한 기운을 물리치고 경사스런 일을 맞는다 하였다.

「처용가」를 해석하기 위해서는 배경설화와 노래의 주인공인 처용의 성격을 먼저 규명해야 한다. 우리 학계에는 처용(處容)을 지방호족의 아들로 보는 견해와 당시 신라에 와있던 서역 상인이라고 보는 견해가 있다. 양자는 모두 처용설화의 의미를 당시 신라사회의 실상에 비추어 합리적으로 보려는 노력에서 나온 것으로, 나름대로의 근거가 있다.

역사학계는 당시 신라사회가 처해 있던 정치적 상황을 염두에 두면서 처용을 지방호족의 자제라 보기도 한다. 처용설화는 신라 말기에 경주의 중앙귀족이 지방호족을 포섭·견제하면서 지배체제를 유지하려고 노력했지만 결국 실패로 돌아가는 과정을 반영하고 있다는 것이다. 그런데 설화는 처용이 바다에서 출현하는 과정을 대단히 신비롭게 묘사하고 있는 점을 주목하면 지방호족의 자제로 보기 어렵다. 중앙귀족들이 견제의 대상인 지방호족을 신비화할 까닭이 없는 것이다. 뿐만 아니라 "깊은 눈과 높은 코(深目高鼻)"로 그려진 그의 형상은 이방인에 가깝다. 이러한 처용의 모습은 고려속요에서 한층 자세하게 묘사된다. 『악학궤범』의 「처용노래」에는 "넓은 이마, 길고 짙은 눈썹, 붉은 얼굴색, 우뚝한 코, 넓은 가슴, 큰 발과 긴 다리"로 묘사되어 있어 그가 이방인임을 확연히 알 수 있다.

> 아! 아비의 모습이여
> 처용 아비의 모습이여
>
> 아! 장수하실 넓으신 이마
> 산모양 비슷한 긴 눈썹
> 애인 바라보듯 너그러운 눈
> 바람을 불어넣어 우그러진 귀
> 복사꽃 같이 붉은 얼굴

온갖 향내 맡느라 우묵해진 코
아! 천금을 머금어 넓어진 입
백옥유리같이 하얀 이빨

처용이 바다를 통해 나타났다는 사실, 특이한 용모와 이국적인 장신구들로 미루어 볼 때, 그는 진귀한 보물을 가지고 개운포에 나타난 서역 상인이라는 추리가 훨씬 자연스럽다. 신라인이 한 번도 접촉해본 적이 없는 이방인이었기에 신화의 대상이 되고 악을 쫓는 선신으로 널리 숭상되기 시작했다. 아랍인들이 신라에 진출하였다는 최초의 흔적은 서기 846년에 나타나는데, 이븐 쿠르다비의 「왕국과 도로총람」이 그것이다.

"중국의 동쪽에 신라라는 나라가 있다. 산이 많고 왕이 많은 나라이다. 그곳에는 금이 많다. 이곳에서 생산되는 물건은 비단, 검, 사향, 말안장 등이 있다. 신라로 진출한 무슬림들은 자연의 쾌적함 때문에 영구 정착하여 떠날 줄을 모른다."

신라에 관한 기록은 아랍과 페르시아의 학자들이 쓴 여러 자료에서 발견되는데, 공통된 내용은 쾌적한 자연환경과 비옥한 토지를 찬양하고 값비싼 상품과 양질의 금이 생산되는 이상향이라는 것이다. 그래서 많은 무슬림들이 신라를 유토피아로 여겼다고 한다. 그래서 많은 아랍인들이 질병을 치료하기 위해서 혹은 정치적 망명처로 삼기 위해 신라를 향해 길을 떠났다고 기록하고 있다. 처용을 개인으로 보기보다는 지금의 울산항인 개운포 일대에 거주했던 무슬림 집단으로 보는 것이 사실에 가까울 것이다. 배경설화에서 역병신을 물리쳤다는 이야기는 어쩌면 무슬림들이 휴대한 약품으로 병자를 치료한 이야기가 구전되면서 신비로운 설화로 윤색된 것이 아닐까.

이슬람 상인들의 해상 교역은 통일신라에 전성기를 이루며 고려 중기까지 계속되었다. 고려시대에는 백여 명씩 떼를 지어 찾아온 아라비아 아라비아(대식국) 상인들이 후한 대접을 받고, 벽란도에서 마련해 준 객사에 체류하면서 상업에 종사하고 있었다. 이러한 해상활동은 몽골의 간섭을 받게 되는 13세기 무렵부터 퇴조하고, 육로를 통한 중앙아시아 계통의 위구르—투르크 계통의 무슬림(回回人)들이 고려에 진출하게 된다. 고려속요 「쌍화점」에 등장하는 '회회아비'가 바로 그들이다.

4. 향가 해석

향가의 해석에서 배경설화는 중요한 역할을 한다. 이에 대한 연구는 아직 논쟁적 수준을 크게 벗어나지 못하고 있다. 『삼국유사』의 기록이 '설화의 역사화'로 보는 입장과 '역사의 설화화'로 보는 입장이 대표적이거니와 이는 설화의 일반적 성격을 재검토하면서 극복되어야 할 것이다. 배경설화의 대부분이 '실재성'의 외피를 쓰고 있으나 허구나 환상과 같은 예술적 재창조 과정을 거치면서 형태가 갖추어졌다는 점을 고려해야 한다. 한편 오늘의 독자들이 볼 때 설화가 비록 환상적 내용을 담고 있지만 수난을 체험했던 주체들의 트라우마를 치유하는 요소들도 내포하고 있다. 프로이트가 "꿈은 육체나 정신의 질환 때문에 괴로워하는 사람에게 현실이 거부한 것, 즉 안녕과 행복을 준다"고 말한 것처럼 주인공이나 전승자들의 무의식적인 치유본능이 설화 속에 스며있는지도 모른다.

한편 「처용가」와 그 배경설화에서 드러나는 것처럼 향가에는 신라인의 삶과 역사가 고스란히 담겨져 있다. 우리가 향찰식 표기를 이해하지 못했을 때 향가는 암호문처럼 여겨졌으나 학자들의 연구가 축적되면서 차츰 그 내용은 밝혀지고 있다. 배경설화의 내용이 구체적으로 밝혀질수록 설화나 향가에 나타난 당대인들의 상상력도 풍부하게 재해석될 수 있다.

제4부

기억과 서사

기억 대(對) 기억

— 황석영의 『손님』

1. 기억들

사회적 집단들이 체험하였다고 하는 기억과 역사적 사실이 일치하는 경우는 드물다. 집단들의 이해관계가 첨예하게 대립될 경우 기억과 기억 간의 간극은 더욱 벌어지고, 역사적 진실은 혼돈의 늪으로 빠져든다. 역사가 승리자의 기록이라는 말은 자신들의 기억만을 특화하고 다른 집단의 기억을 억압하는 것을 말한다. 박물관은 가시적 유물을 통해 특정한 기억을 조직하는 곳이다. 유물을 수집에서 정리하는 과정은 물론, 전시하는 과정에서 담당자의 철학이나 관점은 결정적 역할을 하게 된다. 결국 국가나 권력 혹은 주류를 형성하는 집단이 요청하는 기억을 특권화하고 재생산하는 기능을 수행하게 된다.

집단 간의 대립과정에서 발생한 대량학살사건의 경우가 대표적 사례이다. 사건의 원인과 과정에 대한 기억의 차이는 물론, 검증이 가능한 결과에 대해서도 일치점을 찾지 못한다. 여기에 국가권력이나 종교가 개입될 경우 문제는 더욱 복잡해진다. 아직 역사학계에서조차 손대지 않고 있는 '신천 학살사건'을 정면으로 다루고 있는 황석영의 『손님』은 기억과 기억이 첨예하게 맞부딪는 자리에 놓인 작품이다. 도정일이 이 소설을 가리켜 "황석영만이 쓸 수 있는 한국인의 이야기"라고 한 것은 방북과 미국행, 귀국과 수감으로 이어진 작가의 행적처럼 이 작품 역시 '위태로운' 지경을 넘나들고 있다는 사실을 지적한 것이다. 해방기에서 한국전쟁에 이르는 기간에 벌어진 학살문제는 오랫동안 금기의 영역이었거나 기껏해야 풍문일 뿐이었다.

『손님』이 다루고 있는 신천 학살사건의 진상은 여전히 상반되는 기억들에 의지할 수밖에 없다. "1950년 10월 13일부터 52일간, 흡혈귀 신천지구 주둔 미군 사령관 해리슨 일당에 의해 신천군민의 4분의 1인 3만 5천 3백 8십 3명의 무고한 인민들을 가장 잔인하고 야수적인 방법으로 학살한 천추에 용납 못할 만행"이라고 보는 것이 북한 측의 공식적인 주장이라면, "인천상륙작전으로 인민군이 퇴각하게 되면서 기독교도와 민족계열 인사들을 예비 검속해 무참히 학살하자 지하조직으로 남아 있던 반공학생 청년들이 이에 반발하여 무장봉기를 일으켜 노동당원들과 혈전을 벌이는 과정에서 공산당 관계자들을 처단한 일련의 과정"이라는 것이 또 다른 주장이다. 이 두 기억이 화해하기 어려운 것은 사건의 당사자들이 무엇을 근거로 삼든지 자신의 행동을 정당화하지 못할 경우 곧바로 동족을 무참히 학살한 야수가 되고 만다는 것이다.

황석영은 기억과 기억이 충돌하는 틈바구니를 빠져 나와 그러한 광란극의 기원을 따져보자고 한다. 그것은 두 부류의 '손님'들, 기독교와 마르크스주의가 '주인'의 몸을 파고 들어와 혈투를 벌인 것으로 보자는 것이다. 마치 '손님마마'(천연두)가 우리 몸에 침입하여 주인의 생명을 뺏어가거나 주인의 몸에 씻을 수 없는 상흔을 남기듯이, 두 이데올로기는 이 땅에 들어와 엄청난 희생을 강요하고 씻을 수 없는 상흔을 남겼다는 것이다.

이

미

지

의

영

토

—

290

그 단적인 사례가 1950년 황해도 신천 일대에서 일어난 일련의 학살 사건이라는 것이다. 『손님』은 두 가지 이데올로기와 그 소용돌이에 휩쓸렸던 인간 군상들이 겪어야 했던 고통과 해원의 과정을 그린 작품이다. 이 작품에 대한 평가는 "리얼리즘의 새로운 진전"으로 요약되는데, 이는 리얼리즘의 본령을 놓치지 않으면서 형식을 갱신하려는 의욕적 실험을 감행하였다는 것을 보여준 것이다. 『손님』은 풍문으로만 떠돌던 황해도 양민학살사건을 정면으로 다루고 있다.

황석영이 이 소설에서 감행한 실험은 전통적 리얼리즘 소설이 채택해 온 '단일―서술자(narrator)' 시점을 버리고 등장인물들이 교대로 서술자가 되는 '다중―서술자' 시점을 시도하고 있다. 지금까지의 소설은 어떤 시점(view-point)으로 서술되든 실제로는 하나의 목소리로 귀결되는 것이었다. 『손님』은 근대 소설이 지닌 독백(monologue)의 형식을 넘어 진정한 대화(dialogue)의 형식, 혹은 집담(multi-logue)의 형식의 가능성을 타진해 본 것이라 할 수 있겠다.

한편 전쟁의 상처와 냉전의 유령들을 한판 굿으로 잠재우고 화해와 상생의 새 세기를 시작해야 한다는 작품의 주제는 냉전체제가 종식된 세계사적 흐름과, 6 · 15 이후 남북교류가 물꼬를 겨우 튼 한반도의 분위기에 대한 적절한 화답이라 할 수 있다.

2. 귀향과 해원의 구조

『손님』은 역사소설인 동시에 귀향소설이다. 미국 브루클린에 살고 있는 류요섭 목사가 고향방문단의 일원으로 50년 만에 고향땅인 황해도 신천 찬샘골을 방문하는 과정에서 나타나는 형과 형이 죽인 '헛것'(혼령)들의 이야기를 듣고, 고향의 친지들을 만나 대화하는 것을 중요한 모티프로 삼고 있다. 우리 문학의 귀향소설에 나타나는 주된 정서는 그리움과 환멸이다. 환멸은 가난이나 이데올로기적 갈등 때문에 생긴 감정이다. 이 환멸의 감정은 주인공이 귀향과정에서 심리적 변화와 함께 차츰 해소되는 것이 귀향형의 일반적인 형태이다.

요섭이 평양으로 가기 전 그의 형 류요한 장로가 갑자기 죽는다. 요한은 반공 기독청년들의 조직인 통일단의 일원으로 신천학살사건 당시 많은 동리 사람을 죽이고 월남하였다가 미국으로 건너갔다. 그러한 요한에게 찬샘골은 결코 살아서는 돌아갈 수 없는 곳이다. 그는 동생의 고향방문 계획에 대해 냉담한 태도를 보이고, 신천에서의 행위에 대해 하나님께 용서를 빌라는 요섭의 제안도 거절한다. "그들은 루시퍼의 새끼들이자 사탄의 무리들이며, 자신은 십자군이요 미카엘 천사의 편"이기 때문이다. 그러나 요한이 내심으로는 고향을 그리워하고 있었을 뿐 아니라, 박명선이라는 노인에게 가족을 살해한 잘못에 대해 용서를 빌려고 했다는 흔적이 그가 죽은 뒤에 드러난다. 요섭은 형의 시신을 화장하면서 남은 뼛조각 하나를 품에 안고 비행기에 오른다.

이 소설은 요섭의 귀향이라기보다 비록 뼛조각으로 남은 요한의 귀향인 셈이다. 요한이 온전히 귀향하기 위해서는 무엇보다 요한 자신과의 화해가, 그리고 그가 죽인 혼령들과 화해가 이루어져야 한다. 여행기간 내내 요한의 혼령과 요한이 죽인 리순남과 박일랑의 '헛것'(환영)이 차례로 혹은 한꺼번에 요섭 앞에 나타나 까마득히 망각하고 있던 살육의 순간들을 하나하나 회상시킨다. 제5장 "맑은 혼"에서 요한의 '헛것'과 요한이 살해한 순남의 '헛것'이 대면하는 과정에서 대립은 여전히 날카롭다.

> 요한 : 조선 사람이란 게 인정에 약하지 않느냐. 얼굴 대놓고 막무가내로 해보지는 못하거든. 그런데 천지가 개벽할 일이 일어나기 시작한 거다. 그게 무엇이냐. 조상 대대로 물려 받아온 땅을 빼앗는 거야. 토지 개혁이 실시되었지. 그것두 처음 보는 생면부지의 놈들이나 타지에서

온 놈들이 나타나서 총칼 들이대고 마구잡이로 빼앗으면 분하면서도
힘이 모자라고, 생판 남이니 실컷 울면 그만이겠는데, 이건 그것두 아
니야. (…중략…) 한 마을에서 뒹굴던 놈들이 안색을 싹 바꾸고 나타나
서 땅을 내놓으란 거야. (123~4쪽)

순남 : 바른말 하자문 너이 아부지 류인덕 장로나 너의 할아부지 류삼성 목
　　　사넌 일제 동척의 마름으로 땅마지기랑 과수원을 차지헌 사람덜 아니
　　　가. (…중략…) 우리가 계급투쟁을 보다 확실하고 가열차게 벌여야 한
　　　다는 것. 우파라구 불리우넌 자덜은 실제 친일파이며 지주이며 자본가
　　　이며 인민의 적인 미국과 남쪽 반동덜의 앞잡이라는 것. 외세와 계급
　　　의 적덜얼 분쇄할래문 (…중략…) 일제와 민족반역자 조선인 수중에 있
　　　던 토지와 삼림얼 국유화하고 토지개혁얼 실시하고 소작제럴 폐지하
　　　여 토지럴 농민에게 무상 분배할 것. (127쪽)

　　토지개혁을 둘러싼 두 계급 간의 대립이 잔인한 살육의 원인 중의
하나임을 확인하고 있는 대목이다. 이 대립에서 출발한 적개심이 점차
고조될 뿐이다.

　　상대방을 '마귀의 무리'로 규정하고 벌이는 살인극을 '성전'으로 여
기는 한 양자의 주장은 접점이 없다. 화해의 마당으로 가는 마지막 고
비는 제8장 "시왕"편이다. 이 대목에서는 산 자와 죽은 자들이 모두 한
자리에 모여 그들이 겪은 일들을 회상하며 자신의 생각을 진술한다.
화해의 단서는 이 작품에서 중립적인 인물인 안성만의 입을 통해 전달
된다. 그는 기독교도이자 당원으로 신천 사건에서 가까스로 살아난 인
물이다.

　　그날 십팔일과 이튿날 십구일, 또 이십삼일까지 우리는 모두 미쳐 있었다.
죽은 것들은 더 이상 말이 없지만 살아 있던 우리 고향 사람들 모두 과거로
돌아갈 수가 없게 됐지. 사람이 어떻게 항상 미쳐 있을 수야 있겠나. 세월이
가면 제각기 혼자가 되고 늙고 동무들도 사라지고 세상도 변해서 아무도 기

억을 하지 않겠지만 맘 속 깊은 데선 알 것이다. 저이 태가 묻힌 땅을 피로 물
들이고 꿈에도 다시는 돌아올 수 없는 곳으로 만들고 말이다. (225쪽, 일부 어
휘는 필자가 표준어로 고침)

그들의 행동이 광기의 소산이었음을 깨닫는 것, 잔인한 살육들이 벌
어진 그 순간에는 이성도 인간에 대한 배려도 틈입할 여지가 없는 상
황이었음을 서로 수긍한다면 화해는 겨우 시작될 수 있다. 이러한 과
정을 위해 작가는 망자의 넋을 저승으로 천도(薦渡)시키는 황해도 '지
노귀굿'의 얼개를 빌어 왔다. 지노귀굿에서 무당은 망자들로 하여금
넋두리를 하게하고 한풀이를 통해 맑아진 혼을 받아들여 편안히 저승
으로 떠나게 한다. 작품의 주인공인 요섭은 '헛것'들의 넋두리를 우리
들에게 전달하는 무당의 역할을 맡고 있다.

3. 사건을 보는 원근법

신천 사건에 대한 서로 다른 기억들이 있다는 것을 염두에 두면서
우리는 이 사건의 과정과 원인을 따져 볼 필요가 있다. 최근에 전모가
밝혀진 '노근리 양민학살'의 경우가 미군에 의해 짧은 시간에 이루어
진 단일한 사건이라면, '신천 사건'은 상대적으로 장기간에 걸친 여러
사건과 관련되어 있다.

6 · 25 발발 이후 황해도 신천 일대에는 인민군의 군사 동원을 거부
하고 구월산이나 민가에 은신하고 있던 기독교 중심의 반공 청년단들
이 연락을 취하여 '구국동지회'를 결성하였으며, 중고교 교사, 천주교
청년단체가 연대한 '신천광복회'가 조직되었다. 이러한 지하조직은 신
천뿐 아니라 재령, 안악과 같은 인근 군에서도 잇달아 결성되었으며,
이들 중 일부는 무장 게릴라 부대인 '반공유격대'를 조직하여 구월산

을 근거지로 활동에 들어갔다고 한다. 이들 단체들은 9·15 인천상륙
작전 소식을 접하고 조직과 활동을 강화하며 봉기를 준비하고 있었다.
10월 1일, 미군과 한국군의 3·8선 돌파가 시작됐고, 10월 11일에는 인
민군은 '일시적 후퇴'를 공식적으로 발표한다. 인민군이 후퇴하는 과
정에서 신천과 재령, 안악, 해주 등지에서는 이른바 '적성분자와 반동
분자'의 처단이 있었다고 한다. 10월 13일 오후에 재령에서도 반공 지
하조직의 봉기가 있었으며, 봉기군들이 일시 읍내를 점거하였으나 서
부전선에 배치되어 있다가 퇴각하는 인민군에 의해 진압된 바 있었다.
재령에서의 의거가 진압되었다는 소식을 접한 신천군의 지하조직들은
본래의 계획을 앞당겨 10월 13일 자정 무렵, 대대적 봉기를 일으켜 신
천군 전역을 일시에 장악하게 된다. 이 과정에서 봉기에 가담한 반공
청년 542명이 사망한 것으로 보아, 급습을 당한 인민위원회를 비롯한
행정기관원과 그 가족의 수도 수천 명에 이를 것으로 보이며, 포로가
된 1,478명도 뒷날 대부분 학살된다. 미군이 진입하는 18일까지 이동
중인 인민군 정규부대가 3차례나 신천읍에 진입하여 시가전을 펼쳤
지만 신천읍을 장악하지 못하고 물러갔다. 이때부터 미군이 3·8선
이남으로 다시 후퇴하는 12월 초순까지 50여 일간 신천 일대는 반공
청년단의 주도하에 참혹한 살상극이 계속된다. 중국의 개입 이후 인
민군이 신천을 재장악한 후에 반공 봉기에 가담한 인사들의 가족이
나 관련자에 대한 보복이 가해졌을 것이다. 이러한 정황을 종합해 보
면, 신천군에서 3만 5천 명의 양민이 학살되었다는 것은 전선의 변화
에 따라 좌우 양측이 여러 차례에 걸쳐 대량학살을 벌인 결과라고 볼
수 있다.

　일련의 사건은 어떤 시기를 중심으로 삼느냐에 따라 그 평가는 달라
질 수 있다. 만약 10월 13일 반공 봉기에다 초점을 맞추면, 신천학살사
건은 북한 당국이 철수하는 과정에서 저지른 이른바 '반동분자 처단'

에 대한 기독교 측의 항거로 규정될 수 있으며, 이는 다분히 민족 내부의 문제가 중심으로 설정된다. 『손님』의 시간대는 '신미양요'까지 거슬러 올라갈 수 있으나, 실제로는 10월 13일의 반공 봉기를 전후한 시간에 집중되어 있다. 한편 이 사건을 미군의 3·8선 돌파 이후에서 철수시기까지 황해도 일대가 미군의 실질적 지배하에 있었던 50여 일에 걸친 기간에 대해 문제 삼는다고 할 때, 사태는 훨씬 복잡해진다. 신천 사건 이후 미군은 이 지역에서 몇 시간 이상 머물지 않았으며, 북한이 지목하는 해리슨 대위가 어느 부대 소속이었는지도 확인되지 않고 있다고 해서 미국이 면책될 수 있는 것은 아니다. 한국전쟁 기간 중 서해안의 도서지역은 미군의 정보부대와 예하 준군사조직의 통제하에 있었으며, 서해도서에 인접한 구월산 일대 역시 미군 첩보부대 예하의 게릴라부대가 활동한 지역이었다는 점을 상기할 필요가 있다. 구월산 일대의 반공 청년조직도 이들 조직과 공조하고 있었다. 무엇보다 10월 18일 이후에 진행된 학살은 미군의 책임으로 될 수밖에 없다. 북한이 신천학살사건의 책임이 미군에 있다고 하는 주장하는 것은 이러한 제네바협약에 명시된 전쟁법 위반 문제를 물을 대상이 미군임을 재확인한 것으로 보인다.

4. 화해의 길 — 원인

『손님』이 제시하고 있는 화해의 방법은 '부정풀이'에서 '뒤풀이'에 이르는 열두 마당의 '해원굿'의 과정을 거치는 것이다. 이념적 대결과 갈등에서 화해로 나아가는 가능성을 샤머니즘에 기대어 모색한 대표적 사례는 윤흥길의 단편 「장마」(1973)일 것이다. 「장마」에서 '구렁이'는 이념대립으로 인한 전쟁통에 죽어간 비극적 인물의 상징이자, 갈등하는 인물들을 화해시키는 매개물로 작용했다. 이에 비해 『손님』에서

'굿'의 원리는 소설의 전개와 서사방식에 모두 적용되고 있다 소설의 전개는 지노귀굿의 진행순서에 조응하고 있으며, 소설의 서술은 망자의 말을 받아내는 '넋두리' 의식과 같다. 원통하게 죽은 이들의 혼을 불러내어 그의 하소연을 되받아 얘기함으로서 맺힌 한을 풀어내는 것이 이 작품의 뼈대인 동시에 주제인 셈이다. 독자들로서는 다소간의 지루함과 혼돈을 감수해야 한다. 전통적인 역사소설과 같은 속도감이라든가 긴장감은 맛볼 수 없으며, 서술 시점이 빈번히 바뀌기 때문이다.

넋두리가 거듭되는 과정에서 요한의 혼령은 차츰 그가 죽인 사람들이 '루시퍼의 새끼들이나 사탄'이 아니었음을 실토한다. 요한은 동생이 숨겨준 두 소녀(인민군 문화선전대원)를 괭이로 찍어 죽인 것은 '빨갱이'를 은닉시켰다가 처벌받을 일이 두려워서 한 행동이었으며, 윤선생을 살해한 것은 청년단원들에게 매일 윤간 당하며 목숨을 부지하는 것보다는 차라리 죽는 것이 본인에게 낫겠다고 판단했기 때문이었음을 차례로 고백한다. 박명선의 어머니와 동생들을 사살한 것은 명선의 약혼자인 상호가 요한의 누이를 살해한 것에 대한 보복이었다는 사실도 이야기한다. 요한의 고백은 마침내 다음과 대목에 이르게 된다.

> 우리는 그 악몽의 나날을 보내면서 안에 감추고 있었을 뿐 서로를 원수보다 더 미워하게 되었다. 나는 그가 젊은 날의 욱하는 감정 때문에 누이들을 쏘았다는 것을 잘 안다. 우리가 적이라고 정하여 살해한 행동은 바로 그 비슷한 일들이었다. 당에 들거나 직맹에 들거나 어쨌든 조그만 핑계거리만 있으면 죽일 수 있었으니까. 그래서 우리는 자기 자신까지도 증오했다. (…중략…) 나이가 들어서 가끔씩 헛것이 보이기 시작했다. 처음에는 식은땀을 흘리고 소리를 지르고 했지만 나중에는 그냥 멀거니 바라보기만 했다. (248~9쪽)

고통스럽고 긴 넋두리를 마친 요한의 '헛것'은 마침내 "이제야 고향 땅에 와서 원 풀고 한 풀고 동무들도 만나고 어두운 데 떠돌지 않게 되었다. 간다. 잘들 있으라."는 말을 남기고 저승으로 떠난다. 그것은 비로소 고향으로 돌아온 것이기도 하다.

작가는 악몽과 같은 사태의 원인에 대해 작품 속의 인물인 안성만의 입을 빌어 말한다. "야소교나 사회주의를 신학문이라고 받아 배운지 한 세대도 못되어 서로가 열심당만 되어 있었지 예전부터 살아오던 사람살이의 일은 잊어버린" 탓이라는 것이다. 그래서 "기독교 측은 성전을 위한 싸움과 순교요, 공산당 측은 인민을 위한 계급투쟁이 되어버렸다"는 것이다. 이 지적은 "손님마마란 거이 원래 서쪽나라 오랑캐 병이니 양구신 믿는 나라서 온 게 분명하므로" "양구신을 믿지 말고 제 근본을 알아야 복을 받는다"는 큰할머니의 말과 그리 다르지 않다. 이러한 작가의 문화론은 우리가 받아들인 두 개의 모더니티, 기독교와 마르크스주의가 다투며 주인을 못살게 군 장본인이라는 관점이다. 여기에는 우리의 근대사에 대한 성찰이 들어 있지만 '손님'은 이미 우리 몸의 일부가 되어 있다는 사실을 상기하지 않을 수 없다.

그런데 두 '손님'의 대결이 하필이면 '신천'에서 그토록 격렬하게 일어났어야만 했던 걸까? 그 한 원인으로 이 지역의 지리적 특수성을 지적할 수 있을 것이다. 평안도와 황해도는 중국에 접해 있다는 지리적 요인과 조선 정부의 오랜 서북차별정책으로 인한 심리적 요인 때문에, 유교와 같은 전통적 이념의 압박을 덜 느끼며 외래사조를 민감하게 흡수할 수 있는 토대를 가지고 있었다. 그래서 서북지역이 외래 종교인 기독교를 급속히 전파될 수 있었던 것이다. 해방될 무렵 2~30만에 달하는 북한지역 기독교도의 상당수는 평안도와 황해도민들이었다고 한다. 이 때문에 조만식을 중심으로 하는 기독교 신자들은 해방 직후 평안도와 황해도의 인민위원회를 장악할 수 있었다. 그러나 소련군의 진주와 함께 기독교 신자들은 대부분 인민위원회에서 제거되었으며, 토지개혁이 시행되는 과정에서 소수의 당원과 다수의 기독교도들

간의 대립은 격화되어 갔다. 황해도에서의 정치적 역관계는 다수의 농민이 소수의 지주와 대립하는 구도가 아닌 소수의 당원들이 다수의 기독교도와 대립하는 구도로 치환되었던 것이다. 거기다 황해도의 경우 토착 좌파세력이 미미했던 관계로 지배의 정당성을 확보하기도 어려웠다. 인민위원회에서 제거되고, 토지개혁으로 땅을 빼앗긴 박탈감으로 인해 황해도 일대에는 일부의 기독교도연맹 가담 신자를 제외한 대부분의 교회 조직은 반공 조직으로 재편되어 있었다. 그와 동시에 구월산에는 게릴라화한 우익 청년조직들이 활동하고 있었으니 비극적인 신천학살사건은 이미 배태하고 있었던 것이다.

그런데 신천 학살은 종료된 사건이 아니라 아직도 진행 중이다. 이데올로기에 근거한 남북 간의 대결은 여전히 계속되고 있으며, '남남대결'이라는 남한 내부의 이념대결의 파고도 위험수위를 오르내리고 있다. 이런 의미에서 『손님』은 각종 교류가 시작되면서 통일시대에 대한 논의를 시작하는 지점에서 우리 민족의 진정한 화해의 길이 무엇인가를 되묻게 하는 작품이다.

아동문학과 역사

— 현길언의 소년소설 : 『전쟁놀이』, 『그때 나는 열한 살이었다』, 『못자국』

1

　현길언의 소년소설 3부작이 『못자국』의 발간으로 완성되었다. 이 작품의 기본 얼개는 성장소설이지만, 제주도라는 구체적 공간을 배경으로 설정하고, 일제강점기에서 해방, 4·3 항쟁, 한국전쟁과 같은 격랑의 근대사를 씨줄로 삼고 있기 때문에 아동문학계가 눈여겨 살펴야 할 실험이다. 특히 4·3사건은 제주도민 2만 5천 내지 3만여 명이 학살된 참극이었음에도 불구하고, 최근에야 그 진상규명이 시작된 데서 알 수 있듯이, 그간 거론 자체가 금기시되거나 일방적 기억만 강요됐던 과거사 중의 하나이다. 아동문학에 역사와 현실을 접목하려는 시도가 처음은 아니다. 신화로 된 고대사를 윤색하거나 탈현실적인 역사·전기류는 논외로 치더라도, 해방 직후의 현실을 생생하게 담은 이원수의 「눈뜨는 시절」이나 손창섭의 「비오는 날」 등은 이 방면의 선구적 작품으로 들 수 있다.

　아동문학에 역사를 접목시킬 때, 부딪히는 어려움은 주인공의 역할이 관찰자로 제한되고 만다는 점이다. 대부분의 성장소설이나 아동문학 작품들이 탈역사적인 경향으로 흐르고 마는 것은 이러한 사정과 무관하지 않다. 성장소설의 고전처럼 여기는 로버트 스티븐스의 『보물섬』이나 마크 트웨인의 『톰소여의 모험』이 그 예이다. 모험의 주인공들은 현실사회와 절연된 자연 속에 배치되고, 이들이 자연현상이나 지리적 난관을 극복하는 과정을 서사의 뼈대로 삼고 있는데, 많은 아동문학이 그러한 모델을 빌어다 썼다. 판타지소설이나 공상과학소설이 아동문학의 중요한 갈래인 것도 아동들이 명실상부한 주인공으로 활동할 수 있는 공간을 마련할 수 있기 때문이다. 이러한 아동문학의 갈래의 특성과 제약을 감안한다면, 현길언은 가장 까다롭고 위태로운 선택을 한 셈이다.

2

3부작의 제1부인 『전쟁놀이』는 주인공 세철이 초등학교 1학년 시절에 해당하는 1944년부터 1945년 해방되는 날까지의 이야기다. 태평양전쟁 말기에 일본군은 미군의 상륙을 저지하기 위해 제주 섬 전체를 요새화한다. 해안선이나 한라산 곳곳에 굴을 파고 방어진지를 구축하고 6만 명의 군대를 증파하여 학교나 시가지가 온통 병영으로 변한다. 세철이를 비롯한 아이들은 모두 일본 군인을 동경하고 군인이 되고 싶어한다. 세철이가 따르는 삼촌에게 징집영장이 나오자 온 가족들은 걱정하지만 세철이는 이를 오히려 자랑스럽게 여긴다. 이 무렵 아이들은 일본군과 미국군으로 나누어서 미군을 무찌르는 전쟁놀이에 열중한다. 모두들 일본군이 되려고 하지만, 일본군 대장은 늘 세철이의 몫이다. 든든한 형이 있고 진짜 일본군인이 된 삼촌을 두고 있기 때문이다. 학교에서는 일본군은 결코 죽지도, 패배하지도 않는다고 가르치고 아이들은 그것을 의심하지 않는다. 이듬해 봄 삼촌은 전사하여 유골로 돌아온다. 세철이는 일본 천황의 군인이었던 삼촌이 죽었다는 사실을 받아들이지 못하지만, 군수와 면장을 비롯한 어른들이 삼촌의 죽음을 칭송하고, 삼촌의 유해가 신사에 안치되어 숭배의 대상이 된다는 사실 때문에 다시 자랑스럽게 여긴다. 세철이가 여덟 살 되던 해 해방이 되자, 학교에 주둔했던 일본군인들은 산으로 숨어든다. 삼촌의 유해가 있는 신사마저 불길에 휩싸이자, 세철이는 일본군 복장에 칼을 찬 자랑스런 삼촌이 불타는 환영을 보며 울부짖는다.

제2부인 『그 때 나는 열한 살이었나』는 해방 직후에서 4 · 3사건을 거쳐 한국전쟁까지의 시간을 담고 있다. 세철이는 일본이 전쟁에 패했다는 사실과, 칭송하던 삼촌의 죽음을 친구들이 '개죽음'이라고 말하는 것을 받아들일 수 없어 혼란에 빠진다. 어느날 일본인 교장 식구들이 세철이네 집으로 숨어 들어오게 된다. 세철이는 교장의 막내딸 미키코와 친해진다. 그러던 중 삼촌과 함께 일본군에 나갔던 고 선생이 돌아오자, 세철이는 고 선생을 삼촌처럼 따른다. 아버지는 면장이 되었지만, 제헌 국회의원 선거를 둘러싼 갈등이 마을에 파급되면서 분위기는 더욱 뒤숭숭해진다. 세철이가 좋아하던 고 선생은 마을 청년들을 데리고 한라산으로 들어가 공비가 되었다는 소문이 들려온다. 어느날 아버지가 마을 청년들에게 끌려간 뒤 시체로 발견되자 세철이는 충격을 받는다. 선거가 끝난 해 겨울, 마을은 공비들의 습격으로 대부분 불타지만 세철이네 집만 불타지 않았다. 세철이는 고 선생의 배려라고 짐작한다. 고 선생의 식구들은 공비의 가족이라는 이유로 모두 처형되고, 세철이의 마음 속에도 공비들에 대한 증오가 점점 커져간다. 아이들의 전쟁놀이는 토벌군과 공비들의 싸움으로 바뀐다. 세철이는 늘 토벌대장이 되어 공비들을 찾아내 죽이는 역할을 맡는다.

제3부 『못자국』은 6 · 25 전쟁 직후의 사건을 배경으로 펼쳐진다. 전

쟁난민들이 제주도로 몰려오고, 세철이네 학교에도 여러 명이 전학 온다. 전학 온 아이들과 갈등이 빚어진다. 세철이는 전학 온 아이들 중 유원이라는 여자아이에게 호감을 느낀다. 세철이의 형 세민은 6·25가 터진 후 군에 입대했다가 상이군인이 되어 고향으로 돌아온다. 세철이네 집 외양간에는 전쟁고아들과 이들을 돌보는 조 선생이 함께 살게된다. 세철이는 유원이한테 신경을 쓰느라 공부를 소홀히 하여 성적이 떨어진다. 시험문제를 미리 훔쳐본 일과 집안의 돈을 몰래 가져다 쓴 일이 발각되어 형에게 심한 꾸중을 듣는다. 형은 세철이한테 잘못을 할 때마다 헛간의 기둥에 못을 하나씩 박고 착한 일을 하면 못을 하나씩 빼라는 명령을 내린다. 헛간 기둥의 못은 나날이 늘어만 가고 세철이의 마음속에는 형에 대한 미움과 어른들에 대한 반항심만 커져 간다. 쇠못을 박은 기둥이 있는 헛간에 불을 지르는 꿈을 꾸기도 한다. 그러던 어느날 헛간에서 형과 조 선생이 껴안고 누워 있는 것을 목격한 뒤로는 기둥의 못을 다 뽑아버리고 못자국을 자귀로 깎아 버린다. 한국전의 전세가 바뀌면서 피난을 와 있던 아이들과 유원이, 그리고 조선생이 읍내로 가고 얼마 뒤 형도 떠난다. 세철이도 졸업을 하고 읍내에 있는 중학교로 진학하게 된다. 모두가 떠난 텅 빈 운동장에 홀로 남은 세철이는 6년 동안 벌어졌던 온갖 사건들을 회상한다.

3

작가가 이 소설을 통해 제시하려는 것은, 주인공이 역사의 소용돌이 속에서 혼란과 아픔을 겪으면서 성숙해 가는 과정일 터이다. 해방과 함께 세철이가 겪은 혼란과 변화는 일본과 일본군인에 대한 환상에서 깨어나는 것이었다. 이와 함께 신사에 안치된 삼촌의 혼령으로부터 해방된다. 삼촌 대신 고 선생이 세철이의 새로운 매개자가 된다.

그런데 아버지와 형은 모두 질투나 미움의 대상으로 나타난다. 아버지는 어머니와 자신 사이를 갈라놓고, 형은 조 선생을 독점했기 때문이다. 자신을 억압하는 아버지는 결국 고 선생과 '폭도' 들에 의해 살해되며, 사사건건 간섭하고 공부를 강요하기만 하는 형이 불구가 됨으로써 세철이의 반항심은 조금씩 바뀌어 간다. 고 선생에 대한 그리움도 공비사냥 놀이를 하는 과정에서 어느덧 사라진다. 세철이가 미키코를 닮은 유원이라는 여자아이를 좋아하면서, 삼촌과 아버지, 형과 고 선생에 대한 세철이의 뒤엉킨 감정도 차츰 정화된다. 그러던 중 마음속으로 의지하던 유원이도 읍내로 떠나버리자, 비로소 세철이는 자신을 관조하게 된다. 모두가 떠나버린 텅 빈 운동장에 세철이가 '홀로 서 있는' 이 소설의 대단원은 퍽 인상적이다. 작가가 공들여 묘사하고 있는 '못자국' 의 상징 역시 유년기의 세철이가 죄의식의 강박증으로부터 탈피하여 세속화하는 과정으로 볼 수 있겠다.

그런데 소설의 제3부는 전혀 예기치 못한 방향으로 전개된다. 제1부와 제2부에서 펼쳐진 역사적 사건들, 그와 관련된 등장인물들 간의 첨예한 갈등이 해명되지 않은 채, 이야기의 초점이 문득 주인공의 의식 내면으로 좁혀지면서, 역사적 사건들이 삽화로 바뀐듯한 느낌을 떨쳐버릴 수 없다. 물론 상투적인 화해나 상징적인 해결을 요구하는 것이 아니라, 최소한 주요인물들의 성격 변화의 동기들은 제시되어야 했다. 고 선생이 공비가 된 사정이라든지, '폭도' 의 조카인 명환이가 전쟁놀이에서 느닷없이 토벌군을 자청한 내력 따위는 어떤 식으로든 밝혀져야 하지 않았을까?

아동문학의 독자들은 주인공 또래의 아동들이다. 아이들은 물론 성인들이 '기대' 하는 것처럼 '순진무구' 한 천사가 아니라 영악스런 이기주의자일 때도 있다. 그렇다고 그들이 왜곡되고 굴절된 사회적 편견을 바로잡아 이해한다거나 파편적인 사실들을 종합할 수 있는 지혜로운 존재도 아니다. 어린 주인공의 눈에 비친 좌우대립의 역사는 편협할 수밖에 없다. 세철이네 가족이 처한 환경도 그렇다. 이로 인한 시각의 불균형을 보정할 수 있는 소설적 장치를 마련해두지 않음으로써, 작가의 의도와는 무관하게 이념적 편향이 도드라지게 된 결과를 낳았다.

소설 속에서 고 선생과 마을 청년들은 오직 '폭도'와 '공비'로만 지칭되고 있다. 대부분의 제주도민들이 이들을 '무장대'로 불렀다는 사실은 한 번도 환기되지 않았다. 이들이 '폭도'로만 지칭될 때, "제주도를 공산주의 사회로 만들기 위해 자기가 살던 마을 사람들을 학살하고 마을을 불구덩이 속으로 몰아넣은" 잔혹한 인간들로 고정되고 만다.

소설 속에서 4·3사건은 세철의 입을 통해 다음과 같이 설명된다. "재작년에 큰 사건이 일어났어. 제헌 국회의원 선거를 방해하는 사람들이 한라산으로 들어가 빨치산이 됐어. 그해 겨울에 그들이 마을을 습격해서 집을 불태웠고, 사람도 많이 죽었어."(『못자국』, 75쪽) 이런 설명은 4·3사건의 일면만을 지적한 것으로 진실과는 거리가 멀다. 4·3사건은 완전히 규명되지 않았지만, 1947년 3월 1일부터 1954년 9월에 이르는 기간 동안 "무장대와 토벌대 간의 무력충돌과 토벌대의 진압과정에서 수많은 주민들이 희생당한 사건"으로 정의할 때 사건의 실체에 다가갈 수 있다. 소설 속에서 양민학살과 방화는 '폭도'들에 의해 저질러진 것처럼 그려져 있는 점도 지적되어야 한다. 이는 "4·3사건 당시 대부분의 희생자(80% 이상)는 토벌대에 의해 발생했으며, 방화 소각된 대부분의 양민가옥도, 국군 9연대의 강경진압과정에서 이루어진 행위였다"는 조사결과(『4·3사건 진상조사보고서』참조)와 상반되기 때문이다.

현길언의 소년소설 3부작은 일본 군국주의와 제주 4·3사건, 그리고 6·25와 같은 가파른 역사적 사건을 체험하면서 세상에 눈뜨는 초등학생의 이야기를 성장소설 속에 담은 것이다. 아버지가 빨치산에게 죽임을 당하고 믿고 따르던 선생님이 빨치산이 되는 혼란을 지켜보는 세철이의 인간적 갈등이 드러나고, '아버지나 형'으로 형상화된 질서로부터 '자아'의 위치를 조금씩 확립해가는 성장의 과정을 제시한 작품이다. 그러나 이 소설의 후반부에 이르러 역사적 사건들이 주인공의 성장과정과 분리된 소재로 남게 된 점과, 그리고 등장인물들의 굴절된 시각이나 파편화된 의식으로 인한 이념적 편향성은 과제로 남는다. 그것은 소년소설이라는 갈래가 지닌 제약이나, 구성상의 문제인 동시에 '현실성'과 관련되는 문제이기도 하다.

더 나은 삶에 관한 꿈

— 방현석의 『새벽출정』

1. 노동과 문학

인간을 움직이는 가장 근원적인 힘은 무엇일까? 철학자 에른스트 블로흐(Ernst Bloch)는 굶주림을 해결하려는 자기보존의 충동이라고 주장한 바 있다. 프로이트와 같은 정신분석학자들이 추적하는 과거지향적인 '밤꿈' 보다 오히려 미래지향적인 '낮꿈' 이 더 중요하다는 것이다. 특히 인간다운 삶을 영위하지 못하는 사람들의 '낮꿈' 속에는 사회 개혁에 대한 의지, 자아의 살아 있는 의식, 그리고 결코 그치지 않는 미래기획이 함축되어 있기 때문이다. 꿈이란 주어진 현실에서 결핍된 것으로부터 비롯되고 파생된 것이며, 그 결핍을 제거하는 방법을 모색하는 실천의 출발점이 된다.

방현석이 지금까지 그의 소설 속에 그려온 것은 노동자들의 '낮꿈' 일지도 모른다. 해방 이후 산업노동자의 삶과 꿈을 본격적으로 다룬 소설은 70년대 후반에 이르러서야 등장한다. 조세희의 연작소설 『난장이가 쏘아올린 작은 공』(1978)이 대표적 사례이다. 조세희의 소설에 등장하는 노동자와 작품 속의 사건은 다분히 상징적이며 역설적인 언어로 이루어져 있다. 『난장이가 쏘아올린 작은 공』에 등장하는 주인공이 공장 굴뚝 위로 올라가 하늘을 향해 쏘아올린 공은 추락할 수밖에 없는 쇠공이었지만, 추락하지 않았다. 왜냐면 그것은 노동자를 비롯한 소외된 계층의 꿈이기 때문이다.

80년대 후반에 이르면 노동의 현장에서 더 나은 삶을 꿈꾸고 실현하려는 노동자들의 모습이 작품 속에 등장한다. 노동소설이라고 부르는 작품들이다. 노동소설은 정화진, 김한수, 방현석, 안재성 등과 같은 노동현장을 체험한 작가들에 의해 씌여졌다. 방현석의 경우 노동현장에서 체득한 산업노동자의 삶과 노동현실, 그리고 그 현실을 타개하려는 노동운동의 모습을 그의 작품 속에 충실하게 그려 보여 주었다. 다른 작가들이 여러 가지 사정으로 후속 작업을 계속하지 못하고 있는 데 비해 방현석은 90년대를 거쳐 오늘에 이르기까지 '우직하게' 자신의 세계를 밀고 나오는 과정에서 그의 작품은 더욱 깊은 울림을 획득하고 있다.

노동현실을 노동자의 관점에서 다룬 노동문학의 본격적 대두는 1980년대 한국문학의 가장 뚜렷한 특징을 이룬다. 노동문학의 대두는 소외 현상이 심화된 객관적 상황과 함께, 민중의 성장과 의식적 각성이라는 주체적 변화를 의미하는 것이다. 유동우의 「어느 돌멩이의 외침」이나 석정남의 「불타는 눈물」과 같은 노동자들의 수기문학은 본격적인 노동문학의 탄생을 알리는 예광탄에 해당한다. 이들의 글은 소박한 형식이지만 기존의 문학에 충격을 가하면서 '르포문학'이라고 하는 새로운 흐름을 형성했다. 이들 문학이 지닌 형식과 문체는 소박함에도 불구하고 오히려 노동자를 소외된 민중들의 의식과 삶을 가장 정확하게 드러내 주는 기능을 했다.

2. 소설 — 「새벽출정」

방현석의 첫 작품은 1988년에 발표한 단편 「내딛는 첫발은」이다. 구사대 폭력과 이에 대응하는 노동자들의 의식적 자각을 다룬 작품으로 당시의 노동소설의 문법을 따른 것이었다. 그를 본격적 노동소설의 개척자로 자리매김한 작품은 「새벽출정」(1989)이었다. 「새벽출정」은 세광물산의 노동자들이 회사의 위장폐업에 맞서 150일간에 걸쳐 농성투쟁을 벌이는 과정을 다루고 있다. 이 소설의 중심인물은 세광노조의 노조 위원장인 미정, 노조 회계감사인 민영, 사무장 철순이다. 미정과 민영, 철순은 원래 회사가 노동자들을 효과적으로 관리하기 위해 만든 조직인 '세우회'의 회원들이다. 세우회의 회원들은 작업조장 이상의 노동자들과 관리직원들의 친목모임으로 한 달에 한 번씩 회사에서 지불한 비용으로 회식을 해왔다.

자연히 세우회 회원들과 생산현장 동료들 간에는 거리가 생겨났다. 그런데 회사에서는 공정합리화라는 명분으로 기존의 생산라인을 둘로 분리하여 생산량 경쟁을 유도했다. 민영이 속한 화공1부는 휴식시간을 줄여가며 일한 결과 생산량을 높일 수 있었으나, 철순이 속한 조의 생산량은 늘 뒤쳐졌다. 이로 인해 두 부서는 서로 적대시하는 관계가 된다. 철순과 민영의 갈등이 깊어지자 미정은 두 사람의 갈등이 회사의 농간에서 비롯됨을 알려주고 두 사람을 화해시킨다. 노동자 간의 싸움을 막기 위해서는 서로 힘을 합하여 잔업과 특근을 거부하고 부서분리 결정을 철회해야 한다는 데 의견을 같이하고 이를 회사에 요구했다. 여기에 대부분의 노동자들이 동조하자, 회사 측은 철순과 민영에겐 사직서를, 미정에겐 각서를 쓸 것을 요구했다. 미정은 자신이 주동한 일을 끝까지 책임지고 싶어 사장에게 사과하고 셋이 각서를 쓰는 선에서 사태를 마무리 짓는다. 이 일을 계기로 세 사람의 신뢰는 더욱 깊어진다.

이 사건 이후 4개월 뒤에 이들이 주동이 된 노조가 결성된다. 미정은 위원장에 뽑히고, 철순과 민영은 사무장과 회계감사에 선출되었다. 노조 결성과 동시에 노조활동 보장, 일당 1500원 인상, 강제잔업 철폐를 요구하며 파업농성에 들어간다. 회사 측이 지연작업을 펼치고, 농성이 장기화되자 조합원들은 초조하고 불안해 한다.

길어야 일주일이면 끝나겠지 했는데 타결될 전망이 조금도 보이지 않자 동요하기 시작했다. 변화없는 상황에 지친 조합원들은 긴장이 풀렸다. 규율은 흐트러져 갔다. 낮에 몰래 빠져나가 돌아다니다 오는 조합원들도 한둘이 아니었다. 회사 측이 들여보낸 끄나풀은 집행부가 외부세력과 연계되어 일부러 교섭을 않고 싸움을 길게 끌고 있다는 헛소문을 퍼뜨렸다. 그들은 지도부에서 밀려난 일부 남성 조합원들을 계속 들쑤셨다. 농성장 내에 술판을 벌였고 근거 없는 시비를 걸었다.

이에 조합원들은 내부분열을 노린 회사 측의 교섭 지연 전술을 분쇄하고 투쟁의 활력을 얻기 위해 '연대집회'를 계획한다. 사무장 철순은 '연대집회' 전날 밤, 행사 현수막을 걸기 위해 공장 굴뚝에 올라갔다가 슬레이트 지붕이 무너지는 바람에 추락사한다.

굴뚝은 공장 지붕 가운데 솟아 있었다. 철순이 슬레이트 지붕 아래로 추락한 것은 굴뚝을 향해 두어 발짝을 채 못 옮겨서였다. 슬레이트 지붕이 무너지면서 철순은 공장 속으로 떨어졌다. 낡아빠진 슬레이트 지붕은 철순의 야윈 몸뚱이 하나도 지탱할 수 없었던 것이다. 쿵, 소리를 듣고 민영이 현장 안으로 달려들어갔을 때 철순은 이미 피를 흥건히 뿌린 채, 증기가마 옆에 널브러져 있었다. (…중략…) 철순은 스물여섯의 나이로 한 많은 노동자의 삶을 마감하였다. 그녀가 떨어지는 순간까지 한끝을 놓지 않았던, 끝내 걸지 못한 현수막만이 뚫어진 지붕에 늘어처진 채 유언을 대신했다. "노동자의 서러움 투쟁으로 끝장내자!" 민영과 미정은 병실 문짝에 매달려 울었다.

철순의 죽음 직후 회사 측은 잠시 노조의 요구를 수용하겠다고 약속했으나, 한 달이 못되어 폐업을 선언했다. 철순의 유언과도 같은 구호가 적힌 현수막이 다시 공장의 굴뚝 위에 걸리고 조합원들은 위장폐업을 철회시키기 위한 농성을 다시 시작한다. 농성 100일이 지날 무렵부터 노조 내부에 위기가 닥쳐왔다. 학생 조합원의 실질적 지도부였던 순옥과 윤희가 공장을 나가겠다고 찾아온 것이다. 민영의 만류로 순옥은 다시 투쟁에 합류하지만 장기 농성에 지친 노동자들의 신경은 극히 예민해져서 대립이 잦아진다. 야간에 산업체학교에 다니는 학생들은 오랜 농성 때문에 등록금을 내지 못해 걱정이 늘고, 농성자금도 바닥이 났다. 공교롭게 다단식 취사기가 고장나서 식사가 빵으로 제공되자 조합원의 불만은 취사부장인 민영에게로 집중된다.

장기 농성으로 지칠대로 지친 조합원들의 감정은 송곳처럼 날카로웠다. 이 싸움과정에서 그들을 따뜻하게 받아 주는 곳은 어느 곳에도 없었다.

적개심. 가는 곳마다 자리잡은 가진 자들의 튼튼한 장벽 앞에서 조합원들의 가슴 속에는 분노를 넘어선 적대감이 고스란히 쌓여 갔다. 본사는 물론 노동청과 노동부, 정당, 그 어느 곳 하나 사장의 편이 장벽을 치고 있지 않은 곳은 없었다. 그리고 경찰은 그때마다 빠지지 않았다.

감당하기 어려운 분노와 적개심은 때로 동료들을 표적으로 삼기까지 했다. 힘겨운 싸움 속에서 여유와 너그러움을 잃어가는 조합원들의 가슴 속은 동료 하나를 받아들일 공간조차 남아 있지 않았다. 승리에 대한 확신이 흐려감에 따라 강화되어 오던 단결력도 질시와 반목으로 변해갔다.

민영은 조합원의 비난을 견디다 못해 기숙사로 들어가 누워버린다. 위원장인 미정이 찾아가서 위로하고 마지막까지 남아 투쟁하자는 말을 듣고 민영은 다시 일어난다.

두 사람은 자금난을 해결하기 위해 공단 내의 선흥정밀 노조를 방문하여 구원을 요청한다. 선흥정밀은 세광노조가 창립될 때부터 연대투쟁을 해 왔다. 선흥정밀에 도착한 미정은 자신과 사무장이 투쟁자금 마련을 위해 전세방을 내놨음을 털어놓고, 급히 필요한 학생들의 등록금과 농성 자금을 차용해줄 것을 부탁한다. 선흥정밀 노조는 회의를 통해 노조자금 을 빌려줄 것과 모금활동을 통해 지원금을 마련해 주겠다고 약속한다.

마음이 한결 가벼워진 미정과 민영은 공장으로 되돌아와 다음날 있 을 가두투쟁을 준비한다. 이튿날 새벽 5시 세광노조의 전 조합원은 식 당에 집결하여 150일간의 농성을 평가하고, 위장폐업을 철회하고 공장 이 다시 가동될 때까지 싸울 것을 결의하는 비장한 출정식을 갖는다.

3. 현실 — '세창물산'의 위장폐업 분쇄투쟁

「새벽출정」의 주인공인 미정은 실존인물로, 200일의 장기 농성을 이 끈 세창노조의 위원장이다. 원미정은 1979년 수도여자사대부고를 졸 업하고 덕산제과를 거쳐, 1984년 세창물산에 입사하여 세창물산 노조 위원장을 맡아 240일에 걸친 위장폐업 분쇄투쟁을 전개했다. 그리고 회사 측으로부터 사과와 조합원들의 생계대책 보상에 대한 합의를 이 끌어 냈다. 인천시의회 의원으로 당선된 바 있으며, 현재는 지역주민 을 위한 활동을 하고 있다.

소설 속에서 현수막을 걸다 추락사한 송철순 사무장 역시 실존인물 이었으며, 소설 속에 그려진 것처럼 그의 주검은 모란공원에 묻혀 있 다. 다음은 당시 송철순 사무장의 죽음을 추도하는 어느 학생 조합원 의 편지 일절이다.

언니, 어제밤엔 억수같은 비가 쏟아졌어요. 그러나 어제밤의 일들, 언제 그 랬냐는 듯 햇살이 내리 쪼여 화창한 날씨가 되었어요. 언니! 언니도 아시려는 지요. 오랜만에 화창한 날씨를 언니가 보았다면 얼마나 좋아하실까요. 지금 도 제 눈엔 언니가 그렇게 적극적으로 누구보다도 앞장서서 구호를 외치시던 당당했던 모습들이 똑똑하게 보이는 듯 합니다.

또 누구보다도 저희 학생들이 어려움 있을 때 도와주시려 했고 위로의 말
씀도 많이 해주셨지요. 어떤 땐 저희가 뭣도 모르고 총회 참석하기 싫어서 빠
지려 할 때 언니는 타이르시며 저희들의 잘못을 보다 따뜻함으로 감싸주셨어
요. 그랬던 언니가, 그렇게 다정했던 언니가 지금 제 곁에 없다는 것이 전 정
말이지 믿기질 않아요.

언니가 왜 이렇게 죽음을 당해야만 하는가요. 왜 하필이면 언니가…….

「새벽출정」에는 주안 5공단에 위치한 세창물산에서 1989년 6월부터
그 이듬해 2월까지 전개된 위장폐업 분쇄투쟁이 고스란히 담겨 있다.
세창물산은 도자기인형 제작 수출업체로 생산직 250명(여자 200명, 남
자 50명, 관리직 50명) 내외의 중소기업으로 본사가 남대문에 있었다.
파업투쟁이 전개되기 직전 임금은 일당 4천 원 수준(여자 4,300원, 남
자 4,400원, 학생 3,770원)으로 한 달치 월급이 14만 원에 불과한 전형
적인 저임금업체였다. 이 임금 수준은 동일업종의 다른 사업장에 비할
때도 최하위에 속했다. 작업장의 환경 역시 열악하여, 각종 안료와 신
나, 석유와 같은 인체에 해로운 재료를 쓰고 있었음에도 불구하고 작
업장 내에 환풍시설도 구비되지 않았다. 도자기를 굽는 가마에서 분출
되는 열로 인해 여름에는 30도 이상의 더위 속에서 일해야 했다.

세창물산의 투쟁은 열악한 임금조건의 개선과 민주 노조를 설립하
려는 목적에서 출발했다. 전반기 투쟁에서 회사 측의 계속되는 교섭
회피와 송철순 사무장의 비극적 사건을 극복하고 마침내 노동자들이
내건 최소의 요구는 실현되었다. 이러한 성과는 고통스러운 농성투쟁
에 꾸준히 참가해 온 100여 명의 조합원들, 헌신적으로 투쟁을 지도해
온 집행부, 지역단체 및 이웃 노조의 지원과 연대에 의한 것이다. 교섭
이 타결된 후 회사는 8월 3일부터 정상조업에 들어갔으나, 한 달이 되
기도 전에 노조를 와해시키기 위해 회사 측은 남자 회사원 중심의 '세

창발전추진협의회'라는 구사대를 조직하는데, 이들은 '임금인하', '노조집행부 퇴진'을 요구하며 노조사무실을 습격하거나 점거하는 폭력적 사태를 유발하였다. 구사대의 습격에 대응하여 노조 측에서는 남대문 본사에 항의 방문을 하고 9월 1일 노동청에 쟁의신고를 하자, 회사 측은 9월 3일, 노조를 무력화하기 위해 폐업신고서를 제출하였다.

회사 측이 노동청에 제출한 폐업사유는 임금인상과 파업후유증으로 인한 경영난, 그리고 노동자 간의 분열로 인한 경영의지 상실이라는 것이었다. 폐업의 위기를 맞은 조합원들은 다시 단결하여 농성을 시작했다. 지역의 노조와 시민단체들도 "위장폐업 분쇄대책위원회"를 구성하여 세창물산의 폐업이 갖는 불법성과 부당성을 알리고 연대투쟁을 전개해 나갔다. 세창 노조는 노동청 항의 방문과 사장과의 면담 요구, 다양한 문화행사를 열며 농성을 계속하는 가운데, 마침내 인천지방 노동청에 대한 국정감사가 이루어졌다. 11월 13일에 감사 결과가 발표되었다. 회사 측이 폐업사유로 내세운 경영상 적자가 누적되었다는 주장은 거짓임이 드러났다. 회사의 경영은 매년 흑자를 기록해 왔을 뿐 아니라, 공장 부지가 10배 이상 상승하여 자산총액도 증가된 상태였다. 또한 고임금으로 인해 경쟁이 어렵다는 주장도, 동종업계의 평균 임금보다 월등히 낮게 지급해 온 사실도 밝혀졌다.

위장폐업은 사주의 임의적인 집단해고로 노동법 39조를 위반한 불법 노동행위임이 입증된 것이다. 이에 따라 사업주 김세준은 사법당국에 입건되었다. 검찰은 회사 측의 위장폐업 여부, 공금횡령, 협박공문 발송, 이중장부 작성 등에 대해 수사를 시작함으로써 조합원들의 항의 방문은 일단락 되었다. 이후 농성투쟁은 계속되었으나 사주의 의도는 생산량 증가나 임금 인하가 아니라 노조를 해산하고 조합원을 퇴직시키는 것이었기 때문에 사태의 근본적 타결은 이루어지지 못했다. 사장은 송철순 사무국장이 추락사한 뒤, 파업이 장기화된 것과 비극적인 사건이 발생한 데 대한 책임을 통감하고 노조활동을 보장하고 근로조건을 개선하는 데 최선의 노력을 기울이겠다고 공개적으로 약속하였지만, 한 달 만에 이 약속을 파기해 버렸기 때문이다.

4. 굴뚝과 '난장이'

이 소설은 실존인물과 1989년에 일어난 사건을 내용으로 하고 있다고 해서 작품의 빛이 바래는 것은 결코 아니다. 작가는 실재했던 사건을 기초로 삼았지만, 사건의 내재된 발전의 양상을 냉정하게 재구성하여 많은 사업장에서 벌어졌던 위장폐업 철회투쟁을 한편의 서사로 재탄생시켰다.

작가가 주목하고 있는 것은 나이 어린 여성노동자들과 장기간의 농성투쟁을 전개한 주인공들의 자생적인 의식 성장과정이다. 등장인물 가운데 이른바 학출노동자나 위장취업자는 없다. 주인공들은 노조 결성 몇 달 전까지도 회사의 관리자들과 정기적으로 회식을 해온 '미각성 노동자'에 불과했다. 무엇이 이들을 투사로 만든 것일까? 그 계기는 노동자들의 최소한의 요구마저 무시하고 억압한 회사 측의 과도한 조치였다. 이들이 요구한 것은 생산량을 늘리기 위한 강제잔업을 시키지 말라는 요구와, 동료 노동자들 간의 경쟁을 유발하는 작업라인 분리를 철회해 달라는 요구였다. 회사 측은 이 요구를 묵살하고 오히려 주동자를 해고하려고 했다. 주인공은 공장주가 자신들을 언제든지 폐기하고 구입할 수 있는 부품처럼 여기고 있다는 사실을 깨닫게 된다.

> 사무실의 모든 것들이 갑자기 낯설게 느껴졌다. 근면·자조·협동과 같은 벽 높은 데서 내려다보는 사훈이 낯설었다. 액자에 담긴 '사원을 가족처럼 회사 일을 내 일처럼' 사장의 친필도 새로운 의미로 다가왔다. 창밖으로 보이는 공장건물도 낯설다. 강민영, 너는 일당 사천팔십 원 고용인 이상의 그 무엇도

아니야, 그리고 이제 사장은 네가 필요 없어졌어. 매일 구하던 4080원 짜리 물건을 이제는 다른 곳에서 구입하겠다는 것이야.

민영과 철순 등은 근로조건 개선을 건의했다가 사직을 강요받은 후, 세우회 모임을 통해 오랫동안 다져왔다고 생각한 관리자들과의 친목이 얼마나 공허한 것이었는지를 새삼스럽게 확인한다. 이러한 각성은 회유와 협박을 견디며 장기 파업농성을 계속할 수 있었던 힘이 된다. 방현석이 등장인물들의 변화하는 내면의식을 가장 공들여 묘사하고 있는 것도 바로 이 때문이다. 등장인물들이 생각하는 농성은 '노동자의 서러움을 끝장내는 투쟁'이며 '돈으로 되지 않는 것이 있다는 것'을 보여주기 위한 것이다. 어쩌면 이들이 내건 목표는 그 자체로 달성될 수 없는 수준인지도 모른다. 임금인상이나 근로조건의 개선과 같은 경제투쟁으로 시작된 농성은 투쟁과정에서 위장폐업 철회를 요구하는 싸움으로 바뀌고 반전을 거듭하면서 목표는 확장되고 더 본질적인 곳으로 이동해 갔다. 100여 명에 불과한 세광노조 조합원들은 사장을 상대로 싸운 것이 아니라 사회 전체의 모순과 직면한 것이고 거기에는 중재나 협상 따위가 개재될 여지가 없다. 한 공장 안에서 벌어진 노사간의 대결이 전면전의 양상을 띠게 됨에 따라 투쟁의 당사자들에 대한 묘사는 생생함을 잃게 된다. 노조위원장인 미정의 성격이 군데군데 영웅화되어 나타나는 것이나, 선흥정밀 노조가 해결사처럼 묘사된 것이 그 결과이다. 사장이나 관리자들에 대한 묘사도 다소 평면적이다.

이 작품에 나타난 비장한 정서는 노조 사무장의 비극적 죽음으로 인한 것이기도 하지만 근본적인 것은 압도적인 힘과 맞서야 하는 왜소한 주체라는 대립구조에서 비롯된 것이다. 출정에 나서는 노동자들의 꿈은 미정의 말 속에 담겨 있다. '인간다운 삶'에 대한 열망이다.

우리가 원했던 돈은 인간다운 삶을 이어나가기 위한 것이었을 뿐, 돈에 대한 탐욕이 아니었습니다. 우리는 부자가 되려고 했던 게 아닙니다. 인간답게 살고 싶었던 것 뿐입니다. 김세호 사장이 내놓은 2억의 돈을 우리는 뿌리치기로 결의했습니다. 김세호 사장에게는 돈이 가장 소중한지 모르지만 우리에게는 돈보다 더욱 소중한 것이 있기 때문입니다. 동지에 대한 변할 수 없는 애정과 참 인간다운 삶이 중요하기 때문입니다.

현실의 벽은 두껍고 높다. 이들은 날마다 패배하고 추락하는 '난장이'들이다. 다만 조세희의 소설에서 '굴뚝'과 '난장이'는 하나의 상징에 머물러 있었다면 송철순과 그가 오르다 추락한 굴뚝은 실재했던 세창물산의 굴뚝이었다.

작가는 물론 '인간다운 삶'을 열망하는 노동자들의 소박한 낮꿈이 실현되어야 하고 또 실현될 것이라고 믿고 있다. 그것이 '새벽'이라는 시간이 상징하는 의미일 것이다. 「새벽출정」이 기념비적인 것은 바로 스스로 '낮꿈'을 꾸기 시작하는 노동자들의 의식 변화를 감동적인 서사로 제시하였다는 점일 터이다.

해방기의 농민소설사를 위하여

1. 해방의 의미와 해방기 농민문학의 과제

8·15 해방의 성격 규명은 여전히 문제로 남아있다. 세계사적인 차원에서 볼 때는 제국주의 진영 간의 모순이 심화되어 촉발된 전쟁에 사회주의 진영이 가세하여 파시스트 국가에 대한 온건제국주의─사회주의 연합 진영이 승리함으로서 이루어졌다는 것이 일반화된 시각이다. 일본 제국주의가 패퇴함에 따라 조선 사회는 식민지의 정치적·경제적 유산을 척결하고 반제 반봉건 혁명의 완수라는 역사적 임무를 수행할 기회를 맞이하였다. 그런데 '쟁취한 해방'이 아니라 '주어진 해방'의 성격이 강하다는 데서 8·15 이후의 역사 전개에서 '해방자'인 미─소 양국의 이해가 주요 변수가 될 수밖에 없었다. 해방 직후 진정한 민족국가의 수립을 위해서는 봉건 잔재와 식민잔재의 청산, 즉 반제 반봉건 혁명이 수행되어야 했고 그 결절점은 토지문제의 해결이었다. 이 점에 대해서는 해방정국을 주도했던 대부분의 정당 및 사회단체의 공통된 정책이었다.

토지 개혁을 둘러싼 논쟁과 함께 농촌 및 농민 상황을 올바르게 형상화하고 농민을 민족국가 건설의 주체로 서게 하기 위한 다양한 견해가 제출되었다. 남한의 농민문학론은 주로 「문학가동맹」 측 평론가들에 의해 제기되었는데 주요한 논자는 홍효민, 권환 그리고 박승극이다. 홍효민은 「농민문학의 당면진로」(『개벽』 복간호, 1946년 1월)에서 당시의 혁명적 목표를 부르주아와 민주주의 혁명을 통한 건국운동으로 파악하였다. 조선의 완전독립과 진정한 해방을 위해서는 농민 대중의 의식적 가담이 요구된다고 주장하였다. 이를 위해 농민 대중을 진지하게 고려하지 못했던 식민지시대 카프의 오류를 청산하고 농민의 이익을 주장하고 관철하는 농민문학의 건설이 시급하다고 하였다.[1]

조선문학가동맹의 농민문학위원장 권환 역시 민주주의 혁명의 전제로서 토지문제의 평민적 해결 곧 봉건잔재의 소탕을 더욱 강조하고 있다. 그는 「조선농민문학의 기본방향」에서 농민문학의 구성요소로 ㈎자연적 배경 ㈏향토적 전통 ㈐생산활동 ㈑정치적 · 사회적 관계 ㈒기타 관계(문화적 관계 – 필자주)를 들고, ㈎만 강조될 때 전원문학으로 ㈏만 강조될 때는 향토문학 또는 지방주의 문학으로 ㈑만 강조할 때 관념문학으로 떨어진다고 지적하고 특수성과 일반성이 올바르게 결합될 때 진정한 농민문학이 건설될 것이라고 강조하였다. 한편 극도의 압박과 피폐에 시달려서 문화적 혜택에서 소외되어 온 농민 대중을 대상으로 하는 농민문학가들은 문학의 형식에 대하여 특별한 배려가 필요하다고 하며, 계몽성과 대중성을 통일할 수 있는 구체적 방안이 강구되어야 함을 강조하였다.[2]

1) 홍효민, 「농민문학의 당면진로」, 『開闢』, 1946년 1월
2) 권 환, 「조선 농민문학의 기본방향」, 조선문학가동맹 편, 『건설기의 조선문학』, 1947, 백양당, 86~95쪽.

박승극의 「농민문학의 신과업」[3]은 해방 직후 농민문학론의 압권이다. 그는 "조선문제의 해결은 토지문제의 해결에 있다"고 전제하고 민주주의 건설의 가장 큰 정면의 적인 봉건주의적 잔재와 일본 제국주의적 잔재의 청산을 위한 투쟁에 있어 민족문학 건설은 엄밀한 의미의 농민문학 건설이라는 점을 강조하였다. 그는 "과거에 우리가 말하던 프롤레타리아 문학과의 분리 또는 헤게모니 문제는 … 현 순간에선 자기비판해야 할 과거사이거나 또는 아직 오지 않은 미래사"라고 지적하였다. 그는 농민조합과 사회주의를 결합해야 하며, 농민문학의 창작방법이 사회주의적 리얼리즘에 입각해야 한다는 홍효민의 주장은 극좌적 과오에 해당한다고 하였다. 그리고 농민문제를 봉건잔재의 일부분 문제로 간주한 권환의 견해 역시 농민문학과 프로문학을 양분하려는 오류에 해당한다고 하였다. 그의 주장이 비록 봉건파적 경향으로 기울어 있기는 하나[4] 해방 이전의 농민문학론에서 일층 진전된 모습을 보여준다.

2. 남한의 농민소설

해방이 도래했음에도 불구하고 남한의 농민이 처한 현실은 개선되지 않았다. 농민들은 여전히 반봉건적인 토지소유제도에서 벗어나지 못하였고, 토지 개혁에 대한 농민들의 열망은 충족되지 못하였다. 일제식민지하에서와 같은 고율의 소작제도와 부당한 소작 관행으로 인

---

3) 박승극, 「농민문학론의 신과업」, 『協同』, 1947년 1월호.

4) 박문규, 인정식 등이 주장한 바와 같이 조선에서의 지배적인 생산관계를 반봉건적 토지 소유로 규정하면서 해방 이후 토지문제를 가장 중요한 과제로 삼는다. 박헌영이 기초한 조선공산당의 「현 정세와 우리의 임무」(속칭 '8월 테제')도 이들과 정세관이 유사하다. 8월 테제의 한 구절을 보면, 조선은 부르주아 민주주의 단계를 걸어 나가고 있나니 민족적 완전독립과 토지 문제의 혁명적 해결이 가장 중요하고 중심 되는 과업으로 서 있다. (해방사3년사연구회, 『해방정국과 조선혁명론』, 1988, 대야출판사, 88쪽)

해 농민들을 여전히 궁핍한 상태에 놓여 있었고, 미 군정의 공출제도로 농민의 고통은 가중된 형국이었다. '좌절된 해방'[5]이었다. 이는 공산당 불법화 이후 남한의 주도적 정당이었던 한민당의 강령과 정책을 살피면 사정을 짐작할 수 있다. 한민당의 정책 제7조에는 '토지제도의 합리적 재편성'이라는 추상적인 원칙만 제시된 채 구체적인 방안이 없었다. 토지문제에 대해 구체적인 대책이 없다는 것은 이들이 해방 직후의 첨예한 사회 경제적 모순과 민중의 혁명적 열기를 현상 유지 수준의 정책으로 대처하여 지주 및 친일파의 기득권 수호를 목적으로 하고 있었음을 나타내는 것이다.[6]

한편 해방 직후 농민의 첨예한 관심사인 토지 개혁문제를 비롯하여, 지주─소작농의 갈등, 부당한 공출제도, 극도의 기아와 궁핍상, 농민의 욕망과 좌절 등이 농촌 현실이었으며, 그 해결을 둘러싼 논의가 무성했음에도 불구하고, 또 일제하의 검열과 같은 압박에서 벗어나 자유로운 집필이 가능했음에도 불구하고 그 소설의 성과는 의외로 풍부하지 못했다. 이 같은 현상은 해방 직후의 정치·사회적 혼란 속에 지식인으로서 직접 정치적 행동에 나서야 했다는 사정, 그리고 현실을 직시하고 소설적 대응을 하기에는 긴박한 변화의 와중에 있었다는 사정과 관련될 것이다. 월북 작가의 경우 좌익에 대한 탄압과 테러로 인한 신변문제, 문단 재편기에 처신문제 등과 같은 고민도 적지 않았을 터이다.

남한의 농민소설은 안회남의 「농민의 비애」, 채만식의 「논이야기」, 이근영의 「고구마」[7], 황순원의 「황소들」을 거론할 수 있을 정도이다.

이근영의 「고구마」는 해방 직후 남한의 농촌 현실과 농민의 소소유

5) 부르스 커밍스, 김자동 역, 『한국전쟁의 기원』, 일월서각, 1986, 527쪽.
6) 해방3년사연구회, 『해방정국과 조선혁명론』, 대야출판사, 1988, 143쪽.
7) 이근영, 「고구마」, 『신문학』, 1946년 창간호.

자(小所有者) 의식을 다룬 작품이다.

주인공 박 노인은 일제 말기 공출을 피해 고구마 농사를 지으면서 지주인 강주사로부터 착취 당해왔다. 박 노인은 해방 후 고구마를 도둑맞고, 도조권마저 빼앗겨 버린다. 이후 박 노인은 김 선달네 아들로부터 농민은 땅을 가져야만 살 수 있다는 말을 듣고 나서 감동한다. 그러던 중 해방 축하회장에서 서울에서 온 사람이 '일본인과 친일파의 논을 몰수하여 농민에게 나누어 주고 소작료로 3할만 내게 해야 한다고 연설하는 것을 듣고 박 노인은 감격한다. 연설을 듣고 신이 나서 농악을 치고, 술을 마시고 젊은 패들과 어울려 강 주사 집을 습격했다가 오히려 미군에게 체포되어 군산으로 이송된다. 잡혀가는 길에 농민조합의 행렬이 지나가며 '노동자 농민 해방 만세'를 외치는 소리를 들으며 자기 마을에도 농민조합을 만들어야 한다는 생각에 잠긴다.

이 작품의 경우, 해방 직후 남한의 농촌 현실과 농민의 심리를 적절하게 담아내고 있다. 소소유자의식을 가진 농민의 이중성, 그리고 토지 문제에 대한 자각, 미 군정과 농민의 대결양상이 그것이다. 그러나 그것은 매개적 인물인 김 선달네 아들이 박 노인에게 들려주는 이야기가 상식적 수준을 넘지 못함에도 박 노인이 감격한다든가, 막연한 농민조합 결성을 기대하는 것이 결말로 처리되어 있다는 점에서 가능성과 함께 문제점을 동시에 보여 주고 있는 작품이다.

「황소들」은 정치권력과 지주의 수탈에 대항하는 농민 봉기를 그린 작품이다. 해방이 되었음에도 불구하고 정치권력과 지주의 농민수탈이 일제와 다름없이 지속되자 격분한 농민들은 지주의 집을 습격한다. 이러한 과정은 '바우'가 몰래 관찰하는 방식으로 서술된다. 이 작품은 해방 직후 농촌을 배경으로 하고 있으며, 농민들의 저항을 담고 있지만 해방기 농민소설이 담아야 할 문제의식에는 미치지 못하고 있다. 그것은 ①당대의 토지 개혁문제나, 지주-소작농과의 대립, 혹은 미 군정하의 공출문제 같은 현실을 전면적으로 다루지 않았다는 점, ②소설의 주인공을 열한 살짜리 소년 '바우'로 설정하였다는 점이다. 열한 살짜리 소년의 의식은 당대 현실을 투시하기에 벅찰 수밖에 없고 결국 이 소설의 초점은 농민의 삶 그 자체가 아니라 바우가 성장해 가는 과정, 즉 '성장기적 체험의 형식'[8]에 그치고 만다. 「황소들」에서 나타나는 농민의 저항은 자연 발생적 수준에 머물러 있다. 게다가 어린 바우의 눈에 파편적으로 관철된 것이어서 본격적 농민소설이라 평가하기 어렵다.

1) 채만식 「논이야기」(『해방문학선집』, 1946)

해방 직후 과도기의 사회상을 풍자적 문체로 다룬 단편이다. 동학 직후의 부패한 관리들과 일인들에 수탈당하는 농민의 모습을 제시한다. 주인공 '한 생원'은 일제강점 이전에는 고을 원에게 피땀어린 논 열 서너 마지기를 빼앗기고 일제강점기 때에는 일인 요시카와(吉川)에게 남은 일곱 마지기마저 팔아 넘기고 만다. 땅 판 돈으로 빚을 갚고 대토를 사려는 속셈이었지만 이미 주변의 땅값을 요시카와가 올려 놓아서 땅은 사지도 못하고 결국 소작농으로 전락하고 만다. 한 생원은 해방 후 일본인이 차지했던 땅을 본래의 땅임자가 되돌려 받을 거라고 기대했으나 그 땅이 이미 다른 사람에게 처분된 사실을 알고 허탈해진다. 이 소설이 지닌 풍자의 방향은 이중적이다. 우선 미 군정하에서 토지 정책과 적산(敵産) 처리과정의 무원칙성이다. 가난한 농민에게 억울한 모함을 씌워 농토를 빼앗던 구한말이나, 일제강점하에서 일인들이 농토를 수탈했던 시대나, 독립을 맞아서 새로운 정부가 들어선 당시나 조금도 나아진 게 없다는 것이다. 한편 작가는 주인공인 한 생원의 결

---

8) 박혜경, 「황순원 문학연구」, 동국대 박사학위논문, 1984.

함 즉 게으름과 이재에 어두운 점도 꼬집고 있다. 이 소설이 해방 직후의 남한 농민의 현실을 적절히 보여주고 있는 것은 사실이지만 '한 생원' 역시 풍자의 대상이 되고 있다는 점은 문제로 남는다. 농민 계급의식 속에 극복되어야 할 요소가 있다고 해서 그것을 냉소적으로 처리할 수는 없다. 무차별적 풍자는 방관자의 시선이며 허무주의의 소산이기 때문이다. '한 생원' 의 무정부주의적 발언은 좌절한 농민으로서 마땅히 보여줄 수 있는 태도이지만, 작가의 무차별적인 비판은 의식의 혼란상을 노출하는 것이다.

2) 안회남의 「農民의 悲哀」(『文學』, 1948)

이 작품은 '풍요의 기대' 가 무산된 농촌의 궁핍상을, 소작농 '서대응' 을 통해 보여준 작품이다. 서대응은 다섯 살배기 손녀인 영이와 살고 있는데 끼니를 잇기가 어려운 처지이다. 서대응은 아침밥을 얻어먹기 위해 지주 이 선달의 마당에 쌓인 눈을 치워줬지만 이 선달은 외면한다. 형편이 조금 낫다는 최만돌의 집에 가보지만 호박국물 한 그릇을 내놓을 뿐이었다. 만돌과 그의 아내가 밥을 숨기는 모습을 보고 서노인은 '비애' 를 느낀다. 굶주림에 지친 서 노인은 눈에 찍힌 노루 발자국을 발견하고 노루고기를 먹는 상상을 하며 성치 않은 몸으로 노루를 쫓아 산 속을 헤매다 탈진하여 쓰러진다. 손녀인 영이마저 개가한 며느리가 데려가 버리자, 상심한 서 노인은 노루를 잡으려고 만든 쇠올가미로 방안에서 자살한다. 서 노인이 죽고 난 뒤 영이 어머니는 새 남편인 김월봉과 함께 서 노인의 집으로 이사와서 이 선달에게 서 노인이 경작하기로 약속했던 논을 얻을 것을 기대하지만 거절당한다. 한편 마을의 농민들에게 배급해줄 쌀을 보관하는 창고에서 쌀이 실려 나가는 것을 본 농민들이 공출로 나간다고 길을 막지만 관리들은 배급할 쌀을 빼기 위해 운반하는 것이라며 농민들을 달랜다. 농민들은 그 말이 사실이기를 기대하며 길을 터준다. 어느 날 사냥꾼의 총소리와 함께 서노인이 쫓던 노루가 쓰러진다. 공교롭게도 노루가 쓰러진 자리에는 서노인이 노루를 잡으려고 뛰어다니다가 잃어버린 빗자루와 나막신이 놓여 있었다. 노루는 농민들의 신기루(쌀밥의 상징)였고, 서대응이 쫓던 신기루마저 사라지고 난 자리에 서 있는 농민들의 표정이 바로 '농민의 미래'였다.

이 작품은 서 노인과 농민의 꿈을 '노루'라는 상징으로 제시하고 있다. 이러한 상징적 처리는 여운을 남길 수도 있지만, 소설이 취할 기법은 아니다. 한편 이 소설의 전개와 조화되지 않는 정치적 논평도 곳곳에 삽입되어 있다.

> ① 그의 부친은 그가 오륙 세의 어린 시절에 동학당으로 몰려 죽었다. 오십여 년 전의 갑오년 전후, 전 조선의 각 지방 민심은 대단히 소란했었다. 그것은 조선에 와서 얽힌 국제 정세가 심각하고 (…중략…) 동학은 실로 단순한 종교 투쟁이 아니라, 봉건주의의 횡포와 죄악을 무찌르기 위한 일반대중의 자아발생적 싸움이었다. (…중략…) 소화연대에 있어서는 일본으로 빼내간 쌀이 한 해 평균 구백만석이었다. 조선의 농민들은 농민이면서도 농민이 아닌 인간이하의 식생활을 하여왔다. (152쪽)[9]

> ② 1945년 8월 15일 연합군의 승리는 조선이 해방된 이래 (…중략…) 남조선 단독정부가 서는 것은 국제적으로 전쟁을 선동하는 것이요, 조선 민족으로는 영원한 분열을 의미하는 것이다. 또 그것은 하늘에서 떨어지는 것이 아니라, 딴 나라 군대의 야합으로 되는 것이니, 해방이전으로 돌아가는 것이다. 이렇게 생각하는 것이 1948년 겨울까지의 일반적 조선의 정치의식이다. (174~176쪽)

---

9) 이하 「농민의 비애」의 인용은 기민사에서 간행한 『안회남 창작집 · 불』(1986)에 의거함.

제
4
부

기
억
과
서
사
—

325

③ 그것은 조장하게 되는 정세는 미국, 소련의 불화였다.

　　그 세계 정책의 분열이었다. (…중략…) 원칙적으로 조선 독립은 모스크바 삼상결정에 의해서 해도 좋고 유엔의 힘과 알선으로 해도 좋았다. 그러나 미소 공위가 결렬된 오늘날 미소양군은 당연히 철퇴해야 할 것이며, 유엔의 사업이 남한에만 국한하게 된 마당에서는 더욱 빨리 철퇴하고 말아야 할 것이다. 미소 양군 즉시 철퇴, 이것을 위하야 조선은 싸워서 이겨야할 것이었다. 그리하야 파시즘의 잔재를 근절해야 할 것이다. (199~200쪽)

　이같이 정치적 신조를 직접 설교하는 내용이 과다한 것은 작가의 계몽의식에서 비롯되었거나 조급히 작품을 써야만 하는 사정이 개재되어 있는지도 모른다.

3. 북한의 농민소설

　북한의 민주개혁에서 고려해야 될 점은 개혁의 순서에서 무상몰수·무상분배에 의한 토지 개혁을 제1순위로 놓았다는 점이다. 이는 당시 북한의 사회·경제구조가 농촌경제를 중심으로 한 봉건적인 생산관계가 지배적이었기 때문에, 토지 개혁의 실시 없이는 어떠한 사회 변혁도 기대할 수 없다는 것을 파악했기 때문이다.

　그런데 토지 개혁에 있어서는 1945년 말에 '3·7제 투쟁'을 전개시킴으로써 절대 다수의 소작농민들에 대해 의식을 개조시키고, 농민조합을 만들어 북한 농민들을 조직화하여 조직을 통한 의식화를 진행시키는 과정을 밟았다. 그러한 과정속에서 토지 개혁의 필요성에 대한 요구를 높이게 하고 소작인을 비롯한 농민 스스로가 토지 개혁의 주체로 나서게 하는 정치활동을 전개하였다. 즉 농민들로 하여금 무상몰수·무상분배에 의한 토지 개혁을 요구하게 만들고 그들이 토지 개혁을 집행해 나갈 수 있는 조직된 역량으로 결속시켜 나갔던 것이다. 이러한 준비가 어느 정도 이루어진 조건하에서 1946년 3월에 토지 개혁 법령을 발표했으며, 한 달이라는 짧은 기간 내에 토지 개혁을 완수할 수 있었다. 이러한 토지 개혁은 북한 농민소설에서 갈등 양상의 급격한 변화로 반영된다. 즉 토지 개혁 이후의 지주—빈농 간의 갈등은 빈농의 '손쉬운' 승리로 귀결되고 농민 자신의 내면적 갈등이나 사회의식(봉건적, 소소유자의식), 혹은 자연과의 갈등(개척, 개간)으로 전화된다. 이 시기 북한 농민소설로는 이태준의 「농토」, 이기영의 「개벽」, 『땅』, 천세봉의 「새로운 맥박」[10], 한설야의 「자라는 마을」, 최명익의 「선화리」(1947)[11] 등이 있다.

1) 이태준의 「농토」(1947)

이 작품은 일제말기 빈농의 설움과 지주계급의 비인간성을 형상화하는 데 있어 당시의 어떤 북한소설보다 인상적이다. 이 소설은 함박눈이 내리는 어느 날 억쇠(주인공) 어미 팔월이가 죽는 대목에서부터 시작된다. 주인집 마님은 며느리의 산기가 있는 날이라고 팔월이의 죽음을 두고 억쇠 부자가 울음소리도 못 내게 하고 눈구덩이에 파묻으라고 한다. 그리고는 억쇠 부자가 부정탄 몸이라고 대문 안에 들이지 않고 그날 밤으로 가재울(황해도 배천)로 보낸다. 평생 머슴살이를 하고서도 이들 부자는 결국 소작농으로 전락하는데, 첫해 농사를 뼈빠지게

---

10) 천세봉의 「새로운 맥박」(1947)은 가난과 고역에 시달려 온 한 소작농민 일가가 해방을 맞아 어떻게 땅의 주인이 되었으며 사람다운 삶의 첫 발자국을 내딛었는가를 잘 보여 주었다. 소설은 훈훈한 향토적 정서와 농촌 세계에 대한 특징적인 관찰력, 개성적인 침착한 묘사로 하여 그의 창작적 특징이 충분히 엿보이는 작품들이다.

11) 최명익의 「선화리」는 빈농 출신 주인공 덕삼의 이야기이다. 그는 토지를 분배받는 날 기쁨의 눈물을 흘리며 지난날의 기아와 노예적 삶을 반추하는 내용을 담고 있다. 그는 사회주의 조국에 헌신적으로 애국할 것을 다짐한다. — 정홍교·김하명, 『조선문학사』, 사회과학출판사, 1991 참조.

지은 결과는 고작 벼 다섯 가마니뿐이다. 지주이자 고리대금업자인 권생원의 수탈에 견디다 못해 억쇠는 동척의 신답풀이로 소작을 옮기나, 소출의 4할로 정한 쓰보가리식의 소작료 방법이 속임수였음을 확인하고 절망한다. 이때 성필을 비롯한 신답풀이 논 소작농들은 낯선 사회주의자의 시도로 소작쟁의를 모의하지만 발각되어 억쇠는 구류를 살고 나온다. 또 도꾸지는 억쇠의 징용을 면해준다는 조건으로 집을 빼앗고 억쇠는 농업요원(머슴)으로 아비는 보국대 공사장으로 끌려간다. 아비는 공사장에서 병을 얻어 죽고, 억쇠는 분이(억쇠의 애인)를 겁탈하려는 도꾸지를 때려눕히고 가재울을 떠난다. 해방이 되자 광산에 가 있던 억쇠가 분이를 생각하며 가재울로 돌아오고, 둘은 결혼하여 도꾸지의 집과 토지를 분양받아 가정을 꾸린다. 이즈음 억쇠는 성필의 도움을 받아 세상 보는 눈을 뜨게 된다. 자신에게 새 삶을 되찾게 해준 나라를 더욱 힘있게 건설하는 일에 앞장설 것을 다짐하고 농촌위원의 일을 기꺼이 맡는다. 지주 권 생원은 자기의 땅을 뺏기지 않으려고 모략을 꾸미다가 결국은 3·8선 이남으로 도주한다.

이 소설의 주인공 억쇠는 어떤 모멸도 아랑곳하지 않고 오로지 주인에게 굽신거리기만 하는 그의 아비와는 달리 지주에 대한 증오심을 가지고 있으며, 불의를 참지 못하는 적극적이고 의협적인 인물이다. 그리고 성필과 '사회주의자'의 도움으로 새로운 인물이 되었다.

2) 이기영의 「개벽」(「문화전선」, 1947.7)

「개벽」은 이기영의 해방 후 첫 작품에 해당된다. 이 작품은 토지개혁 실시 이후 일제와 지주 밑에서 수탈과 착취에 신음하던 한 농민들의 의식변화 과정을 그린 작품이다.

주인공 원 첨지는 머슴살이를 하면서 한평생 천대와 굴욕만 받아 온

인물이다. 그는 땅이 없기에 결코 머슴살이에서 벗어날 수 없다고 생각해 왔으며 그것이 자기의 운명이라고 여겼다. 그 때문에 해방이 되고 사회가 급변해도 그것은 자신과는 무관한 일이라고 치부한다. 토지 개혁 법령이 발표되어 온 농민들이 들떠 있을 때도 그는 반신반의할 뿐이다. 그의 가족이 군중 집회에 참가하자고 권유해도 그냥 집에 남아 짚신만 삼는다. 지주인 황 주사는 100여 정보의 토지를 몰수당하게 되자 안절부절 못하다가 원 첨지를 찾아와 빌려준 돈을 내놓으라고 한다. 이자를 탕감해 주겠노라는 황 주사의 말에 감격한 원 첨지는 지주에 대한 소작농의 부채는 갚지 않아도 된다는 사실을 몰랐기 때문에, 그 빚을 수일 내로 갚기로 약속한다. 그런데 농민위원장이 부채관계 법령을 설명해 주자 얼떨떨해 한다. 차츰 토지 개혁이 현실화되자 원 첨지도 땅을 갖게 된 것을 확인하고 나서 감격한다. "개벽이야, 이거야말로 개벽이야" 하며 중얼거린다. 이후 원 첨지의 의식은 점차 변화한다. 그는 농민위원에 선출되자 쭈볏거리며 사양하다가 마침내 위원회에 참석한다. 원 첨지의 아들 동준은 토지를 분배받는다는 사실이 구체화되자 '황홀한 심정'이 되어 '올 농사를 한번 잘 지어 보자'고 다짐하며 회의에 참석한 원 첨지를 기다린다. 이 소설에는 다음과 같은 작가의 논평이 개입되어 있는데 북한문학에서는 이러한 개입을 긍정적으로 평가하기도 한다.[12]

봄! 봄! 눈서리와 싸우는 봄! 며칠전에는 청명한 일기가 제법 봄을 느끼게 하더니만 어제오늘의 악전투는 봄이 다시 뒤걸음질치는 것 같다. 그러나 봄은 확실히 봄이다. … 이렇게 하루 이틀 봄은 불러 가는 듯 실상은 닥쳐온다. … 대세는 어길 수없고 어기다가는 멸망만 당할 뿐이다. 오늘 봄을 막아 낼

12) 이 논평에 대해 다음과 같이 평가하고 있다. "여기서 작가의 주정 토로는 매우 의미심장하고 교훈적인 것으로 울린다." — 『조선문학사』 10, 사회과학출판사, 1994, 143쪽.

자 그 누구냐? 독일의 히틀러를 보라! 일본의 군벌을 보라! 그들은 파시즘의 부패한 반동 사상으로 대세를 거역하다가 전진하는 력사의 수레바퀴에 참혹히 부서지지 않았던가!

— 이기영, 「땅」(1948)

『땅』은 해방 이후 농민소설로서는 최초의 장편소설이다. 일찍이 아버지를 여의고 열세 살 때부터 지주의 머슴살이를 한 곽바위는 이루 헤아릴 수 없는 고통을 받으면서도 앞으로 어머니와 누이동생과 함께 부지런히 일하면 잘 살게 되리라는 꿈을 안고 모든 고역과 난관을 극복해 나간다. 그는 자기의 힘을 믿고 5년만 참으면 잘살 수 있다고 어머니를 위로하였으며 누이동생이 제사공장에 들어가 병에 신음할 때에도 1년만 참으면 꼭 빚을 갚고 데려오겠다고 위로한다. 그러나 일본인 농사지도원과의 충돌사건으로 그는 6년간 감옥생활을 하게 되며 이 기간에 어머니는 세상을 떠나고 하나밖에 없는 누이동생마저 잃게 된다. 절망적인 상태에서 고향을 떠나 이곳저곳 떠돌아다니던 그는 지주 고병상네 집에서 머슴을 살게 된다.

수년 간의 머슴살이 끝에 해방을 맞은 곽바위는 토지 개혁의 혜택으로 땅을 분여받고 전순옥과 결혼하여 행복한 가정을 이루게 되며 알곡 증산을 위한 벌말 개간공사에 앞장서 나간다. 그는 쇠써레를 창안하여 공사기일을 앞당기며 개간공사가 끝난 뒤에는 두레를 조직하여 농민들의 단합된 힘으로 농사를 지어 가을에는 풍년 든 땅에서 거둔 알곡으로 제일 먼저 현물세를 바치며 애국미도 누구보다 많이 바친다. 이러한 과정에서 농촌의 주인으로, '믿음직한 일꾼'으로 자라난 곽바위는 1946년 11월 북조선에서 처음으로 실시된 민주선거에서 강원도 대의원으로 선거되며 평양에서 열린 대회에 참가하여 인민위원회의 활약상을 확인하고 김 장군님의 모습을 보고 깊은 감동을 받는다. 그리고 조국의 완전 독립을 위해 몸바칠 것을 굳게 결의한다.

4. 남북한 농민소설의 양상

해방기(1945.8.15.~1948.8.15)의 농민소설이라는 시대구분은 이 시기 농민소설의 기반인 정치경제적 구조, 그 반영태인 소설의 내적구조가 해방기에 선행하는 일제강점기, 분단 고착화 이후, 산업화시기(70년대)의 그것과 구별된다는 특징을 전제로 하는 개념이다. 해방기의 정치경제적 특수성은 일제식민지로부터 해방되어 진정한 민족국가 건설이라는 과제를 수행함에 있어 남북한이 두 개의 서로 다른 정치적 기반에서 출발한다는 사실—즉 1민족 2국가 체제로 가는 과도기적 상황이 해방기문학 및 농민소설의 토대가 된다. 이러한 토대의 차이는 남북한 농민소설의 내적 구조의 차이를 낳게 된다. 이 시기의 대표적 농민소설로 미 군정기 남한사회 농촌의 실상을 형상화한 「논이야기」, 「농민의 비애」 그리고 인민위원회가 주도한 민주기지 건설시기의 북한 농촌을 형상화한 「농토」, 「개벽」, 「땅」을 들 수 있겠는데 거기에는 인물 유형, 갈등과 주제, 그리고 창작방법론에 있어서의 선명한 대조를 볼 수 있다.

남한 농민소설에 나타나는 주인공은 '문제적 인물'에 미달하거나 부분적으로 부정적인 측면을 지니고 있으나, 북한의 경우는 대체로 '문제적 인물'이며 영웅적으로 이상화되기도 한다.(『땅』의 주인공 곽바위)

갈등구조에서 나타나는 차이는 남한의 경우 지주/관리(세계)와 농민(자아) 간의 대결이 지주 우위의 양상으로 나타난다. 이 점에서 남한 농민소설은 '소설적'이다. 이에 비해 북한 농민소설의 갈등은 지주와 농민 간의 대결이 농민 우위의 양상으로 나타난다. 이 점에서 북한 농민소설은 '비소설적'이다. 그리고 남한 농민소설에서 관리는 농민의 적대자(부정적 인물)로 나타남에 비해 북한의 경우에는 우호관계(매개적 인물)로 그려진다. 한편 북한 소설에는 새로운 갈등요소로서 '자연'이 등장하는데, 이는 개간, 간척사업에서 드러나는 제반 악조건이 조만간 극복될 수 있다는 것을 암시한다. 창작방법론상에서도 북한은 사회주의 리얼리즘에 의거하는 데 비해 남한의 문제작들은 비판적 리얼리즘에 의거함을 확인할 수 있다.

소설의 시점과 거리
— 박태원의 『천변풍경(川邊風景)』

1. 서론

『천변풍경(川邊風景)』은 여러모로 흥미로운 소설이다. 우선 이 소설이 기존의 소설 서사 문법과는 완연히 이질적인 작품에도 불구하고 '읽는 재미'를 배반하지 않고 있다는 점이다. 이 소설은 1936년 8월부터 이듬해 9월까지 『조광』에 연재되었던 박태원의 장편소설이다.[1] 이 작품은 박태원이 1934년에 발표한 「소설가 구보씨의 일일」과 더불어 해방 전 박태원 소설의 대표작으로 평가되어 왔다. 그런데 「소설가 구보씨의 일일」이 발표 당시에는 문단의 주목을 그다지 받지 못하였음에 반해, 『천변풍경』은 발표 당시부터 작가와 평론가의 일대 관심을 불러 일으켰다.

---

1) 이 글에서는 도서출판 '깊은샘'에서 1996년에 간행한 것을 저본으로 삼고 인용하는 쪽수도 역시 동일하다.

"나는 박태원씨의 『川邊風景』에서 톨스토이의 만년의 작품에서 받는 것과 방불한 감동을 받는다. 작자의 그 진지하고 경건한 태도, 그 꾸밈없는 붓을 아끼는 필법, 그 표현의 효과 그 어느 것으로 보든지 나는 이 작품을 시간과 공간을 초월한 생명을 가진 인류의 작품들 중에 참여할 것으로 믿는다."

— 이광수, 「천변풍경에 序하여」, 『천변풍경』(깊은샘, 1996)

"한 권 책을 얻은 나는 밤을 도와 읽으매 차마 책을 손에 놓지 못했다. 이 작가의 크나큰 역량에 고개가 몇번인지 숙여졌고 더욱이 모더니스트인 줄 알 았던 이 작가에게 눈곱만치도 버터 냄새나 사시미 냄새가 안나는 데는 진실로 마음속에서 복종해서 기뻤다. 『川邊風景』을 통독하고 나니 아하 태원은 순수한 조선학파 문인이다. 마치 저 서학이 강호 문학을 수립해 놓듯이 태원이 『川邊風景』 하나로 순수한 경알이 문학을 세워 놓았다 해도 과언이 아닐 것이다.

— 박종화, 「'천변풍경'을 읽고」, 『천변풍경』(깊은샘, 1996)

당시의 비평적 관심 중에서 가장 중요한 것으로서 최재서의 「'날개' 와 '천변풍경'에 관하여」,[2] 임화의 「세태소설론」[3]이 있다. 이 두 비평 은 『천변풍경』을 대척적 지점에서 분석 평가한 것으로 이후 논의에 중 요한 시사점을 제공하고 있다.

최재서는 『천변풍경』이 영화의 카메라와 같이 극도로 작가의 주관을 배제한 채 대상 세계를 있는 그대로 그려냄으로써 '리얼리즘의 확대' 라는 미학적 결과를 얻었다며 이 작품의 성과를 기법적 측면에서 주목 하며 평가하였다. 이에 비해 임화는 1930년대 후반의 소설계가 본격 소설의 침체 이후에 '주장하려는 것과 그리려는 것의 分裂'에서 빚어 진 일종의 기형적 형태로서 '내성소설'과 '세태소설'로 나아가고 있으 며, 『천변풍경』은 그러한 '세태소설'적 경향의 한 정점에 있는 작품이

2) 최재서, 『문학과 지성』, 인문사, 1938.
3) 임화, 『문학의 논리』, 학예사, 1940.

라고 파악함으로써, 이 소설이 궁극적으로는 '본격소설'의 결여형태이며, 지양되어야 할 부정적 현상의 결과물로 인식했다. 최근의 '천변풍경론' 역시 다소의 차이는 있지만 범박하게는 이들 논의의 연장선상에 자리잡고 있다. 즉 이 두 논의를 축으로 하여 어느 한쪽이 가진 제한성을 극복하려는 시도이거나 다른 한쪽의 논리를 강화하는 방향에 초점을 맞추고 있다. 정현숙, 김교봉, 이정옥의 연구는 대체로 세태소설론이 말하는 논리의 핵심고리인 '현실에 대한 정신적 능력의 무력함, 혹은 차별이 없는 대상 세계의 세부묘사에 대한 집착'이라는 분석에 맞서서, 오히려 이 소설이 지닌 현실 비판의 요소와 서사 전략이 용의주도하다는 것을 옹호하고 있다. 이에 비해 나병철의 연구[4]는 소설 속 화자의 기능과 성격을 집중적으로 분석함으로써 결국 이 소설이 무매개적인 세태 묘사의 확대만이 두드러진 전형적 '세태소설'임을 확인하는 경향의 대표적 예이다.

이 글에서는 이들 논의에서 드러나는 평가를 가급적 유보하고 『천변풍경』이 가지고 있는 기법상의 두드러진 특성을 살펴보려 한다. 이 소설이 1930년대의 전문적 평자들에게는 김남천의 『대하(大河)』나 채만식의 『탁류(濁流)』와 함께 세태소설이라는 유형으로 묶어 논의된 바 있지만 독자들에게는 퍽 낯선 형식이었다. 특히 서사구조의 이완으로 인해 주인공의 플롯도 선명치 않으며, 그렇다고 흥미롭거나 고상한 스토리를 담고 있는 것도 아니다. 이러한 결점에도 불구하고 당시는 물론 현재의 독자들에게도 읽는 '재미'를 줄 수 있는 요소는 무엇일까. 그 단서의 하나는 이 작품의 이색적인 측면인 서술시점이 아닌가 한다.

---

4) 나병철, 「1930년대 후반시 도시소설 연구」, 연세대 박사학위논문, 1989.

2. 『천변풍경』의 인물과 무대

소설의 사건 배열과 이야기 배열의 차이는 아리스토텔레스 이래 스토리와 플롯 개념의 차이로 설명해 왔다. 『천변풍경』의 스토리 전개는 구조화된 플롯에 의해 논리적인 인과관계로 이끌어지는 것이 아니라, 서로 무관하거나 계기가 없는 사건들이 병치되어 있는 것이 특징이다. 전체적으로 볼 때, 천변에 사는 다양한 인물들의 개별적인 삶을 일정한 간격을 두고 불연속적으로 묘사하고 있다. 즉 사건의 전개나 인물의 심리묘사에서 화자의 일방적인 판단이나 주관을 제시하는 것이 아니라, 서술 대상이 된 개개의 인물에 초점을 두는 서술방식이다. 이러한 파노라마식 묘사는 청계천변에서 생활하는 다양한 인간 집단의 모습을 동시에 관찰하려는 의도에서 채택된 것으로 판단된다.

『천변풍경』의 중심 무대는 '청계천 빨래터'와 '천변 이발소'라 할 수 있는데, 이 공간은 작품에 등장하는 인간군들의 생활사와 관련된 각종 정보가 집중되고 확산되는 노드(nod)인 셈이다. 이 작품은 모두 50절로 분절된 에피소드를 모자이크식으로 연결, 청계천변에 살고 있는 서민 계층의 삶의 양상을 보고하고 있는데, 각 절은 그것대로 하나의 단편소설로서 기능하면서 동시에 그것들을 얽어맬 수 있는 스토리의 연계성과 연속성도 나름대로 가지고 있다. 말하자면 작품의 구성은 이야기의 불연속성과 연속성이 공존하는 경계 지점을 연결하는 방식으로 짜여져 있다. 이는 소설 속 주요인물, 이쁜이, 재봉이, 창수, 민주사, 금순이 등의 성격과 그들을 둘러싼 사건이 단편적이나마 일관성을 지니고 있다는 데에서 확인된다.

한편 이 소설의 배경적 공간이 가지고 있는 사회적 의미는 '도시성'이다. 도시성이란 근대화 과정 속에서 나타난 사회 변화의 생태학적인 생활공간으로서의 도시화에서 파생되는 부산물을 가리킨다. 경제적으로 산업화를 추구하고 사회적으로 평등화를 추구하지만, 종교적인 측면에서 볼 때는 세속화될 수밖에 없고, 문화적으로는 개체화·속물화의 과정으로 치닫는 개인의 이기적 욕망을 목적으로 하는 집단의 생활 공간이 이것이다. 도시는 그러므로 '유혹적이고 향락적인 데카당스의 공간이며, 인간성이 변질하는 오염의 공간이며, 무기력한 인텔리의 공간'[5]이라 할 수 있다.

이러한 도시 생태는 이발소 소년 '재봉', 한약국집 점원 '창수'가 어른들의 세계, 다시 말해 도시의 삶에 진입해 들어가는 통과제의적 과정에서 하나씩 들추어지고 있다. 특히 '창수'의 변모과정에 대해 서술자(작가)는 공들여 묘사하고 있음을 주시해야 한다. 그는 상경 초기에는 한약국에서 온갖 수모를 당해가며 겨우 월 4원씩 받는 처지에서 일약 '구락부(당구장)'에서 놀며 월 10원씩 받는 고소득자로 변신한 도시 적응형 인물이다.

① 창수는 얼굴이 무섭도록 새빨개 가지고, 대체 이제 어찌하여야 좋을 것인지, 어림이 도무지 서지 않았다. 이제까지 시골에 있어서도, 그는 이러한 경우를 당해 본 일이 없었다. 그러한데, 이곳은, 더구나 누구나 하나 아는 사람을 가지지 못한 서울 한복판이 아니냐? 소년은 금방 울 것 같은 마음으로 오 전짜리 백통전을 내려다보며, 얼마 동안을 바보같이 그곳에 가 서 있었다. 아무리 어려운 일. 아무리 힘드는 일이라도 좋았다. 대체, 이러한 경우에는 어떻게 하여야만 옳은 것이지, 우선 그것을 알아낼 수만 있더라도 살 것 같았다. (…중략…) 창수는, 비애와, 애원과, 원망과 (…중략…) 그러한 온갖 감정이 뒤범벅을 한 눈을 들어, 얼마동안 가게 주인의 얼굴만을 쳐다보았다. (51쪽)

② '사람의 새끼는 서울로-'라는 말은 어쩌면 진언인지도 모른다. 원래 타고

5) 전혜자, 『현대 소설사 연구』, 새문사, 1987, 164쪽.

나온 천성이 그렇기도 하였겠지만, 도시의 감화란 실로 무서운 것인 듯싶어, 서울에 올라온 지 반 년이 채 못 되어, 그렇게도 어리고 또 순진하던 열네 살짜리 소년 창수는 이미 이만큼이나 자라고, 또 '영리' 하여진 것이다……. (192쪽)

이 소년이 도시 곳곳에 산재해 있는 위선과 음모를, 때로는 삶의 비애와 애수를 발견하고, 그것들에서 자신의 성숙한 변모의 의미를 자각해 가는 과정은 작가가 도시에 대해서, 나아가 근대(성)에 대해서 품고 있는 사유의 일단을 제시한다. 창수는 바로 도시, 즉 근대라는 낯선 공간에 던져진 자의 표상이다. 그 대목을 서술할 때, 서술자의 진술태도는 매우 진지하다. 그러나 그는 불과 5개월 만에 당황스럽고 어리둥절한 표정을 얼굴에서 깨끗이 지워버린다. 도시의 생리에 재빨리 적응하고 그 생리에 편승하는 지점까지 나아간다. 작가가 ②의 예문에서처럼 창수의 도시 적응의 결과에 대해 인용부호를 사용하면서 '영리해졌다'고 서술하는 대목은 다분히 반어적으로 들린다. 그의 약삭빠른 도시편입 자세가 서술자의 비위에 맞지 않음을 은연중에 드러낸 것이리라.

이 작품에서 근대적 삶의 공간인 도시에 대해 신뢰할 만한 그리고 다양한 정보를 제공해 주는 인물은 '재봉' 이다. 재봉은 다른 소년 소녀들이 가진 영악함을 보이지 않으면서도 도시 생활에 무난하게 적응하고 있다. '통과제의' 의 한 측면을 '때묻기' 혹은 속악한 세계로의 편입이라고 볼 때, 그는 이도 저도 아닌 어정쩡한 경우에 해당할 수 있다. 그러나 그는 이발소라는 도시 생태 관찰의 이상적 장소에 배치되어, 생활을 함께 하는 이발소 주인과 이발사 김 서방, 그리고 이발소의 손님들과 접촉하는 한편, 유리창을 통해 천변의 풍경을 일상적으로 관찰하는 역할을 맡고 있다. 재봉은 이 작품에서 가장 중요한 관찰자이며, 작가의 중요한 대리인물에 해당한다.

물신화된 사회에서 예외적인 인물은 평화카페의 '기미꼬'이다. 그는 때묻지 않았을 뿐 아니라 도시 편입의 패배자도 아니다. 그는 건달의 유혹에 이끌려 유곽의 매춘부로 팔려갈 운명에 처한 처녀 과부 금순이의 구원자이자, 남성의 성적 소유욕과 '사랑'을 구분하지 못하여 비운의 주인공이 되고 마는 카페 여급 하나꼬(영이)의 현실적인 조언자이다. 이 작품에서 이상화된 인물로는 해결사(?) 기미꼬가 유일하다.

이 소설에 등장하는 인물들의 성격은 근대라는 시간, 도시라는 공간의 관문을 통과하거나 통과하는 과정에서 다양한 편차를 보이며 구체화된다. 거기에는 적응자와 부적응자의 두 부류가 있으며, 두 부류는 각각 긍정형과 부정형으로 다시 나뉘어지면서 각자의 운명과 성격이 결정된다. 이러한 구분은 다소 도식적이긴 하나 작가의 시선을 확인하는 데 도움이 된다. 긍정적 적응형으로는 기미꼬, 재봉, 금순, 순동을 들 수 있고, 부정적 적응형으로는 강석주, 안성집, 삼봉, 포목전 주인, 민주사, 창수를, 긍정정 부적응 유형에는 이쁜이, 만돌어멈, 하나꼬를, 부정적 부적응자는 만돌아범과 금순이를 꾀어 온 도박꾼을 대응시켜 볼 수 있다.

인물 유형의 분류를 좀 더 엄밀하게 하기 위해서는 별도의 고찰이 필요할 것이다. 특히 각 인물의 과거와 현재 그리고 미래의 삶의 모습을 점검하여 그 변화 추이를 살피면 각 유형 내에서의 섬세한 편차도 구별해 낼 수 있을 것이다.

3. 『천변풍경』의 '보는 자'와 '말하는 자'

「소설가 구보씨의 일일」을 논하는 대부분의 평자는 '산책자(flaneure)' 개념을 가지고 구보라는 등장인물의 특성을 드러내고 있는데, 『천변풍경』의 경우 재봉이라든가 창수의 경우 '보는 자'에 가깝다. 이는 소설의 객관적 서술자인 관찰자와도 다르고 랭보의 이른바 '견자'(見者: voyant)와도 다르다. 전자는 서술과 관찰을 겸하는 화자를 지칭하고, 후자는 사물의 본질을 투시하는 자이다. 적당한 용어가 없어 '보는 자'라고 붙여 보았다. 초점 자아라는 용어도 있으나 일반적이지 않을 뿐 아니라 서술자와의 관계가 분명하지 않아 보인다.

임화는 1930년대 소설, 특히 김남천과 채만식, 그리고 박태원의 이른바 '세태소설'이 지닌 파행성을 '말할려는 것과 그릴랴는 것의 分裂'이라고 지적한 바 있다.

> 그러면 外部로 향하는 作家의 精神과 內部로 파고드는 精神과의 사이에 어떤 共通한 關係란 것을 聯想치 않을 수가 없다. 다시 말하면 外向과 內省은 본래 對立되는 방향임에 불구하고 한 時代에 두 경향이 한가지로 발생하는 것은 때로 그 種子들을 胚胎하는 어떤 基礎에 單一性을 생각하지 않을 수 없는 것이다. 나는 이것을 작가의 말할려는 것과 그릴랴는 것과의 分裂에 있지 않은가 하고 생각한다. 더 仔細히 말하자면 작가가 주장할랴는 바를 表現할랴면 描寫되는 세계가 그것과 부합되지 않고, 描寫되는 세계를 충실하게 살리려면, 작가의 생각이 그것과 일치할 수 없는 상태다.[6]

이것은 당시 작가의 세계관과 현실의 괴리가 최소한의 조화를 이루기 어려울 정도로 괴리되어 있다는 사실, 그러한 한계와 제약을 작가가 수락하고 또 그것에 침윤되어 있다는 사실을 비판하고 있는 것이다. 이로 인해 성격결여의 인물이 작품에 전면화되고 과도한 묘사주의로 흘렀다는 주장이다. 이러한 주장은 정신사와 리얼리즘적 측면에서 작품 전체를 검토하는 한 결과이고, 당연히 작품에 대한 부정적 평가로 귀결된다. 이러한 평가는 박태원의 「소설가 구보씨의 일일」에도 적용될 수 있다. 이 소설은 작가의 분신인 소설가 '구보'가 정오에 집을

---

6) 임화, 앞의 책, 364쪽.

나와서 새벽 2시까지 거리를 배회하다가 집으로 돌아가는 원점 회귀의 산책자 소설의 유형에 속하는데, 여기에서 작가가 추구하고자 한 것은 경성풍물에 대한 세밀하고 정치한 묘사이다. 이러한 현실묘사를 박태원은 '모데로노로지오－考現學'이라고 명명한 바 있다. 있는 그대로를 묘사하는 것, 크로키 기법처럼 하나의 공간에서 다음 공간으로 끊임없이 순간적인 묘사를 이동해 가는 것, 청각보다는 시각을, 연속적 세계관보다는 순간적 공간성을 강조하는 것이 박태원 소설의 특징을 이룬다. 물론 「소설가 구보씨의 일일」이 현재의 묘사와 관찰로만 이루어진 소설은 아니다. 관찰은 언제나 주인공 구보의 끊임없는 내면응시와 교직되어 나타난다. 외향적 관찰과 내향적 성찰의 교직, 현재와 과거의 교직이 「소설가 구보씨의 일일」의 한 단면이다.

그런데 임화의 '말하려는 것'과 '그릴려는 것'을 『천변풍경』의 서술 구조에 적용해본다면 어떨까? 개념의 범주가 다름을 용인하면서 이 점을 검토하는 것은 『천변풍경』이 가지고 있는 또 다른 특색을 드러내는 것이 될 수 있다. 그것을 통해 소설의 서술자와 서술대상 사이에 존재하는 거리와 감각의 편차를 확인할 수 있다. 소설에서 시점이 가변적이거나 복합적인 경우는 드물지 않다. 소설학 개론에 나오는 기본적인 시점의 유형에 예외없이 부합되는 경우는 오히려 드물다. 그 점을 감안한다 하더라도 『천변풍경』은 매우 특이한 시점을 취하고 있다. 이 작품은 외형적으로는 전지적 시점으로 파악되지만 그 전지적 서술자는 다시 복수의 '바라보는 자'와 함께 이야기를 들려주는 형식을 취하고 있다. '바라보는 자'가 누구냐에 따라 서술자의 어조도 함께 변화한다. 이러한 시점의 가변적·복합적 구사는 이 소설의 기법이 퍽 이색적임을 알려주는 것이다.

① 정이월에 대독 터진다는 말이 있다. 딴은 간간히 부는 천변 바람이 제법

쌀쌀하기는 하다. 그래도 이곳, 빨래터에는, 대낮에 볕도 잘 들어, 물 속에 잠근 빨래꾼들의 손도 과히들 시립지는 않은 모양이다. 〈제1절 청계천 빨래터〉

①의 경우 서술의 시점은 선명한 것처럼 보인다. 우리가 여러 소설에서 익히 보아온 묘사의 시선이다. 묘사란 객체에 대한 주체(서술자)의 감각적 전달이다. 물론 그 감각이 노리는 바는 이중적이다. 쌀쌀한 바람 속에서 지저분한 천변의 냇물에 빨래를 하는 가난한 아낙네들이 손이 '과히 시립지는 않은 모양'이라고 하는 진술이 그것이다. 그 이중적 태도는 작품의 말미에서 '입춘이 내일 모레라서 그렇게 생각하여 그런지는 몰라도, 대낮의 햇살이 바로 따뜻한 것 같기도 하다'는 서술과 연관시킬 때 미묘한 뉘앙스를 지니게 된다. 서술자는 음력 정월의 냇물과 대기 속에서 온기를 느끼는 섬세한 감각을 가지고 있듯이, 만돌어미, 이쁜이, 금순이, 하나꼬 같은 불행한 여인들을 대할 때는 예외 없이 따뜻한 시선으로 바라본다.

② 소년(재봉―필자주)의 관찰에 의하면, 그의 중산모는 그의 머리 둘레에 비하여 크도 적도 않은 것임에 틀림없었다. 그러나 신사는, 결코 그것을 보는 사람의 마음이 편안할 수 있도록 깊이 쓰는 일이 없었다. 그는, 문자 그대로, 그것을 머리 위에 사뿐 얹어 놓은 채 걸어 다녔다. 어느 때고 갑자기 바람이라도 세차게 분다면, 그의 모자가 그대로 그곳에가 안정되어 있을 수 없을 것은 분명한 일이다. 소년은 그것에 적지않이 명랑한 기대를 가졌다. 그러나 모든 기대가 그러한 것과 같이, 이것도 그리 쉽사리 실현되지는 않았다……. 〈제2절 이발소의 소년〉

그런데 ②의 경우, '말하는 자'와 '보는 자(재봉)'의 분리는 분명하게 드러나 있다. 그러나 '관찰대상'인 포목전 주인의 중산모가 천변으로 굴러 떨어질 것을 기대하는 소년의 마음을 묘사하는 대목에 이르러서는 은밀하게 서술자의 의중을 접근시키고 있다. '명랑한' 기대는 재봉의 속마음이자 서술자의 의중이기도 한 것이다. 이는 속물적 도시 중산층에 대한 작가의 태도와 대응된다. 또한 재봉은 호기심어린 시선으로 끊임없이 주변의 사물을 탐색하는 인물이다. 그의 궁금증은 시시콜콜한 것에서 출발해서 도시인의 생태원리를 이해하는 데까지 나아가기도 한다. 제 8절에서 재봉은 늘 북쪽 천변을 걷던 포목전 주인이 어느 날부터 남쪽 천변을 걸어 가게로 나가는 모습을 보고 이유를 궁금해 한다. 재봉은 그것이 경성부의회 의원 선거에 출마한 매부를 위한 '밑천 들지 않는' 선거운동이라는 사실을, 포목전 주인의 그 선거운동이 결국 허사가 될 것이라는 생각을 하며, 그를 우습게 여기며, 또 딱하게 여긴다.

> ③ 그러한 소년(창수—필자주)의 눈에, 천변을 오고 가는 모든 사람들이, 그 모두가 한결같이 잘나만 보이는 것도 또한 어찌할 수 없는 일이 아니냐. 임바네쓰 입은 민주사며, 중산모 쓴 포목전 주인이며, 인력거 위에 날아갈 듯이 앉아 있는 취옥이며, 그러한 모든 사람은 이를 것도 없거니와 다리 밑에 모여서들 지껄대고, 툭 치고, 아무렇게나 거적 위에가 뒹굴고, 그러는 깍정이떼들도, 이곳이 결코 시골이 아니라 서울일진대, 그것들은 그만큼 행복일 수 있지 않느냐. 〈제3절 시골서 온 아이〉

위의 서술자는 창수의 눈에 비친 도시의 모습과 그 도시에 대한 창수의 마음을 여과없이 서술해주고 있는 것 같은 포즈를 취하고 있다. 그러나 의문부호 없는 두 개의 의문문 진술을 통해, 천변을 거니는 모든 사람이 '잘난' 인간들이 아니라는 것, 심지어 서울 거지라고 행복할 수는 없다는 사실을 알아채지 못하는 '보는 자'의 시각 장애를 슬며시 꼬집고 있다. 여기에서 '보는 자'와 서술자 사이에는 일정한 틈이 벌어져 있다.

④ 그러나 자동차의 문은 유난히 소리내어 닫혀지고, 다시 또 경적이 두어 번 운 뒤, 달리는 자동차 안에 이쁜이 모양을, 어머니는 이미 찾아 보는 수가 없었다. 그는 실신한 사람같이 얼마를 그곳에 서 있었다. 깨닫지 못하고, 눈물이 뺨을 흐른다. 그 마음 속을 알아 주면서도 아낙네들이, 경사에 눈물이 당하냐고, 그렇게 책망하였을 때, 그는 갑자기 조금 웃고, 그리고 문득, 정신 바짝 차리지 않으면, 그대로 그곳에가 혼도하여 버리고 말 것 같은 극도의 피로와, 또 이제는 이미 도저히 구할 길 없는 마음 속의 공허를, 그는 일시에 느꼈다. 〈제5절 경사〉

④는 이쁜이 어머니가 애지중지하던 딸을 강 주사에게 시집보내고 나서 느끼는 서운하고 공허한 심정을 묘사하고 있다. 여기에서의 진술 태도는 진지하며, 서술자의 감정은 대상인물에 완전히 이입되어 양자는 일체를 이루고 있다.

⑤ 〈저건 또 웬년인구?〉
그 생김생김이라든지, 차림차림이라든지, 또 예배당에를 다니는 것이라든지, 그러한 것으로 보아서, 강가가 한참 미쳐서 보러 다닌다던, 그 관철동 무슨 식당이라나 하는 데 있는 계집년은 분명히 아닌 듯싶어,
〈아, 그러니, 대체, 저 녀석이 연애를 한답시구 보러 댕기는 기집이, 그래, 이것,저것, 도합이 몇 명이란 말인구? 아 그 녀석, 아주 알부랑자놈이 아닌가?〉
점룡이 어머니는 얼마동안, 아들 점룡이와 그 단발랑에 관한 일도,또 바로 지금 곗돈을 내러 가야 할 것도 모두 잊어 버리고서 정신없이 그곳에가 그렇게 서서는, 어처구니 없이 입만 따악 벌리고 있었다……. 〈제41절 젊은 녀석들〉

인용문은 '말하는 자'와 '보는 자' 그리고 '보는 자'와 '관찰대상' 사이에 모두 일정한 심정적 거리가 존재하는 경우이다. 서술자는 '보는자'의 독백과 심리묘사 속에 비속어를 끼워 넣음으로써 그와의 거리

를 유지한다.

　⑥ 우리는 언젠가, 이 강석주라는 자가, 자기와 함께 연초공장에 다니는 두 동무와 더불어, 평화카페에 나타난 일이 있던 것을 기억하고 있다. 〈제42절 강모의 사상〉

　우리는 '제18절'에서 하룻날 저녁 대체 어찌하여야 옳을지를 모르는 채 그 좁은 가슴을 태우고 있는 금순이를 뜻밖에도 찾아 온 손님이 하나 있던 것을 알고 있다. 그것이 바로 이 기미꼬였던 것이다……. 〈제21절 그들의 생활 설계〉

　그러나 우리는 언제까지 그들의 이야기에만 귀를 귀울이고 있을 수는 없다. 주독으로 하여 코가 벌겋코, 둥글넙적하니 개기름이 지르르 흐르는 얼굴에, 우리는 분명히 기억이 있다. 우리는 시골서 갓 올라와 근화식당을 찾아가는 이 시골 사람의 뒤를 잠시 밟기로 하자. 〈제46절 근화식당〉

　한편 ⑥의 서술은 불연속적인 구조의 보완물이다. 이 소설이 느슨하고 중첩적인 전개구조를 갖고 있음으로 인해 독자들은 전체의 관련성을 알지 못하게 되고 일관성을 느끼지 못하게 된다. 이러한 의식의 파편화를 막기 위한 장치로 소설의 군데군데에 등장인물의 과거와 현재를 상기시키는 서술이 나타난다. 이럴 때마다 작가는 '우리는'이란 특이한 화자를 등장시킨다. '우리는'이라는 복수 화자를 사용하는 서술자의 노골적인 개입은, 독자를 끌어들이는 효과를 노리고 있다. 너스레처럼 들리는 특이한 서술시점이 독자와의 거리를 좁히는 데 어떤 효과를 얻었는지는 정확치 않으나 느슨한 서사구조를 상쇄하는 데에는 일정한 도움을 준다.
　이처럼 서술자는 내면세계와 현실세계, 서술자와 서술대상(초점인물)의 의식을 자유롭게 넘나들면서 의식과 관념을 동시에 드러내고 있다. 일반적으로 주관적 시점(일인칭 시점과 전지적 시점)의 경우, 등장 인물에 대해 쉽사리 독자가 방관하는 결함이 있는 데 반해 이 시점은 독자를 지속적으로 '보는 자'(관찰자)의 시선으로 끌어들이는 효과를 갖게 되는 것이다. 객관적 시점(작가 관찰자 시점이나 일인칭 관찰자 시점)의 독자 흡인 효과는 객관적 시점이 우월한 것으로 지적되는데, 이 소설은 전지적 시점임에도 불구하고 객관적 시점의 장점을 교묘히 이용하여, 독자와의 거리를 최대한 좁히는 효과를 유발하고 있다. 그 것은 복수의 '보는 자'를 기능적으로 서술자와 결합시키는 기법이다. 이는 소설 독자의 입장에서 보면 다양한 대리 관찰의 기회를 갖게 되는 것이다.

『천변풍경』이 갖는 소설적 재미는 등장인물들의 다양한 삶의 모습에서 찾을 수 있다. 그러나 극적 긴장이나 연속성을 갖지 않음으로 인해 펙 느슨한 구조를 취하고 있어 그러한 다양성은 지리멸렬을 면하기 어려운 형국이다. 이러한 불리함을 안고서도 흥미를 지속화할 수 있는 요인은 무엇보다 시점과 서술태도의 독특함이라 하겠다. 월탄은 일찍이 "밤을 도와 책을 읽으매 차마 책을 손에 놓지 못했다"고 토로한 바 있다. 그는 이 소설이 '순조선학파적'이기에, 혹은 '경알이' 구사의 탁월함 등의 미덕을 지니고 있는 탓이라고 운위하였지만, 실상은 시점의 절묘한 배합이 거둔 결실이라 함이 옳을 것이다.

4. 기법과 세계관

박태원의 소설 세계는 안회남이 지적한 대로 '기교의 문학'이다. 물론 이때의 기교는 언어와 형식을 두루 포괄하는 의미이다. 또한 기교의 핵심은 문장이다. 이 점에 관해서는 박태원 자신이 "문예감상이란 究竟 문장의 감상"이라고 선언하였다는 사실을 상기하면 될 것이다.

문학이 근본적으로 언어를 재료로 한 예술이라는 점, 그리고 작가는 모름지기 형상화의 대상을 정확한 언어로 드러낼 줄 알아야 된다는 점을 고려할 때 이론의 여지가 없는 명제이다. 박태원은 이태준과 함께 문장론의 중요함을 줄기차게 강조하였을 뿐 아니라 그 자신의 작품에서 그 준거를 제시하였다.

그의 소설에서는 묘사와 서사가 교묘히 배합됨으로써 인물의 내면 심리를 핍진하게 드러냄과 동시에 대상에 대한 서술자의 감각 역시 섬세하게 드러낸다. 이러한 점을 시점 차원에 고정시켜 본다면 '말하는 자(서술자)'와 '보는 자(초점자아)' 간의 절묘한 거리 조절이라 할 수 있다. 그런데 이 두 주체의 분리와 결합이 지닌 의미가 무엇인지를 계속 추궁해 들어가면 문득 임화의 날카로운 비판과 맞서게 된다. 그것은 기법의 탁월함과 소설적 세계관의 기형성이라는 서로 모순되는 명제이다.

역사와 역사소설

― 조정래의 『태백산맥』

1

문제적 개인을 통해 삶의 진실을 포착해 내고자 하는 것이 소설 장르의 본령이라면, 역사소설의 임무는 특정한 역사적 사건을 추동하는 집단에 주목하면서 그것을 문학적으로 재해석해 내는 일일 것이다. 역사적 사건은 개인과 개인 혹은 개인과 사회 간의 문제를 넘어서서 집단과 집단이 갈등하고 충돌하면서 빚어낸 결과이다. 그러한 문제를 올바르게 다루기 위해서는 집단의 문제를 중심항으로 설정하고 이를 총체적으로 조망하는 입장에 서지 않을 수 없다. 역사소설이라면 곧 장편소설인 이유도 여기에 있다. 그런데 역사적 재해석은 반드시 현재적 수용을 전제로 할 때 비로소 참된 의미를 지닌다. 우리가 오늘의 역사에 의식적으로든 무의식적으로든 참여할 수밖에 없듯이 역사적 과거에 대한 재해석도 현재적인 것으로 의식되지 못한다면, 다시 말해 바로 오늘의 역사와 긴장된 관계를 지니지 못한다면, 그 의미는 현저히 감소할 수밖에 없으리라.

2

우리 문학사에서도 허다한 역사소설이 쓰여졌음에도 불구하고 불과 몇몇의 작품만이 역사소설의 참된 의미와 대결할 수 있다는 사정은 바로 역사소설의 특수한 어려움을 반증하는 것일 터이다. 우리 '현대사 최대의 비극'이라고 일컬어지고 있는 분단과 6·25를 다룬 역사소설을 일별할 때도 사정은 마찬가지이다. 어째서 우리는 우리가 체험했거나 지금도 체험하고 있는 역사를 올바르게 바라보지 못하는 것일까?

조정래의 『태백산맥』은 이러한 역사적 진실성의 문제를 심각하게 고민한 자리에서 쓰인 작품이라고 판단된다. 『태백산맥』에 이르러서, 분단과 6·25를 다룬 기왕의 작품들이 지니고 있었던 한계를 극복할 수 있는 가능성이 비로소 보이기 시작했다는 말이다. 6·25 직후인 50년 대부터 다수의 전쟁소설과 분단을 다룬 작품이 쏟아져 나왔지만, 대부분의 작품들은 전쟁이라는 상황의 가열함에 가위눌리거나 반공주의라는 이데올로기적 편견으로 인해 구체적 사실의 재현마저 성취하지 못했다.

50년대 소설들은 전후사조인 실존주의와 착종됨으로써 구체적인 역사를 오히려 추상적 문제로 환원시키기도 했다. 여기에서 한발 나아간 것이 최인훈의 『광장』이었다. 『광장』이 주목을 받을 수 있었던 것은 분단 이후 금기처럼 다뤄온 이데올로기의 문제를 한 지식인의 삶을 통해 비판적으로 수용해 내려 했다는 점이다. 그러나 『광장』의 주인공 이명준은 현실적 인물이라기보다는 관념적 지식인이었다. 그러한 지식인의 의식 속에 남북의 분단, 즉 이데올로기의 대립을 담아내거나 개인의 의식내면을 통한 해결의 시도는 애당초 불가능한 일이었다. 이문열의 『영웅시대』는 80년대에 씌어졌음에도 불구하고 『광장』의 한계를 그대로 이어받고 있는 작품이다. 단지 『광장』에서와 같이 주인공의 죽음이 결말로 된다는 것뿐만 아니라, 이데올로기에 대한 허무주의가 작품을 지배하고 있기 때문이다.

이데올로기에 대한 허무주의, 그것은 이데올로기 자체에 대한 편견의 한 표현에 지나지 않는다. 이데올로기란 삶의 방식을 고도로 추상화한 것이고, 그것의 대립은 삶의 방식을 둘러싼 싸움이다. 그래서 이데올로기에 대한 허무주의는 삶의 방식에 대한 정면적인 승부를 회피하거나 부정하는 자세인 것이다. 또한 그것은 이데올로기적 갈등과 대립이 초래하는 상황의 치열함에만 시각을 고정시킴으로써, 그 후유증에 과민반응을 보이는 소박한 휴머니즘을 넘어서지 못한다. 역사는 그러한 소박함을 한 번도 용납한 적이 없다. 그래서 이데올로기에 대한 소극적 태도는 극복되어야 할 태도이다. 만약 그렇지 못할 경우, 지금까지의 역사는 파행과 왜곡의 과정일 따름이고, 그 역사의 현장을 살아온 인간들은 모조리 '눈먼 자'가 되고 만다.

조정래는 『태백산맥』을 통해서 분단이라는 역사의 현장을 살아온 인간들이 단순한 이데올로기의 꼭두각시가 아니며, 분단이나 이데올로기가 '강대국에 의해 주어진 것'만도 아니라는 사실을 강조하려 하였다.

> 저에게 분단소재 문학에서 사건의 역사성을 부여하도록 만든 계기는 분단의 책임전가론이었습니다. 강대국에 의해서 우리는 분단되었다는 것이 우리 앞세대 작가들이나 정치사회학에서 흔히 거론된 주장이었는데, 저는 그것에 회의를 가지기 시작했습니다. 강대국이 그렇게 만들었다면 우리 민족은 무엇인가? (…중략…) 당시 우리 민중들은 이념이 선행한 것이 아닙니다. 삶답게 살고자 하는, 사람으로서의 욕구가 선행했고 어찌어찌하다가 나중에 이념을 가지게 된 것이지 강대국이 부여한 이념을 먼저 지닌 채 그것을 위해 대립한 것은 아니라는 사실을 분명히 할 필요가 있습니다.
> — 대담, 「『태백산맥』을 말한다」(『오늘의 책』, 1986년 겨울호)에서

이러한 역사 감각은 종래의 분단소재 문학에서, 특히 홍성원의 대하소설 『남과 북』에서, 6·25를 일종의 대리전쟁으로 파악하고 있는 것과는 구별되는 시각이다. 분단 외인론이라는 상투적 도식을 거부하고 내재적 요인에도 관심을 기울여야 한다는 것이 조정래의 논리이다. 그래서 『태백산맥』에는 기층민중과 좌익이 그토록 순식간에 결합할 수밖에 없었던 연유를 작품 곳곳에서 제시하고 있다. 즉 그들의 가담은 단순한 부화뇌동이 아니라 오랫동안 응축되어온 한의 폭발로 파악한다. 그러한 역사 감각은 『태백산맥』의 제1부를 「한의 모닥불」이라고 한 것이라든지, 작품 제1권과 제3권에 각각 삽입되어 있는 두 편의 흥미로운 전설 ─ 탱자나무 전설과 대나무 전설 ─ 을 통해 상징적으로 표현되어 있다. 좀 더 직접적인 발언은 김사용의 소작인인 문 서방의 입을 통해 들을 수 있다.

> 사람들이 워째서 공산당 하는지 이시오? 나라에서 토지개혁 한다고 말대포만 펑펑 쏴질렀지 차일피일 밀치기만 허지. 가난허고 무식한 것들이 믿고 의지할 더 읎는 빨갱이 세상되먼 지주 처읎세고 그 전답 노놔준다는디 공산당 안헐 사람 워디 있겠는가요. 못할 말로 나라가 공산당 맹글고 지주들이 빨갱이 맹근당께요. (제1권, 144쪽)

3

6·25의 내재적 원인도 주목해야 한다는 조정래의 문제의식은 일단 설득력을 지닌다. 물론 그와 같은 작가의식과 논리의 새로움과 설득력이 곧바로 작품의 평가로 이어지는 것은 곤란하다. 문학작품의 질적 수준은 '인식'의 타당성만을 문제삼는 것이 아니라 '인식된 형상'의 수준을 논하는 일이기 때문이다.

『태백산맥』은 아직 완결되지 않은 채, 제3부 7권까지가 독자들 앞에 제시되어 있다. 그중 1, 2, 3권이 이미 20판을 넘어서고 있다는 데서 이 작품에 대한 독자들의 관심이 뜨겁다는 것을 짐작할 수 있다. 독자들의 그와 같은 관심은 지금까지의 분단소설의 한계로 지적되어 온 편협한 반공주의와 냉전 이데올로기의 허구성에 대한 식상함을 역으로 반영하는 것이다. 『태백산맥』의 제1부는 '여순 반란사건'이라고만 알고 있었던 전남 일대 좌익들의 무장반란을 중심적 줄거리로 다루고 있다. '여순 사건'은 제주도 4 · 3 폭동을 진압하기 위해 대기 중이던 여수 주둔 제14연대의 하급지휘관이 주동이 되어 일으킨 무장반란사건이다. 1948년 10월 19일에 일어난 이 반란은 비록 일주일 만에 진압되었지만, 폭동군의 주력부대는 남로당의 지방조직 및 농민과 결합하여 산악지역으로 퇴각함으로써 장기적인 유격전의 양상으로 바뀐 사건이다. 14연대의 반란 동기와 배경, 그리고 14연대 반란과 남로당의 관계에 대해서는 아직 밝혀지지 않은 점이 많다. 어쨌든 이 사건은 제주도 4 · 3사건과 함께 해방 이후 최대의 무장반란사건이었을 뿐만 아니라, 농민을 비롯한 민중들까지 가세하여 6 · 25 이후까지도 계속된 커다란 사건이었다.

『태백산맥』의 저자는 그래서 이 사건의 연장선상에서 6 · 25를 바라보려는 것이다. 『태백산맥』의 1, 2부는 여순 반란의 발발과 반란군의 전남 일대 장악, 군경의 진압과 반란군의 도주, 빨치산의 유격전과 군경의 토벌 작전을 중심으로 전개되며, 제3부는 6 · 25의 발발과 더불어 빨치산의 하산, 미군의 참전과 인천상륙작전 이후 빨치산의 재입산과 같은 격렬한 좌 · 우익 투쟁의 소용돌이를 다루고 있다. 그 과정에 다양한 집단과 인물이 등장한다.

『태백산맥』에 나타난 중요한 집단은 좌익(염상진, 안창민, 하대치, 정하섭, 이지숙), 토벌군(심재모, 백남식), 경찰(권서장), 대동청년단

(염상구), 관료(최익현), 자본가(윤영춘, 양병갑, 송기묵, 정현동), 지주(김사용), 정치가(최익승), 중도파 지식인(김범우, 서민영, 손승호), 소작농(미삼수, 김복동, 강동기) 등인데 공장노동자를 제외한 당시의 계급계층이 망라되어 있다. 이러한 다양한 집단과 인물들이 펼치는 갈등의 파노라마는 독자들을 사로잡기에 족한 것이다.

그런데 이들 집단 가운데 조정래가 가장 공들여 그리려고 한 것은 김범우로 대표되는 중도파이다. 여기에는 기독교 사회주의자인 서민영, 불교 사회주의자인 법일, 박애주의적 의사인 전명환, 민족주의자인 심재모 중위 등의 인물도 포함된다. 중도파란 무엇인가? 역사적으로 해방공간에서 좌우합작운동을 전개한 여운형이나 김규식 등과 같은 중도 좌·우파 정치인을 들 수 있다. 이들의 좌우합작론의 골자는 극좌·극우를 배제하여 좌우익 대립을 완화시켜 정치적 안정을 이룩하고 통일민주정부 수립의 기초를 마련한다는 것이다. 매우 호소력 있는 대안처럼 들리는 이 논리가 현실적으로 힘을 발휘하지 못한 원인은 무엇인가. 그것은 먼저, 좌우합작론이 가지고 있는 논리의 소박성에서, 그리고 당시 이를 추진한 세력의 열세에서, 끝으로 좌우합작론이 당시 미 군정의 지지를 받고 있던 극우파인 이승만 계열과 한민당의 우세로 기울어가고 있는 시점에서 제기되었다는 점 등에서 찾을 수 있다.

그렇게 볼 때 『태백산맥』에 나타나는 중도세력에 대한 과도한 강조는 역사적 진실성의 문제와 부딪칠 수밖에 없다. 그것은 역사에서 실패로 귀착된 중도파의 논리를 새롭게 제창하는 것과 동일하기 때문이다. 그런데 『태백산맥』에 나타나는 중간파는 사소한 편차는 있지만 대체로 좌익에서 전향한 우익 민족주의자거나 반공주의자들이어서 역사적인 중도파와는 다른 이상주의자들이다. 장준하를 모델로 삼은 듯한 김구주의자 김범우는 중도파와는 거리가 먼 인물이다. 더욱이 작가는

제4부 기억과 시사

353

김범우나 심재모, 서민영, 전명환 등의 인물에 과도한 애정을 쏟음으로써 오히려 이들을 무개성한 인물로 만들고 있다. 이상적인 인물이 곧 전형적인 인물은 아닌 것이다. 이에 비해 죽산댁(염상진의 처), 외서댁(강동식의 처), 들몰댁(하대치의 처) 같은 인물의 형상은 생동감이 넘친다. 이들은 빨치산 가족으로서 겪어야 하는 갖은 수난에 휩쓸려 신음하면서도 끈질기게 삶을 영위해 나가는 모습을 보여준다.

4

『태백산맥』을 읽으면 분단문제를 문학적으로 형상화하는 과제가 얼마나 어려운지를 새삼스럽게 확인할 수 있다. 분단은 이 시대를 살아가는 모든 사람에게 회피할 수 없는 상황이듯이, 오늘의 작가들에게는 천형처럼 떠맡겨진 과제이다. 물론 그 과제를 여하히 천착하느냐 하는 것은 일차적으로 작가의 역사의식에 관련되는 문제이지만, 한편으로 우리 사회 전체가 도달해 있는 역사인식과도 무관하지 않다. 김범우로 표상된 인물이 80년대적인 분단의식을 내보이고 있다면, 다가오는 시대의 분단의식은 어떤 인물에 의해 구체화될 수 있을까? 그러기 위해서는 우선 『태백산맥』에서 완전히 극복되지 못한, 삶과 이데올로기의 분리주의라는 장애물을 넘어야 하고, 대립되는 두 축에서 적절한 거리를 유지하는 것이 중도라고 여기는 또 다른 장애물도 뛰어넘어야 될 것이다.

비극적 전근대인

— 계용묵의 「백치 아다다」

인간에게 돈이란 무엇인가? 우리 삶의 모든 영역에 걸쳐 자본의 논리가 철저하게 관철되고 있는 바로 이 시대에 그와 같은 질문은 가당치 않을지도 모른다. '황금 보기를 돌같이 하라'는 경구가 의미 있던 시절은 아득히 먼 옛날이다. 물론 이 같은 유교적 금전과는 다른 차원에서, 고대사회에서의 화폐는 사회의 경제적 · 도덕적 질서의 파괴자로써 비난과 증오의 대상이었던 적도 있었다. 그러나 오늘날 돈은 단순한 교환의 수단만이 아니라 삶의 수단이자 목적이기도 한 것이다. 그런데 실제로 화폐가 언간생활을 전일적으로 지배하기 시작한 것은 역사적으로 볼 때 그리 오래되지 않는다. 물론 화폐 자체는 꽤 오랜 역사를 가지고 있지만, 근대 상업자본의 발달 이전에는 그저 교환의 보조수단에 불과했다. 그러던 것이 자본의 원시적 축적기를 지나 금융자본의 시대인 오늘날에 이르러서는, 돈은 그 어떤 것과도 등치될 수 없는 절대적 권좌(?)에 오르게 된 것이다. 자본주의 발달 초기의 인간들은 그들 자신이 창조한 화폐의 위력 앞에서 스스로 당혹감을 감추지 못했다.

김소월의 시 「돈타령」(1934)은 이와 같은 돈의 속성에 솔직하게 접근하고 있다.

잇슬때에는 몰낫더니
업서지닉가 네 로구나.
(…중략…)
내가 누군줄 네 세상이라
내가 곳쟝 네 세상이라

네가 가니 네 세상업다
세상이 업시 네 사라보랴

내 천대를 네가 하고
누 賤待를 밧나보랴

나를 다시 밧드는 것이
네 세상을 밧드는 게니라

— 김소월, 「돈타령」 부분

소월은 '내(돈)가 곳쟝 네 세상이라' 이라는 구절에서처럼 돈은 곧 '세상(World)'인 것으로 파악했다. 이러한 표현은 다소 풍자적이지만 화폐와 근대사회의 관계를 냉엄하게 드러내 준 것이다. 낭만파 시인들에게조차 돈이 세계와 등가로 여겨졌다는 점이 조금은 의외지만, 그것은 엄연한 현실이었고, 시인은 그것을 정직하게 노래했을 따름이었다.

1. 돈에 대한 본능적 증오

계용묵의 단편 「백치 아다다」(1935)는 돈이라는 낯선 신의 횡포와 선천적인 불구의 육체적 조건 때문에 비극적 생을 마쳐야 했던 한 여인의 일생을 형상화한 작품이다. 그런데 이 작품이 1930년대 중반에 씌어졌다는 점을 염두에 두어야 한다. 1930년대는 세계 경제공황의 여파로 일제의 식민지였던 한국 민중의 궁핍한 생활이 비참의 극에 달해 있었던 시대이다.

「백치 아다다」의 주인공은 '확실이'라는 이름을 가졌음에도 불구하고 벙어리였기에 '아다다'라는 별명으로만 살아가야 했던 기구한 운명의 여인이었다. 벙어리이자 백치에 가까운 아다다는 어릴 적부터 갖은 수모와 학대를 받다가, 땅 한 섬지기의 지참금으로 가난에 찌든 농가로 시집을 갔는데, 처음 몇 해 동안은 땅 한 섬지기 덕분에 행복하게 살 수 있었다. 그러나 그 땅 한 섬지기를 밑천으로 일확천금한 남편이 외지에서 딴 여자를 맞이해 들어오면서 아다다를 박대하기 시작한다. 돈에 대한 아다다의 본능적인 증오는 여기에서 비롯된다. 지참금이었던 땅 한 섬지기는 처음 그녀의 행복을 보장해 주는 수호신이었지만, 그것이 점점 커져서 마침내는 그녀의 행복을 산산조각내 버리는 악마로 둔갑해 버렸던 것이다. 남편의 매질과 구박을 견디다 못해 아다다는 친정으로 되돌아 왔지만, 친정어머니의 멸시와 학대 또한 남편 못지 않았다. 아다다는 마지막 도피처로 이웃의 가난한 노총각인 수롱이를 꼬드겨 신미도라는 섬으로 야반도주한다. 아다다가 수롱이를 택한 것은 전부터 수롱이가 아다다를 유혹해온 터이기도 하지만, 무일푼인 수롱이는 전남편처럼 자기를 버리지 않을 거라는 믿음이 있었기 때문이었다. 신미도에 도착하여 행복을 꿈꾸던 아다다는, 수롱이가 머슴살이로 모아둔 돈을 보자, 또다시 불행해질까봐 전전긍긍하다가, 마침내 그 돈을 꺼내다 바다에 뿌린다. 돈이 없어진 것을 뒤늦게 안 수롱이가 바닷가로 달려 나왔을 때 돈은 이미 파도에 휩쓸려간 뒤였다. 이에 격노한 수롱이가 아다다를 바다 속으로 떠밀어 넣는 것이 작품의 대단원이다.

2. 자본의 생리에 어두운 군상

이와 같은 아다다의 비극적인 삶은 우리에게 삶과 돈의 관계를 되묻게 한다. 물론 아다다는 자본주의 사회를 살아가는 전형적인 인물은 아니지만, 그녀의 첫 남편과 수룡은 자본주의 사회의 보편적 인간형에 미달되지 않는다.

한편 이 작품은 금전 추구가 전일화된 사회에서 돈의 운동원리(?)에 생소한 순진무구한 인간은 파멸할 수밖에 없음을 보여준다. 이 점에서 아다다는 단순한 비극의 여자 주인공이 아니라, 근대화 과성 속에서 발견되는 무수한 전근대인 즉, 자본의 생리에 어리둥절해 하는 군상들의 형상이다. 이들은 그들의 삶이 황폐해지는 궁극적 원인이 '돈 그 자체'라고 여겼다. 19세기 영국에서 일어난 러다이트운동(기계 파괴운동)이 그러한 전근대인들에 의해 일어났다. 당시 장시간 노동과 기아, 저임금에 시달리던 노동자들은 산업혁명 직후 새로운 기계의 발명으로 공장에서 쫓겨나게 되자 기계야말로 노동자의 적이라고 생각하고 기계를 닥치는대로 부쉈던 것이다. 과연 그들을 기아와 절망으로 내몬 장본인이 기계였을까? 마찬가지로 아다다를 불행의 벼랑 끝까지 떠민 원흉이 지폐 그 자체였을까? 이제 그 같은 질문은 어리석은 질문이 되고 말았다. 왜냐하면, 지폐 자체가 인간을 불행케 만든다고 믿는 사람은 이제 거의 없기 때문이다.

제1부 우리 시의 주제의식

「동굴과 침실 이미지의 계보학—이상화의 「나의 침실로」」, 월간 『손해보험』, 2003년 4월호

「가족의 기상도—박목월의 『청담(晴曇)』」, 월간 『손해보험』, 2003년 9월호

「인동(忍冬) 모티브의 변주—이육사와 정지용의 경우」, 월간 『손해보험』, 2004년 12월호

「민족현실과 앰비귀티—이용악의 「오랑캐꽃」」, 월간 『손해보험』, 2004년 1월호

「감각으로 복원한 고향집」, 월간 『손해보험』, 2004년 2월호

「철도와 기차의 노래」, 월간 『손해보험』, 2003년 5월호

「민족문학, 민중시의 개념과 범주」, 김재홍 외, 『한국현대시사연구』, 시학, 2007년

제2부 시인의 거처

「현존과 교감의 시학—이가림론」, 『작가들』, 2011년 여름호

「겨울밤과 시인의 방—박영근론」, 『작가들』, 2006년 여름호

「진술의 형식과 시 정신—이성부의 『도둑산길』 / 김지하의 『산알 모란꽃』 / 황학주의 『노랑꼬리 연』」, 『시와 시학』, 2010년 여름호

「가위와 물고기 ― 이희중의 『참 오래 쓴 가위』 / 맹문재의 『물고기에게 배우다』」, 『인천문화비평』, 2003년

「세계의 겨울, 시의 표정—김승종, 최정례, 김해자, 박영근」, 『리토피아』, 2002년 봄호

「쇠붙이의 감각과 욕망—최종천의 『눈물은 푸르다』」, 『시작』, 2002년 창간호

「시인의 거처와 그 경계—장석남의 『왼쪽 가슴 아래께에 온 통증』 / 나희덕의 『어

두워진다는 것」/ 이중기의 『밥상 위의 안부』」, 『인천문화비평』, 2001년 상반기호

「집에 대한 그리움과 낯설음-고명의 『지상이라는 이름의 정거장』」, 고명, 『지상이라는 이름의 정거장』, 포엠토피아, 2001

「유년 회상과 소외의 시학-박정만의 『어느덧 서쪽』」, 박정만, 『어느덧 서쪽』, 문학세계사, 1988년

「분단시대의 시인-이동순론」, 『인하인문』, 1987년

「'불'의 시대와 '꽃'의 시대-조혜영론」, 『작가들』, 2006년 겨울호

제3부 시와 역사

「선환기의 문학양식-김동환의 시사시를 중심으로」, 『문학사상』, 1987년 2월호

「향가와 역사-「헌화가」와 「처용가」의 경우」, 월간 『손해보험』, 2003년 11월호

제4부 기억과 서사

「기억 대(對) 기억-황석영의 『손님』」, 『인천문화비평』, 2004년 11호

「아동문학과 역사-현길언의 소년소설 : 『전쟁놀이』, 『그때 나는 열한 살이었다』, 『못자국』, 『창비어린이』 2003년 3호

「더 나은 삶에 관한 꿈 — 방현석의 『새벽출정』」, 월간 『손해보험』, 2003년 9월호

「역사와 역사소설-조정래의 『태백산맥』」, 『문학사상』, 1989년 8월호

「비극적 전근대인-계용묵의 「백치 아다다」」, 『문학사상』, 1988년 5월호

ㄱ

저자 **김창수**(金昌洙)

1958년 안동에서 태어났다. 1987년『문학사상』신춘문예에 문학평론「전환기의 문학양식」이 당선된 후 평론활동을 해왔다. 인하대 국문과·고려대 대학원에서 한국문학을 전공하였으며 고려대와 인하대에서 한국문학과 문장론을 강의해 왔다. 1988년부터 인천민중연합 부의장, 인천문화정책연구소장, 한국작가회의 인천지회장 등의 활동을 통해 사회·문화 운동에 참여하였으며, 2003년부터 인천대 인천학연구원에서 인천문화를 연구해왔다. 「한국 현대시에 나타난 집 이미지 연구」(박사학위 논문, 2000)와 『인천공부』(다인아트, 2005) 『인천의 산책자』(다인아트, 2005) 등의 논저가 있다. 지금은 인천발전연구원에서 인문도시를 화두로 삼아 문화정책을 연구하고 있다.

푸른사상 비평선 5

이미지의 영토

인쇄 2012년 3월 20일 | 발행 2012년 3월 30일

지은이 · 김창수
펴낸이 · 한봉숙
펴낸곳 · 푸른사상사
주간 · 맹문재
편집 · 지순이

등록   제2-2876호
주소   서울시 중구 초동 42번지 아시아미디어타워 502호
대표전화   02) 2268-8706(7) | 팩시밀리   02) 2268-8708
이메일   prun21c@yahoo.co.kr / prun21c@hanmail.net
홈페이지   www.prun21c.com

ⓒ 김창수, 2012

ISBN 978-89-5640-888-0 93810
  값 25,000원